KiWi 350

Über das Buch

Beichte eines Mörders

Eine ganze Nacht hindurch bis zum Morgengrauen lauschen die Gäste des russischen Emigrantenlokals »Tari-Bari« in Paris der Lebensbeichte Semjon Golubtschiks, der sich selbst einen Mörder nennt. Golubtschiks Schicksal, seine Arbeit als Spitzel für die zaristische Geheimpolizei Ochrana, der vermeintliche Doppelmord an seinem Halbbruder und an dem Mannequin Annette Leclaire, seine Verstrikkungen und sein Verrat, ist geprägt von seiner problematischen Herkunft. Denn wie zum Hohn darf er für seine Spitzeltätigkeit zur Tarnung den Namen des Fürsten Krapotkin führen, der sein Vater ist, ihm aber im Unterschied zu seinem Halbbruder die Anerkennung als legitimer Sohn verweigert hat.
Dieser spannende und düster-ironische Roman, den Joseph Roth im französischen Exil schrieb, ist eine Parabel auf die Macht des Bösen, auf die Logik von Hybris und Verrat.

Das falsche Gewicht

Voller Poesie, in brennenden Farben und unvergeßlichen Bildern beschwört Joseph Roth in der Geschichte vom Eichmeister Anselm Eibenschütz, der aus Liebe schuldig wird, die Welt des sterbenden k.u.k-Österreich herauf. Eibenschütz, der auf seinem Wägelchen durch die Dörfer fährt und Maße und Gewichte der Händler prüft, ist in einer Gegend, wo Bestechung und Betrug an der Tagesordnung sind, ein geborener Feind. Einsam inmitten der Gauner, Spieler und Deserteure, wird der Eichmeister auch von seiner Frau betrogen. Die Liebe zu der Freundin eines Mörders, den Eibenschütz hinter Gitter gebracht hat, wird dem redlichen Eichmeister zum Verhängnis.

Band 3

Joseph Roth

Romane

Beichte eines Mörders
Das falsche Gewicht

Kiepenheuer & Witsch

Umschlaggestaltung Manfred Schulz, Köln
Satz Fotosatz Froitzheim, Bonn
Druck und Bindearbeiten Clausen & Bosse, Leck
ISBN 3-462-02379-9

Inhalt

Beichte eines Mörders

erzählt in einer Nacht

Roman

1936

Vor einigen Jahren wohnte ich in der Rue des Quatre Vents. Meinen Fenstern gegenüber lag das russische Restaurant »Tari-Bari«. Oft pflegte ich dort zu essen. Dort konnte man zu jeder Stunde des Tages eine rote Rübensuppe bekommen, gebackenen Fisch und gekochtes Rindfleisch. Ich stand manchmal spät am Tage auf. Die französischen Gasthäuser, in denen die altüberlieferten Stunden des Mittagessens streng eingehalten wurden, bereiteten sich schon für die Nachtmähler vor. Im russischen Restaurant aber spielte die Zeit keine Rolle. Eine blecherne Uhr hing an der Wand. Manchmal stand sie, manchmal ging sie falsch; sie schien die Zeit nicht anzuzeigen, sondern verhöhnen zu wollen. Niemand sah nach ihr. Die meisten Gäste dieses Restaurants waren russische Emigranten. Und selbst jene unter ihnen, die in ihrer Heimat einen Sinn für Pünktlichkeit und Genauigkeit besessen haben mochten, hatten ihn in der Fremde entweder verloren, oder sie schämten sich, ihn zu zeigen. Ja, es war, als demonstrierten die Emigranten bewußt gegen die berechnende, alles berechnende und so sehr berechnete Gesinnung des europäischen Westens, und als wären sie bemüht, nicht nur echte Russen zu bleiben, sondern auch »echte Russen« zu spielen, den Vorstellungen zu entsprechen, die sich der europäische Westen von den Russen gemacht hat. Also war die schlecht gehende oder stehengebliebene Uhr im Restaurant »Tari-Bari« mehr als ein zufälliges Requisit: nämlich ein symbolisches. Die Gesetze der Zeit schienen aufgehoben zu sein. Und manchmal beobachtete ich, daß selbst die russischen Taxi-Chauffeure, die doch gewiß bestimmte Dienststunden einhalten mußten, ebensowenig um den Gang der Zeit bekümmert waren wie die anderen Emigranten, die gar keinen Beruf hatten und die von den Almosen ihrer bemittelten Landsleute lebten. Derlei berufslose Russen gab es viele im Restaurant »Tari-Bari«. Sie saßen dort zu jeder Tageszeit und spät am Abend und noch in der Nacht, wenn der Wirt mit den Kellnern abzurechnen begann, die Eingangstür schon geschlossen war und nur noch eine einzige Lampe über der automatischen Stahlkasse brannte. Gemeinsam mit den Kellnern und dem Wirt verließen diese Gäste die Speisestube. Manche unter ihnen, die obdachlos oder angetrunken waren, ließ der Wirt über

Nacht im Restaurant schlafen. Es war zu anstrengend, sie zu wecken – und sogar wenn man sie geweckt hätte, wären sie doch gezwungen gewesen, nach einem andern Obdach bei einem andern Landsmann zu suchen. Obwohl ich an den meisten Tagen, wie gesagt, selbst sehr spät aufstand, konnte ich doch manchmal am Morgen, wenn ich zufällig an mein Fenster trat, sehen, daß »Tari-Bari« schon geöffnet war und »in vollem Betrieb«, wie der Ausdruck für Gasthäuser lautet. Die Leute gingen ein und aus. Sie nahmen dort offenbar das erste Frühstück und machmal sogar ein alkoholisches erstes Frühstück. Denn ich sah manche taumelnd herauskommen, die noch mit ganz sicheren Füßen eingetreten waren. Einzelne Gesichter und Gestalten konnte ich mir merken. Und unter diesen, die auffällig genug waren, um sich mir einzuprägen, befand sich ein Mann, von dem ich annehmen durfte, daß er zu jeder Stunde des Tages im Restaurant »Tari-Bari« anzutreffen sei. Denn sooft ich auch des Morgens ans Fenster kam, sah ich ihn drüben vor der Tür des Gasthauses, Gäste begleitend oder Gäste begrüßend. Und sooft ich am späten Nachmittag zum Essen kam, saß er an irgendeinem der Tische, mit den Gästen plaudernd. Und trat ich spät am Abend, vor »Geschäftsschluß« – wie die Fachleute sagen –, im »Tari-Bari« ein, um noch einen Schnaps zu trinken, so saß jener Fremde an der Kasse und half dem Wirt und den Kellnern bei den Abrechnungen. Im Laufe der Zeit schien er sich auch an meinen Anblick gewöhnt zu haben und mich für eine Art Kollegen zu halten. Er würdigte mich der Auszeichnung, ein Stammgast zu sein wie er – und er begrüßte mich nach einigen Wochen mit dem erkennenden und wortreichen Lächeln, das alte Bekannte füreinander haben. Ich will zugeben, daß mich dieses Lächeln am Anfang störte – denn das sonst ehrliche und sympathische Angesicht des Mannes bekam, wenn es lächelte, nicht geradezu einen widerwärtigen, wohl aber einen gleichsam verdächtigen Zug. Sein Lächeln war nicht etwas Helles, es erhellte also nicht das Gesicht, sondern es war trotz aller Freundlichkeit düster, ja, wie ein Schatten huschte es über das Angesicht, ein freundlicher Schatten. Und also wäre es mir lieber gewesen, wenn der Mann nicht gelächelt hätte.

Selbstverständlich lächelte ich aus Höflichkeit wieder. Und ich hoffte, daß dieses gegenseitige Lächeln vorläufig oder sogar für längere Zeit der einzige Ausdruck unserer Bekanntschaft bleiben würde. Ja, im stillen nahm ich mir sogar vor, das Lokal zu meiden, wenn der Fremde eines Tages etwa anfangen sollte, das Wort an mich zu richten. Mit der

Zeit aber ließ ich auch diesen Gedanken fallen. Ich gewöhnte mich an das schattenhafte Lächeln, ich begann, mich für den Stammgast zu interessieren. Und bald fühlte ich sogar den Wunsch nach einer näheren Bekanntschaft mit ihm in mir wach werden.

Es ist an der Zeit, daß ich ihn etwas näher beschreibe: Er war groß gewachsen, breitschultrig, graublond. Mit klaren, manchmal blitzenden, durch Alkohol niemals benebelten blauen Augen sah er die Menschen geradewegs an, mit denen er sprach. Ein mächtiger, sehr gepflegter, graublonder, waagerechter Schnurrbart teilte den oberen Teil des breiten Angesichts von dem unteren, und beide Teile des Angesichts waren gleich groß. Dadurch erschien es etwas langweilig, unbedeutend, das heißt: ohne jedes Geheimnis. Hunderte solcher Männer hatte ich selbst in Rußland gesehn, Dutzende solcher Männer in Deutschland und in den anderen Ländern. Auffallend waren an diesem großen, starken Mann die zarten, langen Hände und ein sanfter, stiller, fast unhörbarer Schritt und überhaupt gewisse langsame, zaghafte und vorsichtige Bewegungen. Deshalb kam es mir zuweilen vor, daß sein Gesicht denn doch etwas Geheimnisvolles barg, insofern nämlich, als es seine gerade, leuchtende Offenheit nur spielte und daß der Mann die Leute, mit denen er sprach, nur deshalb so aufrichtig mit seinen blauen Augen anblitzte, weil er sich denken mochte, daß man Grund haben könnte, ihm zu mißtrauen, wenn er es etwa nicht täte. Und dennoch mußte ich mir bei seinem Anblick immer wieder sagen, daß er, wenn er eine so vollendete, allerdings naive Darstellung der personifizierten Aufrichtigkeit geben konnte, doch in der Tat ein großes Maß von Aufrichtigkeit besitzen mußte. Das Lächeln, mit dem er mir zuwinkte, war vielleicht nur aus Verlegenheit so dunkel: obwohl die großen Zähne blitzten und der Schnurrbart golden schimmerte, als verlöre er gleichsam während des Lächelns seine graue Mischfarbe und würde immer blonder. Man sieht, wie mir der Mann immer angenehmer wurde. Und bald begann ich sogar, mich auf ihn ein bißchen zu freuen, wenn ich vor der Tür des Gasthauses angelangt war, genauso auf ihn wie auf den vertrauten Schnaps und auf den vertrauten Gruß des dicken, angenehmen Wirtes.

Niemals hatte ich im »Tari-Bari« zu erkennen gegeben, daß ich die russische Sprache verstehe. Einmal aber, als ich an einen Tisch mit zwei Chauffeuren zu sitzen kam, wurde ich von ihnen gefragt, geradeheraus, welcher Nationalität ich sei. Ich antwortete, ich sei ein Deutscher. Wenn sie die Absicht hätten, Geheimnisse vor mir zu besprechen, in welcher Sprache auch immer, so möchten sie das bitte tun, nachdem ich wieder fortgegangen wäre. Denn ich verstünde so ziemlich alle europäischen Sprachen. Da aber gerade in diesem Augenblick ein anderer Tisch frei wurde, erhob ich mich und ließ die Chauffeure allein mit ihren Geheimnissen. Also konnten sie mich nicht mehr fragen, was offenbar ihre Absicht gewesen war, ob ich auch Russisch verstehe. Und man wußte es also weiter nicht.

Aber man erfuhr es eines Tages, eines Abends vielmehr, oder, um ganz genau zu sein: in einer späten Nachtstunde. Und zwar dank dem Graublonden, der damals gerade gegenüber dem Büfett saß, ausnahmsweise schweigsam und beinahe düster, wenn diese Bezeichnung überhaupt auf ihn angewandt werden kann.

Ich trat kurz vor Mitternacht ein, mit der Absicht, einen einzigen Schnaps zu trinken und mich gleich darauf zu entfernen. Ich suchte mir also gar nicht erst einen Tisch, sondern blieb an der Theke stehen, neben zwei anderen späten Gästen, die ebenfalls nur auf einen Schnaps hereingekommen zu sein schienen, entgegen ihrem ursprünglichen Plan aber schon längere Zeit hiergeblieben sein mußten; denn mehrere geleerte und halbgeleerte Gläser standen vor ihnen, dieweil es ihnen vorkommen mochte, daß sie erst ein einziges getrunken hatten. So schnell vergeht manchmal die Zeit, wenn man in einem Lokal an der Theke stehen bleibt, statt sich zu setzen. Sitzt man an einem Tisch, so übersieht man in jeder Sekunde, wieviel man genossen hat, und merkt an der Anzahl der geleerten Gläser den Gang der Zeiger. Tritt man aber in ein Gasthaus ein, nur »auf einen Sprung«, wie man sagt, und bleibt auch am Schanktisch stehen, so trinkt man und trinkt und glaubt, es gehörte noch alles eben zu jenem einzigen »Sprung«, den man zu machen gedacht hatte. Das beobachtete ich an jenem Abend an mir selbst. Denn gleich den beiden andern trank auch ich eins und das andere und das dritte, und ich stand immer noch da, ähnlich einem jener ewig hastigen und ewig säumigen Menschen, die ein Haus betreten, den Mantel nicht ablegen, die Klinke in der Hand behalten, jeden Augenblick auf Wiedersehen sagen wollen und sich dennoch länger aufhalten, als wenn sie Platz genommen hätten. Beide Gäste unterhielten sich ziemlich leise mit dem Wirt auf russisch. Was an der Theke gesprochen wurde, konnte der graublonde Stammgast gewiß nur halb hören. Er saß ziemlich entfernt von uns, ich sah ihn im Spiegel hinter dem Büfettisch, er schien auch gar nicht gesonnen, etwas von dem Gespräch zu hören oder gar sich an ihm zu beteiligen. Auch ich tat nach meiner Gewohnheit so, als verstünde ich nichts. Auf einmal aber schlug ein Satz gleichsam von selbst an mein Ohr. Ich konnte mich seiner gar nicht erwehren. Dieser Satz lautete: »Warum ist unser Mörder heute so finster?« Einer der beiden Gäste hatte diesen Satz ausgesprochen und dabei mit dem Finger auf das Spiegelbild des Graublonden hinter dem Büfett gedeutet. Unwillkürlich wandte ich mich nach dem Stammgast um und verriet also, daß ich die Frage verstanden hatte. Man musterte mich auch sofort ein wenig mißtrauisch, in der Hauptsache aber verblüfft. Die Russen haben, nicht mit Unrecht, Angst vor Spitzeln, und ich wollte auf alle Fälle verhüten, daß sie mich für einen hielten. Gleichzeitig aber interessierte mich die immerhin ungewöhnliche Bezeichnung »unser Mörder« in dem Maße, daß ich zuerst zu fragen beschloß, warum man den Graublonden so nenne. Ich hatte, als ich mich umwandte, bemerken können, daß der so ungewöhnlich benannte Stammgast die Frage auch gehört hatte. Er nickte lächelnd. Und er hätte wohl sofort selbst geantwortet, wenn ich gleichgültig geblieben und nicht in dieser kurzen Minute der Gegenstand des Zweifels und des Mißtrauens geworden wäre. »Sie sind also Russe?« fragte mich der Wirt. – Nein, wollte ich antworten, aber zu meiner Verwunderung erwiderte statt meiner der Graublonde hinter meinem Rücken: »Dieser unser Stammgast versteht Russisch und ist ein Deutscher. Er hat immer nur aus Diskretion geschwiegen.« »So ist es«, bestätigte ich, drehte mich um und sagte: »Ich danke Ihnen, Herr!« »Bitte sehr!« sagte er, stand auf und ging auf mich zu. »Ich heiße Golubtschik«, sagte er, »Semjon Semjonowitsch Golubtschik.« Wir gaben uns die Hand. Der Wirt und die beiden anderen Gäste lachten. »Woher wissen Sie über mich Bescheid?« fragte ich. »Man ist nicht umsonst bei der russischen Geheimpolizei gewesen«, sagte Golubtschik. Ich konstruierte mir sofort eine phänomenale Geschichte. Dieser Mann hier, dachte ich, sei ein alter Beamter der Ochrana gewesen und habe einen kommunistischen Spitzel in Paris umgelegt; weshalb ihn auch diese weißrussischen Emigranten so harmlos und beinahe rührend »unseren Mörder« genannt hatten, ohne sich vor ihm zu scheuen. Ja, vielleicht steckten alle vier unter einer Decke.

»Und woher können Sie unsere Sprache?« fragte mich einer der beiden Gäste. – Und wieder antwortete statt meiner Golubtschik: »Er hat im

Krieg an der Ostfront gedient und war sechs Monate in der sogenannten Okkupationsarmee!« »Das stimmt!« bestätigte ich. »Er war dann später«, fuhr Golubtschik fort, »noch einmal in Rußland, will sagen: nicht mehr in Rußland, sondern in den Vereinigten Sowjetstaaten, im Auftrag einer großen Zeitung. Er ist Schriftsteller!« Mich verwunderte dieser genaue Bericht über meine Person nur wenig. Denn ich hatte schon ziemlich viel getrunken – und in diesem Zustand kann ich kaum noch das Merkwürdige von dem Selbstverständlichen unterscheiden. Ich wurde sehr höflich und sagte ein wenig gespreizt: »Ich danke Ihnen für das Interesse, das Sie mir so lange bewiesen haben, und für die Auszeichnung, die Sie mir somit schenken!« Alle lachten. Und der Wirt sagte: »Er spricht wie ein alter Petersburger Kanzleirat!« Damit war nun jeder Zweifel an meiner Person ausgelöscht. Ja, man betrachtete mich sogar wohlwollend, und es folgten vier weitere Runden, die wir alle gegenseitig auf unser Wohl tranken.

Der Wirt ging zur Tür, versperrte sie, löschte eine Anzahl Lampen und bat uns alle, Platz zu nehmen. Die Zeiger der Wanduhr standen auf halb neun. Ich trug bei mir keine Uhr, und einen der Gäste nach der Zeit zu fragen schien mir unschicklich. Ich machte mich vielmehr mit dem Gedanken vertraut, daß ich hier die halbe oder die ganze Nacht verbringen würde. Eine große Karaffe Schnaps stand noch vor uns. Sie mußte mindestens, meiner Schätzung nach, zur Hälfte geleert werden. Ich fragte also: »Warum nannte man Sie so merkwürdig vorhin, Herr Golubtschik?«

»Das ist mein Spitzname«, sagte er, »aber auch wieder nicht ganz nur ein Spitzname. Ich habe nämlich vor vielen Jahren einen Mann erschlagen und – wie ich damals glaubte – eine Frau auch.«

»Ein politisches Attentat?« fragte der Wirt, und es wurde mir also klar, daß auch die andern nichts wußten, außer dem Spitznamen.

»Keine Spur!« sagte Semjon. »Ich bin in keiner Beziehung eine politische Persönlichkeit. Ich mache mir überhaupt nichts aus öffentlichen Dingen. Ich liebe das Private. Nur das interessiert mich. Ich bin ein guter Russe, wenn auch ein Russe aus einem Randgebiet – ich bin nämlich im früheren Wolynien geboren. Aber niemals habe ich meine Jugendgenossen begreifen können, mit ihrer verrückten Lust, unbedingt das Leben für irgendeine verrückte oder auch meinetwegen normale Idee herzugeben. Nein! Glauben Sie mir! Das private Leben, die einfache Menschlichkeit ist wichtiger, größer, tragischer als alles Öffentli-

che. Und das ist vielleicht für heutige Ohren absurd. Aber das glaube ich, das werde ich bis zu meiner letzten Stunde glauben. Niemals hätte ich politische Leidenschaft genug aufbringen können, um einen Menschen aus politischen Gründen zu töten. Ich glaube auch gar nicht, daß politische Verbrecher besser oder edler sind als andere; vorausgesetzt, daß man der Meinung ist, ein Verbrecher, welcher Art er auch sei, könne kein edler Mensch sein. Ich zum Beispiel, ich habe getötet und halte mich durchaus für einen guten Menschen. Eine Bestie, um es glatt zu sagen: eine Frau, meine Herren, hat mich zum Mord getrieben.«
»Sehr interessant!« sagte der Wirt.
»Gar nicht! Sehr alltäglich«, sagte bescheiden Semjon Semjonowitsch. »Und doch nicht so ganz alltäglich. Ich kann Ihnen meine Geschichte ganz kurz erzählen. Und Sie werden sehn, daß es eine ganz simple Geschichte ist.«
Er begann. Und die Geschichte war weder kurz noch banal. Deshalb habe ich beschlossen, sie hier nachzuschreiben.

»Ich habe Ihnen eine kurze Geschichte versprochen«, begann Golubtschik, »aber ich sehe, daß ich wenigstens am Anfang weit ausholen muß; und ich bitte Sie also, nicht ungeduldig zu werden. Ich sagte Ihnen früher, daß mich nur das Privatleben interessiert. Ich muß darauf zurückkommen. Ich will damit sagen, daß man, wenn man genau achtgeben würde, unbedingt zu dem Resultat kommen müßte, daß alle sogenannten großen, historischen Ereignisse in Wahrheit zurückzuführen sind auf irgendein Moment im Privatleben ihrer Urheber oder auf mehrere Momente. Man wird nicht umsonst, das heißt, ohne private Ursache, Feldherr oder Anarchist oder Sozialist oder Reaktionär, und alle großen und edlen und schimpflichen Taten, die einigermaßen die Welt verändert haben, sind die Folgen irgendwelcher ganz unbedeutender Ereignisse, von denen wir keine Ahnung haben. Ich sagte Ihnen früher, ich sei Spitzel gewesen. Ich habe mir oft darüber den Kopf zerbrochen, warum gerade ich ausersehen war, ein so fluchwürdiges Gewerbe zu betreiben, denn es ruht kein Segen darauf, und es ist bestimmt Gott nicht wohlgefällig. Es ist auch noch heute so, der Teufel reitet mich, ohne Zweifel. Sehn Sie, ich leb' ja heute nicht mehr davon, aber ich kann es nicht lassen, nicht lassen. Ganz gewiß gibt es einen solchen Teufel der Spionage oder der Spitzelei. Wenn mich einer interessiert, wie zum Beispiel dieser Herr hier, der Schriftsteller«, Golubtschik deutete mit dem Kopf gegen mich, »so kann ich nicht ruhen, so ruht es nicht eher in mir, als bis ich erforscht habe, wer er ist, wie er lebt, woher er stammt. Denn ich weiß natürlich noch mehr von Ihnen, als Sie ahnen. Sie wohnen da drüben und schauen manchmal des Morgens im Negligé zum Fenster hinaus. Na aber, es ist ja auch nicht von Ihnen die Rede, sondern von mir. Also fahren wir fort. Es war Gott nicht wohlgefällig, aber Sein unerforschter Ratschluß hatte es mir ja vorgezeichnet.

Sie kennen meinen Namen, meine Herren, ich sage lieber: meine Freunde. Denn es ist besser, ›meine Freunde‹ zu sagen, wenn man erzählt, nach guter, alter heimatlicher Sitte. Mein Name ist also, wie Sie wissen: Golubtschik*. Ich frage Sie selbst, ob das gerecht ist. Ich war immer groß und stark, schon als Knabe an Wuchs und Körperkraft weit stärker als meine Kameraden; und gerade ich muß Golubtschik heißen. Nun, es gibt noch etwas: Ich hieß gar nicht mit Recht so, das heißt: nach natürlichem Recht sozusagen. Denn das war der Name meines legitimen Vaters. Indessen: Mein wirklicher Name, mein natürlicher, der Name meines natürlichen Vaters war: Krapotkin – und ich bemerke eben, daß ich nicht ohne lasterhaften Hochmut diesen Namen ausspreche. Sie sehen: Ich war ein uneheliches Kind. Dem Fürsten Krapotkin gehörten, wie Sie wissen werden, viele Güter in allen Teilen Rußlands. Und eines Tages erfaßte ihn die Lust, auch ein Gut in Wolynien zu kaufen. Solche Leute hatten ja ihre Launen. Bei dieser Gelegenheit lernte er meinen Vater kennen und meine Mutter. Mein Vater war Oberförster. Krapotkin war eigentlich entschlossen gewesen, alle Angestellten des früheren Herrn zu entlassen. Als er aber meine Mutter sah, entließ er alle – mit Ausnahme meines Vaters. Und so kam es eben. Mein Vater, der Förster Golubtschik, war ein einfacher Mann. Stellen Sie sich einen gewöhnlichen, blonden Förster in dem üblichen Gewande des Försterberufes vor, und Sie haben meinen legitimen Vater vor Augen. Sein Vater, mein Großvater also, war noch Leibeigener gewesen. Und Sie werden begreifen, daß der Förster Golubtschik gar nichts dagegen einzuwenden hatte, daß der Fürst Krapotkin, sein neuer Herr, meiner Mutter häufige Besuche zu einer Stunde machte, in der die verheirateten Frauen bei uns zu Lande an der Seite ihrer angetrauten Männer zu liegen pflegen. Nun, ich brauche nichts weiter zu sagen: Nach neun Monaten kam ich zur Welt, und mein wirklicher Vater hielt sich bereits seit drei Monaten in Petersburg auf. Er schickte Geld. Er war ein Fürst, und er benahm sich genauso, wie sich ein Fürst zu benehmen hat. Meine Mutter hat ihn zeit ihres Lebens nicht vergessen. Ich schließe das aus der Tatsache, daß sie außer mir kein anderes Kind zur Welt gebracht hat. Das will also heißen, daß sie nach der Geschichte mit Krapotkin sich geweigert hat, ihre ›ehelichen Pflichten zu erfüllen‹, wie es in den Gesetzbüchern heißt. Ich selbst erinnere mich genau, daß sie niemals in einem Bett geschlafen haben, der Förster Golubtschik und meine Mutter. Meine Mutter schlief in der Küche, auf einem improvisierten Lager, auf der

* Golubtschik heißt im Russischen: Täubchen.

ziemlich breiten Holzbank, genau unter dem Heiligenbild, während der Förster ganz allein das geräumige Ehebett in der Stube einnahm. Denn er hatte genug Einkünfte, um sich Stube und Küche leisten zu können. Wir wohnten am Rande des sogenannten ›schwarzen Waldes‹ – denn es gab auch einen lichten Birkenwald, und der unsrige bestand aus Tannen. Wir wohnten abseits und etwa zwei bis drei Werst entfernt vom nächsten Dorf. Es hieß Woroniaki. Mein legitimer Vater, der Förster Golubtschik, war, im Grunde genommen, ein sanfter Mann. Niemals habe ich einen Streit zwischen ihm und meiner Mutter gehört. Sie wußten beide, was zwischen ihnen stand. Sie sprachen nicht darüber. Eines Tages aber – ich mochte damals etwa acht Jahre alt gewesen sein – erschien ein Bauer aus Woroniaki in unserem Haus, fragte nach dem Förster, der gerade durch die Wälder streifte, und blieb sitzen, als meine Mutter ihm sagte, daß ihr Mann vor dem späten Abend nicht nach Hause kommen würde. ›Nun, ich habe Zeit!‹ sagte der Bauer. ›Ich kann auch bis zum Abend warten und auch bis Mitternacht und auch später. Ich kann warten, bis ich eingesperrt werde. Und das hat noch mindestens einen Tag Zeit!‹ ›Warum sollte man Sie einsperren?‹ fragte meine Mutter. ›Weil ich Arina, meine leibliche Tochter Arina, mit diesen meinen Händen erwürgt habe‹, antwortete lächelnd der Bauer. Ich kauerte neben dem Ofen, weder meine Mutter noch der Bauer beobachteten mich im geringsten, und ich habe die Szene ganz genau behalten. Ich werde sie auch nie vergessen! Ich werde niemals vergessen, wie der Bauer gelächelt und wie er auf seine ausgestreckten Hände geblickt hat bei jenen fürchterlichen Worten. Meine Mutter, die gerade Teig geknetet hatte, ließ Mehl, das Wasser und das halbausgelaufene Ei auf dem Küchentisch, schlug das Kreuz, faltete dann die Hände über ihrer blauen Schürze, trat nahe an den Besuch heran und fragte: ›Sie haben Ihre Arina erwürgt?‹ ›Ja‹, bestätigte der Bauer. ›Aber warum denn, um Gottes willen?‹ ›Weil sie Unzucht getrieben hat mit Ihrem Mann, dem Förster Semjon Golubtschik. Heißt er nicht so, Ihr Förster?‹ Der Bauer sprach auch all das mit einem Lächeln, mit einem versteckten Lächeln, das hinter seinen Worten gleichsam hervorblinkte wie manchmal der Mond hinter finsteren Wolken. ›Ich bin schuld daran‹, sagte meine Mutter. Ich höre es noch, als ob sie es erst gestern gesprochen hätte. Ich habe ihre Worte behalten. (Damals aber verstand ich sie nicht.) Sie bekreuzigte sich noch einmal. Sie nahm mich bei der Hand. Sie ließ den Bauern in unserer Stube und ging mit mir durch den Wald, immerfort den Namen Golubtschik rufend. Nichts meldete sich. Wir kehrten ins Haus zurück, und der Bauer saß immer noch dort. ›Wollen Sie Grütze?‹ fragte meine Mutter, als wir zu essen begannen. ›Nein!‹ sagte lächelnd und höflich unser Gast, ›aber wenn Sie zufällig einen Samogonka im Hause haben – wäre ich nicht abgeneigt.‹ Meine Mutter schenkte ihm von unserem Selbstgebrannten ein, er trank, und ich erinnere mich genau, wie er den Kopf zurückwarf und wie an seinem von Borsten bewachsenen, zurückgeworfenen Hals gleichsam von außen zu sehen war, daß der Schnaps durch die Kehle rann. Er trank und trank und blieb sitzen. Endlich, die Sonne ging schon unter, es mag ein früher Herbsttag gewesen sein, kam mein Vater zurück. ›Ach, Pantalejmon!‹ sagte er. Der Bauer erhob sich und sagte ganz ruhig: ›Komm gefälligst hinaus!‹ ›Warum?‹ fragte der Förster. ›Ich habe eben‹, antwortete immer noch ganz ruhig der Bauer, ›Arina erschlagen.‹

Der Förster Golubtschik ging sofort hinaus. Sie blieben lange draußen. Was sie da gesprochen haben, weiß ich nicht. Ich weiß nur, daß sie lange draußen blieben. Es mochte wohl eine Stunde sein. Meine Mutter lag auf den Knien vor dem Heiligenbild in der Küche. Man hörte keinen Laut. Die Nacht war hereingebrochen. Meine Mutter zündete kein Licht an. Das dunkelrote Lämpchen unter dem Heiligenbild war das einzige Licht in der Stube, und niemals bis zu dieser Stunde hatte ich mich davor gefürchtet. Jetzt aber fürchtete ich mich. Meine Mutter lag die ganze Zeit auf den Knien und betete, und mein Vater kam nicht. Ich hockte neben dem Ofen. Endlich, es mochten drei oder mehr Stunden vergangen sein, hörte ich Schritte und viele Stimmen vor unserem Haus. Man brachte meinen Vater. Vier Männer trugen ihn. Der Förster Golubtschik muß ein ansehnliches Gewicht gehabt haben. Er blutete an allen Ecken und Enden, wenn man so sagen darf. Wahrscheinlich hatte ihn der Vater seiner Geliebten so zugerichtet.

Nun, ich will es kurz machen. Der Förster Golubtschik hat sich niemals mehr von diesen Schlägen erholt. Er konnte seinen Beruf nicht mehr ausüben. Er starb ein paar Wochen später, und man begrub ihn an einem eisigen Wintertag, und ich erinnere mich noch genau, wie die Totengräber, die ihn holen kamen, dicke, wollene Fäustlinge trugen und dennoch mit beiden Händen um sich schlagen mußten, damit es ihnen wärmer werde. Man lud meinen Vater Golubtschik auf einen Schlitten. Meine Mutter und ich, wir saßen auch in einem Schlitten, und während der Fahrt sprühte mir der helle Frost mit hunderttausend köstlichen, kristallenen Nadeln ins Gesicht. Eigentlich war ich froh. Dieses Begräbnis meines Vaters gehört eher zu den heiteren Erinnerungen meiner Kindheit.

Passons! – wie man in Frankreich sagt. Es dauerte nicht lange, und ich kam in die Schule. Und aufgeweckt, wie ich war, erfuhr ich bald, daß ich der Sohn Krapotkins war. Ich bemerkte es an dem Benehmen des Lehrers und einmal im Frühling an einem denkwürdigen Tage, an dem Krapotkin selber kam, unser Gut zu visitieren. Man schmückte das Dorf Woroniaki. Man hängte Girlanden an beiden Enden der Dorfstraße auf. Man stellte sogar eine Musikkapelle zusammen aus lauter Bläsern, und dazwischen gab es auch Sänger. Man übte eine Woche vorher, unter der Anleitung unseres Lehrers. Aber in dieser Woche ließ mich meine Mutter nicht in die Schule gehn, und nur unter der Hand gewissermaßen erfuhr ich von all den Vorbereitungen. Eines Tages kam Krapotkin wirklich. Und zwar direkt zu uns. Er ließ die Dorfstraße mit Girlanden eine Dorfstraße mit Girlanden sein und die Musiker Musikanten und die Sänger Sänger, und er kam directement in unser Haus. Er hatte einen schönen dunklen und etwas angesilberten Knebelbart, roch nach Zigarren, und seine Hände waren sehr lang, sehr mager, sehr trocken, dürr sogar. Er streichelte mich, fragte mich aus, drehte mich ein paarmal herum, betrachtete meine Hände, meine Ohren, meine Augen, meine Haare. Dann sagte er, meine Ohren wären schmutzig und meine Fingernägel auch. Er zog ein elfenbeinernes Taschenmesser aus der Westentasche, schnitzte mir in zwei, drei Minuten aus einem ganz gewöhnlichen Holzbrett einen Mann mit Bart und langen Armen (später hörte ich, daß er ein sogenannter ›Kunstschnitzer‹ gewesen sei), dann sprach er noch leise mit meiner Mutter, und dann verließ er uns.

Seit diesen Tagen, meine Freunde, wußte ich natürlich ganz genau, daß ich nicht der Sohn Golubtschiks, sondern Krapotkins war. Natürlich tat es mir sehr leid, daß der Fürst verschmäht hatte, die geschmückte Dorfstraße zu passieren, die Musik und die Lieder zu hören. Am besten, so stellte ich mir vor, wäre es wohl gewesen, wenn er in einer großartigen Kalesche, an meiner Seite, von vier schneeweißen Schimmeln gezogen, ins Dorf gekommen wäre. Ich selbst wäre bei dieser Gelegenheit als der rechtmäßige, sozusagen gottgewollte Nachkomme des Fürsten von allen anerkannt worden, vom Lehrer, von den Bauern, von den Knechten, sogar von der Obrigkeit, und die Lieder und die Musik und die Girlanden hätten eher mir als meinem Vater gegolten. Ja, meine Freunde, so war ich damals: anmaßend, eitel, von einer uferlosen Phantasie bedrängt und sehr egoistisch. An meine Mutter dachte ich bei dieser Gelegenheit nicht im geringsten. Zwar begriff ich schon einigermaßen, daß es eine Art Schande war, wenn eine Frau ein Kind von einem andern als von ihrem angetrauten Mann bekam. Wichtig aber war nicht die Schande meiner Mutter und auch nicht meine eigene. Im Gegenteil: Es freute mich, und ich bildete mir viel darauf ein, daß ich nicht nur sozusagen von Geburt an ein besonderes Zeichen mit mir herumtrug, sondern auch, daß ich der leibliche Sohn unseres Fürsten war. Und nun aber, nachdem es so zweifellos und klar wie der Tag geworden war, ärgerte mich der Name Golubtschik nur noch mehr, und besonders, weil alle ihn so höhnisch aussprachen, seit dem Tode des Försters und seitdem der Fürst bei meiner Mutter gewesen war. Sie sprachen alle meinen Namen mit einem ganz besonderen Unterton aus, so als wäre es gar kein ehrlicher, gesetzlicher Name, sondern ein Spitzname. Und das ärgerte mich um so mehr, als ich ja selbst diesen lächerlichen und für mich gar nicht passenden Namen Golubtschik schon immer als einen Spott- und Spitznamen empfunden hatte, auch noch in den Zeiten, in denen man ihn gewissermaßen mit harmloser Ehrlichkeit auszusprechen pflegte. So wechselten also in meinem jungen Herzen damals die Gefühle in jäher Schnelligkeit, ich fühlte mich gedemütigt, ja erniedrigt und gleich darauf – oder besser: zugleich – wieder erhaben und hochmütig, und manchmal drängten sich alle diese Gefühle gleichzeitig in mir zusammen und kämpften gegeneinander, grausame Ungeheuer, meine Freunde, grausam in einer kleinen Knabenbrust.

Es war deutlich zu spüren, daß der Fürst Krapotkin seine starke, gnädige Hand über mir hielt. Zum Unterschied von allen anderen Knaben unseres Dorfes kam ich nach W. ins Gymnasium, im elften Jahre meines Lebens. An allerhand Anzeichen konnte ich bald bemerken, daß den Lehrern auch hier das Geheimnis meiner Geburt bekannt war, und ich freute mich nicht wenig darüber. Aber ich hörte auch nicht auf, mich über meinen unsinnigen Namen zu ärgern. Ich schoß schnell in die Höhe, ich wuchs fast ebensoschnell in die Breite, und ich hieß immer noch Golubtschik.

Je älter ich wurde, desto mehr kränkte ich mich darüber. Ich war ein

Krapotkin, und ich hatte, zum Teufel, das Recht, mich Krapotkin zu nennen. Ich wollte noch ein bißchen warten. Ein Jahr vielleicht. Vielleicht überlegte es sich der Fürst in der Zwischenzeit und kam eines Tages herüber und verlieh mir, am liebsten vor den Augen aller Menschen, die mich kannten, seinen Namen, seinen Titel und alle seine märchenhaften Besitztümer. Ich wollte ihm keine Schande machen. Ich lernte gut und mit Ausdauer. Man war mit mir zufrieden. Und all das, meine Freunde, war doch keine echte Sache, es war doch nur teuflische Eitelkeit, die mich trieb, und nichts weiter. Bald sollte sie noch stärker in mir zu wirken anfangen. Bald begann ich mit meiner ersten, zwar noch nicht schändlichen Handlung, Sie sollen es sogleich hören.

Ich hatte mir also vorgenommen, ein ganzes Jahr zu warten, obwohl ich mir kurz nach diesem Entschluß vorzuhalten begann, daß ein ganzes Jahr eine viel zu lange Zeit wäre. Ich versuchte bald, mir selbst ein paar Monate abzuhandeln, denn die Ungeduld plagte mich sehr. Doch sagte ich mir zu gleicher Zeit, daß es eines Mannes, der entschlossen sei, sehr hoch emporzukommen – für einen solchen Mann hielt ich mich damals, meine Freunde –, daß es seiner unwürdig sei, ungeduldig zu werden und von seinen Entschlüssen abzuweichen. Auch fand ich bald eine Hilfe für meine Standhaftigkeit in der abergläubischen Überzeugung, daß der Fürst auf eine geheimnisvolle, geradezu magische Weise schon längst gefühlt haben müßte, was ich von ihm forderte. Denn ich bildete mir zuweilen ein, daß ich magische Kräfte besäße und daß ich überdies auf eine natürliche Weise mit ihm als mit meinem leiblichen Vater selbst über viele tausend Werst hinweg ständig verbunden wäre. Diese Einbildung beruhigte mich und bändigte zeitweilig meine Ungeduld. Als aber das Jahr verstrichen war, hielt ich mich für doppelt berechtigt, den Fürsten an seine Pflichten gegen mich zu mahnen. Denn daß ich ein ganzes Jahr ausgeharrt hatte, rechnete ich mir natürlich nicht gerade als ein geringes Verdienst an. Bald ereignete sich außerdem etwas, was mir den klaren Beweis dafür zu liefern schien, daß die Vorsehung selbst mein Vorhaben billigte. Es war kurz nach Ostern und schon recht voller Frühling. In dieser Jahreszeit fühlte ich immer – und noch heute fühle ich in den Frühlingsmonaten – eine frische Kraft im Herzen und in den Muskeln und eine ganz große unberechtigte und törichte Überzeugung, daß mir alles Unmögliche gelingen müsse. Nun ereignete sich der merkwürdige Zufall, daß

ich eines Tages in der Pension, in der ich untergebracht war, der Zeuge eines Gesprächs wurde, das zwischen meinem Wirt und einem fremden Mann, den ich nicht sehen konnte, im Nebenzimmer geführt wurde. Ich hätte damals viel darum gegeben, den Mann zu sehen und selbst mit ihm zu sprechen. Ich durfte aber meine Anwesenheit nicht verraten. Offenbar hatte man geglaubt, ich sei nicht zu Hause beziehungsweise nicht in meinem Zimmer. Man hätte in der Tat auch nicht vermuten können, daß ich um diese Stunde zu Hause sei, und ich war nur zufällig in mein Zimmer gekommen. Mein Wirt, ein Postbeamter, unterhielt sich mit dem Fremden im Korridor ziemlich laut. Nach den ersten paar Worten, die ich vernahm, begriff ich sofort, daß der Fremde jener Beauftragte des Fürsten sein mußte, der jeden Monat für mich Kost, Quartier und Kleidung bezahlte. Offenbar hatte mein Wirt eine Preiserhöhung verlangt, und der Beauftragte des Fürsten wollte sie nicht anerkennen. ›Aber ich sage Ihnen doch‹, hörte ich den Fremden sprechen, ›daß ich ihn vor einem Monat nicht erreichen kann. Er ist in Odessa. Dort bleibt er sechs oder acht Wochen. Er will nicht gestört sein. Er öffnet keinen Brief. Er lebt da ganz abgeschlossen. Er schaut den ganzen Tag aufs Meer und kümmert sich um gar nichts. Ich wiederhole Ihnen: Ich kann ihn nicht erreichen.‹
›Wie lange soll ich also warten, mein Lieber?‹ sprach mein Wirt. ›Seitdem er hier lebt, hab' ich sechsunddreißig Rubel ausgegeben, Extraspesen, einmal war er krank, sechsmal war der Arzt hier. Ich hab's nicht ersetzt bekommen.‹ – Ich wußte – nebenbei gesagt –, daß mein Wirt log. Ich war niemals krank gewesen. Aber darauf achtete ich damals natürlich nicht. Mich regte die belanglose Tatsache, daß Krapotkin in Odessa lebte, in einem abgeschlossenen Haus am Meere, ungeheuer auf. Ein großer Sturm erhob sich in meinem Herzen. Das Meer, das abgeschlossene Haus, die Laune des Fürsten, sechs oder gar acht Wochen nichts von der Welt zur Kenntnis zu nehmen: all das beleidigte mich schwer. Es war, als hätte sich der Fürst zurückgezogen, nur, um von mir nichts mehr zu hören und als fürchtete er mich und nur mich auf dieser Welt.
So ist es also, sagte ich mir. Der Fürst hat auf dem magischen Wege meinen Entschluß vor einem Jahr vernommen. Er hat, aus begreiflicher Schwäche, nichts getan. Und nun, da das Jahr zu Ende geht, hat er Angst vor mir und verbirgt sich. Ich muß immerhin, damit Sie mich ganz kennenlernen, hinzufügen, daß ich sogar einer leisen Anwand-

lung von Großmut gegen den Fürsten damals fähig war. Denn er begann mir bald leid zu tun. Ich war geneigt, ihm seine Flucht vor mir als eine verzeihliche Schwäche auszulegen. So dreist überschätzte ich damals meine Kraft. War mein ganzer törichter Plan, den Fürsten zu zwingen, eine lächerliche Überheblichkeit, so war die kindische Großmut, mit der ich ihm seine angeblichen Schwächen verzeihen wollte, schon krankhaft zu nennen, wie die Ärzte sagen würden: ein ›psychotischer Zustand‹.

Eine Stunde, nachdem ich das früher erwähnte Gespräch belauscht hatte, fuhr ich zu meiner Mutter, mit dem letzten Rest des Geldes, das ich mir durch Stundengeben verdient hatte. Ich hatte sie Weihnachten zuletzt gesehen. Als ich sie jetzt wiedersah – sie erschrak übrigens, weil ich so plötzlich ins Haus fiel –, erkannte ich sofort, daß sie krank und sehr gealtert aussah. Im Laufe der wenigen Monate, in denen ich sie nicht gesehen hatte, waren ihre Haare grau geworden. Das erschreckte mich. Zum erstenmal sah ich deutlich an dem nächsten Menschen, den ich auf der Welt besaß, die Zeichen des unerbittlichen Alters. Und weil ich noch jung war, bedeutete mir das Alter nichts anderes als den Tod. Ja, der Tod war schon mit seinen grausigen Händen über den Scheitel meiner Mutter gefahren – nun waren ihre Haare welk und silbern. Sie wird also bald sterben, dachte ich ehrlich erschüttert. Und schuld daran, dachte ich weiter, ist der Fürst Krapotkin. Denn es lag mir begreiflicherweise daran, den Fürsten noch schuldiger zu machen, als er ohnehin in meinen Augen schon war. Je schuldiger er wurde, desto richtiger und berechtigter erschien mein Unternehmen.

Ich sagte also meiner Mutter, ich sei nur für ein paar Stunden gekommen, in einer höchst merkwürdigen und geheimen Angelegenheit. Ich müsse morgen nach Odessa. Nichts Geringeres sei passiert als die Tatsache, daß mich der Fürst rufen ließ. Mir die Botschaft zu überbringen, sei gestern jener Mann zu meinem Wirt gekommen, der Beauftragte des Fürsten. Sie, meine Mutter, sei der einzige Mensch, zu dem ich ein Wort davon verrate. Sie möge also schweigen, betonte ich dumm und wichtig. Ich ließ durchblicken, daß der Fürst vielleicht krank und im Sterben liege.

Kaum aber hatte ich diese lügenhafte Andeutung gemacht, als meine Mutter, die alles ruhig angehört hatte, kauernd auf der hölzernen Schwelle unseres Hauses, sofort aufsprang. Ihr Angesicht füllte sich mit Blut, Tränen rannen über ihre Wangen, sie breitete zuerst die

Arme aus und schlug dann die Hände zusammen. Ich sah, daß ich sie erschreckt hatte, begann zu ahnen, was sie jetzt sagen würde, und erschrak selbst ungeheuerlich. ›Dann muß ich gleich mit dir!‹ sagte sie. ›Komm, komm, schnell, schnell, er darf nicht sterben, er darf nicht sterben, ich muß ihn sehn, ich muß ihn sehn!‹ So groß, so erhaben, möchte ich sagen, war die Liebe dieser einfachen Frau, die meine Mutter war. Viele Jahre waren vergangen, seitdem sie den letzten Kuß ihres Geliebten gespürt hatte, aber auf ihrem Leib fühlte sie den Kuß noch so lebendig, als hätte sie ihn gestern empfangen. Der Tod selbst hatte sie schon gestreichelt, aber selbst die Berührung des Todes konnte die Berührungen des Geliebten nicht verwischen und nicht vergessen machen. ›Hat er dir geschrieben?‹ fragte meine Mutter. ›Beruhige dich!‹ sagte ich. Und da meine Mutter nicht lesen und schreiben konnte, erlaubte ich mir noch eine schändlichere Lüge: ›Er hat mir mit eigener Hand ein paar Zeilen geschrieben, es kann ihm also so schlecht nicht gehen!‹ sagte ich.
Sie beruhigte sich im Augenblick. Sie küßte mich. Und ich schämte mich nicht, ihren Kuß zu empfangen. Sie gab mir zwanzig Rubel, ein ziemlich schweres Häuflein Silber in einem blauen Taschentuch. Das steckte ich mir ins Hemd, über den Gürtel.
Ich fuhr schnurstracks nach Odessa.

Ja, meine Freunde, ich fuhr nach Odessa, ich hatte ein reines Gewissen, ich empfand keine Reue, ich hatte mein Ziel vor Augen, und nichts sollte mich aufhalten. Es war ein strahlender Frühlingstag, als ich ankam. Zum erstenmal sah ich eine große Stadt. Es war keine gewöhnliche russische große Stadt, sondern erstens ein Hafen; und zweitens waren die meisten Straßen und Anlagen, wie ich bereits gehört hatte, ganz nach europäischem Muster angelegt. Vielleicht war Odessa mit Petersburg, jenem Petersburg, das ich in meiner Vorstellung trug, nicht zu vergleichen. Aber auch Odessa war eine große, eine riesengroße Stadt. Sie lag am Meer. Sie hatte einen Hafen. Und sie war eben die erste Stadt, in die ich ganz allein, aus eigenem Willen gereist war, die erste wunderbare Station auf meinem wunderbaren Weg ›nach oben‹.
Ich tastete, als ich den Bahnhof verließ, nach meinem Geld unter dem Hemd. Es war noch vorhanden. Ich nahm ein Zimmer in einem kleinen Gasthaus, in der Nähe des Hafens. Es war meiner Meinung nach

nötig, möglichst nahe vom Fürsten zu wohnen. Da er, wie ich gehört hatte, in einem Hause ›am Meer‹ wohnte, stellte ich mir vor, es liege auch in der Nähe des Hafens. Ich zweifelte keinen Augenblick daran, daß mich der Fürst, sobald er nur erfahren haben würde, daß ich gekommen sei, nötigen müßte, bei ihm zu wohnen. Und dann hätte ich es nicht weit gehabt. Ich brannte vor Neugier, die Lage seines geheimnisvollen Hauses zu erfahren. Ich nahm an, daß alle Leute in Odessa wissen müßten, wo der Fürst wohnte. Aber ich wagte nicht, den Wirt meines Gasthofes zu fragen. Es war Angst, die mich hinderte, so offen Erkundigungen einzuholen, aber auch eine Art Wichtigtuerei. Schon kam ich mir selbst wie ein Fürst Krapotkin vor, und ich freute mich an der Vorstellung, daß ich sozusagen inkognito in einem viel zu billigen Hotel unter dem lächerlichen Namen Golubtschik abgestiegen sei. Ich beschloß, mich lieber beim nächsten Polizisten zu erkundigen.
Zuerst aber ging ich zum Hafen. Ich schlenderte langsam durch die lebendigen Straßen der großen Stadt, verweilte vor allen Schaufenstern, besonders vor jenen, in denen Fahrräder und Messer ausgelegt waren, und machte verschiedene Einkaufspläne. Morgen oder übermorgen konnte ich mir ja alles kaufen, was mir gefiel, sogar eine ganz neue Gymnasiasten-Uniform. So dauerte es lange, bis ich an den Hafen kam. Das Meer war tiefblau, hundertmal blauer als der Himmel und eigentlich auch schöner, weil man mit den Händen hineingreifen konnte. Und wie die unerreichbaren Wolken über den Himmel schwammen, so fuhren die schneeweißen großen und kleinen Schiffe, auch sie greifbar, über das nahe Meer. Ein großes, ein unbeschreibliches Entzücken erfüllte mein Herz, und ich vergaß sogar den Fürsten für eine Stunde. Manche Schiffe warteten im Hafen und schaukelten sachte, und wenn ich nahe herantrat, hörte ich den zärtlichen, unermüdlichen Anschlag des blauen Wassers an weißes, weiches Holz und schwarzes, hartes Eisen. Ich sah die Kräne wie große, eiserne Vögel durch die Luft schweben und ihre Lasten ausspeien in wartende Schiffe, aus weitgeöffneten, eisernen braunschwarzen Rachen. Jeder von Ihnen, meine Freunde, weiß, wie es ist, wenn man zum erstenmal in seinem Leben das Meer und den Hafen erblickt. Ich will euch nicht mit näheren Schilderungen aufhalten.
Nach einiger Zeit verspürte ich Hunger und ging in eine Konditorei. Ich war in einem Alter, in dem man, wenn man hungrig wird, nicht in ein Gasthaus, sondern in eine Konditorei geht. Ich aß mich satt. Ich

glaube, daß ich damals Aufsehen mit meiner Genäschigkeit erregt habe. Ich fraß ein Zuckerwerk nach dem andern, ich hatte ja Geld in der Tasche, trank zwei Tassen stark gezuckerter Schokolade und wollte mich gerade entfernen, als plötzlich ein Herr an mein Tischchen trat und mir irgend etwas sagte, was ich nicht sofort verstand. Ich glaube, ich bin damals im ersten Augenblick sehr erschrocken gewesen. Erst als der Mann weitersprach, begann ich ziemlich langsam zu verstehen. Er sprach übrigens mit einem fremden Akzent. Ich merkte sofort, daß er kein Russe war, und diese Tatsache allein verdrängte meinen ersten Schrecken und weckte in mir eine Art Stolz. Ich weiß nicht recht, warum. Es scheint mir aber, daß wir Russen uns oft geschmeichelt fühlen, wenn wir Gelegenheit haben, mit einem Ausländer zu verkehren. Und zwar verstehen wir unter ›Ausländer‹ Europäer, jene Menschen also, die viel mehr Verstand haben dürften als wir, obwohl sie viel weniger wert sind. Es kommt uns zuweilen vor, daß Gott die Europäer begnadet hat, obwohl sie nicht an ihn glauben. Vielleicht aber glauben sie einfach deshalb nicht an Ihn, weil Er ihnen soviel geschenkt hat. Und also werden sie übermütig und glauben, sie hätten selbst die Welt erschaffen, und sind obendrein noch mit ihr unzufrieden, obwohl sie ja selbst, ihrer Meinung nach, die Verantwortung dafür haben. Siehst du – dachte ich bei mir – während ich den Ausländer betrachtete – es muß etwas Besonderes an dir sein, wenn dich ein Europäer so mir nichts, dir nichts anspricht. Er ist viel älter, vielleicht zehn Jahre älter als du. Wir wollen ihm höflich begegnen. Wir wollen ihm zeigen, daß wir ein gebildeter russischer Gymnasiast sind und kein gewöhnlicher Bauer...
Ich betrachtete mir also den Fremden: Er war, was man so einen ›Stutzer‹ nennt. Er hielt ein ganz weiches, feines Panama-Strohhütchen in der Hand, eines, wie es gewiß in ganz Rußland nicht zu kaufen war, und ein gelbes Rohrstöckchen mit silbernem Knauf. Er trug ein gelbliches Röckchen aus russischer Rohseide, eine weiße Hose mit zarten blauen Streifen und gelbe Knopfstiefel. Und statt eines Gürtels schlang sich um sein zartes Bäuchlein eine halbe, ja weniger: eine Viertelweste aus weißem, geripptem Stoff, zusammengehalten von drei wundervollen, schillernden Perlmuttknöpfchen. Außerordentlich wirkte seine geflochtene goldene Uhrkette mit großem Karabiner in der Mitte und vielen zierlichen Anhängseln, einem Revolverchen, einem Messerchen, einem Zahnstocher und einem niedlichen, winzigen Kuhglöckchen; al-

les aus purem Gold. Auch an das Angesicht des Mannes erinnere ich mich ganz genau. Er hatte pechschwarze, in der Mitte gescheitelte Haare, sehr dicht, eine kurze, knappe Stirn und ein winziges Schnurrbärtchen, aufwärtsgezwirbelt, so daß die Endchen direkt in die Nasenlöcher krochen. Die Hautfarbe war eine blasse, bleiche, was man so eine ›interessante‹ nennt. Das ganze Männchen kam mir damals sehr nobel vor, ein zierliches Herrchen aus europäischen Regionen. Wahrscheinlich, sagte ich mir, hätte er so einen gewöhnlichen Russen, wie sie hier in der Konditorei herumsitzen, gar nicht angesprochen. An mir aber sieht er sofort mit dem Kennerblick des Europäers, daß ich was Besonders bin, ein noch namenloser, aber echter Fürst, kein Zweifel.
›Ich sehe‹, sagte das fremde Herrchen, ›daß Sie hier in Odessa fremd sind, mein Herr! Ich bin es auch. Ich bin nicht aus Rußland. Wir sind also in einem gewissen Sinne Genossen, Schicksalsgenossen!‹
›Ich bin erst heute gekommen‹, sagte ich.
›Und ich vor einer Woche!‹
›Woher kommen Sie?‹ fragte ich.
›Ich bin Ungar, ich komme aus Budapest‹, antwortete er, ›gestatten Sie, daß ich mich vorstelle: Ich heiße Lakatos, Jenö Lakatos.‹
›Sie sprechen aber ganz gut Russisch!‹
›Gelernt, gelernt, lieber Freund!‹ sagte der Ungar und pochte dabei mit dem Knauf seines Rohrstäbchens auf meine Schulter. ›Wir Ungarn haben ein großes Sprachtalent!‹
Es war mir unangenehm, sein Stäbchen auf meiner Schulter zu fühlen, ich schüttelte es ab, er entschuldigte sich und lächelte, und man sah dabei seine glänzenden, weißen und etwas gefährlichen Zähne und noch ein Stückchen vom roten Zahnfleisch darüber. Seine schwarzen Augen blitzten. Ich hatte noch nie einen Ungarn gesehn, wohl aber mir eine genaue Vorstellung von ihnen gemacht nach all dem, was ich aus der Geschichte von ihnen wußte. Ich kann nicht sagen, daß es geeignet war, in mir irgendeinen Respekt vor diesem Volk zu wecken, das meiner Meinung nach noch weniger europäisch war als wir. Es waren Tataren, die sich nach Europa hineingestohlen hatten und dort sitzengeblieben waren. Sie waren Untertanen des Kaisers von Österreich, der sie so wenig schätzte, daß er uns Russen zu Hilfe gerufen hatte, als sie einst rebellierten. Unser Zar hatte dem österreichischen Kaiser geholfen, die rebellischen Ungarn zu unterdrücken. Und vielleicht hätte ich mich mit diesem Herrn Lakatos auch nicht näher eingelassen, wenn

er nicht plötzlich etwas Überraschendes, mir unwahrscheinlich Imponierendes begonnen hätte. Er zog nämlich aus dem linken Täschchen seiner gerippten Viertelweste ein flaches, kleines Flakönchen, bespritzte sich die Rockklappen, die Hände und die breite, blaue, weißpunktierte Krawatte, und sofort erhob sich ein süßer Duft, der mich fast betäubte. Es waren, wie ich damals wähnte, geradezu himmlische Wohlgerüche. Ich konnte ihnen nicht widerstehen. Und als er mir sagte, wir sollten zusammen Nachtmahl essen gehn, erhob ich mich sofort und gehorchte.
Merken Sie daran, meine Freunde, wie grausam Gott mit mir umging, als er mir diesen parfümierten Lakatos auf die erste Kreuzung stellte, die ich auf meinem Weg zu passieren hatte. Ohne diese Begegnung wäre mein Leben ein ganz anderes geworden.
Lakatos aber führte mich geradewegs in die Hölle. Er parfümierte sie sogar. Wir gingen also, der Herr Lakatos und ich. Erst als wir längere Zeit kreuz und quer durch die Straßen gegangen waren, bemerkte ich auf einmal, daß mein Begleiter hinkte. Er hinkte nur leicht, es war kaum zu sehen, es war eigentlich kein Hinken, sondern eher, als zeichnete der linke Fuß eine kleine Schleife, ein Ornament, auf das Pflaster. Niemals seither habe ich solch ein graziöses Hinken gesehn, es war kein Gebrechen, eher eine Vollkommenheit, ein Kunststück – und gerade diese Tatsache erschreckte mich sehr. Ich war damals, müßt ihr wissen, ungläubig und außerdem auch noch unermeßlich stolz auf meine Ungläubigkeit. Es schien mir, daß ich sehr gescheit sei, weil ich, trotz meinen jungen Jahren, bereits zu wissen glaubte, daß der Himmel aus blauer Luft bestehe und keine Engel und keinen Gott enthalte. Und obwohl ich das Bedürfnis hatte, an Gott und an die Engel zu glauben, und obwohl es mir in Wirklichkeit sehr leid tat, daß ich im ganzen Himmel nur blaue Luft sehen mußte und in allen Ereignissen auf Erden lauter blinde Zufälle, konnte ich doch auf mein hochmütiges Wissen nicht verzichten und nicht auf den Stolz, den es mir verlieh; dermaßen, daß ich, trotz meiner Sehnsucht, Gott anzubeten, dennoch gezwungen war, mich gleichsam selbst anzubeten. Als ich aber dieses graziöse, ja einschmeichelnde und liebenswürdige Hinken meines Genossen bemerkte, glaubte ich, im Nu zu fühlen, daß es ein Abgesandter der Hölle war, kein Mensch, kein Ungar, kein Lakatos, und ich erkannte auf einmal, daß meine Ungläubigkeit keine vollkommene war und daß jene Torheit, die ich damals meine ›Weltanschauung‹ nannte,

sozusagen Lücken besaß. Denn hatte ich auch aufgehört, an Gott zu glauben, so waren die Furcht vor dem Teufel und der Glaube an ihn doch ganz lebendig und groß in mir geblieben. Und hatte ich auch vermocht, die sieben Himmel leerzufegen, so konnte ich doch die Hölle nicht von all ihren Schrecken säubern. Es war kein Zweifel, daß Lakatos hinkte, und ich gab mir zuerst alle Mühe, mir diese Tatsache auszureden, meinen eigenen Augen abzuleugnen, was sie so deutlich sahen. Hierauf sagte ich mir, daß auch Menschen selbstverständlich hinken können, ich erinnerte mich an alle Hinkenden, die ich kannte, an unseren Postboten Wassilij Kolohin zum Beispiel, an den Holzhakker Nikita Melaniuk und an den Schankwirt von Woroniaki, Stefan Olepszuk. Aber je deutlicher ich mir die bekannten Hinkenden ins Gedächtnis rief, desto deutlicher wurde auch der Unterschied zwischen ihrem Gebrechen und dem meines neuen Freundes. Manchmal, wenn ich glaubte, er könne es nicht bemerken und nicht übelnehmen, blieb ich unauffällig zwei, drei Schritte hinter ihm zurück und beobachtete ihn. Nein, es war kein Zweifel, er hinkte wirklich. Von hinten gesehen, war sein Gang noch merkwürdiger, seltsamer, zauberischer beinahe, es war, als zeichnete er mit dem linken Fuß wirklich unsichtbare, runde, kreisartige Zeichen auf den Boden, und sein linker gelber, spitzer und äußerst eleganter Knöpfelschuh schien mir plötzlich – aber nur sekundenlang – um ein bedeutendes länger zu sein als der rechte. Schließlich hielt ich es nicht aus, und um mir selbst zu beweisen, daß ich wieder einen sogenannten ›Rückfall‹ in meinen alten ›Aberglauben‹ erlitten hatte, beschloß ich, den Herrn Lakatos zu fragen, ob er wirklich hinke. Ich ging aber sehr vorsichtig zu Werke, überlegte die Frage ein paarmal und sagte schließlich: ›Haben Sie sich den linken Fuß verletzt, oder drückt Sie der Stiefel? Es scheint mir nämlich, daß Sie hinken.‹ Lakatos blieb stehen, hielt mich am Ärmel fest, damit auch ich stehenbleibe, und sagte: ›Daß Sie das erkannt haben! Ich muß schon sagen, junger Freund, ein Aug' haben Sie wie ein Adler! Nein! Wirklich! Sie haben ein merkwürdig gutes Auge! Bisher haben's nur wenige bemerkt. Aber ich kann's Ihnen ja sagen. Wir kennen uns nicht lange, aber ich fühle mich schon ganz als Ihr alter Freund, ein älterer Bruder, könnte man sagen. Also ich habe mir den Fuß nicht verletzt, und mein Stiefel paßt auch ganz ausgezeichnet. Aber ich bin so geboren, ich hinke, seitdem ich gehe, und mit den Jahren habe ich angefangen, sogar eine Art eleganter Kunst aus meinem Gebrechen zu machen. Ich habe

reiten und fechten gelernt, ich spiele Tennis, ich mache Hoch- und Weitsprünge mit Leichtigkeit, ich kann stundenlang wandern und sogar auf Berge steigen. Auch schwimmen und radfahren verstehe ich auf das beste. Wissen Sie, lieber Freund, niemals ist die Natur gütiger, als wenn sie uns ein kleines Gebrechen beschert. Wenn ich tadellos zur Welt gekommen wäre, hätte ich wahrscheinlich gar nichts gelernt.‹
Während Lakatos all dies sagte, hielt er mich, wie erwähnt, am Ärmel fest. Er stand an eine Häuserwand gelehnt, ich ihm gegenüber, fast mitten auf dem ziemlich schmalen Bürgersteig. Es war ein heller, fröhlicher Abend, die Menschen gingen lässig und frohgemut an uns vorbei, die abendliche Sonne vergoldete ihre Gesichter, alle Welt erschien mir anmutig und selig, nur ich war's nicht, und zwar deshalb nicht, weil ich mit Lakatos zusammenbleiben mußte. Zuweilen glaubte ich, ich müßte ihn im nächsten Augenblick verlassen, und es war mir doch so, als hielte er mich nicht nur am Ärmel fest, sondern gewissermaßen auch an der Seele; als hätte er einen Zipfel meiner Seele erwischt und ließe ihn nicht mehr los. Ich konnte damals weder reiten noch radfahren, und auf einmal schien es mir sehr schändlich, daß ich beides nicht konnte, obwohl ich doch kein Krüppel war. Nur eben: Golubtschik hieß ich, das war schlimmer als ein Krüppel sein, für mich, der ich doch eigentlich ein Krapotkin war und das Recht hatte, auf den edelsten Rossen der Welt zu reiten und, wie man zu sagen pflegt, in allen Sätteln gerecht zu sein. Daß aber dieser Ungar, dieser Herr Lakatos, alle edlen und adligen Sportarten beherrschte, obwohl er doch als ein Hinkender geboren war, daß er nicht einmal Golubtschik hieß und keinesfalls der Sohn eines Fürsten war, beschämte mich ganz besonders. Dazu kam, daß ich, der ich immer schon meinen lächerlichen Namen wie ein Gebrechen getragen hatte, auf einmal zu glauben begann, gerade dieser Name sei imstande, aus mir ebenso einen Allerweltskerl zu machen, wie der lahme Fuß des Herrn Lakatos ihm verholfen hatte, alle edlen und adligen Sportarten zu beherrschen. – Ihr seht, meine Freunde, wie der Teufel arbeitet...
Damals aber sah ich es nicht, ich ahnte es nur, aber es war schon mehr als eine Ahnung. Es war etwas zwischen einer Ahnung und einer Gewißheit. Wir gingen weiter. ›Jetzt wollen wir essen‹, sagte Lakatos, ›und dann kommen Sie zu mir, in mein Hotel. Es ist angenehm, wenn man in einer wildfremden Stadt etwas Nahes neben sich weiß, etwas Nahes, einen guten Freund, einen jüngeren Bruder.‹

Gut, wir gingen also essen. Wir gingen in die ›Tschornaja‹ – und, ja, wißt ihr, wohin, meine Freunde?«
Hier machte Golubtschik eine Pause. Er sah den Wirt an. Der Wirt sah mit seinen stark hervorquellenden, hellen Augen auf den Erzähler. Bei dem Wort »Tschornaja« war es, als entzündete sich in den Augen des Wirtes ein besonderes Licht, ein ganz besonderes. »Ja, die Tschornaja«, sagte er. »Eben die Tschornaja«, fing Golubtschik wieder an. »Dort gab es um jene Zeit ein Restaurant, das hieß genauso wie dieses hier, in dem wir jetzt sitzen, nämlich: ›Tari-Bari‹ – und der Wirt ist derselbe.«
Der Wirt, der dem Erzähler gegenübergesessen hatte, erhob sich jetzt, ging um den Tisch herum, breitete die Arme aus und umarmte Golubtschik. Sie küßten sich lange und herzlich. Sie tranken Brüderschaft; und auch wir alle, die Zuhörer, hoben die Gläser und leerten sie.
»Ja, so ist's!« begann Golubtschik wieder. »Dieser Wirt da, mein Bruder, seht ihr, Freunde, in seinem Restaurant hat sozusagen mein Unglück begonnen. Zigeunerinnen gab es dort, im alten ›Tari-Bari‹ in Odessa, großartige Geigenspieler und Zymbalisten. Und was für Weine, Kinder! Und alles bezahlte der Herr Lakatos. Und ich war zum erstenmal in meinem Leben in so einem Lokal. ›Trink nur, trink!‹ sagte der Herr Lakatos. Und ich trank.
›Trink nur!‹ wiederholte er. Und ich trank weiter.
Nach einiger Zeit, es mochte schon sehr spät sein, vielleicht lange nach Mitternacht – – aber in der Erinnerung ist es mir, als sei jene ganze Nacht eine einzige lange, lange Mitternacht gewesen –, fragte mich Lakatos: ›Was suchst du eigentlich in Odessa?‹
›Ich bin gekommen‹, sagte ich (aber ich lallte es damals wahrscheinlich), ›um meinen eigentlichen Vater zu besuchen. Er erwartet mich seit mehreren Wochen.‹
›Und wer ist dein Vater?‹ fragte Lakatos.
›Der Fürst Krapotkin.‹
Hierauf schlug Lakatos mit der Gabel an das Glas und bestellte noch eine Flasche Champagner. Ich sah, wie er sich unter dem Tisch die Hände rieb und wie darüber, über dem Tisch, über dem weißen Tischtuch, sein schmales Angesicht aufleuchtete, sich plötzlich rötete und voller wurde, als hätte er seine Wangen aufgepustet.
›Ich kenne ihn, Seine Durchlaut meine ich‹, so begann Lakatos. ›Ich kann mir auch schon alles zusammenreimen. Er ist ein alter Fuchs,

dein Herr Papa! Natürlich bist du sein illegitimer Sohn! Gnade dir Gott, wenn du auch nur den geringsten psychologischen Fehler machst! Mächtig und gefährlich mußt du auftreten! Er ist schlau wie ein Fuchs und feig wie ein Hase! Ja, mein Sohn, du bist nicht der erste, du bist nicht der einzige! Vielleicht irren Hunderte seiner unehelichen Söhne in Rußland herum. Ich kenne ihn. Ich habe Geschäfte mit ihm getätigt. Hopfengeschäfte! Ich bin nämlich von Beruf Hopfenhändler, mußt du wissen. Also, tritt morgen ein, und laß dich melden als Golubtschik, wohlverstanden! Und wenn man dich fragt, was du dem Fürsten zu sagen hast, so sag einfach: eine private Angelegenheit. Und stehst du drin, vor ihm, vor seinem schwarzen, großen Schreibtisch, der aussieht wie ein Sarg, und er fragt dich: Was wünschen Sie? – so sagst du: Ich bin Ihr Sohn, Fürst! – Fürst! sagst du. Nicht: Durchlaucht. – Und dann wirst du sehen. Ich traue deiner Klugheit. Ich führe dich hin. Und ich erwarte dich vor dem Schloß. Und ist er etwa unfreundlich, dein Herr Papa, so sag ihm, daß wir Mittel haben, Mittelchen. Und du hättest einen mächtigen Freund! Verstanden?‹
All dies verstand ich sehr wohl, es rann wie Honig in meinen Kopf, und ich drückte Herrn Lakatos die Hand unter dem Tisch, herzlich und fest. Er winkte eine der Zigeunerinnen heran, eine zweite, eine dritte. Vielleicht waren es noch mehr. Einer jedenfalls, jener, die sich an meine Seite gesetzt hatte, verfiel ich vollends. Meine Hand verfing sich in ihrem Schoß wie eine Fliege im Netz. Es war heiß, verworren, sinnlos, und dennoch eine große Seligkeit. Ich erinnere mich noch an den bleischweren, grauenden Morgen, an etwas Weiches, Warmes in einem fremden Bett, in einem fremden Zimmer, an schrille Glocken im Korridor und ganz besonders an einen tief beschämenden, einen schamlosen Jammer vor dem neuen Tag.
Als ich erwachte, stand die Sonne schon hoch am Himmel. Als ich die Treppe hinunterging, sagte man mir, das Zimmer sei bezahlt. Von Lakatos fand ich nur einen Zettel: ›Viel Glück!‹ stand darauf – und: ›Ich muß sofort verreisen. Gehen Sie selbst hin! Meine Wünsche begleiten Sie!‹
Also ging ich allein zum Schloß des Fürsten.

Das Haus meines Vaters, des Fürsten Krapotkin, stand einsam, stolz und weiß am Rande der Stadt. Obwohl es eine breite, gelbe, gut erhaltene Landstraße vom Strande trennte, schien es mir damals, es liege eigentlich hart am Ufer. So blau und mächtig war das Meer an jenem Morgen, an dem ich dem Hause des Fürsten entgegenging, daß es aussah, als schlüge es eigentlich immer mit seinen zärtlichen Wellen an die steinernen Treppen des Schlosses und als sei es nur zeitweilig zurückgewichen, um die Straße frei zu lassen. Überdies war, lange noch vor dem Schloß, eine Tafel angebracht, auf der geschrieben stand, daß allen Fuhrwerken die Weiterfahrt verboten sei. Es war gewiß, daß der Fürst in seiner sommerlichen, hochmütigen Ruhe nicht gestört sein wollte. Zwei Polizisten standen nahe dieser Tafel, sie beobachteten mich, während ich sie kühl und stolz anblickte, als hätte ich sie selber hierher befohlen. Wenn sie mich damals gefragt hätten, was ich hier zu suchen habe, ich hätte ihnen geantwortet, daß ich der junge Fürst Krapotkin sei. Eigentlich wartete ich auf diese Frage. Sie aber ließen mich passieren, folgten mir nur noch eine Weile mit ihren Blicken, ich spürte ihre Augen im Nacken. Je näher ich dem Hause Krapotkins kam, desto unruhiger wurde ich. Lakatos hatte versprochen, mich hierher zu begleiten. Nun hatte ich nur noch seinen Zettel in der Tasche. Laut und lebendig tönten in mir noch seine Worte wider: Sag ihm nicht Durchlaucht, sondern Fürst! – Er ist schlau wie ein Fuchs und feig wie ein Hase! – Immer langsamer, ja schleppender wurden meine Schritte, und auf einmal fühlte ich auch die grausame Hitze des Tages, der sich seiner Höhe näherte. Der Himmel war blau, das Meer zu meiner Rechten reglos, die Sonne in meinem Rücken unbarmherzig. Gewiß lag ein Gewitter in der Luft, und man merkte es nur noch nicht. Ich setzte mich eine Weile an den Wegrand. Aber als ich wieder aufstand, war ich noch müder als zuvor. Sehr langsam, die Kehle trocken, mit brennenden Füßen schleppte ich mich vor die strahlende Treppe des Hauses. Weiß waren die steinernen, flachen Stufen wie Milch und Schnee, und obwohl sie mit allen Poren die Sonne tranken, strömten sie mir doch eine wohltätige Kühle entgegen. Vor dem braunen, zweiflügeligen Portal stand ein mächtiger Schweizer in einem langen, sandgelben Mantel, mit einer großen schwarzen Mütze aus Bärenpelz (trotz der Hitze) und einem großen Zepter in der Hand, dessen goldener Knauf blitzte, eine Art Sonnenapfel. Ich stieg die flachen Stufen langsam empor. Der Schweizer schien mich erst zu erblicken, als ich knapp vor ihm stand, klein, verschwitzt und sehr armselig. Aber er rührte sich auch dann nicht, als er mich erblickt hatte. Nur seine großen blauen Kugelaugen ruhten auf mir wie auf einem Wurm, einer Schnecke, einem Nichts,

und als wäre ich nicht ein Mensch wie er, ein Mensch auf zwei Beinen. So sah er zu mir eine Weile schweigsam herunter. Es war, als fragte er mich nur deshalb nicht nach meinem Begehr, weil er von vornherein wußte, daß ein so elendes Geschöpf die menschliche Sprache gar nicht verstehen konnte. Auf meinen Scheitel, durch meinen Mützendeckel, brannte die Sonne fürchterlich und tötete die paar letzten Gedanken, die noch in meinem Gehirn rumorten. Bis jetzt hatte ich eigentlich weder Angst noch Bedenken empfunden. Ich hatte einfach nicht mit dem Schweizer gerechnet, noch weniger mit einem, der gar nicht den Mund auftat, um nach meinem Begehr zu fragen. Immer noch stand ich klein und jämmerlich vor dem gelben Koloß und seinem gefährlichen Zepter. Immer noch ruhten seine Augen, die so rund waren wie seine Zepterkugel, auf meiner erbarmungswürdigen Gestalt. Mir fiel keine passende Frage ein, meine Zunge lag trocken, unendlich groß und lastend in meinem Munde. Mir fiel damals ein, daß er eigentlich vor mir salutieren oder gar die schwere Mütze abnehmen müßte, der Zorn kochte in meiner Brust über so viel Schamlosigkeit eines Lakaien, eines Lakaien, der in meines eigenen Vaters Diensten stand. Ich muß ihm befehlen – dachte ich schnell –, die Mütze abzunehmen. Aber statt ihm diesen Befehl zu erteilen, zog ich selber vor ihm meine Mütze und stand nun noch elender da, barhäuptig und wie ein Bettler. Als hätte er just darauf gewartet, fragte er mich nunmehr mit einer überraschend dünnen, fast weiblichen Stimme nach meinem Begehr. – ›Ich möchte zum Fürsten!‹ sagte ich, sehr zag und leise. – ›Sind Sie angemeldet?‹ – ›Der Fürst erwartet mich.‹ – ›Bitte!‹ sagte er etwas lauter und schon mit einer männlichen Stimme.
Ich trat ein. Im Vestibül standen zwei sandgelb livrierte Lakaien, mit silbernen Litzen und Knöpfen, von den Stühlen auf, sie erhoben sich wie durch einen Zauber, als wären sie steinerne Löwen gewesen, wie man sie manchmal vor herrschaftlichen Treppen sehen kann. Ich war wieder Herr über mich geworden, ich zerdrückte meine schöne Mütze in der Linken, das gab mir ein wenig mehr Festigkeit. Ich sagte, ich wolle den Fürsten sehn und er erwarte mich, und es sei eine private Angelegenheit. Man führte mich in einen kleinen Salon, da hing das Porträt des alten Krapotkin, wie ich aus der metallenen Plakette ersah, meines Großvaters also. Ich fühlte mich schon ganz zu Hause, obwohl mein Großvater ein sehr böses, gelbes, hageres und fremdes Gesicht machte. Ich bin Blut von deinem Blute! dachte ich. Mein Großvater!

Ich werde euch zeigen, wer ich bin. Ich bin nicht Golubtschik. Ich bin euer! Oder, vielmehr, ihr seid mein!
Indessen hörte ich ein zartes silbernes Glöckchen läuten, nach einigen Minuten öffnete sich die Tür, und ein Diener verbeugte sich vor mir. Ich stand auf. Ich trat ein. Ich stand im Zimmer des Fürsten.
Er mußte vor nicht langer Zeit aufgestanden sein. Er saß hinter seinem mächtigen schwarzen Schreibtisch, der wirklich aussah wie ein Sarg, in dem man Zaren begräbt, bekleidet mit einem weichen silbergrauen, flauschigen Morgenrock.
Sein Angesicht hatte ich nicht genau in der Erinnerung behalten; jetzt erst gewahrte ich es. Es war mir jetzt, als sähe ich den Fürsten zum erstenmal in meinem Leben, und diese Erkenntnis bereitete mir einen unheimlichen Schrecken. Es war also gewissermaßen nicht mehr mein Vater, nicht der Vater, auf den ich mich vorbereitet hatte, sondern in der Tat ein fremder Fürst, der Fürst Krapotkin eben. Er erschien mir grauer, magerer, hagerer und länger und größer, obwohl er saß, als ich, der ich vor ihm stand. Als er gar fragte: ›Was wünschen Sie von mir?‹, verlor ich vollends die Sprache. Er wiederholte noch einmal: ›Was wünschen Sie von mir?‹ – Jetzt hörte ich genau seine Stimme, sie war heiser, und ein wenig böse klang sie, es war, so schien es mir damals, eine Art Bellen, als verträte der Fürst selber gewissermaßen einen seiner Hofhunde. In der Tat erschien plötzlich, ohne daß irgendeine der zwei Türen, die ich im Zimmer des Fürsten bemerkte, aufgegangen wäre, ein riesiger Wolfshund; ich wußte nicht, woher er kam, vielleicht hatte er hinter dem mächtigen Sessel des Fürsten gewartet. Der Hund blieb unbeweglich, er stand zwischen mir und dem Tisch, sah mich an, und auch ich sah ihn unverwandt an und konnte nicht den Blick von ihm wenden, obwohl ich doch den Fürsten, und nur ihn, anschauen wollte. Plötzlich begann der Hund zu knurren, und der Fürst sagte: ›Ruhe, Slavka!‹ Er knurrte selbst beinahe wie der Hund. ›Also, was wünschen Sie, junger Mann?‹ fragte der Fürst zum drittenmal.
Ich stand immer noch hart an der Tür. ›Treten Sie näher!‹ sagte Krapotkin.
Ich ging einen winzigen, einen armseligen winzigen Schritt vor und holte Atem. Dann sagte ich:
›Ich bin gekommen, um mein Recht zu fordern!‹
›Welches Recht?‹ fragte der Fürst.
›Mein Recht als Ihr Sohn!‹ sagte ich, ganz leise.

Es war eine kurze Weile still. Dann sagte der Fürst: ›Setzen Sie sich, junger Mann!‹, und er wies auf einen breiten Stuhl vor dem Schreibtisch.

Ich setzte mich, das heißt: Ich verfiel eigentlich diesem verhexten Stuhl. Seine weichen Armlehnen zogen mich an und hielten mich fest, ähnlich jenen fleischfressenden Pflanzen, die sorglose Insekten anziehen und vollends vernichten. Ich blieb sitzen, ohnmächtig, und da ich saß, kam ich mir noch schmachvoller vor als die ganze Zeit, in der ich gestanden hatte. Ich wagte nicht, meine Arme auf die Lehnen zu legen. Sie sanken wie gelähmt hinunter, sie hingen zu beiden Seiten des Lehnstuhls hinab, und auf einmal fühlte ich, wie sie sacht und äußerst blöde zu baumeln begannen, und ich hatte doch nicht die Kraft, sie festzuhalten oder gar wieder an mich zu ziehen. Auf meine rechte Wange schien die Sonne stark und blendend, nur mit dem linken Auge konnte ich den Fürsten sehen. Ich ließ aber beide Augen sinken und beschloß abzuwarten.

Der Fürst bewegte ein silbernes Tischglöckchen, der Diener kam. ›Papier und Bleistift!‹ befahl Krapotkin. Ich rührte mich nicht, mein Herz begann, sehr stark zu pochen, und meine Arme schlenkerten heftiger. Der Hund streckte sich behaglich aus und fing an zu grunzen.

Man brachte das Schreibzeug, der Fürst hub an: ›Also, Ihr Name?‹ – ›Golubtschik!‹ sagte ich. ›Geburtsort?‹ – ›Woroniaki.‹ – ›Der Vater?‹ – ›Tot!‹ – ›Den Beruf meine ich‹, sagte Krapotkin, ›nicht den Gesundheitszustand!‹ – ›Er war Förster!‹ – ›Noch andere Kinder vorhanden?‹ – ›Nein!‹ – ›Wo besuchen Sie das Gymnasium?‹ – ›In W.‹ – ›Sind die Zeugnisse gut?‹ – ›Ja!‹ – ›Wollen Sie weiterlernen?‹ – ›Jawohl!‹ – ›Denken Sie an einen bestimmten Beruf?‹ – ›Nein!‹

›So!‹ sagte der Fürst und legte Papier und Bleistift weg. Er stand auf, nun sah ich unter seinem auseinanderklaffenden Morgenrock eine ziegelrote Hose aus türkischer Seide, wie mir damals schien, und kaukasische, perlenbestickte Sandalen an seinen Füßen. Er sah genauso aus, wie ich mir damals einen Sultan vorstellte. Er näherte sich mir, gab dem Hund einen Tritt, das Tier schob sich knurrend zur Seite. Dann stand er hart vor mir, und ich fühlte seinen starken, harten Blick auf meinem gesenkten Scheitel wie eine Messerspitze.

›Stehen Sie auf!‹ sagte er. Ich erhob mich. Er überragte mich um zwei Köpfe. ›Sehen Sie mich an!‹ befahl er. Ich reckte den Kopf empor. Er betrachtete mich eine lange Weile. ›Wer hat Ihnen gesagt, daß Sie mein

Sohn sind?‹ – ›Niemand, ich weiß es schon lange, ich habe es erlauscht und erraten!‹ – ›So‹, machte Krapotkin, ›und wer hat Ihnen gesagt, daß Sie irgendein Recht von mir zu fordern haben?‹ – ›Niemand – ich selbst glaube es.‹ – ›Und welches Recht?‹ – ›Das Recht, so zu heißen.‹ ›Wie zu heißen?‹ ›So‹, wiederholte ich, denn ich wagte nicht, zu sagen: ›so wie Sie!‹ – ›Krapotkin wollen Sie heißen, he?‹ – ›Ja!‹ – ›Hören Sie, Golubtschik‹, sagte er, ›wenn Sie wirklich mein Sohn sind, so sind Sie mir schlecht geraten, das heißt, dumm, total dumm.‹ Ich fühlte Spott, aber auch zum erstenmal ein wenig Güte in seiner Stimme. ›Sie müßten sich selbst sagen, junger Golubtschik, daß Sie dumm sind. Gestehen Sie es?‹ – ›Nein!‹ – ›Nun, ich werde Ihnen erklären: In ganz Rußland habe ich wahrscheinlich viele Söhne, wer kann es wissen? Ich war lange Jahre jung, viel zu lange war ich jung. Sie selbst haben vielleicht schon Söhne. Auch ich war einmal Gymnasiast. Meinen ersten Sohn bekam die Frau des Schuldieners, meinen zweiten die Tochter desselben Schuldieners. Der erste dieser zwei Söhne ist ein ehelicher Kolohin, der zweite ein unehelicher Kolohin. An diese beiden Namen, wenn es überhaupt zwei Namen sind, erinnere ich mich, weil es eben die ersten waren. Meinen Förster Golubtschik aber hatte ich ganz vergessen, wie so viele andere, wie so viele andere. Es können doch nicht hundert Krapotkins in der Welt herumlaufen, wie? Und nach was für einem Recht und Gesetz? Und gäbe es selbst diesbezüglich ein Gesetz, wer garantiert mir, daß es wirklich meine Söhne sind? He? Und dennoch sorge ich für sie alle, soweit sie meiner Privatkanzlei bekannt sind. Da ich aber auf Ordnung halte, habe ich sämtliche diesbezüglichen Adressen meinen Sekretären angegeben. Und nun? Haben Sie was daran auszusetzen?‹
›Ja!‹ sagte ich.
›Was denn, junger Mann?‹
Jetzt konnte ich den Fürsten ganz gelassen ansehn. Ich war nun ruhig genug, und wenn unsereins ruhig wird, wird es auch frech und unverschämt, und also sagte ich: ›Mich gehen meine anderen Brüder gar nichts an. Mir handelt es sich nur darum, daß ich mein Recht finde.‹
›Welches Recht? – Sie haben gar kein Recht. Fahren Sie nach Haus. Grüßen Sie meinetwegen Ihre Mutter. Lernen Sie fleißig. Und werden Sie was Rechtes!‹
Ich machte keinerlei Anstalten wegzugehn. Ich begann, hartnäckig und ungezogen: ›Einmal waren Sie in Woroniaki und haben mir

Männchen aus Holz geschnitzt und dann–‹, ich wollte von seiner Hand sprechen, die hart, hager und väterlich mein Gesicht gestreichelt hatte – da flog plötzlich die Tür auf, der Hund sprang empor, begann jubelnd zu bellen, das Angesicht des Fürsten verklärte sich, es leuchtete auf. Ein junger Mensch, kaum älter als ich, ebenfalls in Gymnasiasten-Uniform, sprang herein, der Fürst breitete die Arme aus, küßte den jungen Mann mehrere Male auf beide Wangen, dann endlich wurde es still, der Hund wedelte nur noch mit dem Schwanz. Da erst erblickte mich der junge Mann. ›Herr Golubtschik!‹ sagte der Fürst. ›Mein Sohn!‹

Der Sohn lachte mich an. Er hatte ganz blitzende Zähne, einen breiten Mund, einen gelblichen Teint und eine feine, harte Nase. Er sah dem Fürsten nicht ähnlich, weniger ähnlich als ich, dachte ich damals.

›Nun, leben Sie wohl!‹ sagte der Fürst zu mir. – ›Lernen Sie gut!‹ Er streckte mir die Hand hin. Dann aber zog er sie zurück, sagte: ›Warten Sie!‹ und ging zum Schreibtisch. Er zog eine Schublade auf und entnahm ihr eine schwere goldene Tabaksdose. – ›Hier‹, sagte er, ›nehmen Sie das zum Andenken! Gehen Sie mit Gott!‹

Er vergaß, mir die Hand zu geben. Ich dankte nicht, nahm die Dose, verneigte mich und verließ das Haus.

Aber kaum war ich wieder draußen, vorbei an dem Schweizer, den ich in einer Art Verwirrung und Angst sogar grüßte und der mir nicht einmal mit einem Blick erwiderte, als ich bereits genau zu fühlen glaubte, daß mir ein großer Schimpf angetan worden war. Die Sonne stand schon hoch im Mittag. Ich fühlte Hunger – und schämte mich seltsamerweise dieses Gefühls: Es erschien mir niedrig und vulgär und meiner unwürdig. Man hatte mich gekränkt, und siehe da: Ich war nur hungrig. Ich war eben vielleicht doch nur Golubtschik, nichts mehr als ein Golubtschik.

Ich ging die hellbesonnte, glatte, sandige Straße zurück, auf der ich vor kaum zwei Stunden hierhergekommen war, ich ließ den Kopf buchstäblich hängen, ich hatte die Empfindung, er könnte sich nie mehr aufrecht halten, er war schwer und wie geschwollen; als hätte man ihn verprügelt, meinen armen Kopf. Die zwei Polizisten standen immer noch an der gleichen Stelle. Auch jetzt sahen sie mir lange nach. Eine Weile, nachdem ich sie passiert hatte, vernahm ich einen schrillen Pfiff. Er kam von links, vom Ufer des Meeres her, der Pfiff erschreckte, aber er erfrischte mich auch gewissermaßen, ich hob den Kopf und er-

blickte meinen Freund Lakatos. Munter stand er da, sein hellgelbes, sonniges Röckchen schimmerte fröhlich, sein Stöckchen wedelte mir entgegen, sein feines, ebenso sonniges Panamahütchen lag neben ihm, auf dem Kies. Er hob es eben auf und näherte sich mir. Munter und ohne sichtbare Beschwer nahm er die ziemlich steile Anhöhe, die an dieser Stelle die Straße vom Meer trennte, und in wenigen Minuten stand er schon neben mir und reichte mir seine glatte Hand.
Erst in diesem Augenblick merkte ich, daß ich immer noch in meiner Rechten die Tabaksdose des Fürsten hielt, und ich verbarg sie, so flink ich konnte, in meiner Tasche. So schnell ich aber auch diese Bewegung vollführt hatte, meinem Freund Lakatos war sie nicht entgangen, ich merkte es an seinem Blick und an seinem Lächeln. Er sagte zuerst gar nichts. Er tänzelte nur fröhlich neben mir einher. Dann, als die ersten Häuser der Stadt vor uns auftauchten, fragte er: ›Nun, es ist gelungen, hoffe ich?‹ – ›Nichts ist gelungen‹, erwiderte ich, und eine große Wut erfüllte mich gegen Lakatos. ›Wenn Sie mich begleitet hätten‹, sprach ich weiter, ›wie Sie mir gestern versprochen hatten, wäre alles ganz anders gekommen. Sie haben gelogen! Warum schrieben Sie mir, daß Sie verreisen müssen? Warum sind Sie überhaupt noch da?‹ – ›Wie?‹ rief Lakatos, ›habe ich etwa nichts anderes zu tun? Glauben Sie, ich kümmere mich um Ihre Affären? Ich bekam in der Nacht ein Telegramm, ich solle abreisen. Es stellte sich aber heraus, daß ich noch bleiben könne. Nun ging ich, als ein guter Freund, hierher, um zu hören, was aus Ihnen geworden ist.‹ – ›Nun‹, sagte ich, ›nichts ist aus mir geworden, oder noch weniger, als ich gewesen war.‹ – ›Er hat Sie nicht anerkannt? Er hat keine Angst vor Ihnen? Er hat Sie nicht eingeladen?‹ – ›Nein!‹ – ›Er hat Ihnen die Hand gegeben?‹ – ›Ja‹, log ich. ›Und was noch?‹ – Ich zog die Dose aus der Tasche. Ich hielt sie in der ausgestreckten, flachen Hand, blieb stehen und ließ sie Lakatos betrachten. Er rührte sie nicht an, er strich nur mit den Augen um sie sorgfältig herum. Er schnalzte dabei mit der Zunge, spitzte die Lippen, pfiff ein wenig, hüpfte einen Schritt vor, dann einen zurück und sagte schließlich: ›Großartiges Stück! Ein Vermögen wert! Darf ich es anfassen?‹ – Und schon tippte er mit seinen spitzen Fingern auf die Dose. Wir befanden uns bereits knapp vor den ersten Häusern der Stadt, ein paar Leute kamen uns entgegen, Lakatos flüsterte hastig: ›Stecken Sie's ein!‹, und ich verbarg die Dose.
›Nun, war er allein, der alte Fuchs?‹ fragte Lakatos. ›Nein!‹ sagte ich,

›sein Sohn kam ins Zimmer!‹ – ›Sein Sohn?‹ sagte Lakatos. ›Er hat keinen. Ich will Ihnen etwas sagen, ich habe vergessen, Sie gestern darauf aufmerksam zu machen! Es ist nicht sein Sohn. Es ist der Sohn des Grafen P., eines Franzosen. Seit der Geburt dieses Jungen lebt die Fürstin in Frankreich; verbannt sozusagen. Den Sohn mußte sie abliefern. So ist es. Ein Erbe muß einmal sein. Wer sollte dieses Vermögen sonst zusammenhalten? Sie etwa? Oder ich?‹
›Wissen Sie das bestimmt?‹ fragte ich, und mein Herz begann, heftig zu schlagen, aus Freude, aus Schadenfreude, aus Rachsucht, und plötzlich fühlte ich einen brennenden Haß gegen den Jungen, eine vollkommene Gleichgültigkeit gegen den alten Fürsten. Alle meine Gefühle, meine Sehnsucht, meine Wünsche, hatten auf einmal ein Ziel, ich rüstete mich plötzlich aufs neue, ich vergaß, daß ich soeben eine Schmach erlitten hatte, oder vielmehr: Ich glaubte zu wissen, wer allein schuld war an meiner Schmach. Wenn – so dachte ich in jener Stunde – dieser Junge nicht ins Zimmer getreten wäre, ich hätte den Fürsten für mich sicherlich gewinnen können. Dieser Junge aber muß einen Wink erhalten haben, er muß gewußt haben, wer ich bin, deshalb kam er so plötzlich hereingestürmt, der Fürst ist alt und töricht geworden, dieser sein falscher Sohn umgarnt ihn tückisch, dieser Franzose, Sohn einer würdelosen Mutter.
Es schien mir damals, während ich solches überlegte, als würde mir immer wohler und leichter, das Feuer des Hasses erwärmte mein Herz. Ich glaubte endlich, den Sinn meines Lebens und sein Ziel erfaßt zu haben. Der tragische Sinn meines Lebens bestand darin, daß ich das unglückliche Opfer eines tückischen Jungen war. Das Ziel meines Lebens bestand darin, daß ich von dieser Stunde an die Pflicht hatte, den tückischen Jungen zu vernichten. Eine große, warme Dankbarkeit gegen Lakatos erfaßte mich und zwang mich, ihm stumm und fest die Hand zu drücken. Er ließ meine Hand nicht mehr los. So gingen wir, Hand in Hand, fast zwei Kindern ähnlich, dem nächsten Restaurant entgegen. Wir aßen ausgiebig, mit kräftigem Appetit. Wir sprachen nicht viel. Lakatos zog einige Zeitungen aus der Rocktasche, es war wie ein Zauber, ich hatte diese Blätter bis jetzt gar nicht bemerkt. Als wir mit dem Essen fertig waren, rief er nach der Rechnung, schob sie mir zu, und immer noch in seine Zeitung vertieft, sagte er, ganz nebenbei: ›Zahlen Sie bitte vorläufig! Wir verrechnen dann!‹
Ich griff in die Tasche, langte nach meiner Börse, öffnete sie und sah,

daß sie mit einigen Kupfermünzen gefüllt war, statt des Silbergelds, das ich mitgenommen hatte. Ich suchte noch im mittleren Fach, erinnerte mich genau an die zwei Zehn-Rubel-Stücke, die darin gelegen hatten, kramte noch eine Weile, Angst befiel mich, der Schweiß trat mir auf die Stirn. Gestern nacht hatte man mich bestohlen, es war sicher. Lakatos begann indessen, die Zeitung zusammenzufalten. Nach einer Weile fragte er: ›Gehen wir?‹, sah mich an und schien zu erschrecken. – ›Was ist los?‹ sagte er. ›Ich habe kein Geld mehr!‹ flüsterte ich.
Er nahm mir die Börse aus der Hand, betrachtete sie und sagte endlich: ›Ja, die Weiber!‹
Dann zog er Geld aus der Brieftasche, zahlte, nahm mich beim Arm und begann: ›Das macht nichts, das macht bestimmt nichts, junger Mann! In Not geraten wir keineswegs, wir haben da einen Schatz in der Tasche. Dreihundert Rubel unter Brüdern. Zu diesen Brüdern wollen wir eben jetzt wandern! Dann aber, junger Mann, genug für diesmal mit den Abenteuern! Fahren Sie sofort nach Haus!‹
Arm in Arm mit Lakatos ging ich nun zu den Brüdern, von denen er gesprochen hatte.
Wir gingen in das Viertel nahe am Hafen, wo in winzigen und halb verfallenen Häusern die armen Juden wohnen. Es sind, glaube ich, die ärmsten und, nebenbei gesagt, auch die kräftigsten Juden der Welt. Tagsüber arbeiten sie im Hafen, sie arbeiten wie Kräne, sie schleppen Lasten auf die Schiffe und löschen die Ladungen, und die Schwächeren unter ihnen handeln mit Früchten, Kürbiskernen, Taschenuhren, Kleidern, reparieren Stiefel, flicken alte Hosen, nun, was eben alles arme Juden machen müssen. Ihren Sabbat aber feiern sie, vom Anbruch der Freitagnacht an, – und Lakatos sagte: ›Gehen wir etwas schneller, denn heute ist Freitag, und die Juden hören bald auf, Geschäfte zu machen.‹
Während ich so an Lakatos' Seite dahinging, erfaßte mich eine große Angst, und es war mir, als gehörte mir die Tabaksdose gar nicht, die ich nun versetzen ging: als hätte sie mir Krapotkin gar nicht geschenkt, sondern als hätte ich sie gestohlen. Aber ich unterdrückte meine Angst und machte sogar ein heiteres Gesicht und tat so, als hätte ich bereits vergessen, daß man mir das Geld gestohlen hatte, und ich lachte über jede Anekdote, die Lakatos erzählte, obwohl ich diese Anekdoten gar nicht hörte. Ich wartete nur immer darauf, daß er kichere, dann merkte ich, daß seine Geschichte zu Ende war, und hierauf lachte ich laut und

verlegen. Ich ahnte nur von ungefähr, daß die Geschichten bald von Frauen, bald von Juden, bald von Ukrainern handelten.
Wir hielten endlich vor der schiefen Hütte eines Uhrmachers. Er hatte kein Schild, man sah nur an den Rädern, Rädchen, Zeigern und Zifferblättern, die im Fenster lagen, daß der Bewohner der Hütte ein Uhrmacher war. Es war ein winziger, dürrer Jude mit einem schütteren, strohgelben Ziegenbärtchen. Als er sich erhob, um uns entgegenzutreten, bemerkte ich, daß er hinkte, es war ebenfalls ein tänzelndes Hinken, fast wie das meines Freundes Lakatos, nur nicht ein solch feines und vornehmes. Der Jude glich einem traurigen, etwas erschöpften Böcklein. In seinen kleinen schwarzen Äuglein glomm ein rötliches Feuerchen. Er hielt die Tabaksdose in seiner mageren Hand, wog sie ein wenig und sagte: ›Aha, Krapotkin!‹ und prüfte mich dabei mit einem flinken Blick, und es war, als wöge er mich mit seinen kleinen Äuglein, wie er eben die Dose auf seinem mageren Händchen gewogen hatte. Auf einmal schien es mir, daß der Uhrmacher und Lakatos Brüder seien, obwohl beide Sie zueinander sagten.
›Also, wieviel?‹ fragte Lakatos.
›Wie gewöhnlich!‹ sagte der Jude.
›Dreihundert?‹
›Zweihundert!‹
›Zweihundertachtzig?‹
›Zweihundert!‹
›Gehn wir!‹ sagte Lakatos und nahm dem Uhrmacher die Dose aus der ausgestreckten Hand.
Wir gingen ein paar Häuser weiter, da war wieder ein Uhrmacherfenster wie vorher, und siehe da, als wir eintraten, erhob sich der gleiche magere Jude mit gelblichem Bärtchen, blieb aber hinter seinem Pult, so daß ich nicht sehen konnte, ob auch er hinke. Als ihm Lakatos meine Dose zeigte, sagte auch dieser zweite Uhrmacher nur das Wort: ›Krapotkin!‹ – ›Wieviel?‹ fragte Lakatos. – ›Zweihundertfünfzig!‹ sagte der Uhrmacher. ›Bitte!‹ sagte Lakatos. Und der Jude zahlte uns das Geld aus, in goldenen Zehn- und Fünf-Rubel-Stücken.
Wir verließen das Viertel. ›So, mein Junge!‹ begann Lakatos. ›Jetzt nehmen wir einen Wagen und fahren zur Bahn. Sei klug, laß dich nicht mehr auf dumme Sachen ein, und behalte dein Geld. Schreib mir gelegentlich, nach Budapest, hier ist meine Adresse.‹ Und er gab mir seine Visitkarte, auf der stand in lateinischen sowie auch in zyrillischen Buchstaben:

JENÖ LAKATOS
Hopfenkommissionär
Firma Heidegger und Cohnstamm, SAAZ

Adresse: Budapest, Rakocziutca, 31.

Es kränkte mich tief, daß er zu mir du sagte, so plötzlich, und deshalb sagte ich: ›Ich bin Ihnen viel Dank schuldig, aber auch Geld.‹
›Dank nicht!‹ erwiderte er.
›Also, wieviel?‹ fragte ich.
›Zehn Rubel!‹ sagte er, und ich gab ihm ein goldenes Zehn-Rubel-Stück.
Hierauf winkte er einem Wagen. Wir stiegen ein. Wir fuhren zum Bahnhof.
Wir hatten nicht mehr viel Zeit, der Zug ging in zehn Minuten, man hatte schon zum erstenmal geläutet.
Ich wollte gerade auf das Trittbrett steigen, als plötzlich zwei auffallend große Männer auftauchten, je einer rechts und links von meinem Freunde Lakatos. Sie winkten mir, ich stieg aus. Sie nahmen uns in die Mitte und führten uns, gewaltig und finster, wieder hinaus vor den Bahnhof. Wir alle vier sprachen kein Wort. Wir gingen um das ganze große Bahnhofsgebäude herum und dann rückwärts, wo man das Tuten der rangierenden Lokomotiven vernahm, zu einer kleinen Tür hinein. Es war das Polizeibüro. Zwei Polizisten standen an der Tür. Ein Beamter saß am Tisch und beschäftigte sich damit, die zahllosen Fliegen zu fangen, die mit einem lauten, unaufhörlichen, durchdringenden Gesumm im Zimmer umherflogen und sich auf die weißen Blätter setzten, die auf dem Schreibtisch ausgebreitet lagen. Sooft er eine Fliege gefangen hatte, nahm er sie zwischen Daumen und Zeigefinger der Linken und zupfte ihr einen Flügel aus. Dann tauchte er sie in das große, weite Tintenfaß aus weißem, tintenbeflecktem Porzellan. So ließ er uns etwa eine Viertelstunde herumstehn, Lakatos, mich und die beiden Männer, die uns hierhergebracht hatten. Es war heiß und still. Man hörte nur die Lokomotiven, den Gesang der Fliegen und den schweren, gleichsam schnarchenden Atem der Polizisten.
Schließlich winkte mich der Beamte heran. Er tauchte die Feder in das Tintenfaß, in dem so viele Fliegenleichen herumschwammen, fragte mich nach Namen und Herkunft und Ziel und Zweck meines Aufent-

halts in Odessa, und nachdem ich alles gesagt hatte, lehnte er sich zurück, strich seinen schönen, semmelblonden Bart und beugte sich plötzlich wieder vor über den Tisch und fragte: ›Wieviel Tabaksdosen haben Sie eigentlich gestohlen?‹
Ich verstand seine Frage nicht und blieb stumm.
Er zog die Schublade auf, winkte mir, an seine Seite zu treten, ich ging um den Tisch herum an die offene Lade und sah, daß sie ausgefüllt war mit lauter Tabaksdosen von jener Art, wie ich sie vom Fürsten bekommen hatte. Ich blieb erschrocken vor dieser Lade stehn, ich begriff gar nichts mehr. Es war mir, als sei ich verzaubert worden, ich zog das Billet aus meiner Tasche, das ich vor einer halben Stunde gelöst hatte, und zeigte es dem Beamten, es war lächerlich, so etwas zu tun, ich fühlte es sogleich, aber ich war eben ratlos, verworren und glaubte wie jeder Verworrene, unbedingt etwas Sinnloses tun zu müssen. ›Wieviel von diesen Dosen haben Sie genommen?‹ fragte der Beamte noch einmal.
›Eine‹, sagte ich. ›Die hat mir der Fürst gegeben! Dieser Herr weiß es‹ – ich zeigte auf Lakatos. Er nickte. Aber in diesem Augenblick sagte der Beamte: ›Hinaus!‹ – und Lakatos wurde hinausgeführt.
Ich blieb nun allein mit dem Beamten und einem Polizisten an der Tür. Der aber schien kein lebendiger Mensch, eher ein Pfosten oder etwas ähnliches.
Der Beamte tauchte die Feder wieder ins Tintenfaß, angelte eine tote, tropfende Fliege heraus, und es war, als blutete die Fliege Tinte, betrachtete sie und sagte leise:
›Sie sind der Sohn des Fürsten?‹
›Ja!‹
›Sie wollten ihn umbringen?‹
›Umbringen?‹ rief ich.
›Ja?‹ fragte der Beamte, ganz leise und lächelnd.
›Nein! Nein!‹ schrie ich, ›ich liebe ihn!‹
›Sie können gehn!‹ sagte der Beamte zu mir. Ich näherte mich der Tür. Da ergriff mich der Polizist am Arm. Er führte mich hinaus: Da stand ein Polizeiwagen mit vergittertem Fenster. Die Wagentür ging auf. Drinnen saß ein Polizist, der zog mich in den Wagen. Wir fuhren ins Gefängnis.«

Hier machte Golubtschik eine lange Pause. Sein Schnurrbart, dessen unterer Rand feucht war vom Schnaps, den der Erzähler immer wieder in großen Zügen trank, zitterte ein wenig. Die Gesichter aller Zuhörer waren bleich und unbewegt und, wie mir schien, gleichsam reicher geworden an Runzeln und Falten, als hätte jeder der Anwesenden innerhalb der Stunde, die seit dem Anfang der Erzählung vergangen sein mochte, außer seiner eigenen Jugend auch noch die Semjon Golubtschiks erlebt. Auf uns allen lastete nunmehr nicht mehr nur unser eigenes Leben, sondern auch jener Teil des Golubtschikschen Lebens, den wir soeben kennengelernt hatten. Und nicht ohne Schrecken erwartete ich den aller Voraussicht nach furchtbaren Rest dieses Lebens, das ich gewissermaßen eher zu überstehen als anzuhören haben sollte. Durch die geschlossene Tür hörte man jetzt das dumpfe Poltern der ersten Gemüsewagen, die zum Markt fuhren, und manchmal den wehmütigen, langgezogenen Pfiff ferner Lokomotiven.
»Es war nur ein gewöhnlicher Polizeiarrest«, begann Golubtschik wieder, »nichts Fürchterliches. Es war immerhin ein ziemlich bequemes Zimmer, mit breiten Gittern vor dem hohen Fenster, die nichts Drohendes hatten, etwa so wenig Drohendes wie Gitter vor den Fenstern mancher Wohnungen. Es gab auch einen Tisch, einen Stuhl und zwei Feldbetten. Aber fürchterlich war die Tatsache, daß, als ich das Arrestzimmer betrat, mein Freund Lakatos sich von einem der Betten erhob, um mich zu begrüßen. Ja, er gab mir die Hand genauso fröhlich und unbefangen, als hätten wir uns zum Beispiel im Restaurant getroffen. Ich aber übersah seine ausgestreckte Hand. Er seufzte bekümmert und gekränkt und legte sich wieder hin. Ich setzte mich auf den Stuhl. Ich wollte weinen, den Kopf auf den Tisch legen und weinen, aber ich schämte mich vor Lakatos, und noch stärker als meine Scham war meine Furcht, er könnte mich trösten wollen. So saß ich denn, mit einer Art versteinerten Weinens in der Brust, stumm auf dem Sessel und zählte die Gitter am Fenster.
›Seien Sie nicht verzweifelt, junger Herr!‹ sagte Lakatos nach einer Weile. Er stand auf und trat an den Tisch. ›Ich habe alles erfahren!‹ – Gegen meinen Willen hob ich den Kopf, bereute es aber sofort. ›Ich habe meine Beziehungen, auch hier schon. In zwei Stunden spätestens sind Sie frei. Und wissen Sie, wem wir dieses Pech zu verdanken haben? Raten Sie bitte!‹
›Sagen Sie's doch!‹ schrie ich. ›Quälen Sie mich doch nicht!‹

›Nun, Ihrem Herrn Bruder, oder vielmehr dem Sohn des Grafen P., Sie verstehen?‹

Oh, ich verstand, und ich verstand doch nicht. Aber der Haß, meine Freunde, der Haß gegen den jungen Mann, den Bastard, den falschen Sohn meines leiblichen, meines fürstlichen Vaters, übernahm gleichsam die Rolle der Vernunft, wie es oft geschieht, und weil ich haßte, glaubte ich, auch zu erkennen. In einem Nu, so schien es mir, durchschaute ich ein fürchterliches Komplott, das man gegen mich gesponnen hatte. Und zum erstenmal erwachte in mir die Rachsucht, die Zwillingsschwester des Hasses, und schneller noch, als der Donner dem Blitz zu folgen pflegt, faßte ich den Entschluß, mich einmal bestimmt an dem Jungen zu rächen. Wie – das wußte ich nicht, aber ich fühlte schon, daß Lakatos der Mann war, mir den Weg zu zeigen, und also wurde er mir im gleichen Augenblick sogar angenehm.

Selbstverständlich wußte er, was alles in mir vorging. Er lächelte, ich erkannte an seinem Lächeln, daß er alles wußte. Er beugte sich über den Tisch so nahe zu mir herüber, daß ich nichts mehr sah als seine blitzenden Zähne und dahinter den rötlichen Schimmer seines Gaumens und von Zeit zu Zeit seine rosa Zungenspitze, die mich an die Zunge unserer Katze daheim erinnerte. Er wußte in der Tat alles. Die Sache verhielt sich so: Dosen zu schenken, alle von der gleichen, äußerst kostspieligen Art, war eine der vielen Marotten des alten Fürsten. Er ließ sie eigens für sich herstellen, bei einem Juwelier in Venedig, nach dem alten Muster einer Dose, die er, der Fürst, selbst einmal bei einer Versteigerung erstanden hatte. Diese Tabaksdosen, aus schwerem Gold, mit elfenbeinerner Einlage und mit Smaragdsplittern umkränzt, liebte der Fürst seinen Gästen zu geben, und er hatte auch immer unzählige dieser Dosen bereit. Nun, es war einfach. Der junge Mann, den er für seinen Sohn hielt, brauchte Geld, stahl die Dosen, verkaufte sie von Zeit zu Zeit, und im Laufe der Jahre hatte die Polizei bei jeder Untersuchung, die sie bei den Händlern vorzunehmen pflegte, eine mächtige Anzahl Dosen gesammelt. Alle Welt wußte, woher diese Schätze kamen. Auch der Verwalter des Fürsten, auch seine Lakaien wußten es. Aber wer hätte gewagt, es ihm zu sagen? – Wie leicht war es dagegen, einem so bedeutungslosen Jungen wie mir einen Diebstahl, ja einen Einbruch sogar zuzumuten; denn was war unsereins im alten Rußland, meine Freunde? Ein Insekt, eine jener Fliegen, die der Beamte in seinem Tintenfaß ersäuft, ein Nichts, ein Staubkörnchen unter der Stiefelsohle eines großen Herrn. Und dennoch, meine Freunde, laßt mich eine Weile abschweifen, verzeiht es mir, daß ich euch aufhalte: Ich wollte heute, wir wären noch die alten Staubkörnchen! Wir waren nicht von Gesetzen, sondern von Launen abhängig. Aber diese Launen waren fast eher berechenbar als die Gesetze. Und auch noch Gesetze sind von Launen abhängig. Man kann sie nämlich auslegen. Ja, meine Freunde, die Gesetze schützen vor der Willkür nicht, denn die Gesetze werden nach Willkür ausgelegt. Die Launen eines kleinen Richters kenne ich nicht. Sie sind schlimmer als gewöhnliche Launen. Sie sind einfach miserable Gehässigkeiten. Die Launen eines großen Herrn aber kenne ich. Sie sind sogar zuverlässiger als Gesetze. Ein großer, ein echter Herr, der strafen kann und Gnade üben, ist durch ein einziges Wort böse zu machen, aber manchmal auch durch ein einziges Wort wieder gut. Und wie viele große Herren hat es schon gegeben, die gar niemals böse geworden waren. Ihre Launen waren immer gütige Launen. Die Gesetze aber, meine Feunde, sind fast immer böse. Es gibt beinahe kein Gesetz, von dem man sagen könnte, es sei etwa gütig, es gibt auf Erden nicht einmal eine absolute Gerechtigkeit, Gerechtigkeit, meine Freunde, gibt es nur in der Hölle!...

Um also wieder auf meine Geschichte zurückzukommen: Damals wollte ich noch die Hölle auf Erden, das heißt, ich dürstete nach Gerechtigkeit. Und wer die absolute Gerechtigkeit will, der ist der Rachsucht verfallen. So war ich damals. Ich war Lakatos dankbar, daß er mir die Augen geöffnet hatte. Und ich zwang mich, Vertrauen zu ihm zu haben, und fragte ihn: ›Was soll ich tun?‹

›Sagen Sie mir zuerst, unter uns‹, begann er, ›haben Sie wirklich nichts anderes vorgehabt, als dem Fürsten zu sagen, daß Sie sein Sohn sind? – Mir können Sie es ja sagen, niemand hört uns. Wir sind jetzt Leidensgefährten. Vertrauen gegen Vertrauen. Wer hat Sie zum Fürsten geschickt? Gibt es in Ihrer Klasse einen Vertrauensmann der – nun, Sie wissen schon: der sogenannten Revolutionäre?‹

›Ich verstehe Sie nicht‹, sagte ich. ›Ich bin kein Revolutionär. Ich will einfach mein Recht! Mein Recht!‹ schrie ich.

Erst später sollte ich begreifen, was für eine Rolle dieser Lakatos spielte. Später erst, als ich selbst fast ein Lakatos geworden war. Damals aber begriff ich es nicht. Er aber verstand wohl, daß ich ehrlich gesprochen hatte. Er sagte nur: ›Nun, dann ist alles gut!‹ Und er

mochte sich dabei gedacht haben: Jetzt habe ich mich wieder geirrt. Eine schöne Summe ist mir da entgangen.
Eine Weile später ging die Tür auf, der Beamte kam, der die Fliegen ertränkt hatte, ihm folgte ein Herr in Zivil. Ich erhob mich. Der Beamte sagte: ›Ich lasse Sie allein‹ und ging. Nach ihm ging Lakatos, ohne mich anzusehen. Der Herr sagte mir, ich solle mich setzen, er hätte mir einen Vorschlag zu machen. Er wisse alles – so begann er. Der Fürst habe eine hohe Stellung und eine große Bedeutung. Von ihm hänge das Wohl Rußlands ab, des Zaren, der Welt, könnte man sagen. Deshalb dürfte er niemals gestört werden. Ich sei mit lächerlichen Ansprüchen gekommen. Die gütige Nachsicht des Fürsten allein hätte mich vor schwerer Strafe gerettet. Ich sei jung. Also könne mir verziehen werden. Allein der Fürst, der bis jetzt aus Laune den Sohn eines seiner Förster erhalten habe und selbst habe studieren lassen, wünsche nicht mehr, an Unwürdige oder Leichtfertige oder Unüberlegte – oder wie immer ich mich bezeichnen möge – Gnaden zu verschwenden. Infolgedessen sei beschlossen worden, daß ich irgendeinen meiner bescheidenen Abkunft entsprechenden Posten einnehmen solle. Ich könnte entweder Förster werden wie mein Vater, Gutsverwalter vielleicht einmal, mit der Zeit, auf einem der Güter des Fürsten, oder auch in den Staatsdienst treten, zur Post, zur Eisenbahn gehn, als Schreiber irgendwohin, zu einem Gouvernement sogar. Lauter gutbezahlte und für mich passende Posten.
Ich antwortete nicht.
›Hier, unterschreiben Sie!‹ sagte der Herr und entfaltete vor mir ein Papier, auf dem stand, daß ich keinerlei Ansprüche an den Fürsten zu stellen hätte und mich verpflichtete, nie mehr eine Begegnung mit ihm zu versuchen.
Nun, meine Freunde, ich kann meinen Zustand nicht genau beschreiben. Als ich das Papier las, war ich beschämt, gedemütigt, aber auch hochmütig zugleich, furchtsam und rachsüchtig, durstig nach der Freiheit, aber zugleich auch bereit, Qualen zu erleiden, ein Kreuz auf mich zu nehmen, vom Wunsch nach Macht erfüllt und gleichzeitig von dem süßen, verführerischen Gefühl, daß auch die Ohnmacht eine Seligkeit sei sondergleichen. Ich wollte aber Macht haben, um eines Tages allen Schimpf rächen zu können, den man mir jetzt antat, und zugleich wollte ich die Kraft haben, diesen Schimpf ertragen zu können. Ich wollte, kurz gesagt, nicht nur ein Rächer, sondern auch gleichzeitig ein

Märtyrer sein. – Aber noch war ich keins von beiden, das fühlte ich wohl, und der Herr wußte es sicherlich ebenfalls. Er sagte mir, grob diesmal: ›Also schnell, entscheiden Sie sich!‹ Und ich unterschrieb.
›So‹, sagte er und steckte das Papier ein. ›Was wünschen Sie nun?‹ Wollte Gott, ich hätte damals gesagt, was mir auf der Zunge lag, nämlich das einfache Wort: Nach Hause! Zur Mutter! Aber in diesem Augenblick ging die Tür auf, ein Polizeioffizier trat ein, ein eleganter Stutzer, mit weißen Handschuhen, mit blitzendem Säbel und blankgeputzter, lederner Pistolentasche und einem blanken, blaublitzenden Blick aus Eis und Hochmut. Und nur seinetwegen und ohne den Herrn anzusehn, sagte ich plötzlich: ›Ich will zur Polizei!‹
Dieses unbedachte Wort, meine lieben Freunde, hat mein Schicksal entschieden. Erst viel später habe ich gelernt, daß Worte mächtiger sind als Handlungen – und ich lache oft, wenn ich die beliebte Phrase höre: ›Keine Worte, sondern Taten!‹ Wie schwach sind die Taten! Ein Wort besteht, eine Tat vergeht! Eine Tat vollbringt auch ein Hund, ein Wort aber spricht nur ein Mensch. Die Tat, die Handlung ist nur ein Phantom, verglichen mit der Wirklichkeit und gar mit der übersinnlichen Wirklichkeit des Wortes. Die Handlung verhält sich zum Wort ungefähr wie der zweidimensionale Schatten im Kino zum dreidimensionalen lebendigen Menschen oder, wenn ihr wollt, wie die Photographie zum Original. Deshalb auch bin ich ein Mörder geworden. Aber das kommt später.
Vorläufig geschah folgendes: Ich unterschrieb noch ein Papier im Zimmer eines Beamten, den ich bis jetzt noch nicht gesehen hatte. Was darin stand, weiß ich nicht mehr genau. Der Beamte, ein alter Herr mit einem so würdigen, so langen, so silbernen Bart, daß sein Angesicht darüber winzig erschien und unbedeutend, als wüchse es aus diesem Bart empor, und nicht, als wäre aus ihm der Bart gesprossen, gab mir eine weiche, gutgepolsterte, gleichsam mit fetter Tücke gepolsterte Hand und sagte: ›Ich hoffe, Sie werden sich bei uns einleben und heimisch fühlen! Sie fahren nach Nischnij Nowgorod. Hier haben Sie die Adresse des Herrn, bei dem Sie sich melden. Leben Sie wohl!‹
Und als ich schon an der Tür war, rief er: ›Halt, junger Mann!‹ Ich kehrte zurück an den Schreibtisch. ›Merken Sie sich das, junger Mann!‹ sagte er, beinahe schon grollend. ›Schweigen, Horchen, Schweigen, Horchen!‹ Er legte den Finger an seine bartüberwucherten Lippen und winkte mit der Hand. –

Ich war somit bei der Polizei, bei der Ochrana, meine Freunde! Ich begann, Rachepläne zu schmieden. Ich hatte Macht. Ich hatte Haß. Ich war ein guter Agent. Nach Lakatos wagte ich nicht mehr zu fragen. Er wird noch oft in meiner Geschichte vorkommen. Erspart mir inzwischen die Einzelheiten, die ich jetzt zu erzählen hätte. Es gibt noch Widerliches genug in meinem weiteren Leben.

Erlaßt mir, meine Freunde, die genauen Berichte über die gemeinen – ja, man kann, man soll sagen: gemeinen Taten, die ich im Verlauf der folgenden Jahre begangen habe. Ihr wißt alle, meine Brüder, was die Ochrana gewesen ist. Vielleicht hat sie sogar jemand unter euch am eigenen Leibe gespürt. Auf keinen Fall habe ich es nötig, sie genau zu beschreiben. Ihr wißt jetzt, was ich gewesen bin. Und wenn es euch nicht paßt, so sagt es mir bitte gleich, ich verlasse euch. Hat jemand etwas gegen mich? Ich bitte, es zu sagen, meine Herren! Nur glattweg zu sagen! Und ich gehe!«

Aber wir alle schwiegen. Nur der Wirt sagte: »Semjon Semjonowitsch, da du einmal angefangen hast, deine Geschichte zu erzählen, und da wir schließlich alle, so, wie wir hier sitzen, irgend etwas auf dem Gewissen haben, bitte ich dich, im Namen unser aller, fortzufahren.«

Golubtschik tat noch einen Schluck und erzählte weiter:

»Ich war nicht dumm, trotz meiner Jugend, und also war ich gar bald gut angeschrieben bei meinen Vorgesetzten. Zuerst – ich habe vergessen, es zu erzählen – schrieb ich einen Brief an meine Mutter. Ich sagte ihr, daß mich der Fürst gut aufgenommen habe und daß er sie herzlich grüßen lasse. Er habe mir – so schrieb ich weiter – einen großartigen Staatsposten verschafft, und von nun ab würde ich ihr monatlich zehn Rubel schicken. Für dieses Geld brauche sie sich aber beim Fürsten nicht zu bedanken.

Als ich diesen Brief schrieb, meine Freunde, wußte ich schon, daß ich meine Mutter niemals mehr sehen würde, und ich war auch, so merkwürdig es scheinen mag, sehr traurig darüber. Aber etwas anderes, Stärkeres – so schien es mir damals – rief mich, Stärkeres als die Liebe zur Mutter, nämlich der Haß gegen meinen falschen Bruder. Der Haß war so laut wie eine Trompete, und die Liebe zur Mutter war so leise und zart wie eine Harfe. Ihr versteht, meine Freunde!...

Ich wurde also, so jung ich auch war, ein großartiger Agent. Ich kann euch nicht alle Gemeinheiten erzählen, die ich im Laufe jener Zeit be-

gangen habe. Aber der und jener unter euch erinnert sich vielleicht noch an die Geschichte von dem jüdischen Sozialrevolutionär Salomon Komrower, genannt: Komorow – und dies war eine der schmutzigsten Taten meines Lebens.
Dieser Salomon Abramowitsch Komrower war ein zarter Jüngling aus Charkow, die Politik hatte ihn niemals beschäftigt, er lernte, wie es bei Juden gehörig ist, fleißig Talmud und Thora und wollte so eine Art Rabbiner werden. Seine Schwester aber war eine Studentin, sie studierte Philosophie in Petersburg, sie verkehrte bei den Sozialrevolutionären, sie wollte, wie es damals Mode war, das Volk befreien – – und sie wurde eines Tages verhaftet. Salomon Komrower, ihr Bruder also, hat nichts Eiligeres zu tun, als sich bei der Polizei zu melden und anzugeben, er sei schuld, und er allein, an den gefährlichen Umtrieben seiner Schwester. Gut! Man verhaftet auch ihn. Man setzt mich in der Nacht in seine Zelle. Es war in einem Kiewer Gefängnis, ich erinnere mich noch genau an die Stunde – es war knapp vor Mitternacht. Als ich eintrat, das heißt: hineingestoßen wurde, ging Salomon Komrower auf und ab, auf und ab, er schien mich gar nicht zu bemerken. ›Guten Abend!‹ sagte ich, und er antwortete mir nicht. Ich spielte, wie es meine Pflicht war, einen alten Verbrecher und legte mich seufzend auf die Pritsche. Nach einer Weile hörte auch Komrower auf zu wandern. Er setzte sich ebenfalls auf seine Pritsche; ich war derlei gewohnt. ›Politisch?‹ fragte ich, wie gewöhnlich. ›Ja!‹ sagte er. ›Wieso?‹ fragte ich weiter. Nun, er war dumm und jung, er erzählte seine ganze Geschichte. Ich aber, der ich immer an meinen falschen Bruder, den jungen Fürsten Krapotkin, dachte und an meine Rache, überlegte mir, ob hier nicht endlich eine Gelegenheit gegeben wäre, meinen stetig heißen Haß zu kühlen. Und ich begann, dem jungen, ahnungslosen Komrower einzureden, daß ich einen Ausweg für ihn und für seine Schwester wüßte: nämlich den, den jungen Fürsten als den Freund seiner Schwester anzugeben, und, so sagte ich dem ahnungslosen Juden, wenn einmal ein Name wie der Krapotkins mit im Spiel wäre, sei gar nichts mehr zu befürchten.
In der Tat, ich wußte damals keineswegs, daß der junge Fürst tatsächlich revolutionäre Kreise aufsuchte und daß er seit langem schon von meinen Kollegen genau überwacht worden war. Meine Gehässigkeit und meine Rachsucht hatten also gewissermaßen Glück, kann man sagen. Denn siehe da: Am nächsten Tag, nachdem man den Juden

Komrower vernommen hatte, kehrte er in Begleitung eines sehr noblen jungen Mannes in Ingenieur-Uniform in die Zelle zurück. Er war, sozusagen, mein Bruder: der junge Fürst Krapotkin.

Ich begrüßte ihn, er erkannte mich natürlich nicht. Ich begann, mich mit gehässigem Eifer um ihn zu kümmern; der Jude Komrower, der dort in der Ecke auf seiner Pritsche lag, bedeutete mir gar nichts mehr. Und wie es einst Lakatos mit mir gemacht hatte, begann ich, eins ums andere, Verrat um Verrat aus dem jungen Fürsten herauszulocken, nur mit mehr Erfolg, als es damals Lakatos vergönnt gewesen war. Ja, ich erlaubte mir, den jungen Fürsten zu fragen, ob er sich noch an die Tabaksdosen erinnere, die sein Vater zu verschenken die Gewohnheit gehabt habe: Da wurde der Junge zum erstenmal rot, man sah es sogar im Halbdunkel der Zelle. So ist es nämlich: Der Mann, der vielleicht versucht hatte, den Zaren zu stürzen, wurde rot, als ich ihn an einen seiner Knabenstreiche erinnerte. Von nun an gab er mir bereitwillig Auskunft. Ich erfuhr, daß er, just infolge jener törichten Tabaksdosengeschichte, die eines Tages aufgekommen war, sich verpflichtet gefühlt hatte, eine gehässige Stellung gegen die menschliche Ordnung überhaupt einzunehmen. Er hatte also, wie so viele junge Menschen seiner Zeit, die Tatsache, daß man sein vulgäres Verbrechen entdeckt hatte, zum Anlaß genommen, ein sogenannter Revolutionär zu werden und die Gesellschaft anzuklagen. Er war immer noch hübsch, und wenn er sprach und gar wenn er mit seinen blanken Zähnen lächelte, erhellte sich gleichsam die Zelle, in der wir saßen. Von tadellosem Schnitt war seine Uniform. Von tadellosem Schnitt war sein Angesicht, war sein Mund, waren seine Zähne, waren seine Augen. Ich haßte ihn.

Er verriet mir alles, alles, meine Freunde! Es hat keine Bedeutung mehr, ich will euch mit Einzelheiten nicht langweilen. Aber es half mir nichts, daß ich alles mitteilte. Nicht der junge Fürst Krapotkin wurde bestraft, sondern der völlig schuldlose Jude Komrower.

Ich sah noch, wie sie ihm die Kugel und die Kette um das linke Bein schmiedeten. Er ging nach Sibirien. Der junge Fürst aber verschwand eines Tages, schneller, als er gekommen war.

Alle Geständnisse, die mir der Fürst gemacht hatte, schrieb man dem jungen Komrower zu.

So war damals die Praxis, meine Freunde!

Ich war die letzte Nacht mit ihm in der Zelle. Er weinte ein bißchen, gab mir dann ein paar Zettel, an seine Eltern, an Freunde und Ver-

wandte, und sagte: ›Gott ist überall. Ich habe keine Angst! Ich habe auch keinen Haß! Gegen niemanden! Sie waren mein Freund und ein Freund in der Not! Ich danke Ihnen!‹
Er umarmte und küßte mich. Heute noch brennt sein Kuß auf meinem Angesicht.«
Bei diesen Worten berührte Golubtschik mit dem Finger seine rechte Backe.

»Einige Zeit später wurde ich nach Petersburg versetzt. Ihr wißt nicht, was für eine Bedeutung solch eine Versetzung hatte. Man war unmittelbar dem gewaltigsten Mann Rußlands, dem Oberbefehlshaber der Ochrana unterstellt. Von ihm hing das Leben des Zaren selbst ab. Mein Vorgesetzter war kein geringerer als der Graf W., ein Pole, heute noch traue ich mich nicht, seinen Namen auszusprechen. Er war ein ungewöhnlicher Mensch. Alle, die wir in seine Dienste traten, mußten in seinem Zimmer vor ihm einen neuen Eid leisten. Ein mächtiges silbernes Kruzifix ragte zwischen zwei gelben Wachskerzen vom schwarzen Schreibtisch empor. Schwarze Vorhänge verhüllten die Tür und die Fenster. Hinter dem Schreibtisch, auf einem unverhältnismäßig hohen schwarzen Sessel, saß der Graf, ein kleines Männchen, mit einem kahlen, von Sommersprossen übersäten Schädel, mit fahlen, blassen Augen, die an getrocknete Vergißmeinnicht-Blumen erinnerten, mit dürren Ohren wie aus gelblicher Pappe, mit starken Backenknochen und einem halboffenen Mund, der große gelbe Zähne sehen ließ. Dieser Mann kannte jeden einzelnen von uns Beamten der Ochrana genau, er überwachte jeden unserer Schritte, obwohl er niemals sein Büro zu verlassen schien. Er war uns allen unheimlich, und wir fürchteten ihn mehr, als wir selbst gefürchtet wurden im Lande. Wir schworen eine lange Eidesformel vor ihm, in seinem verzauberten Zimmer, und bevor wir ihn verließen, sagte er immer zu jedem von uns: ›Also, achtgeben! Kind des Todes! – Ist dir dein Leben lieb?‹ – Darauf antwortete man: ›Jawohl, Exzellenz!‹ – und man war entlassen. Eines Tages wurde ich zu seinem Sekretär gerufen, der mir mitteilte, daß meiner und noch mehrerer meiner Kameraden eine besondere Aufgabe harre. Der große Schneider aus Paris, der Herr Charron nämlich – ich hörte den Namen zum erstenmal –, sei nach Petersburg eingeladen. Er wolle in einem der Petersburger Theater seine neuen Modelle vorführen. Einige Großfürsten interessierten sich für die

Mädchen. Einige Damen aus der allerhöchsten Gesellschaft interessierten sich für die Kleider. Nun aber gelte es, so sagte der Sekretär, eine ganz besondere Art von Dienst einzurichten. Weiß man vielleicht, wer sich unter den Mädchen befindet, die jener Herr Charron mitbringen will? Können sie nicht Waffen, Bomben, unter ihren Kleidern verbergen? Und wie leicht hätten sie es! Sie kleiden sich natürlich immer wieder um, sie gehen von den Bühnen ab in ihre Loge, kommen wieder zurück, und ein Unglück ist bald geschehen. Herr Charron hat fünfzehn Mädchen angekündigt. Wir brauchen also fünfzehn Mann. Vielleicht werden sogar die Gesetze der üblichen Schamhaftigkeit dabei verletzt. Das müssen wir in Kauf nehmen. Ob ich dieses arrangieren und kommandieren wolle, fragte mich der Sekretär.
Diese besondere, ihr gebt zu, ziemlich ungewöhnliche Aufgabe, meine lieben Freunde, erfüllte mich mit Freude. Ich sehe jetzt, daß ich nicht umhinkann, mit euch von ganz vertraulichen Dingen zu sprechen. Ich muß euch also gestehen, daß ich bis zu jener Stunde niemals wirklich verliebt gewesen war, wie es so bei jungen Männern der Fall zu sein pflegt. Meine Beziehungen zu Frauen beschränkten sich darauf, daß ich, außer jener Zigeunerin, die mir mein Freund Lakatos verschafft hatte, nur ein paarmal in den sogenannten Freudenhäusern Mädchen sozusagen besessen und bezahlt hatte. Obwohl ich von Beruf schon verpflichtet und auch geeignet war, die Welt zu kennen, war ich damals doch noch jung genug, um mir, lediglich bei der Vorstellung, ich würde sogenannte Modelle aus Paris zu überwachen haben, einzubilden, ich sei auserwählt, ganz exquisite Damen der großen Pariser Welt in ihrer prachtvollen Nacktheit zu bespähen, vielleicht auch, sie zu ›besitzen‹. Ich sagte sofort, ich sei bereit, und ging daran, mir meine vierzehn Mitarbeiter auszusuchen. Es waren die elegantesten und jüngsten Burschen unserer Sektion.
Der Abend, an dem der Pariser Schneider mit seinen Modellen und unzähligen Koffern in Petersburg anlangte, brachte uns nicht wenig Pein. Wir waren also am Bahnhof, fünfzehn im ganzen, und es schien damals dennoch jedem einzelnen von uns, als wären wir fünf oder gar nur zwei. Unser allmächtiger Befehlshaber hatte uns den Auftrag gegeben, besonders scharf achtzugeben; und all dies lediglich wegen eines Schneiders. Wir mischten uns unter die vielen Leute, die ihre Angehörigen am Bahnhof erwarteten. In jener Stunde war ich überzeugt, daß ich eine großartige und wichtige Aufgabe erfüllte. Ich hatte nichts

weniger zu tun, als, wer weiß, vielleicht dem Zaren das Leben zu retten.

Als der Zug eintraf und der weltberühmte Schneider ihm entstieg, sah ich sofort, daß sich unser allmächtiger Befehlshaber geirrt hatte. Dies war kein Mann, der im Verdacht stehen konnte, Attentate zu begehen. Er sah wohlgenährt aus, eitel und harmlos, und zeigte sich heftig bemüht, größtes Aufsehn zu erregen. Kurz und gut: es war kein ›subversives Individuum‹. Er war ziemlich groß gewachsen, aber infolge seiner seltsamen Kleidung schien er eher klein, sogar kurz zu sein. Denn seine Kleidungsstücke flatterten rings um ihn, statt ihn zu bedecken, und sie paßten ihm gar nicht, als hätte er sie von irgendeinem Freunde geschenkt bekommen. Er aber hatte sie sich selber ausgedacht, und deshalb erschien er uns, jedenfalls mir, sozusagen doppelt verkleidet. Ich wunderte mich darüber, daß der Hof des Zaren einen solch verkleideten Schneider aus Paris nach Petersburg bestellt hatte; und damals begann ich auch, zum erstenmal, an der Sicherheit zu zweifeln, an der Sicherheit der Herren, der großen Herren, zu deren Gesellschaft ich so gerne gehört hätte. Bis zu diesem Augenblick hatte ich geglaubt, die großen Herrschaften könnten sich gar niemals irren und könnten niemals einen Komödianten nach Petersburg bestellen, damit er ihren Damen die Moden diktiere, die man in Rußland zu tragen habe. Aber nun sah ich es mit eigenen Augen. Der Schneider kam mit einem großen Gefolge an, und nicht nur mit einem weiblichen, was ja zu erwarten gewesen wäre. Nein! – er hatte auch ein paar junge Männer mitgebracht, junge, großartige Männer aus Paris, lauter elegante Leute, ausgestattet mit seidenen Krawatten und flotten Bewegungen. Sie hüpften freudig und leichtsinnig von den Trittbrettern der Waggons, nicht unähnlich verkleideten Spatzen oder Zeisigen, und wenig hätte gefehlt, und sie hätten zu zwitschern angefangen. In der Tat erschien mir die lärmende und fröhliche Art, in der sie miteinander sofort, unmittelbar nach ihrer Ankunft, zu reden anfingen wie eine sorglose und leichtfertige Unterhaltung zwischen menschenähnlichen Vögeln oder gewissermaßen gefiederten Menschen. Sie warteten eine Weile vor den Trittbrettern, hielten die Arme ausgestreckt und empfingen die fünfzehn Mädchen, die nach ihnen auszusteigen begannen, zierlich und umständlich und mit so ängstlichen Gesichtern und Bewegungen, als hätten sie nicht auf einen Bahnsteig zu treten, sondern sich in einen fürchterlichen Abgrund zu stürzen.

Unter den aussteigenden Frauen gefiel mir eine besonders. Sie trug, wie alle Mädchen, die der Schneider mitgebracht hatte, eine Nummer. Denn alle hatten an ihrer linken Brust eine Zahl, in roter Farbe auf blauem Grund gemalt, auf sauberen, viereckigen Seidenlätzchen. Aber es sah aus, als wären diese Ziffern eingebrannt, wie man Pferden oder Kühen Zeichen einbrennt. Obwohl sie alle so munter waren, taten sie mir unendlich leid: Ich hatte Mitleid mit ihnen, besonders aber mit jener, die mir sofort, auf den ersten Blick, gefallen hatte. Sie trug die Nummer 9 und hieß, wie ich hörte: Lutetia. Aber aus den Pässen, die ich gleich darauf im Paßbüro der Bahnhofspolizei durchsah, ergab sich, daß sie eigentlich Annette hieß, Annette Leclaire, und – ich weiß nicht, warum – dieser Name rührte mich besonders.

Es ist bei dieser Gelegenheit vielleicht nötig, euch ein zweitesmal zu versichern, daß ich vorher nie eine Frau wirklich geliebt hatte, das heißt, daß ich die Frauen noch gar nicht kannte. Ich war jung und kräftig, und gleichgültig war mir keine; aber mein Herz war keineswegs bereit, meinen Sinnen zu gehorchen. Und so stark meine Sehnsucht auch war, fast alle zu ›haben‹, so stark war doch auch meine Überzeugung, daß ich nicht imstande sein könnte, auch nur einer einzigen von ihnen anzugehören. Und dennoch sehnte ich mich, wie es ja die Art der jungen Männer sein muß, nach der einzigen Frau, das heißt, eigentlich nach einer einzigen, die meine Sehnsucht und mein Heimweh nach allen zu stillen imstande gewesen wäre. Zugleich ahnte ich, daß es wahrscheinlich dergleichen Frauen nicht geben konnte, und ich erwartete, eben wie es die Art der jungen Männer ist, das sogenannte Wunder. Dieses Wunder schien mir nun eingetroffen zu sein, in dem Augenblick, in dem ich Lutetia, die Nummer 9, erblickte. Wenn man, wie ich damals, ein junger Mensch voll von der Erwartung des Wunders ist, verfällt man allzuschnell dem Glauben, es sei bereits eingetroffen.

Ich verliebte mich also, wie man so zu sagen pflegt, auf den ersten Blick in Lutetia. Gar bald schien es mir, sie trüge ihre Nummer wie ein Schand- und Brandmal, und auf einmal erfüllte mich ein Haß gegen diesen exquisiten Schneider, der von den allerhöchsten Herrschaften eingeladen worden war, seine unglücklichen Sklavinnen vorzuführen. Selbstverständlich schien mir von all diesen unglücklichen Sklavinnen das Mädchen Lutetia mit der Nummer 9 die unglücklichste zu sein. Und als wäre der nichtswürdige, aber keineswegs verbrecherische Modeschneider in der Tat ein Sklavenhalter oder Mädchenhändler gewesen, begann ich, über die Mittel nachzusinnen, mit denen es mir gelingen könnte, das Mädchen 9 von ihm zu erretten. Ja, ich sah in dem Umstand, daß man mich dieses Schneiders wegen nach Petersburg geschickt hatte, einen besonderen ›Wink des Schicksals‹. Und ich war entschlossen, Lutetia zu retten.

Ich habe vielleicht vorhin vergessen zu erzählen, weshalb die Polizeibehörde eines ungewöhnlichen, aber immerhin unverdächtigen Schneiders wegen derartige Vorsichtsmaßregeln angeordnet hatte. Eine oder zwei Wochen vorher hatte man nämlich auf den Gouverneur von Petersburg ein Attentat versucht. Mißlungene Attentate pflegten, wie ihr alle wissen werdet, in unserem alten Rußland eine viel schrecklichere Wirkung auszuüben als gelungene. Gelungene Attentate waren gewissermaßen unwiderrufliche Gottesurteile. Denn, meine Freunde, man glaubte in jener Zeit noch an Gott, und man war sicher, daß nichts ohne seinen Willen geschehe. Aber, sozusagen, um dem Allmächtigen vorzugreifen, bevor er noch die Gelegenheit haben könnte, jemanden von den hohen Herrschaften umzubringen, traf man, wie man so zu sagen pflegt, sogenannte Vorsichtsmaßregeln. Es waren törichte, manchmal sogar unsinnige Vorsichtsmaßregeln. Man gab uns den Auftrag, die armen, hübschen Mädchen besonders scharf zu beobachten, in den Pausen, während sie sich umzukleiden hatten, und auch in ihrem privaten Leben tagsüber im Hotel. Wir hatten den Auftrag, die Männer zu beaufsichtigen, mit denen die Mädchen, aller Voraussicht nach, zu tun haben würden, und also waren wir in jenen Tagen eigentlich keine Polizei mehr, sondern eine Art von Gouvernanten. Mich aber beschämte diese Aufgabe keineswegs, sie machte mich sogar heiter. Was alles hätte ich damals, in den ersten glücklichen Stunden meiner Liebe, nicht für heiter angesehen? Mein Herz: Ich fühlte, daß ich es bis jetzt verleugnet hatte. Seit dem Augenblick, in dem die Liebe darin eingezogen war, glaubte ich, erfahren zu haben, daß es noch da war, mein Herz, und daß ich es bis zu dieser Stunde nur verleugnet und geschmäht und vergewaltigt hatte. Ja, es war, meine Freunde, ein unaussprechlicher Genuß, zu fühlen, daß ich noch ein Herz besaß, und mein Verbrechen, es verunstaltet zu haben, zu erkennen. Ganz genauso, wie ich es jetzt darstelle, wußte ich das aber damals noch nicht. Aber ich fühlte schon damals, daß die Liebe anfing, mich gewissermaßen zu erlösen, und daß sie mir das große Glück bescherte, mit Leiden, mit Freude und sogar mit Genuß erlöst zu werden. Die Liebe nämlich, meine Freunde, macht uns nicht blind, wie das unsinnige Sprichwort behauptet, sondern, im Gegenteil, sehend. Ich erkannte plötzlich und dank einer sinnlosen Liebe zu einem gewöhnlichen Mädchen, daß ich bis zu dieser Stunde schlecht gewesen war, und auch, in welchem Grade ich schlecht gewesen war. Ich weiß, seit jener Zeit, daß der Gegenstand, der in menschlichen Herzen Liebe erweckt, gar keine Bedeutung hat im Vergleich zu der Erkenntnis, die uns die Liebe beschert. Wen und was immer man liebt: der Mensch wird dabei sehend und keineswegs blind. Ich hatte bis zu dieser Stunde niemals geliebt; wahrscheinlich deshalb also war ich ein Verbrecher, ein Spitzel, ein Verräter, ein Schurke geworden. Noch wußte ich nicht, ob mich das Mädchen lieben würde. Aber allein schon die Gnade, daß ich imstande gewesen war, mich so plötzlich auf den ersten Blick zu verlieben, machte mich meiner selbst sicher und schuf mir zugleich Gewissensbisse wegen meiner schändlichen Handlungen. Ich versuchte, dieser Gnade einer jähen Verliebtheit würdig zu werden. Auf einmal sah ich die ganze Niedertracht meines Berufes, und er ekelte mich. Ich begann damals zu büßen, es war der Anfang der Buße. Ich wußte damals noch nicht, um wieviel mehr ich später noch zu büßen haben sollte.

Ich beobachtete das Mädchen, das man Lutetia nannte. Ich beobachtete es, längst nicht mehr als ein Polizist, sondern als ein eifersüchtiger Liebhaber, längst nicht mehr von Berufs wegen, sondern von Herzens wegen sozusagen. Und es verschaffte mir eine ganz besondere Wollust, es zu beobachten und auch zu wissen, in jedem Moment, daß ich eine wirkliche Macht über sie hatte. So grausam, meine Freunde, ist die menschliche Natur. Selbst dann noch, wenn wir eingesehen haben, daß wir schlecht gewesen waren, bleiben wir schlecht. Menschen sind wir, Menschen! Schlecht und gut! Gut und schlecht! Nichts anderes als Menschen.

Ich litt wahre Höllenqualen, während ich das Mädchen beobachtete. Ich war eifersüchtig. Jeden Augenblick zitterte ich, ein anderer, einer meiner Kollegen, könnte durch einen Zufall den Auftrag bekommen, Lutetia statt meiner zu überwachen. Ich war damals jung, meine Freunde! Wenn man jung ist, kann es vorkommen, daß die Eifersucht am Beginn der Liebe steht; ja, man kann glücklich sein, mitten in der Eifersucht, und gerade durch die Eifersucht. Das Leid macht uns genauso selig wie die Freude. Fast kann man das Glück vom Leid nicht unterscheiden. Die wahre Fähigkeit, Glück vom Leid zu unterscheiden, kommt erst im Alter. Und dann sind wir bereits zu schwach, um das Leid zu meiden und das Glück zu genießen.

In Wirklichkeit – sagte ich es schon? – hieß die Geliebte meines Herzens natürlich nicht Lutetia. Es erscheint euch vielleicht ohne Bedeutung, daß ich es erwähne, für mich aber bedeutete es viel, daß sie zwei Namen trug, einen echten und einen falschen. Ich behielt lange Zeit ihren Paß in der Tasche. Ich brachte den Paß ins Polizeibüro, schrieb selbst die Daten ab, ließ, wie es bei uns üblich war, das Photo noch einmal aufnehmen, nahm zwei Kopien an mich und verwahrte sie in einem besonderen Umschlag. Beide Namen bezauberten mich, jeder in einer anderen Weise. Beide Namen hatte ich zum erstenmal gehört. Es ging vom echten Namen ein sehr warmer, geradezu ein inniger Glanz aus und ein prächtiger, geradezu kaiserlicher vom Namen Lutetia. Es war beinahe, als liebte ich zwei Frauen statt einer einzigen, und da sie beide eins waren, war es mir, als müßte ich die eine doppelt lieben.

An den Abenden, an denen die Mädchen die Kleider des mondänen Schneiders – in den Zeitungen nannte man sie die ›Schöpfungen‹ oder gar die ›genialen Schöpfungen‹ – im Theater vorführten, mußten wir in den Ankleidezimmern der Damen stehn. Der Schneider erhob einen gewaltigen Protest dagegen. Er ging zu der Witwe des Generals Portschakoff, die um jene Zeit eine große Rolle in der Petersburger Gesellschaft spielte und die allein ihn eigentlich veranlaßt hatte, nach Rußland zu kommen. Die Generalin war trotz ihrer berühmten, bedeutenden Korpulenz unheimlich eilfertig. Sie besaß die erstaunliche Fähigkeit, an einem einzigen Vormittag zwei Großfürsten, den General-Gouverneur, drei Advokaten und den Intendanten der kaiserlichen Oper aufzusuchen, um sich über die Verfügung unserer Polizei zu beschweren. Aber, meine Freunde, was nutzte unter gewissen Umständen in unserem alten, lieben Rußland eine Beschwerde gegen eine Verfügung? Der Zar selbst hätte nichts ausgerichtet – er vielleicht am wenigsten.

Natürlich wußte ich von all den Unternehmungen der beflissenen Generalswitwe. Ich bezahlte sogar von meinem Gehalt einen Schlitten, um ihr überallhin folgen zu können, und, ebenfalls aus meiner Tasche, Trinkgelder für die Diener und Lakaien, die mir den Inhalt der Unterredungen in all den Häusern überbrachten. Ich verfehlte nicht, meine

Erfahrungen sofort meinem Chef mitzuteilen. Ich wurde belobt, aber ich schämte mich, dieses Lob zu hören. Ich arbeitete, meine Freunde, nicht mehr für die Polizei. Ich stand in höheren Diensten; ich stand in den Diensten meiner Leidenschaft.

Ich war wohl in jenen Tagen der geschickteste von allen Beamten, denn ich besaß die Fähigkeit, nicht nur schneller zu sein als die eilfertige Generalin, sondern auch zugleich die sonderbare Fähigkeit, an allen Orten fast gleichzeitig zu erscheinen. Ich war damals imstande, nicht nur Lutetia, sondern auch die Generalin und den berühmten Schneider fast gleichzeitig zu überwachen. Nur einen sah ich nicht, meine Freunde, nur einen nicht: Ihr werdet bald hören, um wen es sich handelt. Ich sah also eines Tages, wie der berühmte Schneider, in einen weiten Pelz gehüllt, den er sich noch in Paris hatte bestellen lassen – denn es war kein russischer Pelz, sondern einer, wie man sich in Paris einen russischen Pelz vorstellt –, ich sah also, wie er in einer Art weiblicher Kapotte aus Persianer, mit einer Kapuze aus Blaufuchs, an der eine silberne Troddel hing, einen Schlitten bestieg und zur Generalin fuhr. Ich folgte ihm, erreichte noch vor ihm den Flur, nahm ihm den merkwürdigen Pelz ab – denn der Portier war seit einigen Tagen mein Freund geworden – und wartete im Vorzimmer. Die rüstige Generalswitwe erstattete ihm einen niederschmetternden Bericht. Es gelang mir auch, ihn zu erlauschen. Alle ihre Unternehmungen waren vergeblich gewesen. Ich lauschte mit Wollust. Gegen die Ochrana, also gegen mich gewissermaßen, konnte kein Großfürst etwas ausrichten, nicht einmal ein jüdischer Advokat. Aber es gab, wie ihr wißt, im alten Rußland drei unfehlbare Mittel – und die verriet sie ihm auch: Geld, Geld, Geld.

Der Schneider war bereit, Geld zu zahlen. Er verabschiedete sich, zog wieder seinen sonderbaren Pelz an und stieg in den Schlitten.

Am ersten Abend, an dem die Vorführung seiner ›Schöpfungen‹ stattfand, erschien er auch, freundlich, rundlich und doch zugleich vierschrötig, strahlend und in einem Frack mit weißer Weste, an der wunderliche rote Knöpfchen leuchteten, die an Marienkäferchen erinnerten; hinter den Kulissen, vor den Garderoben seiner Mädchen erschien er. Ach, er war unfähig, auch nur den Miserabelsten unter uns zu bestechen! Mit den Silbermünzen klimperte er in seinen weiten Frackhosentaschen wie ein Mönch mit einem Klingelbeutel, und trotz seiner ganzen Pracht sah er weniger aus wie einer, der bestechen will, denn wie einer, der um Almosen bittet. Selbst der Verwerflichste unter uns hätte nicht

vermocht, von dem Schneider Geld anzunehmen. Es war klar: Mit Großfürsten konnte er vielleicht besser verkehren als mit Spitzeln.
Er verschwand. Wir gingen in die Garderoben.
Ich zitterte. Wenn ich euch sage, daß ich damals Angst, wirkliche Angst empfand, zum erstenmal in meinem Leben die hohläugige Angst, werdet ihr mir aufs Wort glauben. Ich hatte Angst vor Lutetia, Angst vor meiner Begierde, sie im Hemd zu sehn, Angst vor meiner Wollust, Angst vor dem Unbegreiflichen, dem Nackten, dem Willenlosen, Angst vor meiner eigenen Übermacht. Ich wandte mich um. Ich kehrte ihr den Rücken zu, während sie sich umkleidete. Sie lachte mich aus. Während ich ihr also angstvoll den Rücken zukehrte, mochte sie wohl, mit dem hurtigen Instinkt der Frauen, der die Furcht und die Ohnmacht der verliebten Männer zuallererst wittert, erkannt haben, daß ich einer der unschädlichsten Spitzel des großen Zarenreiches sei. Aber was rede ich von Instinkt! Sie wußte doch wohl, daß es meine Aufgabe war, sie genau und sogar scharf zu beobachten, und sie sah doch, daß ich mich umgewandt und mich ihr also preisgegeben hatte! Schon war ich ihr ausgeliefert! Schon hatte sie mich durchschaut! Ach, meine Freunde, es ist besser, sich einem erklärten Feind auszuliefern, als eine Frau wissen zu lassen, daß man sie liebt. Der Feind vernichtet euch schnell! – Die Frau aber – ihr werdet bald sehen, wie langsam, wie mörderisch langsam ...
Gut! Ich stand also da, mit dem Angesicht zur Tür, und betrachtete die weiße, langweilige Klinke, als hätte ich den Auftrag erhalten, diesen harmlosen Gegenstand zu bewachen. Es war, ich erinnere mich genau, ein gewöhnlicher Klinkenknopf aus Porzellan. Nicht einmal ein Sprung war an ihm zu entdecken. Das dauerte lange. Indessen sang, flötete, pfiff und zwitscherte die Geliebte meines Herzens hinter meinem Rücken – und vor dem Spiegel, wie ich erriet – ebenso unbekümmerte wie liederliche Weisen, und heller Hohn war in ihrem Singen, in ihrem Flöten, in ihrem Pfeifen, in ihrem Zwitschern. Lauter Hohn! ...
Auf einmal klopfte es an der Tür. Ich wandte mich sofort um und sah natürlich Lutetia. Sie saß vor dem ovalen, goldumrahmten Spiegel und versuchte, mit einer immensen Puderquaste, ihren Rücken zu pudern. Sie war bereits angekleidet. Sie trug ein schwarzes Kleid, der Rücken zeigte einen dreieckigen Ausschnitt, an den Rändern mit blutroten Samtstreifen eingesäumt, und sie versuchte, mit der rechten Hand, mit der übergroßen Quaste, ihren Rücken zu erreichen, um ihn zu pudern.

Mehr noch, als mich ihre Nacktheit verwirrt hätte, blendete mich in diesem Augenblick der beinahe höllische – ich finde keinen andern Ausdruck –, also der beinahe höllische Zusammenhang dieser Farben. Seit jenem Augenblick glaube ich zu wissen, daß die Farben der Hölle, in die ich gewiß einmal gelangen werde, aus Schwarz, Weiß und Rot bestehen; und an manchen Stellen, an den Wänden der Hölle zum Beispiel, wird hie und da der dreieckige Ausschnitt eines Frauenrückens sichtbar; die Puderquaste auch.
Ich erzähle all dies zu lang, und es dauerte doch nur einen Augenblick. Bevor noch Lutetia Herein! rufen konnte, ging die Tür auf. Und ehe ich mich noch umgesehen hatte, begann ich schon zu ahnen, wer der Ankömmling war. Ihr werdet es erraten, meine Freunde! Wer war es? – Es war mein alter Freund, mein alter Freund Lakatos!
›Guten Abend!‹ sagte er auf russisch. Hierauf begann er eine längere französische Ansprache an Lutetia. Ich verstand sehr wenig. Mich schien er nicht erkannt zu haben oder nicht erkennen zu wollen. Lutetia wandte sich um und lächelte ihm zu. Sie sagte ein paar Worte, lächelte weiter, halb im Sessel umgewandt, die große Quaste in der Hand, ich sah sie doppelt, ihr lebendiges Bild und das Spiegelbild. Lakatos näherte sich ihr, er hinkte immer noch sichtlich. Er trug einen Frack und Lackstiefel, und eine rote Blume unbekannter Art loderte in seinem Knopfloch. Was mich betrifft, so war ich beinahe wie ausgelöscht. Ich hatte das sichere Gefühl, daß ich weder für Lutetia noch für Lakatos ein lebendiger Mensch sei. Fast hätte ich selbst an meiner Anwesenheit in dieser Gaderobe gezweifelt, wenn ich nicht genau gesehen hätte, wie Lakatos seine Frackärmel emporzog – seine Manschetten schepperten leise – und wie er die Puderquaste aus Lutetias Händen mit zwei spitzen Fingern entgegennahm. Und als machte er sich daran, nicht etwa den Rücken einer Frau mit Puder zu bestreuen, sondern einen ganz neuen Frauenrücken zu formen, begann er, mit beiden Händen unbegreifliche Kreise in der Luft zu zeichnen, hierauf, sich zu bücken, dann, sich auf die Zehenspitzen zu stellen und den ganzen Körper zu recken, um endlich, endlich den Rücken Lutetias mit der Quaste zu berühren. Er bestrich den Rücken geradezu, wie man zum Beispiel eine Mauer tüncht. Es dauerte lange, und Lutetia lächelte – – ich sah ihr Lächeln im ovalen Spiegel. Endlich wandte sich Lakatos mir zu und so selbstverständlich, als wenn er mich vorher begrüßt und erkannt hätte, sagte er mir jetzt: ›Nun, alter Freund, Sie

auch hier?‹ – Und er steckte dabei die Hand in die Hosentasche. Es klimperte und klingelte darin von Silber- und Goldmünzen. Ich kannte den Klang.

›So müssen wir uns wiederfinden!‹ sprach er weiter. – Ich antwortete nichts. Endlich, nach einem längeren Schweigen, fragte er: ›Wie lange noch wollen Sie diese Dame belästigen?‹

›Ich belästige sie gegen meinen Willen‹, sagte ich. ›Ich habe hier Dienst!‹

Er hob beide Arme gegen den Plafond und rief: ›Dienst! Dienst hat er!‹ Und wandte sich dann gegen Lutetia und sagte etwas leise auf französisch.

Er winkte mich heran, an den ovalen Spiegel, nahe zu Lutetia, und sagte: ›Alle Ihre Kollegen sind fort. Alle Damen bleiben unbehelligt. Verstanden?‹

›Ich habe Dienst!‹ erwiderte ich.

›Ich habe sie alle bestochen!‹ sagte Lakatos. ›Alle Damen sind unbehelligt! Wieviel verlangen Sie?‹

›Gar nichts!‹

›20, 40, 60?‹

›Nein?‹

›100?‹

›Nein!‹

›Ich habe den Auftrag, nicht weiterzugehn.‹

›Gehn Sie selbst!‹ sagte ich.

In diesem Augenblick ertönte das Klingelzeichen. Lutetia verließ die Garderobe.

›Du wirst es bereuen!‹ sagte Lakatos. – Er ging hinter Lutetia einher, und ich blieb einen Augenblick verwirrt und beklommen zurück. Es roch betäubend nach Schminke, Parfüm, Puder und Frau. Ich hatte vorher nichts von all diesen Gerüchen gespürt; oder ich hatte sie nicht gemerkt; was weiß ich? Auf einmal aber überfiel mich dieser vielfältige Geruch wie ein süßlicher Feind, und es war, als hätte ihn nicht Lutetia hinterlassen, sondern mein Freund Lakatos. Es war, als hätten vorher, bevor er angekommen war, die Parfüms, die Schminke, der Puder, die Frau gar nicht gerochen, sondern als hätte erst Lakatos alle diese Gerüche zum Leben erweckt.

Ich verließ die Garderobe. Ich sah im Korridor nach. Ich sah eine Bühnengarderobe nach der andern. Ich fand meine Kollegen nirgends.

Ausgelöscht waren sie, verschwunden, verschlungen. Zwanzig, vierzig, sechzig oder hundert Rubel hatten sie genommen.
Ich stand hinter den Kulissen, zwischen den zwei diensthabenden Feuerwehrleuten, und ich sah seitwärts einen Teil des erlesenen und sogar durchlauchten Publikums, das sich hier versammelt hatte, um einen lächerlichen Schneider aus Paris zu begrüßen, und das sich zugleich vor seinen armseligen Mädchen fürchtete, die man ›Modelle‹ nannte. Dermaßen war also die große Welt beschaffen – dachte ich bei mir –, daß man einen Schneider bewundert und fürchtet zugleich. Und Lakatos? Woher kam er? Welcher Wind hatte ihn hierhergetrieben? Er machte mir angst. Ich fühlte deutlich, daß ich in seiner Gewalt war, ich hatte ihn längst vergessen, und er machte mir deshalb doppelte Angst. Das heißt: ich hatte ihn eigentlich niemals ganz vergessen; ich hatte ihn nur verdrängt, hinausgedrängt aus meinem Gedächtnis, aus meinem Bewußtsein. Also bekam ich doppelte Angst, oh, keine gewöhnliche, meine Freunde, so etwa, wie man Angst hat vor Menschen! Erst in dieser Stunde und an dieser sonderbaren Art meiner Furcht erkannte ich eigentlich, wer Lakatos war. Ich erkannte es, aber es war, als hätte ich auch noch Angst vor meiner eigenen Erkenntnis und als müßte ich um jeden Preis trachten, vor mir selber gewissermaßen diese Erkenntnis zu verbergen. Es war, wie wenn ich verurteilt wäre, eher gegen mich selbst zu kämpfen und mich vor mir selbst zu wehren, als gegen ihn zu kämpfen und mich vor ihm zu wehren. Dermaßen, meine Freunde, erliegt ein Mensch der Verblendung, wenn es der große Verführer will. Man fürchtet sich gar gewaltig vor ihm, aber man vertraut ihm viel mehr als sich selbst.
Während der ersten Pause stand ich wieder in der Garderobe Lutetias. Ich redete mir ein, es sei selbstverständlich meine Pflicht. In Wirklichkeit aber war es ein merkwürdiges Gefühl, gemischt aus Eifersucht, Trotz, Verliebtheit, Neugier – was weiß ich? Noch einmal erschien Lakatos, während Lutetia sich umkleidete und während ich, genau wie vorher, mit dem Rücken zu ihr stand und die Tür anstarrte. Obwohl ich ihm eigentlich den Weg versperrte, schien er mich ebensowenig zu beachten, als wäre ich kein Mensch, sondern etwa ein Kleiderkasten. Mit einem einzigen, eigentlich eleganten, rundlichen Schwung seiner Schultern und seiner Hüften wich er mir aus. Schon stand er hinter dem Rücken Lutetias, und so, daß sie ihn im Spiegel sehen mußte, vor dem sie eben saß. Sein Eintritt erzürnte mich dermaßen, daß ich sogar

meine Scham überwand und meine Liebe vergaß und mich prompt umwandte. Da sah ich, wie Lakatos drei Finger an den gespitzten Mund legte, eine Art Luftkuß gegen das Spiegelbild der Frau abfeuerte. Dabei sagte er ununterbrochen ein und dasselbe französische Wort: ›Oh, mon amour, mon amour, mon amour!‹ Das Spiegelbild Lutetias lächelte. Im nächsten Augenblick – ich begriff nicht, ich begreife auch heute noch nicht, wie es geschah – legte Lakatos einen großen Strauß dunkler Rosen auf den Tisch vor dem Spiegel – und ich hatte ihn doch mit leeren Händen eintreten sehen! Lutetias Spiegelbild nickte leicht. Lakatos schickte noch einen Handkuß ab, wandte sich um, und mit der gleichen rundlichen Schleife, mit der er mir vorher beim Eintritt ausgewichen war, schwang er sich gleichsam um mich herum und verließ das Zimmer.

Nachdem ich mit eigenen Augen gesehen hatte, daß man Blumensträuße, die vorher nicht vorhanden gewesen waren, plötzlich hervorzaubern könne, war sozusagen auch meine berufliche Furcht rege geworden, neben meiner privaten. Wie untrennbare, zusammengewachsene Zwillinge hockten sie in meiner Brust, die beiden Ängste. Gelang es einem Menschen, vor meinen Augen einen Strauß zu erschaffen, aus dem Nichts, so konnte es Lutetia oder auch Lakatos ebenso gelingen, eine jener Bomben mit nackten Händen herzustellen, vor denen meine Vorgesetzten und ihre Auftraggeber sich so fürchteten. Begreifen Sie, ich hatte nicht etwa Sorge um das Leben des Zaren oder der Großfürsten oder des Gouverneurs. Was gehen mich je die Großen dieser Welt an, und was kümmerten sie mich besonders in jenen Tagen! Nein, ich zitterte einfach vor der Katastrophe, vor der nackten Katastrophe allein, obwohl ich noch nicht wußte, welche Gestalt und welches Gesicht sie tragen würde. Unausweichlich erschien sie mir. Unausweichlich schien mir Lakatos ihr Urheber zu sein, ja, ihr Urheber sein zu müssen. Ich war nie sehr gläubig von Natur gewesen, und ich zerbrach mir nicht den Kopf über Gott und den Himmel. Aber jetzt begann ich, eine Ahnung von der Hölle zu bekommen – und ähnlich, wie man erst bei einem Brand nach der Feuerwehr zu rufen beginnt, fing ich in jenen Tagen an, sinnlose, unzusammenhängende, aber sehr innige und heiße Gebete zu dem unbekannten Herrn der Welt emporzuschicken. Sie nutzten mir wenig, offenbar, weil ich noch zu wenig Prüfungen erfahren hatte. Ganz andere harrten noch meiner.

Ich begann, meine Aufmerksamkeit zu verdoppeln. Zehn Tage sollte der Schneider aus Paris bei uns bleiben, aber nach drei Tagen schon hieß es, seine Toiletten, oder besser: ›Schöpfungen‹, hätten den Damen unserer Gesellschaft dermaßen gefallen, daß man seinen Aufenthalt noch um weitere zehn zu verlängern gedenke. Welch eine frohe und zugleich welch eine verwirrende Kunde, die ich da vernahm! Ich bekam den Auftrag, das seinerzeit bekannte Haus der Frau Lukatschewski zu überwachen, bei der sich damals die Offiziere der Garnison nach Mitternacht zu versammeln pflegten. Ich kannte es wohl, von Berufs wegen, aber nur dem Äußeren nach. Sein Inneres hatte ich noch nie gesehen. Ich bekam sogar einen sogenannten Spesenbeitrag von dreihundert Rubeln und einen sogenannten Dienstfrack, wie ihn je drei unserer Leute von der mondänen Abteilung abwechselnd zu benützen pflegten. Der Frack paßte ganz gut. Einen griechischen Orden, rotumrahmtes Gold an rotem Seidenband, hängte ich um den Hals. Zwei Lakaien der Dame Lukatschewski standen in unsern Diensten. Ich postierte mich um zwölf Uhr vor dem Hause. Nachdem ich so lange gewartet hatte, bis ich annehmen konnte, daß es endlich die Zeit sei, in der man nicht mehr auffiel, ging ich hinein, mit Zylinder, Stock, Theaterpelerine, Orden. Den und jenen der Herren in Uniform und Zivil, über die ich genau unterrichtet war, begrüßte ich wie ein alter Bekannter. Sie lächelten mich an, mit dem fatalen und leeren Lächeln, mit dem man Freund und Feind und Gleichgültigen in der großen Welt begegnet. Eine Weile später gab mir einer unserer Lakaien einen Wink, ihm zu folgen. Ich geriet in eines jener diskreten Zimmer im ersten Stock, von denen ihr nicht wißt, welchen Zwecken sie dienen; nicht etwa der Liebe oder was man so nennt, sondern den Zeugen und den Lauschern, den Zuträgern und den Spitzeln. Man konnte durch eine ziemlich breite Ritze einer dünnen, tapezierten Bretterwand alles sehen und hören.

Und – ich sah, meine Freunde! – ich sah Lutetia, die Geliebte meines Herzens, in der Gesellschaft des jungen Krapotkin. Ach, ich erkannte ihn sofort, es war kein Zweifel! Wie hätte ich ihn auch nicht erkennen sollen! Ich war damals derart verworfen, daß ich schneller imstande war, etwas Gehaßtes wiederzuerkennen als das Geliebte und mir Angenehme. Ja, ich übte mich sozusagen in dieser Beschaffenheit und versuchte, mich in ihr zu vervollkommnen. Ich sah also Lutetia, die Geliebte meines Herzens, in den Armen des Mannes, von dem ich mir früher einmal eingebildet hatte, er sei mein Feind; in den Armen des Mannes, den ich im Verlauf meiner letzten, schmählichen Jahre fast schon vergessen hatte; in den Armen meines verhaßten, falschen Bruders, des Fürsten Krapotkin.

Ihr versteht, meine Freunde, was alles damals in mir vorging: Auf einmal – ich hatte lange nicht mehr daran gedacht – erinnerte ich mich an meinen schimpflichen Namen ›Golubtschik‹; auf einmal erinnerte ich mich daran, daß ich lediglich der Familie Krapotkin mein elendes Gewerbe zu verdanken hatte; auf einmal glaubte ich, daß gewiß seinerzeit der alte Fürst in Odessa mich ohne Schwierigkeiten anerkannt hätte, wenn nur nicht der Junge mit solch beleidigender Heiterkeit in sein Zimmer gestürzt wäre; auf einmal war die alte, törichte Eitelkeit meiner Jugend wieder wach und die Bitterkeit! Ja, auch die Bitterkeit. Er, er war ja gar nicht der Sohn Krapotkins! Ich aber, ich war es gewiß. Ihm war der Name zugefallen und alles, was dieser Name mit sich brachte: der Ruhm, das Ansehn und das Geld; der Ruhm, das Geld, die große Welt und die erste Frau, die ich liebte.
Ihr begreift, meine Freunde, was das heißt: die erste Frau, die man liebt. Sie vermag alles. Ich war ein Elender, ich hätte vielleicht damals ein guter Mensch werden können. Ich wurde kein guter Mensch, meine Freunde! In jener Stunde, in der ich Krapotkin und Lutetia erblickte, loderte das Böse, dem ich offenbar von Geburt an schon zubestimmt war und das bis jetzt nur sachte in mir geschwelt hatte, als ein offener, großer Brand empor. Mein Untergang war gewiß.
Ich wußte damals schon um meinen Untergang, und deshalb eben gelang es mir, die beiden Gegenstände meiner Leidenschaften: den meines Hasses und den meiner Liebe, genau zu beobachten. Niemals sieht man so klar und kalt wie in einer Stunde, in der man vor sich den schwarzen Abgrund fühlt. Ich empfand den Haß und die Liebe zugleich, in meinem Herzen waren sie ebenso innig vereint wie die beiden im Nebenzimmer: Lutetia und Krapotkin. Ebensowenig wie die beiden Menschen, die ich beobachten konnte, bekämpften sich die beiden Empfindungen; sondern sie vereinten sich in einer Wollust, die gewiß noch größer, gewaltiger, sinnlicher war als die fleischliche Vereinigung der beiden.
Ich empfand keinerlei körperliche Begierde, ja nicht einmal Eifersucht; wenigstens nicht Eifersucht in der gewöhnlichen Form, in der sie jeder

von uns wahrscheinlich schon gespürt hat, wenn er zusehen mußte, wie ein geliebter Mensch ihm genommen wird, vielmehr, wie sich dieser geliebte Mensch mit Freuden nehmen läßt. Ich war vielleicht nicht einmal erbittert. Ich war nicht einmal rachsüchtig. Vielmehr glich ich einem kalten und objektiven Richter, der etwa die Verbrecher selbst bei der Freveltat beobachten kann, über die er später zu urteilen hat. – Ich fällte jetzt schon das Urteil, es lautete: Tod dem Krapotkin! Ich wunderte mich nur, daß ich so lange gewartet hatte. Ja, ich merkte, daß dieses Todesurteil längst beschlossen, gefertigt und besiegelt in mir gelegen hatte. Es war, ich wiederhole es, keine Rachsucht. Es war, meiner Meinung nach, die natürliche Folge der gewöhnlichen, der objektiven, der sittlichen Gerechtigkeit. Nicht ich allein war das Opfer Krapotkins. Nein! Das gültige Gesetz der sittlichen Gerechtigkeit war sein Opfer. Im Namen des Gesetzes sprach ich mein Urteil: Es lautete auf Tod.

Es lebte damals in Petersburg ein gewisser Angeber namens Leibusch. Es war ein winziger Mann, keine 120 Zentimeter hoch, nicht einmal ein Zwerg, sondern der Schatten eines Zwerges. Er war ein sehr geschätzter Mitarbeiter meiner Kollegen. Ich hatte ihn nur ein paarmal flüchtig gesehen. Um die Wahrheit zu sagen: Ich hatte, obwohl ich selbst, wie man zu sagen pflegt, schon mit allen Wassern gewaschen war, ein wenig Angst vor ihm. Es gab viele gewissenlose Fälscher und Betrüger in unserer Gesellschaft, aber keinen gewissenloseren und flinkeren als ihn. Im Handumdrehn konnte er zum Beispiel den Beweis erbringen, daß ein Verbrecher ein wahres Unschuldslamm sei und ein Unschuldiger ein Attentat auf den Zaren vorbereitet habe. Obwohl ich bereits so tief gesunken war, meine Freunde, hegte ich doch noch die Überzeugung, daß ich nicht aus purer Schlechtigkeit Böses tat, sondern daß mich das Schicksal dazu verurteilt hatte. Unbegreiflicherweise hielt ich mich immer noch sozusagen für einen ›guten Menschen‹. Ich, ich hatte wenigstens noch das Bewußtsein, daß ich Böses tat und daß ich mich deswegen vor mir selbst entschuldigen müßte. Unrecht hatte man mir zugefügt. Golubtschik hieß ich. Alles Recht, auf das ich von Geburt aus Anspruch hatte, war mir genommen worden. In meinen Augen war damals mein Mißgeschick ein ganz und gar unverdientes Unheil. Ich hatte gewissermaßen ein verbrieftes Recht darauf, böse zu sein. Die anderen aber, die mit mir Böses taten, hatten dieses Recht keineswegs.

Gut, ich suchte also unsern Angeber Leibusch auf. Erst in dem Augenblick, in dem ich ihm gegenüberstand, kam mir alles Schreckliche zum Bewußtsein, das ich vorhatte. Seine gelbliche Hautfarbe, seine rötlich umrandeten Augen, seine großen Pockennarben, seine unmenschlich winzige Gestalt waren beinahe imstande, mich irrezumachen in meinem festen Glauben, ich sei ein Richter und ein Vollstrecker des Gesetzes. Ich hatte einige Hemmungen, bevor ich anfing, mit ihm zu sprechen.

›Leibusch‹, sagte ich, ›du kannst deine Tüchtigkeit beweisen.‹ Wir befanden uns damals in einem der Vorzimmer unseres Chefs. Wir waren allein, wir hockten nebeneinander auf einem giftgrünen Plüschsofa, und mir war's, als wäre es bereits eine Anklagebank; ja, ich saß gerade auf der Anklagebank in der Stunde, in der ich im Begriffe war, zu richten und zu urteilen.

›Was soll ich noch beweisen?‹ sagte der Kleine. ›Genug habe ich bewiesen!‹

›Ich brauche‹, sagte ich, ›Material gegen einen gewissen.‹

›Eine hohe Persönlichkeit?‹

›Natürlich!‹

›Wer ist es!‹

›Der junge Krapotkin!‹

›Nicht schwer‹, sagte der Winzige, ›gar nicht schwer!‹

Wie leicht ging das! Der Winzige wunderte sich gar nicht, daß ich Material gegen Krapotkin brauchte. Also hatte man gegen Krapotkin schon längst Material gesammelt. Beinahe kam ich mir sehr großmütig vor, daß ich noch nichts davon gewußt hatte. Fast war es keine Niedrigkeit, die ich eben zu begehen im Begriff war, sondern eine echte richterliche Pflicht.

›Wann?‹ fragte ich.

›Morgen um die gleiche Stunde‹, sagte der Winzige.

Er besaß wirklich prachtvolles Material. Die Hälfte hätte ausgereicht, einem gewöhnlichen Russen zwanzig Jahre Katorga zu verschaffen. Wir saßen im stillen Hinterzimmer einer Teestube, deren Wirt ich kannte, und blätterten im Material. Es befanden sich darunter Briefe an Freunde, Offiziere und hochgestellte Personen, an bekannte Anarchisten und an verdächtige Schriftsteller und eine Anzahl äußerst überzeugender Photographien. ›Hier‹, sagte der Winzige, ›die und die habe ich gefälscht.‹

Ich sah ihn an. In seinem kleinen gelben Gesicht, darin gerade noch Augen, Nase und Mund Platz hatten und in dem die dünnen Wangen schmählich eingefallen waren, veränderte sich gar nichts. In diesem Antlitz hatten die Züge gleichsam keinen Raum, sich zu verändern. Er sagte: ›Dies habe ich gefälscht!‹ Und: ›Dies habe ich gefälscht.‹ Und: ›Dies habe ich gefälscht!‹ Und es bewegte sich kein Zug in seinem Angesicht. Ihm war es offenbar gleichgültig, ob er die Bilder gefälscht hatte oder ob sie echt waren. Bilder waren sie eben. Mehr als Bilder: nämlich Beweise. Da er seit vielen Jahren erfahren hatte, daß die falschen Bilder ebensoviel bewiesen wie die echten, hatte er vollkommen verlernt, diese von jenen zu unterscheiden, und beinahe mit einer kindlichen Einfalt glaubte er, die Fälschungen, die er selbst ausgeführt hatte, seien gar keine Fälschungen. Ja, ich glaube, er wußte gar nicht, er wußte überhaupt nicht mehr, wodurch sich eigentlich eine gefälschte von einer echten Photographie unterscheide, wodurch ein echter Brief von einem gefälschten. Es wäre unrichtig, wollte man diesen Leibusch, diesen Winzigen, etwa zu den Verbrechern zählen. Ein Verworfener war er, schlimmer als ein Verbrecher, böser noch als ich, meine Freunde!

Ich wußte wohl, was ich mit den Briefen und den Bildern anzufangen hatte. Mein Haß hatte einen Sinn. Der Winzige aber war kein Hasser und kein Richter. Alles, was er Böses tat, war sinnlos, der Teufel gebot ihm einfach, Böses zu vollführen. Dumm war er wie ein Gänserich, aber äußerst schlau in der Art, die schwierigen Dinge zu vollbringen, deren Sinn und Zweck er gar nicht verstand. Er verlangte nicht einmal einen kleinen irdischen Vorteil. Er tat alles gleichsam aus Gefälligkeit. Er verlangte von mir kein Geld, kein Versprechen, keine Zusage. Er gab mir das ganze, für mich so wertvolle Material, ohne das Gesicht zu verändern, ohne zu fragen, wozu ich es brauchte, ohne irgend etwas zu verlangen, ja, ohne mich selbst zu kennen. Seinen Lohn hatte er bereits anderswoher bekommen, so schien es.

Nun, was ging es mich an? Ich nahm, was ich brauchte; ich fragte nicht, woher es kam, noch von wem. Ich nahm es eben von dem Winzigen.

Kaum eine halbe Stunde später war ich bei meinem nächsten Vorgesetzten. Und zwei Stunden hierauf verhaftete man den jungen Krapotkin.

Er blieb nicht lange in der Haft, meine Freunde, keineswegs lange. Drei Tage im ganzen. Am dritten Tage wurde ich zu unserm Gewalthaber berufen, und er sagte mir folgendes:

›Junger Mann, ich hätte Sie für klüger gehalten!‹

Ich schwieg.

›Junger Mann‹, fing er wieder an, ›erklären Sie mir Ihre Dummheit.‹

›Euer Durchlaucht‹, sagte ich, ›wahrscheinlich habe ich eine Dummheit begangen – da Euer Gnaden es doch selber sagen. Aber erklären kann ich sie keineswegs.‹

›Gut‹, erwiderte Seine Herrlichkeit, ›ich werde sie dir erklären: Verliebt bist du eben. Und ich erlaube mir bei dieser Gelegenheit eine sogenannte philosophische Bemerkung: Merken Sie sich das, junger Mann! Ein Mann, der es zu etwas im Leben bringen will, ist niemals verliebt. Ein Mann besonders, der das hohe Glück hat, bei uns tätig zu sein, hat überhaupt kein Gefühle. Er kann eine bestimmte Frau begehren, – gut, ich verstehe das! Aber wenn ihm ein Mächtiger im Wege steht, muß unsereins seine Begierde unterdrücken. Hören Sie zu, junger Mann! Ich kannte mein Leben lang nur eine Begierde: die, groß und mächtig zu werden. Ich bin es heute, groß und mächtig. Ich kann Seine Majestät selbst, unsern Zaren, überwachen – Gott schenke ihm Glück und Gesundheit. Aber weshalb kann ich das? Weil ich niemals in meinem langen Leben geliebt oder gehaßt habe. Auf jede Lust habe ich verzichtet – deshalb habe ich auch niemals mit einem wirklichen Leid Bekanntschaft gemacht. Ich war niemals verliebt; also kenne ich auch keine Eifersucht. Ich habe niemals gehaßt; also kenne ich auch keine Rachsucht. Ich habe niemals die Wahrheit gesagt; infolgedessen kenne ich auch nicht die Genugtuung, die eine gelungene Lüge bereitet. Junger Mann, richten Sie sich danach! Ich muß Sie bestrafen. Der Fürst ist mächtig, den Affront vergißt er nie. Wegen eines kleinen, lächerlichen Mädchens haben Sie Ihre Karriere verdorben. Ja, mir selbst haben Sie, verstanden!, einen äußerst unangenehmen Tadel verschafft. Ich habe lange darüber nachgedacht, welche Strafe Sie dafür verdienen. Und ich bin zu dem Entschluß gekommen, Ihnen die strengste aller Strafen aufzuerlegen. Sie werden hiermit verurteilt, dieser lächerlichen Frau zu folgen. Ich verurteile Sie sozusagen zu ewiger Liebe. Sie gehen nach Paris, als unser Agent. Sie melden sich sofort bei dem Botschaftsrat P. Hier sind Ihre Papiere. Gnade Ihnen Gott, junger Mann! Es ist das härteste Urteil, das ich in meinem Leben gefällt habe.‹

Damals war ich jung, meine Freunde, und ich liebte! Nachdem Seine Herrlichkeit sein Urteil ausgesprochen hatte, geschah mit mir etwas Außerordentliches, etwas Lächerliches: Ich fühlte mich von einer unbekannten Gewalt auf die Knie gezwungen, ich fiel wahrhaftig auf die Knie vor unserm Großmächtigen, und ich tastete nach seiner Hand, um sie zu küssen. Er entzog sie mir, stand auf, befahl mir, mich sofort zu erheben und keine Dummheiten mehr zu machen. Ach! Er war groß und mächtig, denn er war kein Mensch! Natürlich verstand er gar nichts von all dem, was in mir vorging. Er warf mich hinaus.
Ich sah draußen im Korridor meine Papiere nach. Und ich erstarrte vor Seligkeit und Überraschung. Meine Papiere lauteten auf den Namen Krapotkin. Auf diesen Namen war mein Paß ausgestellt. In einem Begleitbrief an den Botschaftsrat P. war ich ausdrücklich als einer jener Agenten gekennzeichnet, deren Aufgabe es war, die sogenannten subversiven Elemente Rußlands in Frankreich zu überwachen. Welch ein häßliches Geschäft, meine Freunde! Und edel erschien es mir damals! Wie verworfen war ich! Verworfen und verirrt! Alle Verworfenen sind eigentlich Verirrte.
Kaum zwei Tage später sollte der mondäne Schneider mit all seinen Weibern abreisen, in meiner Begleitung. Er wurde mir, kurz vor der Abfahrt, vorgestellt. In seinen törichten und eitlen Augen war ich der Vertreter des hochadeligen Rußlands, ein Fürst und gleich ein Krapotkin gar – – denn er mag sich wirklich eingebildet haben, daß man ihm einen echten Fürsten als Begleiter mitgegeben hatte. Ich selbst, ich bildete es mir ein, als ich zum erstenmal einen Paß auf den Namen Krapotkin in der Tasche wußte. Indessen aber fühlte ich damals schon, in den tiefsten Tiefen meines Herzens, die doppelte, die dreifache Schmach, die man mir angetan hatte: Ich war ein Krapotkin, ein Krapotkin von Blut; und ich war ein Spitzel; und ich trug den Namen, der mir gebührt hätte, lediglich als Polizist. Im höchsten Maße unwürdig, hatte ich erkauft und gestohlen, was mir auf eine würdige Weise hätte zukommen müssen. So dachte ich damals, meine Freunde, und ich wäre wohl sehr unglücklich gewesen, ohne die Liebe zu Lutetia. Sie aber, die Liebe meine ich, entschuldigte und verwischte alles. Ich war bei Lutetia, neben ihr. Ich begleitete sie. Ich fuhr mit ihr in die Stadt, in der sie lebte. Ich wollte sie. Ich begehrte sie mit allen meinen Sinnen. Ich brannte nach ihr, wie man sagt. Aber ich achtete vorläufig nicht auf sie. Ich bemühte mich, gleichgültig zu sein, und selbstverständlich

hoffte ich, sie würde mich von selbst bemerken und mich durch einen Blick, eine Gebärde, ein Lächeln wissen lassen, daß sie mich bemerkt habe. Sie aber tat gar nichts. Ganz gewiß bemerkte sie mich nicht. Und warum auch hätte sie mich bemerken sollen?
Es waren übrigens die ersten zwölf Stunden unserer Reise. Weshalb auch hätte sie mich in den ersten zwölf Stunden bemerken sollen?
Wir mußten eine Umweg machen. Wir fuhren nicht direkt; jene Damen der guten Gesellschaft, die damals zufällig in Moskau waren oder ständig dort wohnten und die auf keinen Fall den berühmten Schneider aus Rußland fortgehen lassen wollten, ohne wenigstens ihn und seine Puppen gesehen zu haben, hatten unbedingt gefordert, er möchte sich wenigstens einen Tag in Moskau aufhalten. Gut! Wir hielten uns in Moskau auf. Am frühen Nachmittag kamen wir an, wir logierten im Hotel Europa. Allen Damen ließ ich dunkelrote Rosensträuße überreichen, allen die gleichen. Nur dem Rosenstrauß, der für Lutetia bestimmt war, legte ich meine Visitkarte bei. Oh, freilich nicht meine richtige. Solch eine hatte ich überhaupt niemals besessen. Wohl aber hatte ich jetzt nicht weniger als fünfhundert Visitkarten, falsche, auf den Namen Krapotkin. Ich muß sagen, ich zog oft eine aus der Brieftasche und betrachtete sie. Ich weidete mich an ihr. Je länger ich sie ansah, desto stärker begann ich an ihre Echtheit zu glauben. Ich betrachtete mich selbst in dieser falschen Visitkarte, etwa wie eine Frau sich in einem Spiegel betrachten mag, der sie gefälliger erscheinen läßt. Und als wüßte ich nicht, daß auch mein Paß ein falscher war, zog ich auch ihn manchmal hervor und ließ mir gleichsam durch seine amtliche Zeugenschaft bestätigen, daß meine Visitkarte nicht gelogen habe.
So dumm und eitel war ich damals, meine Freunde, obwohl mich eine noch viel größere Leidenschaft gefangenhielt. Ja, auch diese meine Leidenschaft, nämlich die Liebe, nährte sich noch von meiner Eitelkeit und meiner Dummheit.

Wir blieben zwei Tage in Moskau, und die Damen der guten Gesellschaft kamen, die aus Moskau und die andern, aus nahen und fernen Gütern. Es gab im Hotel am Nachmittag eine kurze und sozusagen zusammengedrängte Vorführung. Der mondäne Schneider war nicht im Frack. Er trug seinen violetten Cutaway und ein blaßrosa, seidenes Hemd und eine Art bräunlicher Lackpantoffeln. Die Damen waren entzückt von ihm. Er begrüßte sie mit einer längeren Ansprache. Und

sie erwiderten, indem sie ihn einzeln mit noch längeren Ansprachen auszeichneten. Obwohl ich damals nur ein kümmerliches Französisch konnte, merkte ich doch, daß sich die Damen bemühten, den Tonfall des Schneidermeisters nachzuahmen. Ich hütete mich, mit ihnen zu sprechen. Denn die eine oder die andere hätte wohl erkennen können, daß ich kein Krapotkin war – und sei es auch nur an meinem lächerlichen Französisch. Im übrigen kümmerten sie sich auch nur um den Schneider und um die Toiletten. Um den Schneider noch mehr! Und wie gerne hätten sie, aller Weiblichkeit zum Trotz, ebenfalls einen violetten Cutaway und ein blaßrosa Seidenhemd getragen!
Genug mit diesen fruchtlosen Betrachtungen! Jede Zeit hat ihre lächerlichen Schneider, ihre lächerlichen Modelle, ihre lächerlichen Frauen. Die Frauen, die heute in Rußland die Uniform der Rotgardisten tragen, sind die Töchter jener Damen, die damals bereit gewesen wären, einen violetten Herrenrock anzuziehen, und die Töchter der Rotgardisten von heute werden vielleicht einmal in der Tat etwas Ähnliches tragen müssen.
Wir verließen Moskau. Wir kamen an die Grenze. In dem Augenblick, in dem wir sie erreichten, in diesem Augenblick erst kam es mir plötzlich zum Bewußtsein, daß mir die Gefahr drohte, Lutetia zu verlieren, wenn ich nicht noch schnell etwas unternahm. Was unternehmen? Was unternimmt ein verlorener Mann meiner Art, der das abscheulichste aller Handwerke ausübt? Ach, meine Freunde, er hat niemals die leichte, die beschwingte, die göttliche Phantasie der einfachen Liebenden! Ein Mann meines Schlages hat eine niedrige, eine Polizeiphantasie. Der Frau, die er liebt, stellt er nach mit den Mitteln, die ihm sein Beruf zur Verfügung stellt. Nicht einmal die Leidenschaft vermag einen Menschen meiner Art zu veredeln. – Die Gewalt zu mißbrauchen ist das Prinzip der Menschen meiner Natur! Und, weiß Gott, ich mißbrauchte sie.
Ich gab an der Grenze einem meiner Kollegen einen Wink, und er verstand ihn sofort. Ihr erinnert euch, meine Freunde, was damals eine russische Grenze bedeutete. Es war weniger die Grenze des gewaltigen Zarenreiches als die Grenze unserer Willkür, will sagen: der Willkür der russischen Polizei. Die Macht des Zaren hatte ihre Grenzen, in seinem eigenen Schloß sogar. Unsere Macht aber, die Macht der Polizei, hörte erst an den Grenzen des Reiches auf, und oft – wie ihr bald hören werdet – auch noch lange nicht jenseits unserer Grenzen. Im-

merhin, einem Polizisten bereitete es unermeßliches Vergnügen, gerade einen harmlosen Menschen zittern zu sehen, zweitens, einem Kollegen zu Gefallen zu sein, drittens – und dies ist besonders wichtig –, gerade eine hübsche, junge Frau in Schrecken zu versetzen. Dies, meine Freunde, ist die besondere Art der polizistischen Erotik.
Mein Kollege begriff mich also sofort. Ich verschwand für einige Zeit, ich wartete im Polizeikabinett. Der Schneider und alle seine Damen mußten sich einer peinlichen Untersuchung unterziehen – und gar nichts nützte diesem mondänen Schneider seine äußerst beredte Zunge und seine Berufung auf alle hohen Herrschaften. Man verstand einfach kein Französisch. Vergeblich rief er auch ein paarmal nach mir, nach dem Fürsten Krapotkin. Ich konnte ihn zwar durch das kleine Fensterchen beobachten, das die Zwischenwand des Polizeizimmers und des Revisionssaals unterbrach. Er aber sah mich nicht. Ich blieb unauffindbar. Ich sah, wie er sich inmitten der aufgeregten Schar seiner Mädchen umhertrieb, wichtig und ratlos, weltmännisch und zugleich verloren, wichtigtuerisch und zugleich furchtsam, stolz wie ein Hahn, feig wie ein Hase, dumm wie ein Esel. Es freute mich, ich gestehe es. Ich hätte eigentlich gar keine Zeit haben dürfen, ihn zu beobachten und zu verachten. Denn ich liebte ja Lutetia! Aber, so bin ich nun einmal geartet, meine Freunde! Ich weiß oft selbst nicht, was ich von mir zu halten habe...
Aber das ist ja nicht das Wichtigste. Die Hauptsache war, daß man plötzlich, dank der kameradschaftlichen Gesinnung meines Kollegen, im Koffer der Lutetia einen Revolver gefunden hatte. Der Schneider rannte ratlos herum, er rief ein paarmal nach mir, er beschwor meinen Namen, wie man Götter beschwört – und ich zeigte mich nicht. Von meinem Guckloch aus sah ich, zufrieden und gemein, ein Gott und ein Spitzel, die Lutetia, die blasse, die hilflose. Sie tat, was alle Frauen in derlei Situationen tun müssen: sie begann zu weinen. Und ich erinnerte mich, daß ich sie, durch ein ähnliches Guckloch, kaum zwei Wochen früher beobachtet hatte, wie sie in den Armen des jungen Krapotkin selig gewesen war und gelacht hatte. Oh, ich hatte diese besondere Art des Lachens nicht vergessen! Ich empfand, niedrig, wie ich nun einmal bin, meine Freunde, eine Genugtuung. Mochte der Zug warten, zwei Stunden, drei Stunden! Ich hatte Zeit.
Endlich, nachdem es so weit gekommen war, daß Lutetia, aller Worte bar, weinend dem Schneider um den Hals fiel, alle anderen Damen

rings um beide herumzuflattern begannen, dermaßen, daß das Ganze ungefähr aussah wie ein tragisches Massaker, ein aufgeregter Hühnerhof und das romantische Abenteuer eines romantischen Schneiders zugleich, erschien ich auf der Bildfläche. Sofort verneigte sich der Kollege vor mir und sagte: ›Euer Hochwohlgeboren, zu Ihren Diensten!‹
Ich sah ihn gar nicht an. Ich fragte – in den Saal hinein –, ohne einen der vielen Menschen anzusehen: ›Was ist hier eigentlich geschehen?‹
›Euer Hochwohlgeboren‹, begann mein Kollege, ›man hat hier, im Koffer einer Dame, einen Revolver gefunden.‹
›Das ist mein Revolver‹, sagte ich. ›Die Damen stehen unter meinem Schutz.‹
›Wie Sie befehlen!‹ sagte der Beamte.
Wir stiegen in den Zug.

Selbstverständlich fiel mir – wie ich vorausgesehen hatte – der Schneider um den Hals, kaum waren wir im Zug. ›Wer ist eigentlich jene Dame mit dem Revolver?‹ fragte ich. ›Ein harmloses Mädchen‹, sagte er, ›ich kann es mir gar nicht erklären.‹ ›Ich möchte sie sprechen‹, sagte ich. ›Sofort‹, erwiderte er, ›ich bringe sie Ihnen.‹
Er brachte sie mir. Und er verließ uns sofort. Wir blieben allein, Lutetia und ich.
Es dunkelte schon, und der Zug schien durch den immer dichter werdenden Abend immer schneller dahinzurasen. Es erschien mir merkwürdig, daß sie mich keineswegs erkannte. Es war, als wäre alles darauf angelegt, mir selbst zu beweisen, wie wenig Zeit ich hätte, mein Ziel zu erreichen. Deshalb auch erschien mir angebracht, sofort zu sagen: ›Wo ist denn nun mein Revolver?‹ –
Statt jeder Antwort – die immerhin noch möglich gewesen wäre – fiel mir Lutetia in die Arme.
Ich nahm sie auf meinen Schoß. Und es begannen, im Dunkel des Abends, der um uns durch zwei Scheiben hereinfiel, von zwei Seiten her – es war gar nicht *ein* Abend mehr, es waren deren zwei – die Liebkosungen, die ihr alle kennt, meine Freunde, und die so oft das Unheil unseres Lebens einleiten.«

Als er an dieser Stelle seiner Erzählung angelangt war, schwieg Golubtschik eine lange Weile. Sein Schweigen schien uns deshalb noch länger zu dauern, weil er gar nichts trank. Wir anderen alle nippten nur an unseren Gläsern, aus Scham und Zurückhaltung, weil Golubtschik sein Glas kaum zu beachten schien. Sein Schweigen schien also gewissermaßen ein doppeltes Schweigen zu sein. Ein Erzähler, der seine Geschichte unterbricht und ein Glas, das vor ihm steht, nicht an die Lippen führt, erweckt in seinen Zuhörern eine sonderbare Beklemmung. Wir alle, die Zuhörer Golubtschiks, fühlten uns beklommen. Wir schämten uns, Golubtschik in die Augen zu sehen, wir starrten beinahe stupide auf unsere Gläser. Wenn wir wenigstens das Ticken einer Uhr vernommen hätten! Aber nein! Keine Uhr tickte, keine Fliege summte, und auch von der nächtlichen Straße her drang kein Geräusch durch den dichten, eisernen Rolladen. Wir waren einfach preisgegeben der tödlichen Stille. Lange, lange Ewigkeiten schienen vergangen seit dem Augenblick, in dem Golubtschik seine Erzählung angefangen hatte. Ewigkeiten, sage ich, nicht Stunden. Denn da die Wanduhr in diesem Restaurant stillstand und dennoch jeder von uns einen verstohlenen Blick nach ihr hinwarf, obwohl wir alle wußten, daß sie stehe, erschien uns allen die Zeit ausgelöscht, und die Zeiger über dem weißen Zifferblatt waren nicht mehr schwarz allein, sondern geradezu düster. Ja, düster waren sie wie die Ewigkeit. Beständig waren sie in ihrer hartnäckigen, beinahe niederträchtigen Stabilität, und es schien uns, als bewegten sie sich nicht deshalb nicht, weil das Uhrwerk stillestand, sondern als blieben sie unbeweglich aus einer Art Bosheit und wie um zu beweisen, daß die Geschichte, die uns Golubtschik zu erzählen im Begriffe war, eine ewig gültige, trostlose Geschichte sei, unabhängig von Zeit und Raum, von Tag und Nacht. Da also die Zeit stillestand, war gleichsam auch der Raum, in dem wir uns befanden, aller seiner Raumgesetze ledig; und es war, als befänden wir uns nicht auf der festen Erde, sondern auf den ewig schwankenden Wassern des ewigen Meeres. Wie in einem Schiff kamen wir uns vor. Und unser Meer war die Nacht.

Jetzt erst, nach dieser langen Weile, tat Golubtschik wieder einen Schluck aus seinem Glase.

»Ich habe überlegt«, begann er von neuem, »ob ich euch, meine Freunde, ganz genau den weiteren, den detaillierten Fortgang meiner Erlebnisse erzählen soll. Ich unterlasse es lieber. Ich will sofort mit meiner Ankunft in Paris anfangen.

Ich kam also nach Paris. Ich brauche Ihnen nicht zu sagen, was damals für mich, den kleinen Golubtschik, den Spitzel, der sich selbst verachtete, den falschen Krapotkin, den Lieberhaber Lutetias, die Stadt Paris bedeutete. Es kostete mich schwere Mühe, nicht zu glauben, daß mein Paß falsch sei und daß meine schmutzige Aufgabe, die geflüchteten sogenannten ›staatsgefährlichen Subjekte‹ zu überwachen, meine eigentliche sei. Es kostete mich eine unwahrscheinliche Mühe, mich selbst endgültig davon zu überzeugen, daß meine Existenz verloren und verlogen war, mein Name erborgt, wenn nicht gestohlen, mein Paß das schändliche Papier eines schändlichen Spitzels. In dem Augenblick aber, in dem ich all dies erkannt hatte, begann ich mich selbst zu hassen. – Ich hatte mich immer gehaßt, meine Freunde! – Nach all dem, was ich euch erzählt habe, wißt ihr es ja! – Aber der Haß, den ich jetzt gegen mich empfand, war ein Haß von einer anderen Art. Zum erstenmal empfand ich Verachtung gegen mich. Vorher hatte ich nie gewußt, daß eine falsche Existenz, aufgebaut auf einem erborgten und gestohlenen Namen, die eigentliche, die wirkliche Existenz vernichten könne. Jetzt aber erfuhr ich am eigenen Leibe sozusagen die unerklärliche Magie des Wortes; des geschriebenen, des aufgeschriebenen Wortes. Gewiß, ein nichtsnutziger, ein gedankenloser Polizeibeamter hatte mir einen Paß auf den Namen Krapotkin ausgestellt; und er hatte sich dabei nicht nur gar nichts gedacht; er hatte es auch für selbstverständlich gehalten, einem Spitzel Golubtschik den Namen Krapotkin zu verleihen. Dennoch, es war Magie, es ist Magie in jedem gesprochenen, geschweige denn in jedem geschriebenen Wort. Durch die einfache Tatsache, daß ich einen Paß auf den Namen Krapotkin besaß, war ich ein Krapotkin schlechthin; aber zugleich bewies mir dieser Paß noch auf andere, ganz irrationale Weise, daß ich ihn nicht nur zu Unrecht, sondern auch zu unredlichen Zwecken erworben hatte. Er war gewissermaßen der stetige Zeuge meines üblen Gewissens. Er zwang mich, ein Krapotkin zu werden, indes ich nicht aufhören konnte, ein Golubtschik zu sein, Golubtschik war ich, Golubtschik bin ich, Golubtschik bleib' ich, meine lieben Freunde!...

Außerdem aber – und dieses ›außerdem‹ ist bezeichnend und wichtig – war ich verliebt in Lutetia. Begreift ihr wohl: ich war verliebt, ich, der Golubtschik. Sie aber, die sich mir hingegeben hatte, war vielleicht – wer kann es wissen – in jenen Fürsten Krapotkin verliebt, den ich darstellen mußte! Für mich allein war ich also gewissermaßen der Golubtschik, wenn auch mit dem festen Glauben, ich sei Krapotkin; für sie

aber, für sie, die damals den Inhalt meines Lebens darstellte, war ich Krapotkin, ein Cousin jenes Gardeleutnants, meines Halbbruders, den ich haßte und der sie vor mir umarmt hatte.
Ich sage: vor mir. In dem Alter nämlich, in dem ich mich damals befand, ist der Mensch gewohnt, alle jene Männer mit einem tiefen Haß zu hassen, die vor ihm seine geliebte Frau, wie man so zu sagen pflegt, ›besessen‹ haben. Wie aber sollte ich gar meinen falschen Halbbruder nicht hassen? Den Vater, den Namen und die geliebte Frau hatte er mir genommen! Wenn ich überhaupt einen Menschen meinen Feind nennen konnte, so war er es. Ich hatte noch nicht vergessen, wie er in das Zimmer meines Vaters – nicht des seinigen – eingebrochen war, um mich daraus zu vertreiben. Ich haßte ihn. Ach, wie ich ihn haßte! Wer, wenn nicht er, war schuld daran, daß ich das schmutzigste aller Gewerbe ausübte? Er vertrat mir immer wieder den Weg. Ohnmächtig war ich gegen ihn, übermächtig war er mir gegenüber. Immer, immer stand er gegen mich, ja immer, immer kam er mir zuvor, um gegen mich aufzustehn. Nicht der Fürst Krapotkin hatte ihn gezeugt. Gezeugt hatte ihn ein anderer. Schon in der Sekunde, in der ihn der andere gezeugt hatte, hatte er angefangen, mich zu betrügen. Oh, ich haßte ihn, meine Freunde! – Und wie ich ihn haßte!
Erlaßt mir, meine Freunde, die nähere Beschreibung der Umstände, unter denen ich der Geliebte Lutetias geworden war. Es war nicht schwierig. Es war nicht leicht. Ich liebte damals, meine Freunde, und es ist mir also heute schwer zu sagen, ob ich es schwer oder leicht hatte, der Geliebte Lutetias zu werden. Es war schwer und leicht, es war leicht und schwer – wie ihr wollt, meine Freunde!...

Ich hatte ja damals keine genaue Vorstellung von der Welt und von den sonderbaren Gesetzen, welche die Liebe regieren! Zwar war ich ein Spitzel, man hätte also denken müssen: ein mit allen Wassern gewaschener Mann! Aber ich war, trotz diesem meinem Beruf und trotz allen Erfahrungen, die er mir eingetragen hatte, Lutetia gegenüber ein harmloser Dummkopf; Lutetia gegenüber, das heißt allen Frauen, der Frau überhaupt gegenüber. Denn Lutetia war die Frau kurzweg, schlechthin – – die Frau überhaupt. Sie war die Frau meines Lebens. Sie war die Frau, sie war das Weib meines Lebens.
Es ist leicht, meine Freunde, heute über den Zustand zu spotten, in dem ich mich damals befand. Heute bin ich alt und erfahren. Heute

sind wir alle alt und erfahren. Aber jeder von euch wird sich an eine Stunde erinnern können, in der er jung und töricht war. Nun, es war bei jedem von euch vielleicht nur eine Stunde, nach der Uhr gemessen. Bei mir war's eine lange Stunde, eine viel zu lange Stunde! ... – wie ihr bald sehen werdet.

Ich meldete mich, wie man's mir befohlen hatte und wie es meine Pflicht war, bei der russischen Botschaft.
Es war da ein Mann, sag' ich euch, der mir auf den ersten Blick gefiel. Er gefiel mir sogar außerordentlich. Es war ein großer, kräftiger Mann. Es war ein schöner, kräftiger Mann. Er hätte eher bei der kaiserlichen Garde dienen können als bei unserer geheimen Polizei. Menschen seinesgleichen hatte ich bis dahin in unserer Gesellschaft noch nicht viel gesehen. Ja, ich muß sagen, es tat mir, nachdem ich kaum eine Viertelstunde mit ihm gesprochen hatte, beinahe weh, ihn an der Stelle zu wissen, in der er keinesfalls der Niedertracht entgehen konnte. Ja, es tat mir weh! So viel echte, schöne Ruhe strahlte er aus, wie soll ich sagen: eine harmonische Kraft, das Kennzeichen eines wirklichen Herzens. ›Sie sind mir angekündigt‹, so begrüßte er mich. ›Ich weiß, welchen Unsinn Sie begangen haben. Nun – und jetzt – unter welchem Namen gedenken Sie hier zu leben?‹ – Unter welchem Namen? – Ja, ich hatte ja einen, den einzigen, der mir zustand. Ich hieß ja Krapotkin. Ich hatte ja Visitkarten. So jämmerlich war damals mein Überlegung. Seit einigen Jahren schon hatte ich unzählige Schurkereien verübt – und nichts, meine Freunde, sollte man glauben, macht einen Menschen mehr klug, erfahren, überlegen als die Spitzelei. Aber nein, man täuscht sich darin. Meine Opfer waren gewiß nicht nur edler als ich, sondern auch bedeutend klüger, und auch dem Einfältigsten unter ihnen wäre es unmöglich gewesen, dermaßen eitel und lächerlich und kindisch zu sein. Ich war schon mitten in der Hölle, ja, ich war schon ein hartgesottener Knecht der Hölle, und immer noch – ich fühlte es in jenem Augenblick – war mein Schmerz über den Namen Golubtschik, über die Erniedrigung, die ich erfahren zu haben glaubte, meine Sucht, um jeden Preis Krapotkin zu werden, die einzige, dumme und blinde Triebkraft meines Lebens. Durch List und Gemeinheit, glaubte ich immer noch, könnte ich das auslöschen, was ich für den Schandfleck meines Lebens hielt. Aber ich häufte nur Schande über Schande auf mein armes Haupt. In jenem Augenblick fühlte ich undeutlich, daß ich

Lutetia eigentlich gar nicht aus Liebe gefolgt war und daß ich mir nur zu meiner Rechtfertigung eine starke Leidenschaft eingebildet hatte, wie sie edlen Seelen allein zukommt. In Wirklichkeit hatte ich mich darein verbissen, Lutetia zu besitzen, wie ich versessen war, nicht mehr Golubtschik zu sein. Ich schuf in mir selbst, gegen mich selbst also, eine wahnwitzige Torheit nach der anderen, ich täuschte und verriet mich, wie es meine Aufgabe war, andere zu täuschen und zu verraten. Ich verstrickte mich selbst in meinen eigenen Netzen, es war zu spät. Obwohl ich all dies halb klar, halb unklar dachte, zwang ich mich immer noch zu der Lüge, an Lutetia sei alles gelegen und ihretwegen allein könnte ich nicht auf meinen falschen Namen Krapotkin verzichten. – ›Ich habe ja schon einen Namen‹, sagte ich und zeigte meinen Paß. Mein Vorgesetzter sah ihn gar nicht an und sagte: ›Junger Freund, um mit diesem Namen hier Geschäfte zu machen, müßten Sie ein Hochstapler sein. Sie aber haben das bescheidene Gewerbe eines mittleren Agenten. Aber, Sie mögen private Gründe haben. Es ist wahrscheinlich eine Dame dabei. Hoffen wir, daß sie jung und hübsch ist. Ich mache Sie nur darauf aufmerksam, daß junge und hübsche Damen Geld brauchen. Und ich bin sehr sparsam. Außerordentliche Prämien zahle ich nur für außerordentliche Schuftigkeiten. Ich werde bei Ihnen keine Ausnahme machen. Falsche Papiere, auf andere Namen, können Sie in beliebiger Anzahl bekommen. Also, gehn Sie! Sie melden sich bei mir, wann Sie wollen. Wo sind Sie abgestiegen? – Im Hotel Louvois, ich weiß es. Noch eines, lernen Sie Sprachen, besuchen Sie Kurse, Hochschulen, was Sie wollen. Sie melden sich zweimal in der Woche bei mir, hier, in den Abendstunden. Hier ist der Scheck. Daß Sie von Ihren Kollegen beobachtet werden, wissen Sie. Also, keine Dummheiten!‹

Als ich wieder draußen war, atmete ich auf. Ich fühlte, daß es eine jener Stunden war, die man, wenn man jung ist, entscheidende nennt. Später, im Leben, gewöhnt man sich daran, viele, fast alle Stunden für entscheidende zu halten. Es gibt gewiß Krisen und Höhepunkte und sogenannte Peripetien, aber wir selbst wissen nichts davon, und wir können einen Höhepunkt unmöglich von einer gleichgültigen Sekunde unterscheiden. Wir erfahren höchstens dies und jenes – und auch die Erfahrung nützt uns gar nichs. Erkennen und unterscheiden aber ist uns versagt.

Unsere Phantasie ist immer mächtiger als unser Gewissen. Obwohl mir also das Gewissen sagte, ich sei ein Schurke, ein Schwächling, ein Elender, ich sollte die jämmerliche Wirklichkeit nicht verkennen, ritt meine Phantasie in einem schrecklichen Galopp mit mir dahin. Mit dem ansehnlichen Scheck in der Tasche, von meinem sympathischen Vorgesetzten entlassen, der mir jetzt allerdings in dem gleichen Grade lästig erschien, wie er mir vorher sympathisch gewesen war, fühlte ich mich frei und ledig in dem freien und ledigen Paris. Abenteuern, herrlichen, ging ich entgegen, der schönsten Frau der Welt und dem modernsten aller Schneider. In jener Stunde schien es mir, daß ich endlich eine Art des Lebens begänne, nach der ich mich immer schon gesehnt hatte. Jetzt war ich fast wirklich ein Krapotkin. Und ich unterdrückte die eindringliche, aber fast unhörbare Stimme des Gewissens, die mir da sagte, ich ginge jetzt eigentlich einer doppelten Gefangenschaft entgegen, einer dreifachen gar: erstens der Gefangenschaft meiner Torheit, meines Leichtsinns, meines Lasters, an die ich aber schon gleichsam gewöhnt war; zweitens der Gefangenschaft meiner Liebe; drittens der Gefangenschaft meines Berufs.

Es war ein milder, sonniger Pariser Nachmittag im Winter. Die braven Leute saßen auf den Terrassen vor den Kaffeehäusern, und mit einer wonnigen Schadenfreude dachte ich daran, daß sich bei uns in Rußland um die gleiche Jahres- und Tageszeit brave Leute in den heißen und dunklen Stuben verkrochen. Ich ging, ohne Ziel, von einem Lokal ins andere. Überall erschienen mir die Menschen, die Wirte, die Kellner fröhlich und gutherzig, mit jener Gutherzigkeit gesegnet, die nur eine ständige Freude geben kann. Der Winter in Paris war ein echter Frühling. Die Frauen in Paris waren echte Frauen. Die Männer in Paris waren herzliche Kameraden. Die Kellner in Paris waren wie fröhliche, weißbeschürzte, flinke Handlanger irgendeines genießerischen Gottes aus der Sagenwelt. – Und in Rußland, das ich für immer verlassen zu haben glaubte, war es finster und kalt. Als stünde ich nicht mehr in den Diensten – und in welch abscheulichen Diensten – dieses Landes! Dort lebten die Golubtschiks, deren elenden Namen ich nur deshalb trug, weil ich dort zufällig zur Welt gekommen war. Dort lebten die nicht minder elenden, von Charakter elenden Krapotkins, ein Fürstengeschlecht, wie es eins nur in Rußland geben konnte und das Blut von seinem Blute verleugnete. Niemals hätte ein französischer Krapotkin dermaßen gehandelt. Ich war, wie ihr seht, jung, dumm, elend und jämmerlich damals. Aber ich erschien mir stolz, edel und siegreich. Alles, was ich in dieser prächtigen Stadt erblickte, schien mich zu bestätigen, meine Überzeugungen, meine früheren Handlungen und meine Liebe zu Lutetia.

Erst als der Abend vollends und meiner Meinung nach viel zu früh einbrach, gleichsam mit künstlicher Gewalt von Laternen allzuschnell herbeigeschworen, wurde mir elend zumute, und ich kam mir vor wie ein enttäuschter Gläubiger, der plötzlich alle Götter verloren hat. Ich flüchtete mich in einen Fiaker und fuhr ins Hotel zurück. Alles erschien mir auf einmal schal und falsch. Und mit aller Gewalt klammerte ich mich an die einzige Hoffnung, die mir noch geblieben war, an Lutetia. An Lutetia und an das Morgen. Morgen, morgen sollte ich sie sehen. Morgen, morgen!

Ich begann, was unsereins bei solchen Gelegenheiten zu tun beginnt: ich begann zu trinken. Erst Bier, dann Wein, dann Schnaps. Mit der Zeit fing es an, sich in meinem Herzen aufzuklären, und in den frühen Morgenstunden erreichte ich fast die gleiche Seelenfröhlichkeit, die mich am Nachmittag zuvor erfüllt hatte.

Als ich, nicht mehr ganz meiner Kräfte sicher, auf die Straße trat, graute bereits der winterliche, milde Morgen. Es regnete, sanft und behaglich, wie es bei uns in Rußland nur im April regnen kann. Dies und meine Verwirrung machten, daß ich einen Augenblick nicht mehr wußte, in welcher Zeit und in welchem Raum ich mich befand. Erstaunt und beinahe erschrocken war ich, da ich sah, mit welcher Untertänigkeit mich die Dienerschaft des Hotels behandelte. Ich mußte mich erst erinnern, daß ich ja eigentlich der Fürst Krapotkin war.

Es kam mir, nach einer Weile, draußen im frischen, sanften Morgenregen zum Bewußtsein. Es war, als hätte mich geradezu der sanfte, frische Morgenregen zum Fürsten Krapotkin ernannt. Zu einem Pariser Fürsten Krapotkin. Das war damals meiner Meinung nach weit mehr als ein russischer.

Es regnete vom Pariser Himmel, sanft und gütig, auf meinen nackten Kopf, auf meine müden Schultern. Ich stand lange so vor dem Portal des Hotels. Hinter meinem Rücken fühlte ich den ehrerbietigen, den angestrengt gleichgültig tuenden und – dank meinem Berufsinstinkt – auch den zugleich nicht ohne Argwohn beobachtenden Blick der Dienerschaft. Er tat mir wohl, dieser Blick. Er tat mir wohl, dieser Regen. Der Himmel von Paris segnete mich. Schon begann der Morgen von

Paris. Die Zeitungsträger gingen mit unwahrscheinlich frischem Gleichmut an mir vorüber. Das Volk von Paris erwachte. Und ich, als wäre ich kein Golubtschik, sondern ein echter Krapotkin, ein Pariser Krapotkin, gähnte, aus Müdigkeit zwar, aber auch nicht minder aus Hochmut. Und hochmütig, äußerst lässig und geradezu grandseigneural ging ich an den ehrfürchtigen und zugleich argwöhnischen Blicken der Hoteldiener vorbei, deren gekrümmte Rücken dem Krapotkin und deren Augen dem Spitzel Golubtschik zu gelten schienen.
Verwirrt und ermattet sank ich ins Bett. An die Fensterbretter trommelte gleichmäßig der Regen.

Ich begann, wie ich es mir vorgenommen oder, wenn ihr wollt, nur eingebildet hatte, ein sogenanntes neues Leben. Mit neuen Kleidern – ich ließ mir einen der lächerlichen Schneider kommen, die um jene Zeit die sogenannten Herren der Welt einzukleiden pflegten – begann ich, eine Art des Lebens zu führen, die einem Fürsten angemessen erschien. Eine wahrhaft neue Art des Lebens. Ein paarmal war ich beim Schneider meiner geliebten Lutetia eingeladen. Ein paarmal lud ich ihn ein. Ihr werdet mir glauben, meine Freunde, daß ich heute, da alle meine alte Pein dermaßen von mir abgefallen ist, daß ich sie euch so offen gestehen kann, wie ich es nunmehr tue, daß ich also jetzt keineswegs aus Hochmut oder Eingebildetheit erzähle, ich sei damals äußerst sprachbegabt gewesen. Ich war sehr sprachbegabt. Innerhalb einer Woche sprach ich beinahe ein vollkommenes Französisch. Ich unterhielt mich jedenfalls fließend, wie man sagt, mit dem mondänen Schneider und mit all seinen Mädchen, die mich von der Reise her kannten. Ich unterhielt mich auch mit Lutetia. Gewiß, sie erinnerte sich meiner, besonders des Zwischenfalls an der Grenze wegen und auch wegen meines Namens und schließlich wegen der Stunde im Coupé. Ich war um jene Zeit nichts anderes als der Träger meines falschen Namens. Ich war ja längst nicht mehr ich selbst. Ich war nicht nur kein Krapotkin mehr, ich war auch kein Golubtschik mehr. Ich war wie zwischen Himmel und Erde. Mehr noch: wie zwischen Himmel, Erde und Hölle. In keinem von den drei Gebieten fühlte ich mich heimisch. Wo war ich eigentlich? Und was war ich eigentlich? War ich Golubtschik? War ich Krapotkin? War ich in Lutetia verliebt? Liebte ich sie oder eigentlich meine neue Existenz? War es überhaupt eine neue Existenz? Log ich, oder sagte ich die Wahrheit? – Um jene Zeit

dachte ich manchmal an meine arme Mutter, die Frau des Försters Golubtschik, nichts wußte sie mehr von mir, verschwunden war ich aus dem engen Gesichtskreis ihrer armen, alten Augen. Nicht einmal mehr eine Mutter hatte ich noch. Eine Mutter! Welcher Mensch in der ganzen weiten Welt hatte keine Mutter? Verloren war ich und verwüstet! Aber ein solch Elender war ich damals noch, daß ich selbst aus meiner Niedertracht einen gewissen Stolz bezog und daß ich sie, die ich selber beging, zugleich als eine Art Auszeichnung betrachtete, die mir die Vorsehung angedeihen ließ.
Ich will mich bemühen, kurz zu werden. Es gelang mir, nach einigen höchst überflüssigen Besuchen bei dem Schneider der großen Pariser Welt und nachdem ich die meisten seiner neuen Kleider gesehen und gelobt hatte, die er selbst und alle Zeitungen ›Kreationen‹ nannten, jene besondere Art des Vertrauens der Lutetia zu gewinnen, das ein Versprechen und ein Gelöbnis zwischen zwei Menschen bedeutet. Eine ganz kurze Zeit später hatte ich das zweifelhafte Glück, Gast in ihrem Hause zu sein.

In ihrem Hause! Was ich da ›Haus‹ nenne, war ein armseliges Hotel, beinahe ein Stundenhotel, in der Rue de Montmartre. Ein enges Zimmer war's. Die braungelbe Tapete zeigte in unermüdlicher Wiederholung zwei Papageien, einen knallgelben und einen schneeweißen, die sich unaufhörlich küßten. Sie liebkosten sich. Diese Papageien hatten geradezu den Charakter von Tauben. Und auch die Tapete rührte mich; ja, gerade die Tapete. Es erschien mir Lutetias höchst unwürdig, daß sich just in ihrem Zimmer Papageien wie Tauben benahmen – und just Papageien. Damals haßte ich Papageien: Ich weiß heute nicht mehr, warum. (Nebenbei gesagt, hasse ich auch Tauben.)
Ich brachte Blumen und Kaviar mit, die zwei Gaben, die damals meiner Meinung nach einen russischen Fürsten kennzeichnen mochten. Wir sprachen miteinander, innig und lange und ausführlich. ›Sie kennen meinen Vetter?‹ fragte ich, harmlos und verlogen. ›Ja, den kleinen Sergej!‹ erwiderte sie, ebenso harmlos, ebenso verlogen. ›Den Hof hat er mir gemacht‹, erzählte sie weiter. ›Stundenlang! Orchideen hat er mir geschickt, denken Sie, mir allein, unter allen meinen Kolleginnen! Ich aber machte mir nichts aus ihm! Er gefiel mir einfach nicht!‹
›Mir gefällt er auch nicht!‹ sagte ich. ›Ich kenne ihn seit seiner frühesten Jugend, und schon damals gefiel er mir nicht.‹

›Sie haben recht‹, sagte Lutetia, ›er ist ein kleiner Schurke.‹
›Dennoch‹, begann ich, ›haben Sie sich mit ihm in Petersburg getroffen, und zwar, wie er mir selbst erzählt hat, in einem Chambre séparée bei der alten Gudaneff.‹
›Er lügt, er lügt‹, schrie Lutetia, wie nur Frauen schreien können, wenn sie eine offensichtliche Wahrheit ableugnen wollen. ›Nie war ich mit irgendeinem Mann in einem Chambre séparée! Nicht in Rußland, nicht in Frankreich!‹
›Schreien Sie nicht‹, sagte ich, ›und lügen Sie nicht! Ich selbst habe Sie gesehen. Ich habe Sie gesehen. Sie haben es bestimmt vergessen. Mein Vetter lügt nicht.‹
Wie nicht anders zu erwarten gewesen war, begann Lutetia, jämmerlich zu weinen. Ich, der ich es nicht ertrage, eine Frau weinen zu sehn, ich lief hinunter und bestellte eine Flasche Cognac. Als ich zurückkam, weinte Lutetia nicht mehr. Sie tat nur so, als wäre sie von der Lüge, bei der ich sie ertappt hatte, äußerst angestrengt und bar aller Lebenskräfte. Sie lag auf dem Bett. ›Machen Sie sich nichts daraus!‹ sagte ich. ›Ich habe Ihnen eine Stärkung mitgebracht.‹
Sie erhob sich nach einer Weile. ›Sprechen wir nicht mehr von Ihrem Vetter!‹ sagte sie.
›Sprechen wir nicht mehr von ihm!‹ stimmte ich ein. ›Sprechen wir von Ihnen!‹
Und sie erzählte alles – all das, was ich damals merkwürdigerweise für absolute, äußerste Wahrheit hielt, so kurz, nachdem ich sie doch lügen gehört hatte! Sie war die Tochter eines Lumpensammlers. Früh verführt, das heißt im Alter von sechzehn Jahren, ein Alter, das ich heute nicht mehr ein ›frühes‹ zu nennen imstande bin, folgte sie einem Jokkey, der sie geliebt und sie in einem Hotel in Rouen sitzengelassen hatte. Oh, es mangelte ihr nicht an Männern! Sie blieb nicht lange in Rouen. Und weil sie so auffallend schön gewesen war, hatte sie der mondäne Schneider bemerkt, der damals auf der Suche nach Modellen war, innerhalb des bescheidenen Volkes von Paris... Und so war sie zu dem mondänen Schneider gekommen...
Sie hatte viel getrunken. Sie log immer noch, ich fühlte es nach einer halben Stunde schon. Aber wo gibt es, meine Freunde, eine Wahrheit, die man gerne hören möchte aus dem Munde einer geliebten Frau? Und log ich nicht etwa selber? Lebte ich nicht vollkommen eingebaut, hatte ich mich nicht behaglich eingenistet in der Lüge, dermaßen, daß

ich nicht nur eine eigene Lüge liebte, sondern auch alle fremden Lügen zumindest anerkennen und schätzen mußte? Natürlich war Lutetia ebensowenig die Tochter eines Lumpensammlers oder Hausmeisters oder Schusters oder was weiß ich, wie ich ein Fürst. Hätte sie damals geahnt, wer ich wirklich war, so hätte sie mir wahrscheinlich eingeredet, sie sei die uneheliche Tochter eines Barons. Da sie aber annehmen mußte, daß ich mich in den Baronen auskannte, und da sie die Erfahrung besaß, daß die hochgestellten Herren die Niedrigen und die Armen mit einer geradezu dichterischen Wehmut betrachten und das Märchen von dem Glück der Armut lieben, erzählte sie auch mir das Märchen von dem Wunder, das der Armut begegnet. Es klang übrigens, während sie sprach, kaum unglaubwürdig. Sie lebte ja schon seit langen Jahren in der Lüge, in dieser speziellen Lüge, und sie glaubte zeitweilig an ihre Geschichte. Eine Verlorene war sie, wie ich ein Verlorener. Die verlorenen Menschen lügen gleichsam unschuldig, wie die Kinder. Die verlorene Existenz bedarf des verlogenen Fundamentes. In Wirklichkeit war Lutetia die Tochter eines zu seiner Zeit angesehenen Damenschneiders, und der große mondäne Schneider, in dessen Diensten sie jetzt stand, hatte seine Mädchen nicht unter dem geringen Volk von Paris gesucht, sondern unter den Töchtern seiner Kollegen, natürlicherweise.

Und überdies, meine Freunde: Lutetia war schön. Schönheit erscheint immer glaubwürdig. Der Teufel, der die Urteile der Männer über die Frauen bestimmt, kämpft auf der Seite der Schönen und Gefälligen. Einer häßlichen Frau glauben wir selten die Wahrheit, einer hübschen alles, was sie erfindet.

Es ist schwer zu sagen, was mir eigentlich an Lutetia so gefiel. Sie unterschied sich auf den ersten Blick wenig von den anderen Mädchen des Schneiders. Auch sie war geschminkt und wie ein Wesen, zusammengesetzt aus Wachs und Porzellan, eine Mischung, aus der zu jener Zeit die Mannequins gebildet wurden. Heute freilich ist die Welt fortgeschritten, und die Damen bestehen in jeder Jahreszeit aus anderen, immer wechselnden Materien. Auch Lutetia hatte einen unnatürlich kleinen Mund, solange sie schwieg, er glich einer länglichen Koralle. Auch ihre Augenbrauen stellten zwei unnatürlich vollkommene Bögen dar, nach geradezu geometrischen Gesetzen konstruiert, und wenn sie die Augen senkte, sah man unwahrscheinlich lange, mit besonderer Kunst geschwärzte Wimpern, Vorhänge von Wimpern. Wie sie sich setzte, zurücklehnte, wie sie sich erhob und wie sie ging, wie sie einen Gegenstand anfaßte und wiederhinstellte, all das war selbstverständlich geübt und die Folge zahlreicher Proben. Ihre schlanken Finger sogar schienen von einem Chirurgen gedehnt und auf irgendeine Weise geschnitzt worden zu sein. Sie erinnerten ein wenig an zehn Bleistifte. Sie spielte mit ihren Fingern, während sie sprach, betrachtete sie aufmerksam, und es sah aus, als suchte sie ihr Spiegelbild in ihren blanken Nägeln. Nur selten war ein Blick in ihren blauen Augen zu finden. Statt der Blicke hatte sie Aufschläge. Wenn sie aber sprach und in den wenigen Sekunden, in denen sie sich vergaß, wurde ihr Mund breit und fast lüstern-gefräßig, und zwischen ihren blanken Zähnen erschien für den Bruchteil eines Augenblicks ihre wollüstige Zunge, lebendig, ein rotes und giftiges Tierchen. In den Mund hatte ich mich verliebt, meine Freunde, in den Mund. Alle Schlechtigkeit der Frauen haust in ihren Mündern. Das ist, nebenbei gesagt, ja auch die Heimat des Verrats und, wie ihr aus dem Katechismus wißt, die Geburtsstatt der Erbsünde...

Ich liebte sie also. Ich war erschüttert von ihrer verlogenen Erzählung und ebenso erschüttert von dem kleinen Hotelzimmer und der Papageien-Tapete. Ihrer unwürdig, besonders gewissermaßen ihres Mundes unwürdig, war die Umgebung, in der sie lebte. Ich erinnerte mich an das Gesicht des Wirtes unten in der Loge, er sah aus wie eine Art Hund in Hemdsärmeln – und ich war entschlossen, Lutetia eine glücklichere, eine selige Existenz zu bereiten. – ›Würden Sie mir erlauben‹, fragte ich, ›daß ich Ihnen helfe? Oh, mißverstehen Sie das nicht! Ich habe keinerlei Ansprüche! Das Helfen ist meine Leidenschaft‹, so log ich, dieweil doch das Verderben mein Beruf war, ›ich habe nichts zu tun. Ich habe leider keinen Beruf. Würden Sie mir also erlauben...?‹

›Unter welchen Bedingungen?‹ fragte Lutetia und setzte sich im Bett auf.

›Unter gar keinen Bedingungen, wie ich Ihnen schon sagte.‹

›Einverstanden!‹ sagte sie. Und da ich Anstalten machte, mich zu erheben, begann sie: ›Glauben Sie nicht, Fürst, daß ich mich hier unglücklich fühle. Aber unser Herr und Meister, den Sie ja kennen, ist sehr oft mißgelaunt – und ich habe das Unglück, von seinen Launen mehr abzuhängen als die anderen Frauen. Diese, wissen Sie‹, und jetzt begann ihre Zunge, Gift herzustellen, ›haben alle ihre noblen, reichen Freunde. Ich aber, ich ziehe es vor, allein und anständig zu bleiben. –

Ich verkaufe mich nicht!‹ fügte sie nach einer Weile hinzu und sprang dabei aus dem Bett. Ihr Schlafrock, rosa mit blauen Phantasieblümchen, klaffte auseinander. Nein! – Sie verkaufte sich nicht: sie hatte sich mir nur angeboten.

Von nun an begann die verworrenste Zeit meines Lebens. Ich mietete eine kleine Wohnung in der Nähe der Champs-Élysées, eine der Wohnungen, die man in jenen Jahren ›kokette Liebesnester‹ nannte. Lutetia selbst richtete sie ein, nach ihrem Geschmack. Es gab wieder Papageien an den Wänden – die Art von Vögeln, die mir, wie schon gesagt, verhaßt ist. Es gab ein Klavier, obwohl Lutetia nicht spielen konnte, zwei Katzen, vor deren lautlosen und tückischen, überraschenden Sprüngen ich große Angst hatte, einen Kamin ohne Luftzug, in dem das Feuer sofort erlosch – und schließlich, sozusagen als eine besondere Aufmerksamkeit für mich, einen echten russischen Samowar aus Messing, den zu behandeln Lutetia mich ausersehen hatte. Es gab ein gefälliges Stubenmädchen in einer propren und gefälligen Kleidung – sie sah aus, als käme sie aus einer Spezialfabrik für Stubenmädchen – und schließlich, was mich empörte, einen echten, einen lebendigen Papagei, der mit unheimlicher Schnelligkeit und geradezu genialem Sinn meinen falschen Namen ›Krapotkin‹ gelernt hatte und der mich immer wieder also an meine Verlogenheit und Leichtfertigkeit erinnerte. Den Namen ›Golubtschik‹ hätte er bestimmt nicht so leicht erlernt.
Es wimmelte überdies in diesem ›koketten Nest‹ Lutetias von Freundinnen aller Art. Alle bestanden sie aus Porzellan und Wachs. Und ich hielt sie nicht auseinander: die Katzen, die Tapeten, den Papagei und die Freundinnen. Nur Lutetia erkannte ich noch. Gefangen war ich, dreifach und vierfach gefangen! Und zweimal im Tag begab ich mich freiwillig in mein süßes, ekelhaftes, verworrenes Gefängnis.
Eines Abends blieb ich dort – es konnte ja nicht anders geschehen! Ich blieb die Nacht dort. Über dem Käfig des Papageis hing eine schläfrige Decke aus rotem Plüsch. Die tückischen Katzen schnurrten wohlig in ihren Körben. Und ich schlief, nicht mehr ein Gefangener, sondern auch ein für alle Zeiten Gefesselter; wie man so zu sagen pflegt, in den Armen Lutetias. Armer Golubtschik!
Im Morgengrauen erwachte ich, selig und zugleich unselig. Ich fühlte mich verstrickt und verworfen, und dennoch hatte ich noch nicht die Ahnung von Reinheit und Anständigkeit verloren. Diese Ahnung

aber, meine Freunde, zart wie ein Lufthauch im frühen Sommermorgen, war stärker noch, trotz allem stärker als der starke Wind der Sünde, der mich umwehte. Unter der Macht dieser Ahnung eben verließ ich das Haus Lutetias. Ich wußte nicht, ob ich mich selig oder bekümmert zu fühlen hatte. Und in diesem Zweifel schwankte ich, ohne Plan und Gedanken, durch die frühen Straßen.

Lutetia kostete Geld, sehr schnell sah ich es, meine Freunde! (Alle Frauen kosten Geld, besonders die liebenden; diese mehr noch als die geliebten.) Und ich glaubte zu merken, daß Lutetia mich liebte. Ich war dankbar dafür, daß irgend jemand auf der Welt mich liebte. Lutetia war übrigens der einzige Mensch, der mir meinen Krapotkin ohne jeden Zweifel glaubte – der an meine neue Existenz glaubte, ja, sie bestätigte. Nicht ihr Opfer zu bringen war ich entschlossen, mir selbst wollte ich diese Opfer bringen. Mir selbst, dem falschen Golubtschik, dem echten Krapotkin.

Es begann also eine unheimliche Verworrenheit – nicht in meiner Seele – die bestand ja schon seit langem –, sondern auch in meinen privaten, in meinen materiellen Verhältnissen. Ich fing an, Geld auszugeben – mit vollen Händen, wie man sagt. Lutetia brauchte eigentlich nicht soviel. Ich selbst brauchte es, für sie brauchte ich es. Und sie begann zu verbrauchen, sinnlos und mit jener süchtigen, ja fluchartigen Leidenschaft, mit denen die Frauen Geld zu verbrauchen pflegen, das Geld ihrer Männer und ihrer Liebhaber – beinahe so, als sähen sie in dem Geld, das man für sie ausgibt, das man gar für sie verschwendet, ein bestimmtes Maß des Gefühls, das die liebenden Männer für sie haben. Ich brauchte also Geld. Sehr bald. Sehr viel. Ich ging, wie es meine Pflicht war, zu meinem sympathischen Vorgesetzten – Solowejczyk hieß er übrigens, Michael Nikolajewitsch Solowejczyk.

›Was haben Sie mir zu berichten?‹ fragte er. Es war gegen neun Uhr abends, und es schien mir, es sei niemand mehr, keine Seele, in dem großen, weiten Haus. Es war sehr still, und man hörte, wie aus einer unermeßlichen Ferne, die verworrenen Geräusche der großen Stadt Paris. Dunkel war es im ganzen Zimmer. Die eine Lampe mit grünem Schirm auf dem Schreibtisch Solowejczyks sah aus wie der lichte grüne Kern der abendlichen, kreisrunden Finsternis im Zimmer.

›Ich brauche Geld!‹ sagte ich, geborgen in der Finsternis und deshalb mutiger, als ich früher gedacht hatte.

›Für das Geld, das Sie brauchen‹, erwiderte er, ›müssen Sie Arbeit lei-

sten. Wir haben mehrere Aufgaben für Sie! Es handelt sich nur darum, ob Sie imstande sind, oder besser: ob Sie imstande sein wollen, dergleichen Aufgaben durchzuführen!‹
›Ich bin zu allem bereit!‹ sagte ich. ›Ich bin dazu hergekommen.‹
›Zu allem? wirklich zu allem?‹
›Zu allem!‹
›Ich glaube es nicht‹, sagte der sympathische Solowejczyk. ›Ich kenne Sie nicht lange – aber ich glaube es nicht! Wissen Sie, um was es sich handelt? Es handelt sich um einen gemeinen Verrat, um einen gemeinen Verrat, sage ich. Um einen gemeinen Verrat an wehrlosen Menschen.‹ – Er wartete eine Weile. – Dann sagte er: ›Auch an wehrlosen Frauen! . . .‹
›Ich bin es gewohnt. In unserm Beruf . . .‹
Er ließ mich nicht ausreden. ›Ich kenne den Beruf!‹ sagte er und senkte den Kopf. Er begann, in den Papieren zu kramen, die vor ihm lagen, und man hörte nur das Rascheln der Papiere und das allzu gemächliche Ticken der Wanduhr.
›Setzen Sie sich!‹ sagte Solowejczyk.
Ich setzte mich, und nun war auch mein Angesicht im Lichtkreis der grünen Lampe, gegenüber dem seinen. Er hob den Blick und sah mich starr an. Es waren eigentlich tote Augen, von blinden Augen war etwas in ihnen, etwas Trostloses und bereits Jenseitiges. Ich hielt diese Augen aus, obwohl ich vor ihnen Angst hatte, denn es war nichts in ihnen zu lesen, kein Gedanke, kein Gefühl, und ich wußte dennoch, daß es eigentlich nicht blinde Augen waren, sondern im Gegenteil sehr scharfe. Ich wußte genau, daß sie mich beobachteten, aber ich entdeckte nicht den Reflex, den ja natürlicherweise jedes beobachtende Auge erzeugt. Übrigens war Solowejczyk der einzige Mensch, bei dem ich diese Fähigkeit festgestellt habe: die Fähigkeit nämlich, die Augen zu maskieren, wie viele andere ihr Angesicht maskieren können.
Ich betrachtete ihn, es dauerte Sekunden, Minuten, mir schienen es Stunden zu sein. An seinen Schläfen lichtete sich leicht ergrautes Haar, und seine Kinnbacken bewegten sich unermüdlich, und es sah aus, als kaute er geradezu an seinen Überlegungen. Schließlich erhob er sich, trat zum Fenster, schlug den Vorhang ein wenig zurück und winkte mich heran. Ich trat zu ihm. ›Sehen Sie dort!‹ sagte er und zeigte mir eine Gestalt auf der gegenüberliegenden Straßenseite. ›Kennen Sie ihn?‹ – Ich strengte mich an, ich sah genau hin, aber ich sah nichts

anderes als einen verhältnismäßig kleinen, gutbürgerlich angezogenen Mann mit aufgeschlagenem Pelzkragen und braunem Hut und mit einem schwarzen Stock in der Rechten. ›Erkennen Sie ihn?‹ fragte Solowejczyk noch einmal. ›Nein!‹ sagte ich. ›Also, warten wir eine Weile!‹ – Gut, wir warteten. Nach einer Weile begann der Mann, auf und ab zu gehen. Nachdem er so seine zwanzig Schritte hin und zurückgegangen war, durchzuckte es mich wie ein Blitz, wie man so zu sagen pflegt. Meine Augen erkannten ihn nicht, mein Gehirn erinnerte sich nicht an ihn, aber mein Herz durchzuckte es, es pochte heftiger darin, und es war, als hätten plötzlich meine Muskeln, meine Hände, meine Fingerspitzen, meine Haare jenes Gedächtnis erhalten, das meinem Gehirn versagt geblieben war. Er war es. Das war der halb schleppende und halb tänzelnde Gang, den ich einmal, als ich noch jung und unschuldig gewesen war, in Odessa im Bruchteil einer Sekunde und trotz meiner Unerfahrenheit sofort gesehen hatte. Es war das erste und einzige Mal in meinem Leben, daß ich bemerkt hatte, ein Hinken könnte ein Tänzeln sein und ein Fuß könnte sich verstellen. Ich erkannte also den Mann auf der gegenüberliegenden Straßenseite. Es war kein anderer als Lakatos.

›Lakatos!‹ sagte ich.

›Also!‹ sagte Solowejczyk und trat vom Fenster zurück.

Wir setzten uns beide wieder einander gegenüber, genauso, wie wir vorher gesessen hatten. Den Blick auf die Papiere gesenkt, sagte Solowejczyk: ›Lakatos kennen Sie schon lange?‹

›Sehr lange‹, erwiderte ich, ›er begegnet mir immer wieder. Ich möchte sagen, immer in den entscheidenden Stunden meines Lebens.‹

›Er wird Ihnen noch oft begegnen – wahrscheinlich –‹, sagte Solowejczyk. ›Ich glaube selten und nur sehr widerwillig an übernatürliche Erscheinungen. Aber bei Lakatos, der mich von Zeit zu Zeit besucht, kann ich mich eines gewissen abergläubischen Gefühls nicht enthalten!‹

Ich schwieg. Was hätte ich auch sagen sollen? Es schien mir unerbittlich klar, daß ich unerbittlich gefangen war. Ein Gefangener Solowejczyks? Ein Gefangener Lutetias? Ein Gefangener des Lakatos gar?

Nach einer Pause sagte Solowejczyk: ›Er wird Sie verraten und vielleicht vernichten.‹

Ich nahm die aufgezeichneten Befehle entgegen, einen ansehnlichen Packen Papier, und ging.

›Auf Wiedersehn nächsten Donnerstag!‹ sagte Solowejczyk.
›Wenn es mir beschieden sein wird, Sie wiederzusehen!‹ erwiderte ich. Mein Herz war beklommen.
Als ich das Haus verließ, war Lakatos nicht mehr zu sehen. Weit und breit kein Lakatos, obwohl ich fleißig und gründlich nach ihm suchte, eifrig sogar. Ich hatte Angst vor ihm, und ich suchte nach ihm eben deshalb so eifrig. Ich fühlte aber schon, während ich ihn aufzustöbern versuchte, daß ich ihn nicht finden würde. Ja, ich war dessen sicher, daß ich ihn nicht finden würde.
Wie sollte man den Teufel finden, wenn man ihn sucht. Er kommt, er erscheint unverhofft, er verschwindet. Er verschwindet, und er ist immer da.

Seit dieser Stunde fühlte ich mich nicht mehr vor ihm sicher. Ja, nicht allein vor ihm fühlte ich mich unsicher, sondern auch vor aller Welt. Wer war Solowejczyk? Wer war Lutetia? Was war Paris? Wer war ich selber?
Unsicherer noch als vor allen anderen war ich vor mir selber! War es mein eigener Wille, der meinen Tag, meine Nacht, alle meine Handlungen noch bestimmte? Wer trieb mich zu tun, was ich damals tat? Liebte ich Lutetia? Liebte ich nicht allein meine Leidenschaft oder aber lediglich mein Bedürfnis, mich selbst, meine Menschlichkeit sozusagen, durch eine Leidenschaft bestätigen zu können? Wer und was war ich eigentlich: ich, der Golubtschik? Wenn Lakatos da war, hörte ich auf, Krapotkin zu sein, das schien mir sicher. Auf einmal war es mir klar, daß ich weder Golubtschik noch Krapotkin zu sein imstande war. Halbe Tage bald und bald halbe Nächte verbrachte ich bei Lutetia. Ich hörte längst nicht mehr, was sie mir sagte. Sie redete übrigens belanglose Dinge. Ich merkte mir viele Ausdrücke, die mir bis dahin unbekannt waren, den Tonfall der Worte und der Sätze – was meine Fortschritte im Französischen betraf, hatte ich ihr viel zu verdanken. Denn so ratlos ich auch in jenen Tagen war, so vergaß ich doch auch niemals, daß es für mich wichtig werden konnte, ›Sprachen zu beherrschen‹ – wie Solowejczyk geraten hatte. Gut, nach wenigen Wochen beherrschte ich sozusagen Französisch. Zu Hause vergrub ich mich manchmal in englischen, deutschen, italienischen Büchern, ich betäubte mich geradezu an ihnen, und ich bildete mir ein, ich bekäme durch sie wirklich eine Existenz, eine wirkliche Existenz. Ich las engli-

sche Zeitungen, in der Hotelhalle zum Beispiel. Und während ich sie las, kam es mir vor, als sei ich ein Landsmann jenes weißhaarigen und bebrillten englischen Obersten im Lehnstuhl nebenan – eine halbe Stunde lang bildete ich mir ein, ich sei ein Engländer, ein Oberst aus den Kolonien. Weshalb sollte ich auch kein englischer Oberst sein? War ich denn etwa Golubtschik? War ich denn etwa Krapotkin? Was und wer war ich eigentlich?

Jeden Augenblick fürchtete ich, Lakatos zu begegnen. Er konnte in die Hotelhalle kommen. Er konnte in das große Modellhaus des mondänen Schneiders kommen, bei dem ich zuweilen vorfuhr, um Lutetia abzuholen. Er konnte mich jeden Augenblick verraten. Er hatte mich sozusagen in der Hand. Er konnte mich schließlich bei Lutetia verraten – und das war das schlimmste. In dem Maße, in dem meine Furcht vor Lakatos stieg, wuchs auch meine Leidenschaft für Lutetia. Eine übertragene Leidenschaft, sozusagen eine Leidenschaft zweiten Ranges. Denn es war in Wirklichkeit, meine Freunde, längst, das heißt seit einigen Wochen, keine wahre Liebe mehr, es war eine Flucht in die Leidenschaft, wie die Mediziner heutzutage bestimmte Krankheitserscheinungen mancher Frauen eine ›Flucht in die Krankheit‹ nennen. Ja, es war eine Flucht in die Leidenschaft. Sicher, einzig und allein sicher meiner selbst, meiner Identität sozusagen, war ich nur in den Stunden, in denen ich Lutetias Körper hielt und liebte. Ich liebte ihn, nicht etwa, weil es ihr geliebter Körper war, sondern weil er gewissermaßen eine Zuflucht war, eine Zelle, eine Klause, ungefährdet und gesichert vor Lakatos.

Allerdings geschah leider, was sich notgedrungen ereignen mußte. Lutetia, die mich ebenso für unermeßlich reich hielt, wie sie sich selbst für eine Lumpensammlerstochter halten mochte, brauchte Geld und immer mehr Geld. Sie brauchte immer mehr Geld. Es zeigte sich bald, nach wenigen Wochen schon, daß sie ebenso schön wie begehrlich war. Oh, nicht etwa, daß sie versucht hätte, Geld zurückzulegen, auf die heimtückische Weise, die viele kleine Bürgerinnen auszeichnet. Nein! Sie brauchte in der Tat! Sie verbrauchte!

Sie war wie die meisten Frauen ihrer Art. Sie wollte nicht ›ausnutzen‹! Aber *es* wollte in ihr die Gelegenheiten, alle Gelegenheiten, benützen. Schwach war sie und unermeßlich eitel. Bei den Frauen ist die Eitelkeit nicht nur eine passive Schwäche, sondern auch eine höchst aktive Leidenschaft, wie bei den Männern nur das Spiel. Sie gebären immer aufs neue diese Leidenschaft, sie treiben sie an und werden von ihr zugleich getrieben. Der Leidenschaft Mütter und Kinder sind sie gleichzeitig. Die Leidenschaft Lutetias riß mich mit. Ich hatte bis dahin nicht geahnt, wie viel eine einzige Frau auszugeben vermag, und immer in dem Glauben, sie gäbe ›nur das Notwendige‹ aus. Ich hatte bis dahin nicht geahnt, wie ohnmächtig ein liebender Mann – und ich war damals bemüht, ein liebender Mann zu sein: was einem wirklich Verliebten gleichkommt – gegenüber den Torheiten einer Frau sein kann. Gerade das Törichte und Überflüssige, das sie tat, erschien mir als das Notwendige und Natürliche. Und ich will auch gestehen, daß ihre Torheiten mir schmeichelten, mir gleichsam eine erlogene fürstliche Existenz bestätigten – ich brauchte Bestätigungen dieser Art. Ich brauchte alle diese äußerlichen Bestätigungen, als da sind: Kleider für mich und für Lutetia, die Untertänigkeit der Schneider, die mir Maß nahmen, im Hotel, mit behutsamen Fingern, als wäre ich ein zerbrechlicher Götze; die kaum den Mut hatten, meine Schultern und meine Beine mit dem Zentimetermaß zu berühren. Ich brauchte, eben weil ich nur ein Golubtschik war, alles, was einem Krapotkin lästig gewesen wäre: den Hundeblick in dem Auge des Portiers, die servilen Rücken der Kellner und Bedienten, von denen ich nichts anderes zu sehen bekam als die tadellos rasierten Nacken. Und Geld, Geld brauchte ich auch.

Ich begann, möglichst viel zu verdienen. Ich verdiente viel – und ich brauche euch nicht zu sagen, auf welche Weise. Manchmal war ich für Lutetia und alle Welt eine Woche lang unauffindbar und sozusagen verreist. An solchen Tagen trieb ich mich in den Kreisen unserer politischen Flüchtlinge herum, in kleinen Redaktionen versteckter und armseliger Zeitungen, war schamlos genug, kleine Darlehen zu nehmen von den Opfern, nach denen ich jagte, nicht weil ich das armselige Geld brauchte, sondern um vorzutäuschen, daß ich es brauchte, in kärglichen, verborgenen Stuben die kärglichen Mahlzeiten zu teilen mit den Verfolgten, den Geschmähten, den Hungrigen; war niedrig genug, es hie und da mit der Verführung der Frauen zu versuchen, die sich, oft beseligt und manchmal aus einer Art weltanschaulich fundierten Pflichtbewußtseins, einem Gesinnungsgenossen hingaben – alles in allem: ich war, was ich immer im Grunde gewesen war, von Geburt und Natur: ein Schurke. Nur hatte ich bis dahin die Schurkerei nicht in diesem Maße ausgeübt. Ich bewies mir gewissermaßen in jenen Tagen selbst, daß ich ein Schurke sei, und welch einer!

Ich hatte Glück, der Teufel lenkte alle meine Schritte. Wenn ich an bestimmten Abenden bei Solowejczyk erschien, konnte ich ihm mehr berichten als viele meiner Kollegen. Und ich erkannte an der wachsenden Verachtung, mit der er mich behandelte, daß ich großartige Dienste leistete. ›Ich habe Ihre Intelligenz unterschätzt‹, sagte er mir einmal. ›Ich habe, nach der Dummheit, die Sie in Petersburg begangen haben, gedacht, Sie seien ein *kleiner* Schurke. Alle Achtung, Golubtschik! Ich werde Sie gut bezahlen.‹ – Zum erstenmal hatte er mich Golubtschik genannt, er wußte wohl, daß es für mich war wie ein Hieb mit einer Nagaika. Ich nahm das Geld, viel Geld, kleidete mich um, fuhr in mein Hotel, sah die Rücken und die Nacken, sah wieder Lutetia, die Nachtlokale, die gemeinen und soignierten Lordgesichter der Kellner und vergaß alles, alles. Ich war Fürst. Ich vergaß sogar den fürchterlichen Lakatos.

Ich vergaß ihn zu Unrecht.
Eines Tages – es war ein milder Frühlingsvormittag, ich saß in der Halle des Hotels, und obwohl sie keine Fenster hatte, war es doch, als strömte die Sonne gleichsam durch die Poren der Wände, ich war sehr heiter und gedankenlos hingegeben der ekelhaften Wollust, die mir das Leben bereitete – ließ sich Lakatos bei mir melden. Er war heiter wie der Frühling selbst. Er nahm gewissermaßen bereits den Sommer voraus. Er kam herein wie ein Stückchen, wie ein menschliches Stückchen des Frühlings, losgelöst von der anmutigen Natur, im viel zu hellen Überzieher, mit einer blumenübersäten Krawatte, in einem hellgrauen Halbzylinder, das Rohrstöckchen schwenkend, das ich schon so lange kannte. ›Durchlaucht‹ und ›Fürst‹ nannte er mich abwechselnd, und manchmal sagte er sogar, nach der Art der kleinen Dienstleute: ›Euer durchlauchtigste Hochwohlgeboren!‹ Mit einemmal verfinsterte sich für mich dieser helle Vormittag. Wie es mir die ganze lange Zeit ergangen sei, fragte mich Lakatos, so laut, daß es alle in der Halle hörten und der Portier vorne in der Loge. Ich war einsilbig, ich antwortete kaum, aus Furcht, aber auch aus Hochmut. ›Ihr Herr Vater hat Sie also doch anerkannt?‹ fragte er mich leise, indem er sich so nahe zu mir herüberbeugte, daß ich sein Maiglöckchen-Parfüm roch, seine Brillantine, die in schweren Wellen aus dem Schnurrbart duftete, und daß ich deutlich ein rötliches Glimmen in seinen blanken braunen Augen sah. ›Ja!‹ sagte ich und lehnte mich zurück.

›Dann wird es Sie freuen‹, sagte er, ›das, was ich Ihnen mitzuteilen habe.‹
Er wartete. Ich sagte nichts.
›Ihr Herr Bruder ist seit gestern hier!‹ sagte er gleichmütig. ›Er wohnt hier in seinem Hause: er hat eine ständige Wohnung in Paris. Er will hier, wie jedes Jahr, ein paar Monate bleiben. Ich glaube, Sie haben sich ausgesöhnt?‹
›Noch nicht!‹ sagte ich und konnte meine Ungeduld und meinen Schrecken kaum verbergen.
›Nun, ich hoffe‹, sagte Lakatos, ›daß es jetzt gehen wird. Ich jedenfalls stehe Ihnen immer zur Verfügung.‹
›Danke!‹ sagte ich. Er erhob sich, verbeugte sich tief und ging. Ich blieb sitzen.

Ich blieb nicht lange. Ich fuhr zu Lutetia. Sie war nicht daheim. Ich fuhr in das Atelier des mondänen Schneiders. Mit einem Blumenstrauß drang ich vor, wie mit einer gezückten Waffe. Ich konnte sie ein paar Augenblicke sehen. Sie wußte noch nichts von der Ankunft Krapotkins. Ich verließ das Atelier. Ich setzte mich in ein Café und bildete mir ein, ich könnte durch angestrengtes Nachdenken auf irgendeinen klugen Einfall kommen. Aber jeder meiner Gedanken war angenagt von Eifersucht, Haß, Leidenschaft, Rachsucht. Bald stellte ich mir vor, es wäre am besten, ich bäte heute noch Solowejczyk darum, mich nach Rußland zurückzuschicken. Dann wieder überfiel mich die Angst, die Angst davor, mein Leben aufzugeben, Lutetia, meinen erstohlenen Namen, alles das, was meine Existenz ausmachte. Ich dachte auch einen Augenblick daran, mich umzubringen, aber ich hatte eine grauenhafte Angst vor dem Tode. Viel leichter war es, viel besser, aber keineswegs bequemer, den Fürsten umzubringen. Ihn aus der Welt schaffen! Ein für allemal befreit sein von diesem lächerlichen Burschen, einem wahrhaft lächerlichen und nutzlosen Burschen. Im gleichen Augenblick aber und gleichsam mit der Logik, die mir mein Gewissen diktierte, sagte ich mir, daß, wenn er ein nutzloser Bursche sei, ich ein noch schlimmerer, nämlich ein böser und schädlicher wäre. Aber kaum eine Minute später schien es mir klar zu sein, daß die Ursache meiner Schädlichkeit und meiner Schlechtigkeit er allein sei, dieser Bursche eben, und daß ihn zu töten eigentlich eine sittliche Tat sein müßte. Denn indem ich ihn auslöschte, tötete ich auch die Ursache meiner Verderbnis, und ich hatte dann die Freiheit, ein guter Mensch zu werden, zu büßen, zu bereuen, meinetwegen ein anständiger Golubtschik. Aber damals schon, während ich solches überlegte, fühlte ich keineswegs die Kraft in mir zu morden. Ich war, meine Freunde, damals noch lange nicht sauber genug, um töten zu können. Wenn ich daran dachte, einen bestimmten Menschen umzubringen, so war es bei mir, in meinem Innern, gleichbedeutend mit dem Entschluß, ihn auf irgendeine Weise zu verderben. Wir Spitzel sind keine Mörder. Wir bereiten lediglich die Umstände vor, die einem Menschen unweigerlich den Tod bereiten. Auch ich dachte damals nicht anders, ich konnte gar nicht anders denken. Ich war ein Schurke von Geburt und von Natur, wie ich euch schon sagte, meine Freunde!...

Unter den vielen Menschen, die zu verraten und auszuliefern damals meine schändliche Aufgabe war, befand sich auch eine gewisse Jüdin namens Channa Lea Rifkin aus Radziwillow. Niemals werde ich ihren Namen, ihren Geburtsort, ihr Gesicht, ihre Gestalt vergessen. Zwei ihrer Brüder waren in Rußland wegen der Vorbereitung eines Attentats auf den Gouverneur von Odessa zur Katorga verurteilt worden. Sie waren bereits seit drei Jahren in Sibirien, an der Grenze der Taiga, wie ich aus den Papieren wußte. Der Schwester war es gelungen, rechtzeitig zu fliehen und noch einen dritten Bruder mitzunehmen, einen halblahmen jungen Menschen, der den ganzen Tag im Lehnstuhl sitzen mußte. Er konnte nur den rechten Arm und das rechte Bein bewegen. Es hieß, daß er ein außergewöhnlich begabter Mathematiker und Physiker sei und ein ungewöhnliches Gedächtnis besitze. Organisationspläne und die Formeln, mit deren Hilfe man, auch ohne die komplizierten technischen Hilfsmittel, Sprengstoffe herstellen konnte, stammten von ihm. Bruder und Schwester lebten bei Schweizer Freunden, französischen Schweizern aus Genf, einem Schuster und seiner Frau. Die russischen Genossen versammelten sich oft in der Werkstatt des Schusters. Ich war ein paarmal dort gewesen. Dieses edle jüdische Mädchen war entschlossen, nach Rußland zurückzukehren und ihre Brüder zu retten. Sie nahm alle Verantwortung auf sich. Ihre Mutter war gestorben, ihr Vater war krank. Drei unmündige Geschwister blieben ihr noch. In zahlreichen Eingaben an die russische Botschaft hatte sie erklärt, daß sie bereit sei, nach Rußland zurückzukehren, gäbe man ihr nur die Zusicherung, daß ihre unschuldigen und nur durch

ihre, der Schwester, geheime Handlungen schuldig gewordenen Brüder befreit würden. Uns, das heißt der russischen Polizei, handelte es sich jedenfalls darum, der Frau habhaft zu werden; aber zugleich auch darum, die Botschaft keine offiziellen Zusicherungen geben zu lassen. Das konnte, das durfte auch eine Botschaft nicht. Jene Channa Lea aber ›brauchte‹ man dringend. ›Wir brauchen sie‹, hieß es in den Zuschriften wörtlich.
Bis zu dem Tage, an dem ich Lakatos' Besuch empfangen hatte, war es mir, dem Schurken von Geburt und Natur, dennoch nicht möglich gewesen, diese Menschen zu verderben. Diese Menschen, ich meine das Mädchen und ihren Bruder, waren die einzigen unter all den Russen, die zu verraten meine Aufgabe war, welche noch an den Rest meines menschlichen Gewissens rührten. Wenn ich damals überhaupt noch irgendeine Vorstellung von Todsünde haben konnte, so waren es die beiden Menschen allein, die sie in mir zu wecken imstande waren. Von dem schwachen, sanften Mädchen – wenn es jüdische Engel gibt, dann müssen sie eigentlich so aussehen, in dessen Angesicht die Härte und die Lieblichkeit sich dermaßen vereinigten, daß man deutlich zu sehen vermeinte, die Härte sei eine Schwester der Lieblichkeit –, von diesem schwachen und zugleich kräftigen Mädchen ging eine zauberische Gewalt aus – eine zauberische Gewalt – ich kann es nicht anders sagen. Sie war nicht schön – was man so schön heißt in diesem Leben, wo wir das Verführerische schön nennen. Nein, diese kleine und unansehnliche Jüdin berührte unmittelbar meine Seele, und sogar auch meine Sinne berührte sie; denn wenn ich sie ansah, war es, als hörte ich ein Lied zum Beispiel. Ja, es war, als sähe ich nicht, sondern als hörte ich etwas Schönes, Fremdes, Niegehörtes und dennoch sehr Vertrautes. Manchmal, in stillen Stunden, wenn der lahme Bruder, auf dem Sofarand sitzend, in einem Buch las, das auf einem hohen Sessel vor ihm aufgeschlagen lag, der idyllische Kanarienvogel friedlich trällerte und ein schmaler Streifen guter Frühlingssonne auf den nackten Holzdielen ruhte, saß ich so dem edlen Mädchen gegenüber, betrachtete sie still, ihr blasses, breitgebautes, aber abgehärmtes Angesicht, in dem gleichsam das Leid aller unserer russischen Juden zu lesen war, und war nahe daran, ihr alles zu erzählen. Ich war gewiß nicht der einzige Spitzel, den man zu ihr geschickt hatte, und wer weiß, wie viele meiner Kollegen ich hie und da bei ihr getroffen haben mochte. (Denn wir kannten einander nur selten.) Aber ich bin überzeugt, daß es allen oder

den meisten ebenso erging wie mir. Dieses Kind hatte Waffen, denen wir unterliegen mußten. Es handelte sich darum, sie entweder nach Rußland zu locken, unter der Vorspiegelung, daß ihre Brüder bestimmt freikämen; aber es war natürlich nicht leicht, sie zu täuschen, und jedem anderen Versprechen als dem gezeichneten, vom Botschafter des Zaren gezeichneten, hätte sie niemals getraut. Es hätte aber auch zur Not vielleicht genügt, von ihr die Namen all ihrer Kameraden zu erfahren, die in Rußland verblieben waren. Aber, meine Freunde, ich sagte euch schon, ich sei ein Schuft von Geburt und Natur gewesen. Im Anblick dieses jungen Mädchens nun zerrann meine Schuftigkeit, und ich fühlte manchmal, wie mein Herz weinte, wie es auftaute, wörtlich genommen.

Die Monate vergingen, es wurde Sommer. Ich gedachte, mit Lutetia irgendwohin abzureisen. Eines Tages erschien in meinem Hotel ein weißhaariger, ernst angezogener und sehr feierlicher Mann. Mit seinem dichten silbernen Haupthaar, mit seinem Ehrfurcht heischenden weißen und sauber geströhlten Backenbart, mit seinem schwarzen, feinen Stock aus Ebenholz, dessen silberne, matte Krücke aus dem gleichen Material gemacht zu sein schien wie sein Haupt- und Barthaar, machte er mir den Eindruck eines hohen und makabren Würdenträgers am Hofe des Zaren. So, stellte ich mir vor, mußten die kaiserlichen Hofbeamten aussehn, die in der Sterbestunde und beim Begräbnis eines Zaren ihre Funktionen ausüben. Als ich ihn aber eine längere Weile angesehen hatte, schien er mir plötzlich von irgendwoher bekannt. Sein Gesicht, sein dichtes Haar, sein Backenbart und seine Stimme tauchten empor aus einer längst versunken geglaubten Kindheit. Und auf einmal, nachdem er mir gesagt hatte: ›Es freut mich, Sie nach so langen Jahren wiederzusehen, Herr Golubtschik!‹, wußte ich auch, wer es war. Er mochte uralt sein. Einmal hatte ich seine Stimme hinter einer Tür erlauscht, eine Sekunde lang hatte ich einst im düsteren Hausflur seine silbrige und schwarze Gestalt gesehn. Er war der Leibsekretär des alten Fürsten. Vor Jahren, vor Jahren – wie lang war es her – war er zu meinem Pensionsvater gekommen, um für mich zu bezahlen. Er reichte mir kaum die Hand. Drei kalte, hagere, geradezu steinerne Fingerspitzen fühlte ich für den Bruchteil eines Augenblicks. Ich bat ihn, sich zu setzen. Als wollte er meinem Stuhl nicht zuviel Ehre antun, setzte er sich nur an den alleräußersten Rand, so daß er sich auf seinen Stock zwischen den Knien stützen mußte, um nicht vom Sessel hinunterzugleiten. Zwischen zwei Fingern hielt er seinen feierlichen, schwarzen, steifen Hut. Er ging sofort, wie es im Lateinischen heißt, in medias res. ›Herr Golubtschik!‹ sagte er, ›der junge Fürst ist hier. Der alte Herr dürfte auch auf der Durchfahrt nach dem Süden eine Weile hierbleiben. Sie haben beiden Herrschaften, unberechtigt und sogar auf eine nicht noble Weise – um ein stärkeres Wort zu unterdrücken –, überaus viel zu schaffen gemacht. Sie nennen sich hier Krapotkin. Sie unterhalten gewisse Beziehungen zu einem Fräulein Dingsda. Sie hat auch mehrere Namen. Der junge Fürst ist nun einmal entschlossen, diese Ihre Beziehung nicht zu dulden. Das ist eine Marotte. Aber Nebensache. Der junge Herr ist sehr großzügig. Überlegen Sie kurz, und sagen Sie mir gradheraus: Wieviel verlangen Sie, um ein für allemal aus unserm Gesichtskreis zu verschwinden? Sie haben schon einmal erfahren, wie groß unsere Macht ist. Sie laufen, wenn Sie hartnäckig bleiben, weit mehr Gefahr als jemals eines der Opfer, die von Ihnen verfolgt werden. Ich habe natürlich nichts gegen Ihren Beruf sagen wollen. Er ist, sagen wir, nicht ehrenhaft, aber äußerst notwendig, äußerst notwendig – im Staatsinteresse, versteht sich. Unser Vaterland braucht gewiß Ihresgleichen. Aber der Familie, die ich seit vierzig Jahren schon hie und da zu vertreten die Ehre hatte, sind Sie einfach unangenehm. Die Familie Krapotkin ist bereit, Ihnen zu einer neuen Existenz in Amerika, aber auch in Rußland zu verhelfen. Also, überlegen Sie, wieviel brauchen Sie?‹ – Und bei diesen Worten zog der silberhaarige Mann seine schwere goldene Uhr aus der Tasche. Er behielt sie in der Hand, etwa wie ein Arzt, der den Puls seines Patienten fühlt. – Ich dachte nach. Ich dachte wirklich nach. Es schien mir aussichtslos, vor diesem Mann, vor mir selbst noch Ausflüchte zu machen und mir überflüssige und höchst lächerliche, nichtsnutzige Atempausen einzureden. Seine Uhr tickte unermüdlich. Die Zeit verrann. Wie lange würde er noch warten?

Ich hatte keinen Entschluß gefaßt. Aber der gute Geist, der uns nie verläßt, auch nicht, wenn wir Schufte von Geburt und Natur sind, gab mir plötzlich die Erinnerung an Channa Lea ein. Und ich sagte: ›Geld brauche ich nicht. Ich brauche eine Protektion des Fürsten. Wenn er mächtig ist, wie Sie sagen, wird er sie mir verschaffen können. Kann ich ihn sehen?‹

›Sofort!‹ sagte der Silberhaarige, steckte die Uhr ein und erhob sich. ›Kommen Sie mit mir!‹

Die Pariser Privatkalesche des Fürsten Krapotkin – des echten – wartete vor dem Hotel. Wir fuhren. Wir fuhren vor die Privatwohnung des Fürsten. Es war eine Villa im Bois de Boulogne, und in dem Lakaien, der einen Backenbart trug wie der Leibsekretär, glaubte ich einen jener Diener zu erkennen, die ich vor langen, langen Jahren in der Odessaer Sommerresidenz des alten Fürsten gesehen hatte.
Ich wurde angemeldet. Der Sekretär ging vor. Ich wartete eine lange halbe Stunde mindestens. Ich saß, bekümmert und verdrückt, unten im Vorzimmer, wie ich einst im Vorzimmer des alten Fürsten gesessen hatte. Noch weniger war ich gleichsam als der Golubtschik von damals. Damals hatte die Welt noch vor mir offengestanden, und heute war ich ein Golubtschik, der die Welt bereits verloren hatte. Aber ich wußte es ja. Und es machte mir dennoch wenig aus. Ich mußte mich nur zwingen, an Channa Lea Rifkin zu denken, und es machte mir gar nichts mehr aus.
Ich kam endlich ins Zimmer des jungen Fürsten. Er sah noch genauso aus wie damals, als ich ihn durch den Spalt in der Wand im Chambre séparée mit Lutetia beobachtet hatte. Ja, er sah noch genauso aus; wie soll ich ihn euch beschreiben, ihr kennt den Typ: ein nobler und verbrauchter Windbeutel. Er sah einem Stück abgebrauchter Seife nicht unähnlich, so blaß und fade war seine Haut. Er sah aus wie ein Stückchen verbrauchter gelber Seife mit einem dünnen schwarzen Schnurrbart. Ich haßte ihn, wie ich ihn seit eh und je gehaßt hatte.
Er ging kreuz und quer durch sein Zimmer, und als ich eintrat, blieb er auch nicht einen Augenblick stehen. Er ging weiter herum, als hätte der Silberhaarige nicht mich, sondern eine Puppe mitgebracht. Er wandte sich auch nicht an mich, sondern an ihn und fragte: ›Wieviel?‹
›Ich selbst möchte mit Ihnen verhandeln‹, sagte ich.
›Ich möchte es nicht‹, erwiderte er, hielt nicht im Herumwandern inne und sah den Sekretär an. ›Verhandeln Sie mit ihm!‹
›Ich brauche kein Geld‹, sagte ich. ›Wenn Sie wirklich so mächtig sind, wie Sie sagen, so können Sie alles von mir haben, wenn Sie zwei Männer von der Katorga befreien und ein Mädchen vor Strafe. Und sofort. Wenn Sie innerhalb einer Woche die beiden befreien!‹
›Ja!‹ sagte der Sekretär. ›Bis dahin aber halten Sie sich möglichst verborgen. Geben Sie mir die Daten!‹
Ich gab ihm die Daten der Gebrüder Rifkin. In ein paar Tagen sollte ich Auskunft haben.

Ich wartete ein paar Tage. Ich wartete, ich muß sagen, in großer Ungeduld, sozusagen in einer moralischen Ungeduld. Ich sagte: eine moralische Ungeduld, denn es überfiel mich damals die Sehnsucht nach der Reue, und ich glaubte, gerade damals wäre der Augenblick gekommen, in dem ich mit einer einzigen sogenannten guten Tat mein ganzes schurkisches Leben wettmachen könnte.

Ich wartete. Ich wartete.

Endlich erhielt ich eine Einladung, mich in der Privatwohnung des Fürsten einzufinden.

Der alte, würdige Sekretär empfing mich sitzend. Er machte eine einladende Handbewegung, aber eine nur sehr flüchtige, aber er sagte nicht etwa, ich möchte mich setzen, sondern als verscheuchte er mich vielmehr, wie man eine Fliege verscheucht.

Aus Trotz setzte ich mich aber und schlug ein Bein über das andere. Aus Trotz sagte ich auch: ›Wo ist der Fürst?‹

›Für Sie nicht zu Hause‹, sagte der Alte milde. ›Der Fürst kann sich überhaupt nicht um politische Dinge kümmern, so läßt er Ihnen sagen. In schmutzige Sachen läßt er sich nicht ein. Er will auch mit Ihnen keine Tauschgeschäfte machen. Sie wären überdies imstande, ihn anzuzeigen, wie Sie es schon einmal getan haben, und ihn als den Beschützer unserer Staatsfeinde hinzustellen. Sie begreifen. Wir können Ihnen nur Geld anbieten. Wenn Sie es nicht annehmen, haben wir Mittel, Sie auf eine andere Weise aus Paris wegzuschaffen. Gar so unentbehrlich dürften Sie unserm Staat nicht sein. Es gibt sicherlich andere, die ebensoviel oder gar mehr leisten.‹

›Ich werde kein Geld nehmen‹, erwiderte ich, ›und ich werde bleiben.‹

Ich dachte dabei an meinen sympathischen Vorgesetzten Solowejczyk. Ihm wollte ich alles ganz genau erklären. Ihm wollte ich vertrauen. Ich hatte dabei vollkommen vergessen, welchen toten Blick Solowejczyk mir das letztemal gezeigt hatte. Ich bildete mir ein, Solowejczyk hielte zu mir, ja, er liebte mich.

Ich beschloß auch, sofort zu ihm zu gehen.

Ich erhob mich und sagte feierlich (heute kommt es mir lächerlich vor): ›Ein echter Krapotkin‹, ich betonte das Wort ›echter‹, ›nimmt keine Abfindungssumme. Ein falscher bietet sie an.‹

Ich erwartete eine Geste, ein Wort der Empörung aus dem Munde des Alten. Aber er rührte sich nicht. Er sah mich nicht einmal an. Er sah nur auf die glatte schwarze Tischplatte, als lägen dort Papiere, als läse

er im Holz und als stünde im Holz der Satz geschrieben, den er ein paar Sekunden später äußerte.
›Gehn Sie‹, sagte er, ohne den Blick, geschweige denn sich selbst zu erheben, ›und tun Sie, was Ihnen bekömmlich ist.‹
Das Wort ›bekömmlich‹ machte mich erröten.
Ich ging, ohne Gruß. Es regnete, und ich befahl dem Portier, mir einen Wagen zu holen. Noch kam ich mir wie ein Fürst vor, während ich bereits wußte, daß ich wieder der Golubtschik war; höchstens noch ein paar Tage konnte ich Krapotkin sein.
Aber ich war froh, meine Freunde, trotzdem, daß ich in ein paar Tagen meine alte Existenz und meinen mir gebührenden Namen wiederfinden würde. Glaubt mir, ich war froh. Und wenn mich etwas damals betrübte, so war es der Umstand, daß ich der Jüdin Rifkin nicht hatte helfen können. Hatte ich doch gedacht, es gäbe eine Gelegenheit, alles Böse wettzumachen, das ich begangen hatte. – Nun! – So hatte ich wenigstens meine eigene Existenz gerettet, vielleicht auch ein bißchen gereinigt.
Ich war froh.

Als ich ins Hotel kam – es war schon ziemlich spät, und einzelne Lämpchen brannten schon in der Halle –, sagte man mir, ein Herr erwarte mich im Schreibzimmer.
Ich dachte, es sei Lakatos, und ging, ohne etwas zu sagen, ins Schreibzimmer. Aus dem breiten Sessel hinter einem der Schreibtische erhob sich aber keineswegs mein Freund Lakatos, sondern, zu meiner Verwunderung, der mondäne Schneider, der Schöpfer der ›Kreationen‹.
Es herrschte im Schreibzimmer eine Art Halbdunkel, das noch verstärkt wurde durch die grün beschirmten Lichter an den anderen Schreibtischen, statt durch sie geschwächt zu werden. Die Lämpchen kamen mir vor wie beleuchtete Giftfläschchen.
In diesem sonderbaren Licht erschien mir das breite, fahle Gesicht des Schneiders etwa wie ein Teig im Ofen, ein Teig, der aufquillt. Ja, je näher er mir kam, desto größer wurde sein breiiges Angesicht, größer und breiter selbst im Verhältnis zu seinen übermäßig weiten, weibischen, flatternden Kleidern. Er verbeugte sich vor mir, und es war, als verneigte sich vor mir eine Art quadratischer Kugel. Ich war nicht mehr geneigt zu glauben, daß der Schneider ein leibhaftiger, wirklicher Mensch sei.

›Fürst‹, sagte er, indem er seinen vierschrötigen und zugleich kugeligen Oberkörper wieder mühsam erhob, ›darf ich eine Kleinigkeit mit Ihnen besprechen?‹
Es kam mir lächerlich vor, daß man mich immer noch ›Fürst‹ nannte, aber es beruhigte mich dennoch. Ich bat den mondänen Mann zu sagen, was er auf dem Herzen hätte.
›Eine Kleinigkeit, Fürst‹, versicherte er, ›eine Lächerlichkeit‹, und dabei zog seine rundliche, teigige Hand einen vollendeten Bogen in der Luft. – ›Es handelt sich um eine kleine Schuld. Es ist mir sehr peinlich, ja sogar zuwider. Es handelt sich um die Kleider Fräulein Lutetias.‹
›Was für Kleider?‹ fragte ich.
›Es ist schon zwei Monate her‹, sagte der Herr Charron. ›Fräulein Lutetia ist eine besondere Person, Frau, Dame, wollte ich sagen. Es ist manchmal schwer, mit ihr auszukommen. Sie ist, ich muß sagen, eine wirkliche Dame, nicht wie die anderen. Obwohl die Tochter eines meiner gewöhnlichen, was sag' ich, eines meiner allergewöhnlichsten Kollegen, hat sie (mit Recht) Ansprüche wie eine Dame aus den Kreisen unserer vornehmsten Kundschaft. Ich muß gestehen, Fürst, ich muß gestehen, ich habe ihr, das heißt Fräulein Lutetia, drei meiner besten Modellkleider verkauft, die sie selbst vorgeführt hatte. Auch wäre ich nicht gekommen, um zu stören, wenn ich nicht gerade gewisse akute Schwierigkeiten im Augenblick zu überwinden hätte.‹
›Wieviel?‹ fragte ich, wie ein echter Fürst.
›Achttausend!‹ sagte Charron prompt.
›Gut!‹ sagte ich, wie ein echter Fürst. Und ich entließ ihn.
Nachdem er gegangen war, fuhr ich sofort zu Lutetia. Achttausend Francs, um jene Zeit, meine Freunde –– es war keine Kleinigkeit für mich, einen armen, armseligen Spitzel. Gewiß hätte ich auch vielleicht gar nichts tun dürfen. Aber, liebte ich nicht immer noch? War ich nicht immer noch gefangen?
Ich ging zu Lutetia. Sie saß am gedeckten Abendtisch und erwartete mich wie gewöhnlich – auch an den Abenden, an denen ich nicht kommen konnte –, wie es sich für eine sogenannte ›ausgehaltene Frau‹ gehört.
Ich gab ihr den üblichen Kuß, zu dem man sozusagen verpflichtet ist gegenüber einer Frau, die man erhält. Es war ein Pflichtkuß, wie ihn große Herren verabreichen.
Ich aß, ohne Appetit, und ich muß gestehen, ich sah mit einiger Miß-

gunst, trotz all meiner Verliebtheit, den gesunden Appetit Lutetias. Ich war damals niedrig genug, an die achttausend Francs zu denken. Vieles kam noch zusammen. Ich dachte an mich selbst, an den echten Golubtschik. Ein paar Stunden früher war ich froh gewesen, wieder ein wahrer Golubtschik zu sein. Jetzt aber, mit Lutetia am selben Tisch, erfüllte mich Bitterkeit darüber, daß ich ein wahrer Golubtschik sein sollte. Zugleich aber war ich doch noch irgendwo ein Krapotkin, und ich hatte achttausend Francs zu bezahlen. Als ein Krapotkin hatte ich sie zu bezahlen. Auf einmal erbitterte mich, der ich niemals gezählt und gerechnet hatte, die Höhe der Summe. Es gibt, meine Freunde, bestimmte Augenblicke, in denen das Geld, das man zu zahlen hat, für eine Leidenschaft, beinahe so wichtig erscheint wie die Leidenschaft selbst und ihr Gegenstand. Ich dachte nicht daran, daß ich Lutetia, die Geliebte meines Herzens, mit schändlichen und schurkischen Lügen erworben hatte und behalten, sondern ich machte es ihr zum Vorwurf, daß sie meinen Lügen glaubte und von ihnen lebte. Ein unbekannter, fremder Zorn stieg in mir hoch. Ich liebte Lutetia. Aber ich zürnte ihr. Bald schien es mir, noch während wir aßen, sie allein sei schuld an meiner Schuld. Ich suchte, forschte, ich grub gleichsam nach Fehlern in ihr. Ich fand, daß es einem Betrug glich, wenn sie mir nichts von den Kleidern erzählt hatte.

Deshalb sagte ich langsam, während ich ebenso langsam die Serviette zusammenfaltete: ›Herr Charron war heute bei mir!‹

›Schwein!‹ sagte Lutetia nur.

›Warum?‹ fragte ich.

›Altes Schwein‹, sagte Lutetia.

›Warum?‹ wiederholte ich.

›Ach, was weißt du!‹ sagte Lutetia.

›Ich soll achttausend Francs für dich bezahlen‹, sagte ich, ›warum hast du's nicht gesagt?‹

›Ich muß dir nicht alles sagen‹, erwiderte sie.

›Doch, alles!‹ sagte ich.

›Nicht Kleinigkeiten!‹ sagte Lutetia. Sie stützte die gefalteten Hände unter das Kinn und sah mich an, kampfsüchtig und beinahe böse. ›Nicht alles!‹ wiederholte sie.

›Weshalb nicht?‹ fragte ich.

›So!‹

›Was heißt: so?‹

›Ich bin eine Frau!‹ sagte sie.
Welch ein Argument! dachte ich, und ich nahm mich zusammen, wie man sagt, und sagte:
›Ich habe nie daran gezweifelt, daß du eine Frau bist!‹
›Du hast es aber nie verstanden!‹ sagte sie.
›Sprechen wir praktisch und sachlich‹, sagte ich, immer noch ruhig, ›warum hast du mir nichts von den Kleidern gesagt?‹
›Kleinigkeit!‹ erwiderte sie, ›was kosten sie schon?‹
›Achttausend!‹ sagte ich. – Dabei fürchtete ich – obwohl ich bereits entschlossen gewesen war, ein einfacher Golubtschik zu sein –, ich hätte nicht so gesprochen, wie ein Fürst Krapotkin in der gleichen Lage gesprochen hätte.
›Kleinigkeit!‹ sagte sie. ›Ich bin eine Frau. Ich brauche Kleider!‹
›Warum sagst du mir nichts vorher?‹
›Ich bin eine Frau!‹
›Das weiß ich!‹
›Das weißt du nicht! Sonst würdest du darüber kein Wort verlieren.‹
›Du hättest mir den Besuch Charrons ersparen können‹, sagte ich, ›ich mag es nicht. Ich will keinerlei Überraschungen!‹ Ich redete immer noch so daher wie ein Fürst -- indessen beschäftigten mich die achttausend Francs.
›Willst du noch weiter mit mir streiten?‹ fragte Lutetia. Und schon entzündete sich in ihren schönen, aber seelenlosen Augen, die mir damals wie Glasmurmeln erschienen, jenes zornige Feuerchen, das ihr wahrscheinlich schon alle, ihr, meine Freunde, in den Augen eurer Frauen gemerkt haben werdet – in bestimmten Stunden. Wenn Feuer ein Geschlecht hat, ich glaube es, es gibt ein ganz gewisses weibliches Feuer. Es hat keinen Grund, keine ersichtliche Ursache. Ich habe den Verdacht: es glimmt immer in den Seelen der Frauen, und manchmal lodert es auf und brennt in den Augen der Frauen: ein gutes und gleichzeitig ein böses Feuerchen. Wie man's ansieht. Ich habe jedenfalls Angst davor.
Lutetia erhob sich, warf die Serviette hin, mit jener wollüstigen Heftigkeit, mit der die Frauen so oft spielen und die ebensooft sehr echt ist, und sagte noch einmal:
›Ich lass' mir das nicht mehr gefallen! Ich hab' genug!‹ Und als hätte sie es nicht schon ein paarmal gesagt, wiederholte sie: ›Du wirst das nie verstehen! – Ich bin eine Frau!‹

Auch ich erhob mich. – Ich dachte, unerfahren, wie ich damals war, man könne durch eine zärtliche Berührung eine Frau besänftigen und versöhnen. Das Gegenteil, meine Lieben, das Gegenteil ist der Fall! Kaum hatte ich einen Arm voller Zärtlichkeit ausgestreckt, da schlug mich die süße Lutetia, die Geliebte meines Herzens, mit beiden Fäusten ins Gesicht. Zugleich stampfte sie mit beiden Füßen – eine seltsame Eigenschaft, die wir nicht haben, wir Männer, wenn wir schlagen –, und sie schrie dabei: ›Zahlen wirst du, zahlen, morgen, morgen vormittag, ich verlange es!‹

Wie hätte sich da Fürst Krapotkin benommen? – meine Freunde. Wahrscheinlich hätte er gesagt: Natürlich! – und er wäre fortgegangen. Ich aber, ich war eben ein Golubtschik, und also sagte ich: ›Nein!‹ und blieb.

Auf einmal lachte Lutetia hell auf, so ein Lachen, wißt ihr, das man ein ›Theaterlachen‹ nennt, das aber gar kein Theaterlachen ist. Die Frauen auf der Bühne nämlich machen es einfach nur den Frauen im Leben, sich selber, nach. Wo hört das sogenannte Leben auf, und wo fängt das sogenannte Theater an?

Sie lachte also, die Geliebte meines Herzens. Es dauerte eine geraume Weile. Schließlich hat alles ein Ende, wie ihr wißt, meine Freunde. Nachdem Lutetia zu Ende gelacht hatte, sagte sie, plötzlich ganz ernst, beinahe tragisch und mit leiser Stimme: ›Wenn du nicht zahlst, wird dein Cousin zahlen.‹

Es erschreckte mich, was Lutetia gesagt hatte, ja, es erschreckte mich, obwohl ich doch vor nichts mehr zu erschrecken hatte. Wenn mein sogenannter Bruder schon bei Lutetia gewesen war, so konnte es ihr doch nicht lange mehr verborgen bleiben, wer ich wirklich sei. Und warum – so fragte ich mich – hätte es ihr auch verborgen bleiben sollen? Hatte ich nicht eben erst, bevor ich hierhergekommen war, gewünscht, meine schrecklichen Verkleidungen abzulegen und einfach der einfache Golubtschik zu sein?

Weshalb tat es mir jetzt wieder leid, meine so verwirrende und verworrene Existenz aufzugeben? Liebte ich Lutetia in diesem Maße? Genügte ihr Anblick allein, um alle meine Entschlüsse umzuwerfen? Gefiel sie mir denn eigentlich, gerade jetzt in dieser Stunde? Sah ich nicht, wie sie log, sah ich nicht, daß sie käuflich war? Ja, ich sah alles, und ich verachtete sie auch dafür. Und vielleicht, wäre es nicht mein sogenannter Bruder gewesen, der mir wieder, gerade hier wieder den Weg ver-

trat, ich hätte sie verlassen. Ich war edelmütig gegen ihn gewesen, ich hatte sein Geld zurückgewiesen -- und siehe da: jetzt trat mir der elende Mächtige wieder entgegen.
Freilich konnte ich diese unermeßlich hohe Summe nicht aufbringen, nicht einmal ein Drittel. Was hätte ich alles tun müssen, um auf einen Schlag auch nur dreitausend Francs zu bekommen und mit Abzahlungen wenigstens zu beginnen? Und konnte ich, selbst wenn ich bezahlte, es überhaupt verhindern, daß Lutetia erfuhr, wer ich wirklich war? Wenn ich nur Geld hätte, dachte ich damals in meiner Verblendung, ich würde ihr sagen, wer ich wirklich bin, und daß ich ihretwegen die allerschlimmsten meiner Schurkereien begehe, und auch ein Golubtschik kann einen Krapotkin bei jeder Frau wettmachen. So dachte ich. Obwohl ich sah, daß sie log und ein Wesen ohne Gewissen war, traute ich ihr doch den Edelmut zu, meine Aufrichtigkeit nicht nur vertragen, sondern auch schätzen zu können. Ich glaubte sogar, daß Aufrichtigkeit sie rühren könnte. Die Frauen – und, um gerecht zu sein, auch die Männer – aber lieben vielleicht von vornherein aufrichtige Menschen; jedoch aufrichtige Geständnisse von Lügnern und Verstellern hören sie nicht gern.
Um aber in meiner Erzählung fortzufahren: Ich fragte Lutetia, ob sie meinen Cousin schon gesehen habe. Nein! sagte sie, er hätte ihr nur geschrieben; aber sie erwarte über kurz oder lang seinen Besuch, wahrscheinlich im Atelier des Schneiders. ›Du wirst ihn sofort abweisen!‹ sagte ich. ›Ich liebe das nicht!‹ – ›Es ist mir ganz gleichgültig, was du liebst oder nicht! Überhaupt, ich hab' dich satt!‹ – ›Liebst du ihn denn?‹ fragte ich, ohne sie anzusehen. – Ich war so töricht zu glauben, daß sie mir ja oder nein antworten könnte. Aber sie sagte: ›Und wenn ich ihn zum Beispiel liebte? – Was dann?‹ – ›Hüte dich!‹ sagte ich. ›Du weißt nicht, wer ich bin, wozu ich imstande bin.‹ – ›Zu nichts!‹ erwiderte sie, trat an den Käfig des abscheulichen Papageis und begann, seine karmesinrote Kehle zu kitzeln. Im nächsten Augenblick knarrte er auch schon dreimal hintereinander: ›Krapotkin, Krapotkin, Krapotkin.‹ Lutetia hatte ihn so abgerichtet. Es war, als wüßte sie eigentlich schon alles über mich und als wollte sie es nur durch den Papagei sagen lassen.
Ich ließ den Papagei aussprechen, aus Höflichkeit, als wäre er ein Mensch. Dann sagte ich: ›Du wirst sehen, wozu ich fähig bin!‹ – ›So zeig's doch!‹ sagte sie. Sie geriet plötzlich in Zorn, oder sie tat so, als

sei sie in Zorn geraten. Es schien mir, daß ihre Haare auf einmal zu wehen begannen, und es war doch kein Wind im Zimmer! Zugleich sträubten sich auch die Federn des Papageis. Sie ergriff die metallene Schaukel, auf der der gräßliche Vogel zu hocken pflegte, sobald er seinen Käfig verlassen hatte, und schlug blind auf mich ein. Die Schläge spürte ich wohl, sie schmerzten mich auch, obwohl ich sehr kräftig bin. Allein weit stärker als die Schläge war die Überraschung, die wohlvertraute Frau, die Geliebte meines Herzens, in eine Art wohl überlegenden, parfümierten Orkan verwandelt zu sehen, einen verlokkenden Orkan, der mich dennoch reizte, zum Versuch einer Bändigung reizte. Ich griff nach den Armen Lutetias, sie schrie vor Schmerz auf, der Vogel krächzte schrill, als riefe er Nachbarn gegen mich zu Hilfe, Lutetia taumelte, entfärbte sich und sank auf den Teppich. Sie riß mich nicht etwa mit, dazu bin ich freilich zu schwer. Aber ich ließ mich fallen. Sie umfing mich mit den Armen. So blieben wir vereint, lange Stunden, in einem seligen Haß.

Ich erhob mich, es war noch tiefe Nacht, aber ich fühlte schon den Morgen kommen. Ich ließ Lutetia liegen. Ich dachte, sie schliefe. Sie aber sagte mit einer zärtlichen, lieblichen Kinderstimme: ›Komm morgen bestimmt ins Atelier! Bewahr mich vor deinem Cousin. Ich kann ihn nicht leiden! Ich liebe dich!‹

Ich ging nach Hause, durch die stille, allmählich verbleichende Nacht. Ich ging vorsichtig, denn ich erwartete, jeden Augenblick irgendwo Lakatos zu treffen.

Mir war es auch, als hörte ich von Zeit zu Zeit einen sachten, schleifenden Schritt. Obwohl ich meinen Freund fürchtete, glaubte ich doch, ihn in dieser Nacht noch dringend zu brauchen. Ich bedurfte, so glaubte ich, seines Rates. Und ich wußte doch, daß es ein höllischer Rat sein mußte.

Am nächsten Tage, bevor ich zum Schneider, das heißt, eigentlich zu Lutetia ging, trank ich ausgiebig. Während ich mich also betäubte, glaubte ich, ich würde immer klarer und schmiedete immer klügere Pläne.

Der Schneider begrüßte mich begeistert. Die Gläubiger – auf den ersten Blick zu erkennen an dem düstern Lächeln und dem beredten Schweigen – warteten auf ihn im Vorzimmer.

Ich wußte nicht genau, was ich sprach. Ich wollte Lutetia sehen. In ihrer Garderobe stand sie, zwischen drei Spiegeln, man probierte verschiedene Stoffe an ihr herum, hüllte sie ein und entblößte sie wieder, und es sah aus, als wollte man sie mit hundert Nadeln langsam und elegant zu Tode martern.

›Ist er dagewesen?‹ fragte ich, hinweg über die öligen Haare der drei Jünglinge, die mit den Stoffen und Nadeln hantierten.

›Nein! Nur Blumen hat er geschickt!‹

Ich wollte noch etwas sagen, aber erstens war mir die Kehle zugeschnürt, und zweitens gebot mir Lutetia hinauszugehen. ›Heute abend!‹ sagte sie.

Der Herr Charron erwartete mich schon vor der Tür. ›Heute nachmittag bestimmt!‹ sagte ich, um nichts mehr mit ihm sprechen zu müssen, obwohl ich noch gar keine feste Hoffnung hatte, daß mir Solowejczyk das Geld geben würde.

Ich ging schnell hinaus und fuhr zu Solowejczyk.

Ich wußte wohl, daß er um jene Stunde selten anzutreffen war. Sein Zimmer hatte zwei Vorzimmer, und zwar an den entgegengesetzten Seiten je eins. Die Vorzimmer hingen so gleichsam an der Kanzlei wie zwei Ohren an einem Kopf. Das eine Vorzimmer war durch eine weiße Tür mit vergoldeten Leisten abgeschlossen. Das andere, an der gegenüberliegenden Seite, durch eine schwere grüne Portiere abgedichtet. In dem erstgenannten Vorzimmer pflegten die Ahnungslosen zu warten, jene, die nichts von den wirklichen Funktionen Solowejczyks ahnten. Im zweiten aber warteten wir, die Eingeweihten. Ich kannte nicht alle, nur einige. Durch die Portiere konnten wir alles hören, was Solowejczyk mit den Ahnungslosen besprach. Es handelte sich um lächerliche Angelegenheiten: Aus- und Einfuhr von Getreide, besondere Bewilligungen für Hopfenkommissionäre in der Saison, Verlängerung von Reisepässen für Kranke, Empfehlungen für Händler an fremde Regierungen. Uns, die Eingeweihten, interessierten alle diese Dinge nicht, aber unsere Ohren, zum Lauschen bestimmt, nahmen alles auf. Wir hätten leicht miteinander ins Gespräch geraten können, während wir so warteten, aber keiner von uns vermochte etwas über den Horchzwang, den unsere Berufsohren auf uns ausübten, und also vermieden wir Unterhaltungen, die uns nur am Lauschen gehindert hätten. Auch mißtrauten wir uns gegenseitig, ja, wir verabscheuten uns sogar. Sobald Solowejczyk die Ahnungslosen abgefertigt hatte,

schlug er die grüne Portiere zurück, warf einen Blick in unser Vorzimmer und rief, je nach der Wichtigkeit der Person und des Falles, einen von uns zuerst zu sich. In diesem Augenblick mußten die andern ›Eingeweihten‹ hinaus und über den Hof in das andere Vorzimmer, in jenes durch die Tür getrennte, durch die man nichts hören konnte.
Solowejczyk kam an jenem Nachmittag spät, aber die Ahnungslosen – mit denen er übrigens laut zu sprechen, ja oft sogar zu schreien pflegte – fertigte er damals in ganz kurzer Zeit ab – und wir waren unser etwa sechs, die auf ihn warteten. Mich rief er zuerst.
›Sie haben getrunken?‹ sagte er. ›Setzen Sie sich!‹
Freundlich, wie er noch nie zu mir gewesen war, reichte er mir sogar eine Zigarette aus seiner großen, schweren Dose aus Tulasilber.
Ich hatte mir den Anfang meiner Rede wohl zurechtgelegt, aber seine Freundlichkeit betäubte mich gewissermaßen, und ich wußte nichts mehr.
›Ich habe nichts Besonderes zu melden!‹ sagte ich. ›Ich habe nur eine Bitte: ich brauche Geld!‹
›Freilich‹, sagte Solowejczyk. ›Der Fürst ist hier.‹ Er blies ein paar Rauchwölkchen in die Luft. ›Junger Mann‹, begann er, ›Sie werden diese Konkurrenz nicht auf die Dauer aushalten. Sie werden elend zugrunde gehn.‹ Er zerhackte, zerlegte das Wort ›elend‹. Es war ein ewiges, ein uferloses ›elend‹. ›Sie sind‹, fuhr er fort, ›ein Mensch, über den selbst ich‹ – und zum erstenmal merkte ich an ihm eine Art Eitelkeit – ›selbst ich‹, wiederholte er, ›mir noch nicht ganz klar bin. Sie haben kein Geld nehmen wollen. Sie wollen die Rifkins auslösen. Aber: Sie sind begabt, gewiß. Sie sind nicht vollkommen. Wie soll ich sagen, Sie sind noch ein Mensch. Sie sind schon ein Schurke – verzeihen Sie das Wort, in meinem Munde ist es nicht persönlich, es ist sozusagen literarisch. Sie haben noch Leidenschaften. Entscheiden Sie sich.‹
›Ich habe mich entschieden‹, sagte ich.
›Sagen Sie aufrichtig‹, fragte Solowejczyk, ›wollten Sie eigentlich dem Fürsten eine Falle stellen, indem Sie ihn veranlaßten, sich für die Rifkins einzusetzen?‹
›Ja‹, sagte ich, obwohl es nicht wahr war, wie ihr wißt.
›So‹, sagte Solowejczyk, ›dann sind Sie eben doch vollkommen. Es hätte Ihnen nichts genützt. Der Fürst läßt sich nie darauf ein. Aber dann können Sie auch das Geld haben. Sie bringen also die kleine Rifkin nach Rußland.‹

›Wie denn?‹ fragte ich. ›Die Leute sind mißtrauisch.‹
›Wie, das ist Ihre Sache‹, sagte Solowejczyk. ›Sie werden fälschen.‹
Ich drückte die Zigarette in dem schweren, schwarzen, achatnen Aschenbecher aus.
›Ich weiß nicht, wie man fälscht‹, sagte ich, hilflos, ein Kind.
Ach, meine Freunde! Vor meinen Augen stand damals das edle Mädchen Rifkin. Vor meinen Augen stand damals auch die Geliebte meines Herzens, Lutetia. Vor meinen Augen stand damals der Feind meines Lebens, der junge Krapotkin. Vor meinen Augen hinkte plötzlich Lakatos daher, mit schleifendem Fuß. Alle, alle, so schien es mir, beherrschten mein Leben. Was war es nur? War es noch mein eigenes Leben? Gegen alle vier erfüllte mich eine jähe Empörung. Eine gleich große Empörung, meine lieben Freunde, obwohl ich genau wußte, wie zwischen ihnen zu unterscheiden, obwohl ich genau wußte, daß ich eigentlich das edle Mädchen Rifkin liebte, daß ich Lutetia begehrte und geringschätzte und nur deshalb begehrte, weil ich über Krapotkin einen kleinen, billigen, elenden Triumph davontragen wollte, und daß ich Lakatos fürchtete als den leibhaftigen Abgesandten des Teufels, der mir, mir besonders, einen kleinen Sonderteufel zugedacht hatte. Es erfüllte mich auf einmal eine unsägliche und beseligende Begierde, stärker zu sein als sie alle, gleichsam stärker zu sein als meine eigenen Gefühle, die ich ihnen allen entgegenbrachte; stärker zu sein als meine wirkliche Liebe zu dem edlen Mädchen Rifkin; stärker als mein Haß gegen Krapotkin; stärker als meine Gier nach Lutetia; stärker als meine Furcht vor Lakatos. – Ja, stärker als ich selbst wollte ich sein, meine Lieben: das heißt es eigentlich.
Ich stürzte mich in das größte Verbrechen meines Lebens. Ich wußte aber noch nicht, wie man es begeht, am sichersten begeht, und ich fragte noch einmal zaghaft: ›Ich weiß nicht, wie man fälscht.‹
Solowejczyk sah mich mit seinen toten, blaßgrauen Augen an und sagte: ›Ihr alter Freund wird Ihnen vielleicht raten. Gehen Sie hier hinaus.‹ – Und er wies nicht auf die Tür hin, sondern auf die Portiere, durch die ich hereingekommen war.

Es ist gewiß, meine Freunde: das Schicksal lenkt unsere Wege, eine billige Erkenntnis, alt wie das Schicksal selbst. Wir sehen es zuweilen. Meist wollen wir es gar nicht sehen. Auch ich gehörte zu jenen, die es nicht gerne sehen wollten, und allzuoft schloß ich sogar krampfhaft die

Augen, um es nicht zu sehen, so wie ein Kind in der Finsternis die Augen schließt, um sich vor der Finsternis ringsum nicht zu fürchten. Mich aber – vielleicht war ich verflucht, vielleicht auserwählt, wie man will – zwang das Schicksal auf Schritt und Tritt in allzu offensichtlicher, fast schon banaler Weise, die Augen wieder zu öffnen.
Als ich die Botschaft verließ – sie lag in einer der vornehmsten Straßen, wie ihr wissen werdet, neben mehreren anderen Botschaftspalästen –, spähte ich nach einem Bistro aus. Denn ich gehöre zu den zahlreichen Menschen, die nicht im Gehen, sondern beim Sitzen und nur vor einem Glase einigermaßen Klarheit gewinnen können. Ich spähte also nach einem Bistro aus, es gab erst etwa vierzig Schritte weiter rechts eines, es war ein sogenanntes ›Tabac‹, – und nicht mehr als zwanzig Schritte entfernt ein anderes. Ich wollte nicht ins Tabac, ich wollte ins andere. Ich ging also weiter. Als ich aber vor dem anderen stand, kehrte ich aus einem mir ganz und gar nicht mehr erklärlichen Grunde wieder um und ging ins Tabac zurück. Ich setzte mich an einen der winzigen Tische in der rückwärtigen Abteilung des Ladens. Durch die Glastür, die das Büfett von mir trennte, sah ich die Zigarettenkäufer kommen und gehen. Ich saß dieser Glastür zugewandt, ich hatte gar nicht bemerkt, daß sich hinter meinem Rücken noch eine andere Tür befand, eine gewöhnliche hölzerne. Ich bestellte einen Marc de Bourgogne und beschloß nachzudenken.
›Da sind Sie, alter Freund‹, hörte ich hinter meinem Rücken. Ich wandte mich um. Ihr werdet erraten, wer es war, meine Freunde! Es war mein Freund Lakatos.
Ich gab ihm nur zwei Finger, aber er drückte sie so, als wär's meine ganze Hand.
Er setzte sich auch sofort, er war heiter, aufgeräumt, seine weißen Zähne blitzten, sein schwarzes Bärtchen schimmerte bläulich, den Strohhut schob er seitlich auf das linke Ohr. Es fiel mir auf, daß er heute kein Stöckchen trug, zum erstenmal sah ich ihn ohne Stock. Noch auffallender war seine Aktentasche, eine Tasche aus rotem Saffianleder.
›Gute Nachricht!‹ sagte er und wies auf die Aktentasche. ›Die Prämien sind erhöht.‹
›Was für Prämien?‹
›Prämien für Staatsfeinde‹, sagte er, als handelte es sich um Prämien für Schnelläufer und Radfahrer – wie es um jene Zeit üblich war.

›Ich komme soeben von Herrn Charron‹, fuhr Lakatos fort, ›er erwartet Sie.‹
›Er mag warten!‹ sagte ich. Aber ich war unruhig.
Während Lakatos sein Gebäck in den Kaffee tauchte – ich erinnere mich noch genau, es war ein Kipfel, croissant, wie man es nennt –, warf er so nebenbei hin: ›Apropos, Sie haben ja hier Freunde, die Rifkins.‹
›Ja‹, sagte ich schamlos.
›Ich weiß‹, sagte Lakatos, ›das Fräulein muß nach Rußland. Schwer, schwer, solch einen braven Menschen auszuliefern.‹ – Er schwieg, tauchte wieder den Kipfel in den Kaffee und sagte, indem er den aufgeweichten Teig schlürfte: ›Zweitausend‹ – und dann, nach einer längeren Pause: ›Rubel!‹
Wir schwiegen ein paar Minuten. Plötzlich stand Lakatos auf, öffnete die Glastür, warf einen Blick auf die Wanduhr über dem Büfett und sagte: ›Ich muß gehen, ich lasse hier Hut und Tasche. In zehn, höchstens fünfzehn Minuten bin ich zurück.‹
Und schon war er zur Tür hinaus.
Mir gegenüber lehnte die feuerrote Tasche Lakatos'. Der Strohhut lag neben ihr wie ein Knecht. Das Schloß der Tasche funkelte wie ein goldener, geschlossener Mund. Ein lüsterner Mund.
Eine berufliche – aber nicht allein eine berufliche, sondern auch eine Art übersinnlicher, einer teuflischen Neugier befahl mir, immer wieder über den Tisch zu schielen und die Tasche anzustarren. Ich konnte sie öffnen, bevor Lakatos wieder hier war. Zehn Minuten! hatte er gesagt. – Zehn Minuten! Ich hörte durch die geschlossene Glastür das harte Ticken der Wanduhr über dem Büfett. Ich fürchtete mich vor der Tasche. Zu beiden Seiten, über dem mittleren Schloß, das, wie gesagt, einem Mund ähnlich sah, hatte sie noch zwei kleine Schlösser, und die erschienen mit jetzt wie Augen. Ich trank noch zwei Doppelte, und schon begannen die Augen der Tasche zu zwinkern. Indessen tickte die Uhr, und die Zeit ging, und ich glaubte auf einmal zu wissen, wie kostbar die Zeit ist.
Zuweilen, in manchen Augenblicken, schien es mir, daß sich die feuerrote Ledertasche des Lakatos von selber gegen mich vorneigte, auf dem Stuhl, auf dem sie lehnte. Schließlich, in einem Augenblick, in dem ich wähnte, sie wolle sich mir ganz darbieten, griff ich nach ihr. Ich öffnete sie. Da ich die Uhr immer noch hart und grausam ticken hörte, dachte ich daran, daß Lakatos jeden Augenblick zurückkommen könnte, und

ich ging mit ihr in die Toilette. Kam Lakatos inzwischen wieder, so konnte ich sagen, ich hätte sie aus Vorsicht mitgenommen. Es war mir, als nähme ich sie nicht einfach mit, sondern als entführte ich sie.
Ich öffnete sie mit fiebrigen Fingern. Ich hätte eigentlich schon wissen müssen, was sie enthielt – – wie hätte ich es auch nicht wissen sollen, ich, der ich den Teufel so gut kannte und sein Verhältnis zu mir. Aber wir erkennen, meine Freunde, oft – wie es bei mir der Fall war – mit ganz anderen Fähigkeiten als mit den Sinnen oder dem Verstand – und aus Faulheit, Feigheit, Gewohnheit wehren wir uns gegen diese Erkenntnis. So erging es damals auch mir. Ich mißtraute meiner richtigen Erkenntnis; vielmehr, ich machte noch gewisse Anstrengungen, ihr zu mißtrauen.
Der eine oder andere unter euch, meine Lieben, wird vielleicht erahnen, was für Papiere sich in der Aktentasche des Lakatos befanden: Was mich betrifft, ich kannte sie gut, diese Papierchen, von Berufs wegen kannte ich sie. Es waren jene gestempelten, unterfertigten Paßformulare, die unsere Leute den armen Emigranten einzuhändigen pflegten, damit sie nach Rußland heimkehrten. Unzählige Menschen pflegte unsere Gesellschaft auf diese Weise den Behörden auszuliefern. Die armen Ahnungslosen fuhren in einer fröhlichen Sicherheit heim, mit legalen Pässen, wie es ihnen schien, an der Grenze aber hielt man sie zurück, und erst nach martervollen Wochen und Monaten kamen sie vor das Gericht und hierauf ins Zuchthaus und nach Sibirien. Die Unseligen hatten unsereinem, einem meinesgleichen vertraut. Die Stempel waren echt, die Unterschriften waren echt, die Photographien waren echt – wie sollten sie zweifeln? Auch wußten nicht einmal die offiziellen Behörden etwas von unseren schändlichen Methoden. Es gab nur ganz kleine, ganz winzige Anzeichen, an denen unsere Leute an der Grenze die Pässe der Verdächtigen von denen der Unverdächtigen unterscheiden konnten. Einem gewöhnlichen menschlichen Auge entgingen natürlich diese Anzeichen. Auch änderte man sie häufig. Einmal war es ein kleiner Nadelstich an der Photographie des Paßbesitzers; dann wieder fehlte ein halber Buchstabe im runden Stempel; das drittemal war der Name des Paßinhabers mit einer nachgezeichneten Druckschrift aufgeschrieben statt mit der gewöhnlichen Schreibschrift. Von all dem wußten die offiziellen Behörden in der Tat nicht mehr als die Opfer. Nur unsere Leute an den Grenzen kannten diese teuflischen Zeichen. Tadellose Stempel und Stempelkissen, rote und

blaue und schwarze und violette, fand ich in der Aktentasche des Herrn Lakatos. Ich kehrte mit ihr wieder an meinen Tisch zurück und wartete.
Nach einigen Minuten kam Lakatos, setzte sich, zog mit einiger Feierlichkeit einen Umschlag aus der Rocktasche und überreichte ihn mir, ohne ein Wort. Während ich mich anschickte, das Kuvert zu öffnen, das das Siegel unserer Botschaft trug, sah ich, wie er seiner roten Ledermappe eines der Paßformulare entnahm, und hörte ich, wie er Tinte und Feder bestellte. In dem Schreiben, das ich las, teilte die kaiserliche Botschaft dem Fürsten Krapotkin mit, daß die besondere Gnade des Zaren die Brüder Rifkin befreit habe und daß auch der Schwester Channa Lea Rifkin keinerlei Gefahr drohe, wenn sie nach Rußland zurückkehre. Ich erschrak, meine Freunde, ich erschrak gewaltig. Aber ich stand nicht etwa auf, um wegzugehen, ja, ich schob nicht einmal das Papier Lakatos zu. Ich sah nur, wie Lakatos, ohne sich um mich zu kümmern, mit einer schönen, kalligraphischen Kanzleibeamtenschrift den Paß für die Jüdin Rifkin langsam, sorgfältig, behaglich ausstellte.
Meine Lieben! Ich zittere jetzt, während ich all dies erzähle, vor Selbsthaß und Selbstverachtung. Damals aber war ich stumm wie ein Fisch und gleichgültig wie ein Henker nach seiner hundertsten Hinrichtung. Ich glaube, daß ein tugendhafter Mensch seine edelste Tat ebensowenig zu erklären vermag wie ein Schuft von meiner Art seine niedrigste. Ich wußte ja, daß es darum ging, das edelste Mädchen, das ich kannte, zu verderben. Ich sah schon, mit meinem geübten Berufsauge, den geheimnisvollen, den teuflischen Nadelstich über dem Namen. Ich zitterte nicht, ich rührte mich nicht. Ich Unseliger dachte an die unselige Lutetia. Und, so wahr ich ein Schurke bin, ich hatte damals nur vor *einem* Angst: Ich mußte selbst zu den Rifkins gehen und dem Mädchen und dem Bruder die tückisch frohe Nachricht bringen. Dermaßen zitterte ich davor, daß ich mich seltsamer-, das heißt schamloserweise von jeder Schuld befreit fühlte, als Lakatos, nachdem er mit dem Löschblatt sorgfältig seine Inschriften im Paß getrocknet hatte, aufstand und sagte: ›Ich gehe selbst zu ihr! Schreiben Sie nur zwei Zeilen: Der Überbringer dieses ist ein Freund, gute Reise, auf Wiedersehn in Rußland, Krapotkin.‹ Zugleich schob er mir Tintenfaß und Papier zu und drückte mir die Feder in die Hand. Und – meine Freunde – erlaubt ihr noch, daß ich euch Freunde nenne? – ich schrieb. Meine Hand schrieb. Noch nie hatte sie so schnell geschrieben.

Ohne das Papier zu trocknen, nahm es Lakatos. Es flatterte in seiner Hand wie eine Fahne, als er hinausging. Unter seinem linken Arm flackerte die rote Tasche.

All dies ging viel schneller, als ich es zu erzählen vermag. Knapp fünf Minuten später sprang ich auf, zahlte hastig und lief vor die Tür, um nach einem Wagen zu suchen. Aber es kam kein Wagen. Statt eines Wagens sah ich einen Lakaien der Botschaft stracks auf mich zu laufen. Solowejczyk ließ mich rufen.

Selbstverständlich wußte ich sofort, daß Lakatos gesagt hatte, wo ich zu finden sei. Statt nun eine Ausrede zu gebrauchen und nach einem Wagen zu suchen, folgte ich dem Diener und ging zu Solowejczyk.

Ich saß zwar allein im Vorzimmer der Eingeweihten, aber er ließ mich lange warten. Es vergingen zehn Minuten, zehn Ewigkeiten, da rief er mich erst. Ich begann sofort: ›Ich muß fort, es ist ein teures Menschenleben, ich muß fort!‹

›Um wen handelt es sich?‹ fragte er langsam. ›Um die Rifkins!‹ sagte ich. ›Kenne ich nicht, weiß nichts von ihnen‹, sagte Solowejczyk. ›Bleiben Sie sitzen! Sie haben Geld gebraucht. Hier! Für besondere Dienstleistungen!‹ Er gab mir meinen Lohn! Meine Freunde! Wer nie einen Lohn für einen Verrat erhalten hat, kann das Wort Judaslohn für einen abgebrauchten Ausdruck halten. Ich nicht. Ich nicht. Ich nicht.

Ich lief hinaus, ohne Hut, ich erwischte einen Wagen, ich trommelte mit der Faust von Zeit zu Zeit gegen den Rücken des Kutschers, er schlug und knallte immer heftiger mit der Peitsche. Wir kamen zum Schweizer. Ich sprang ab. Der gute Mann begrüßte mich mit einem glücklichen Gesicht. ›Sie sind endlich frei und gerettet‹, rief er, ›Dank Ihnen! Sie sind schon zur Bahn. Ihr Sekretär, Durchlaucht, hat sie sofort mitgenommen. Oh, Sie sind ein edler Mensch!‹ Er hatte Tränen in den Augen, er griff nach meiner Hand, er bückte sich, um sie zu küssen. Der Kanarienvogel zwitscherte.

Ich entriß ihm die Hand, grüßte ihn nicht, stieg wieder in den Wagen und fuhr ins Hotel.

Unterwegs nahm ich den Scheck aus der Tasche und behielt ihn krampfhaft in der Hand. Er war mein Sündengeld, aber er sollte mein Sühnegeld werden. Es war ein unwahrscheinlich hoher Lohn, heute noch schäme ich mich, die Zahl zu nennen – – obwohl ich euch doch alles andere Schändliche erzähle. Keine Lutetia mehr, kein Schneider mehr, kein Krapotkin mehr. Nach Rußland! Mit Geld konnte man sie noch an der Grenze erreichen. Meinen Kollegen telegraphieren. Man kennt mich. Mit Geld kann man sie zurückschicken! Keine lächerlichen Ambitionen mehr! Gutmachen! Gutmachen! Koffer packen und nach Rußland! Retten! Die Seele retten!

Ich bezahlte das Hotel. Ich ließ die Koffer packen. Ich bestellte zu trinken. Ich trank. Ich trank. Eine wilde Fröhlichkeit ergriff mich. Ich war schon gerettet. Ich telegraphierte dem Chef unserer geheimen Grenzpolizei Kaniuk, er möchte die Rifkins aufhalten. Ich packte eifrig, neben dem Personal.

Kurz vor Mitternacht war ich fertig. Mein Zug ging erst um sieben Uhr morgens. Ich griff in die Tasche und faßte einen Schlüssel. An seiner Form, an seinem Bart erkannten meine Finger, daß es der Schlüssel zu Lutetias Wohnung war. Ah, also ein Fingerzeig des guten Gottes. Man muß heute auch zu ihr, gesegnete Nacht, man gesteht und erzählt alles. Man nimmt Abschied und gibt ihr und sich selbst die Freiheit.

Ich fuhr zu Lutetia. Ich glaubte zu spüren, als ich ins Freie trat, daß ich zuviel getrunken hatte. Ich sah ringsum singende, aufgeregte Menschen. Ich sah Menschen mit Fahnen, aufgeregte Redner, weinende Frauen. Damals war, wie ihr wißt, Jaurès in Paris erschossen worden. Alles, was ich da sah, bedeutete natürlich den Krieg. Ich aber war damals in mich eingesponnen, ich begriff nichts, ein töricht und trunken Taumelnder...

Ich war entschlossen, ihr zu sagen, daß ich sie belogen hatte. Einmal auf dem Wege der sogenannten Anständigkeit angelangt, gab es für mich kein Halten mehr. Ich berauschte mich jetzt geradezu an der Anständigkeit, wie ich mich vorher am Bösen berauscht hatte. Viel später erst erkannte ich, daß derlei Räusche nicht beständig sein können. Es ist unmöglich, sich an der Anständigkeit zu berauschen. Die Tugend ist immer nüchtern.

Ja, ich wollte alles beichten. Ich wollte mich – ich stellte es mir sehr tragisch vor – vor der geliebten Frau meines Lebens erniedrigen, um dann Abschied von ihr auf immer zu nehmen. Der noble und fromme Verzicht erschien mir in jenem Augenblick weitaus erhabener als die verlogene Noblesse, in der ich bis jetzt gelebt hatte, und als die Leidenschaft sogar. Ein Leidender, Erniedrigter, aber ein namenloser Held, wollte ich von nun ab durch das Leben irren. Wenn ich bis jetzt ein

jämmerlicher Held gewesen war, so sollte ich von nun ab ein wirklicher, ein echter werden.
In dieser gehobenen Düsterkeit – wenn ich so sagen darf – begab ich mich zu Lutetia. Ich schloß auf. Es war die Zeit, in der Lutetia gewohnt war, meinen Besuch zu erwarten. Ich wunderte mich schon im Vorzimmer, daß mir ihr Stubenmädchen nicht entgegenkam, denn auch sie pflegte mich um diese Zeit zu erwarten. Alle Türen waren offen. Man mußte an dem ekelhaften Papagei und an dem Getier anderer Art vorbei in den erleuchteten Salon, dann in den Toilettenraum und schließlich in das sanftblau belichtete Schlafzimmer, das Lutetia ihr ›Boudoir‹ zu nennen pflegte. Ich zögerte zuerst, ich weiß nicht, warum. Ich ging mit sachteren Schritten als gewöhnlich. Die dritte Tür, die des Schlafzimmers, war zugemacht, aber nicht verschlossen. Ich öffnete zaghaft.
Im Bett, neben Lutetia, den Arm um ihren Nacken, lag ein Mann, und es war, wie ihr euch vielleicht denken könnt, der junge Krapotkin. Beide schienen sie so fest zu schlafen, daß sie mich nicht kommen gehört hatten. Ich näherte mich dem Bett auf den Zehenspitzen. Oh, es war gar nicht meine Absicht, eine sogenannte Szene zu machen. In jenem Moment bereitete mir der Anblick, der sich mir bot, einen tiefen Schmerz. Aber eifersüchtig war ich keineswegs. In der heroischen Verzichtsstimmung, in der ich mich damals befand, war mir der Schmerz, den mir die beiden bereiteten, beinahe erwünscht. Er bestätigte gewissermaßen meinen Heroismus und meine Entschlüsse. Es war eigentlich meine Absicht, sie sanft zu wecken, ihnen Glück zu wünschen und beiden alles zu erzählen. Aber es geschah, daß Lutetia erwachte, einen schrillen Schrei ausstieß, der den Jungen natürlich weckte. Ehe ich noch etwas sagen konnte, saß er aufrecht im Bett, in einem knallblauen, seidenen Pyjama, das seine nackte Brust offen ließ. Es war eine weiße, schwächliche, unbehaarte Jünglingsbrust, eine Knabenbrust, ich weiß nicht, warum sie mich in jenem Augenblick so ärgerte. ›Ah, Golubtschik‹, sagte er – und rieb sich die Augen, ›Sie sind immer noch nicht abgefertigt? Hat Sie mein Sekretär nicht endgültig ausbezahlt? Geben Sie mir meinen Rock, nehmen Sie meinetwegen die Brieftasche.‹
Lutetia schwieg. Sie sah mich an. Sie mußte schon alles wissen.
Da ich mich nicht rührte und den Fürsten nur traurig anblickte, während er, in seiner Dummheit, glauben mochte, ich sähe ihn frech oder

herausfordernd an, begann er plötzlich zu brüllen: ›Hinaus, Spitzel, Lump, bezahlter, hinaus!‹

Und da ich in dem gleichen Augenblick sah, wie sich Lutetia, nackt, mit nackten Brüsten, aufrichtete, entbrannten in mir, trotz allen Vorsätzen und obwohl ich bereits losgelöst war von aller fleischlichen Lust sozusagen, erwachte also in mir, sage ich, beim Anblick der nackten Frau, die mir, nach den stupiden männlichen Begriffen, eigentlich ›gehören‹ mußte, die alte böse Wut.

Es fiel mir im Augenblick gar nichts ein, nur das Wort Golubtschik erfüllte mein Hirn und mein Blut, und mein Haß fand keinen anderen Ausdruck. Die nackte Lutetia verwirrte mich vollends, und lauter noch, als der Fürst Krapotkin geschrien hatte, brüllte ich ihm ins Gesicht: ›Golubtschik heißt *du*! Nicht *ich*! Wer weiß, mit welchen Golubtschiks deine Mutter geschlafen hat! Keiner weiß es. Mit meiner aber hat der alte Krapotkin geschlafen. Und ich bin sein Sohn!‹

Er sprang auf, er faßte mich an der Gurgel, der Schwächling. Schwächer noch war er, weil er entkleidet war. Seine zarten Hände konnten meinen Hals nicht umfassen. Ich stieß ihn zurück. Er fiel aufs Bett.

Von nun an weiß ich nicht mehr, was eigentlich geschah. Ich höre heute noch die schrillen Schreie Lutetias. Ich sehe heute noch, wie sie, ganz nackt, schamlos erschien sie mir damals, aus dem Bett springt, um den Jungen zu schützen. Ich weiß nicht mehr, was ich tue. In meiner Tasche liegt ein schweres Schlüsselbund, an dem ein eisernes Schloß befestigt ist, jenes Schloß, das ich aus besonderer Vorsicht an meinem Geheimkoffer anbringe, wenn wichtige Papiere darin sind. Ich habe keine wichtigen Papiere mehr. Ich bin kein Spitzel mehr. Ich bin ein anständiger Mensch. Man reizt mich. Man zwingt mich zum Mord. Ich greife, ohne daß ich wüßte, was ich tue, in meine Hosentasche. Ich schlage los, auf den Kopf Krapotkins, auf den Kopf Lutetias. Ich hatte bis zu jener Stunde noch niemals im Zorn geschlagen. Ich weiß nicht, wie es andern ergeht, wenn sie Zorn ergreift. Mir jedenfalls ging es so, meine Freunde, daß jeder meiner Schläge eine mir bis dahin unbekannte Wollust bereitete. Zugleich glaubte ich fast zu wissen, daß meine Schläge auch meinen Opfern Wollust bereiteten. Ich schlug, ich schlug – ich schäme mich nicht, es zu schildern – so schlug ich, meine Freunde.«

Hier erhob sich Golubtschik von seinem Stuhl, und sein Antlitz, zu dem wir Zuhörer alle emporblickten, wurde abwechselnd käseweiß und violett. Er ließ seine Faust ein paarmal auf den Tisch niedersausen, die halbgefüllten Schnapsgläser fielen kläglich um und rollten auf den Boden, und der Wirt beeilte sich, die Karaffe zu retten. Obwohl er aufgeregt die Bewegungen Golubtschiks beobachtete, fand er doch noch die – berufliche – Geistesgegenwart, die Karaffe in seinem Schoß zu bergen. Golubtschik riß die Augen zuerst auf, dann schloß er sie, hierauf begannen wieder seine Augenlider zu zucken, eine dünne Speichelspur bildete einen weißen Saum um seine bläulichen Lippen. Ja, genauso mußte er damals ausgesehen haben, als er gemordet hatte. In diesem Augenblick wußten wir Zuhörer es alle: Er war ein Mörder...

Er setzte sich wieder, sein Angesicht nahm die gewöhnliche Farbe an. Er trocknete den Mund mit dem Handrücken, hierauf die Hand mit dem Taschentuch und fuhr fort:

»Ich sah zuerst an der Stirn Lutetias, oberhalb des linken Auges, einen tiefen Riß. Das Blut spritzte hervor und überströmte das Gesicht und färbte die Kissen. Obwohl Krapotkin, mein zweites Opfer, hart danebenlag, gelang es mir dennoch (es war geradezu eine wunderbare Fähigkeit, mit offenen Augen nicht zu sehen, was ich nicht schauen wollte), mir einzubilden, er wäre gar nicht vorhanden. Ich sah nur das strömende Blut Lutetias. Ich erschrak nicht vor meiner Untat. Nein! Ich war nur erschrocken über den unaufhörlichen Fluß, den Überfluß des Blutes, das in einem menschlichen Schädel enthalten sein konnte. Es war, als müßte ich bald – wollte ich noch warten – in dem Blut ertrinken, das ich selbst vergossen hatte.

Ich bin plötzlich ganz ruhig. Nichts beruhigt mich so sehr wie die Sicherheit, daß sie jetzt beide schweigen werden. In alle Ewigkeit werden sie schweigen. Es ist ganz still, nur die Katzen kommen geschlichen. Sie springen auf die Betten. Vielleicht riechen sie das Blut. Aus dem Nebenzimmer krächzt der Papagei meinen Namen, meinen gestohlenen Namen: ›Krapotkin, Krapotkin!‹

Ich stelle mich vor den Spiegel. Ich bin ganz ruhig. Ich betrachte mein Gesicht und sage zu meinem Spiegelbild mit lauter Stimme: ›Du bist ein Mörder!‹ Ich denke gleich darauf: Du bist ein Polizist! Man muß sein Handwerk gründlich kennen!

Hierauf gehe ich in die Toilette, gefolgt von den lautlosen Katzen. Ich wasche meine Hände und mein Schlüsselbund und das Schloß.

Ich setzte mich an den unangenehm zierlichen Schreibtisch Lutetias und schrieb mit verstellter Schrift, mit lateinischen Buchstaben, ein paar Worte; sinnlose Worte; sie lauteten: ›Wir hatten ohnehin sterben wollen. Nun sind wir durch dritte Hand gestorben. Unser Mörder ist ein Freund meines Liebhabers, des Fürsten!‹
Es machte mir damals ein besonderes Vergnügen, die Schrift Lutetias genau nachzuahmen. Es war übrigens nicht schwierig, mit ihrer Tinte und ihrer Feder. Sie hatte die Schrift aller kleinen und plötzlich erhobenen Kleinbürgerinnen. Trotzdem verwandte ich eine ungewöhnlich lange Zeit auf die ganz genaue Nachahmung dieser Schrift. Um mich herum schlichen die Katzen. Der Papagei rief von Zeit zu Zeit: ›Krapotkin, Krapotkin!‹

Nachdem ich fertig geworden war, verließ ich das Zimmer. Ich sperrte das Schlafzimmmer von außen zweimal ab, auch die Wohnung zweimal. Ich ging seelenruhig und gedankenlos die Treppe hinunter. Ich grüßte höflich, wie ich gewohnt war, die Hausmeisterin, die trotz der späten Stunde immer noch in der Loge saß und strickte. Sie stand sogar auf, denn ich war ein Fürst -- und fürstliche Trinkgelder hatte sie oft von mir bekommen.
Ich stand noch eine Weile, seelenruhig und gedankenlos, vor dem Haustor. Ich erwartete einen Fiaker. Als ein freies Gefährt vorbeikam, winkte ich und stieg ein. Ich fuhr zum Schweizer, bei dem die Rifkins gewohnt hatten. Ich weckte ihn und sagte: ›Ich muß mich bei Ihnen verbergen.‹
›Kommen Sie‹, sagte er nur und führte mich in ein Zimmer, das ich bis jetzt nicht gekannt hatte. ›Hier können Sie sicher bleiben‹, sagte er. Und er brachte mir Milch und Brot.
›Ich habe Ihnen etwas zu sagen‹, sagte ich. ›Ich habe nicht aus politischen Motiven getötet, sondern aus privaten.‹
›Das geht mich nichts an‹, erwiderte er.
›Ich habe Ihnen noch mehr zu erzählen‹, sagte ich. ›Was denn?‹ fragte er.
In diesem Augenblick – es war allerdings ganz finster – nahm ich mir den Mut zu sagen: ›Ich bin ein Spitzel, seit langen Jahren. Heute aber habe ich privat gemordet.‹
›Sie bleiben hier bis zum Morgengrauen!‹ sagte er. ›Bis dahin – und keine Sekunde länger bleiben Sie in diesem Haus.‹ Und dann, als wäre

in ihm der Engel erwacht, fügte er hinzu: ›Schlafen Sie wohl! Und Gott verzeihe Ihnen!‹
Ich schlief keineswegs – brauche ich euch das noch zu sagen, meine Freunde? Lange noch vor dem Morgengrauen erwachte ich. Ich hatte in meinen Kleidern schlaflos dagelegen. Ich mußte das Haus verlassen, und ich verließ es. Ich wanderte ziellos durch die erwachenden Straßen. Als es acht Uhr von den verschiedenen Türmen schlug, begab ich mich auf den Weg nach der Botschaft. Ich hatte nicht falsch gerechnet. Ich trat, ohne mich angemeldet zu haben, in das Zimmer Solowejczyks. Ich erzählte ihm alles.
Nachdem ich geendet hatte, sagte er:
›Sie haben sehr viel Unglück im Leben, aber doch auch ein klein wenig Glück. Sie wissen nicht, was geschehen ist. Es ist Krieg in der Welt. Er wird in diesen Tagen ausbrechen. Vielleicht um die Stunde, in der Sie Ihre Missetat, oder sagen wir lieber, Ihren Mord begangen haben. Sie müssen einrücken! Warten Sie ein halbes Stündchen. Sie werden einrücken!‹

Nun, meine Freunde, ich rückte ein, und mit Freuden. Vergeblich fragte ich an der Grenze nach den Rifkins. Auch Kaniuk war nicht mehr da. Von meinem Telegramm wußte man gar nichts. Euch allen, die ihr den Krieg mitgemacht habt, brauche ich nicht zu erzählen, was er war, dieser Weltkrieg. Der Tod war uns allen nahe. Vertraut waren wir mit ihm, ihr wißt es, wie mit einem vertrauten Bruder. Die meisten von uns fürchteten ihn. Ich aber, ich suchte ihn. Ich suchte ihn mit aller Liebe und mit aller Gewalt. Ich suchte ihn im Schützengraben, ich suchte ihn auf den Vorposten, zwischen und vor den Stacheldrähten, im Kreuzfeuer und beim Sturmangriff, im Giftgas und überall sonst, wo ihr wollt. Ich bekam Auszeichnungen, aber niemals eine Verwundung. Der gute Bruder Tod entzog sich mir einfach. Der gute Bruder Tod verachtete mich. Ringsherum fielen sie, meine Kameraden. Ich beweinte sie keineswegs. Ich beklagte die Tatsache, daß ich nicht sterben konnte. Ich hatte gemordet, und ich konnte nicht sterben. Ich hatte dem Tod Opfer geschenkt, und er bestrafte mich: Mich, mich allein wollte er nicht haben.
Ich sehnte mich damals nach ihm. Denn ich glaubte damals noch, der Tod sei eine Qual, durch die man büßen könne. Später erst begann ich zu ahnen, daß er eine Erlösung ist. Ich hatte ihn nicht verdient; und deshalb war er auch nicht gekommen, mich zu erlösen.

Es ist überflüssig, euch, meinen Freunden, die ihr es wißt, von dem Unheil zu berichten, das dann über Rußland hereinbrach. Es gehört nicht zu meiner Geschichte übrigens. Zu meiner Geschichte gehört nur die Tatsache, daß ich, gegen meinen sehnsüchtigen Willen heil geblieben, vor der Revolution flüchtete. Ich gelangte nach Österreich. Ich gelangte nach der Schweiz. Erlaßt mir bitte die einzelnen Etappen. Es zog mich nach Frankreich, es zog mich nach Paris. Es zog mich, nachdem mich der Tod verschmäht hatte, nach der Stätte meiner jämmerlichen Freveltaten, wie jeden Mörder.
Ich kam in Paris an. Es war ein fröhlicher Tag, obwohl es Herbst war, fast Winter – aber der Winter sieht ja in Paris fast so aus wie bei uns der Herbst. Man feierte den Sieg und den Frieden. Was ging mich der Sieg, was ging mich der Frieden an? Ich schleppte mich nach dem Hause in der Avenue des Champs-Élysées, wo ich einst meinen Mord begangen hatte.
Die Hausmeisterin, die alte Hausmeisterin von dazumal, stand noch vor der Tür. Sie erkannte mich nicht. Wie hätte sie mich auch erkennen sollen? Ich war grau geworden – grau, wie ich heute bin.
Ich fragte nach Lutetia – und mein Herz klopfte.
›Dritter Stock links‹, sagte sie.
Ich stieg die Treppe hinauf. Ich klingelte. Lutetia selbst öffnete mir. Ich erkannte sie sofort. Sie erkannte mich keineswegs. Sie machte Anstalten, mich nicht einzulassen.
›Ah!‹ sagte sie nach einer Weile – trat zurück, schloß die Tür und öffnete sie wieder aufs neue. ›Ah!‹ wiederholte sie und breitete die Arme aus.
Ich weiß nicht, meine Freunde, weshalb ich eigentlich in diese Arme fiel. Wir umarmten uns lange und ausführlich. Ich hatte die deutliche Empfindung, es ereignete sich etwas unerhört Banales, Lächerliches und sogar Groteskes. Man denke: die Frau, die ich mit eigenen Händen umgebracht zu haben glaubte, hielt ich in den Armen.
Nun, meine Freunde, es dauerte nicht lange, und ich erfuhr, ich erlebte die höchste, die tiefste – wenn ihr so wollt – aller Tragödien: die Tragödie der Banalität nämlich.
Ich blieb erstens bei Lutetia. Sie hieß übrigens längst nicht mehr so – und auch nach dem mondänen Schneider krähte kein Hahn mehr –– wie man so zu sagen pflegt. Ich blieb bei ihr: aus Liebe, aus Reue, aus Schwäche: Was kann man wissen, meine Freunde?

Ich hatte keinen von beiden getötet. Ich hatte wahrscheinlich nur die Rifkins getötet. Vorgestern erst traf ich im Jardin du Luxembourg den jungen Fürsten Krapotkin. Begleitet von seinem backenbärtigen, silbrigen und schwarzen Sekretär, der immer noch lebt und, wenn auch schäbiger und armseliger als einst, dennoch immer noch nicht wie ein Begleiter des Fürsten aussieht, sondern wie sein Leichenträger, ein Leichenbegleiter sozusagen, ging der junge Fürst einher, an zwei Stöcken humpelte er -- vielleicht die Folge der Verletzung am Kopfe, die ich ihm damals beigebracht hatte.
›Ah, Golubtschik!‹ rief er, als er mich erblickte -- und es klang anders, freudig beinahe.
›Ja, ich bin es!‹ sagte ich. ›Verzeihen Sie mir!‹
›Nichts, nichts, nichts von der Vergangenheit!‹ sagte er und richtete sich mit Hilfe seiner zwei Stöcke zu seiner vollen Größe auf. ›Wichtig ist die Gegenwart, die Zukunft!‹
Ich sah sofort, daß er schwach von Sinnen war, und sagte: ›Ja, ja!‹
Plötzlich erglomm ein leichtes Feuerchen in seinen Augen, und er fragte:
›Das Fräulein Lutetia? Lebt sie?‹
›Sie lebt!‹ sagte ich – und verabschiedete mich hastig.

Und damit ist eigentlich meine Geschichte zu Ende«, sagte Golubtschik, der Mörder. »Ich hätte euch aber noch andere Weisheiten zu sagen ...«
Es wurde hell, man spürte es durch die zugemachten Türläden. Durch die seltenen Ritzen drang der siegreiche, goldene Sommermorgen zage und dennoch kräftig herein – und man hörte die erwachenden Geräusche der Pariser Straßen und vor allem das lärmende Jubeln der morgendlichen Vögel.
Wir schwiegen alle. Längst waren unsere Gläser geleert.
Auf einmal klopfte es hart und trocken gegen den geschlossenen Rolladen. »Das ist sie!« rief Golubtschik, ›unser Mörder‹ -- und im nächsten Augenblick war er verschwunden; er hatte sich unter dem Tisch verborgen.
Der Wirt des »Tari-Bari« ging behäbig zur Tür. Er öffnete sie. Er steckte – und es schien uns eine Ewigkeit zu dauern – den großen Drehschlüssel in das Schloß, und langsam, langsam und lärmend stieg der eiserne Rolladen empor. Der junge Tag drang voll und siegreich in

unser übernächtiges Gestern. Entschlossener noch als der Morgen drang eine ältliche, dürre Frau in den Laden ein. Sie ähnelte mehr einem übergroßen, hageren Vogel als einer Frau. Eine tiefe, häßliche Narbe über dem linken Auge versuchte ein allzu dünner, zu kurzer, schwarzer Schleier, lieblos am linken Rand des lächerlichen Hütchens angebracht, vergeblich zu verdecken. Und ihre schrille Stimme, mit der sie fragte: »Wo ist mein Golubtschik? Ist er hier? Wo ist er?«, erschreckte uns alle dermaßen, daß wir, auch wenn wir gewollt hätten, nicht imstande gewesen wären, ihr die Wahrheit zu sagen. Sie verstreute noch ein paar häßliche und unmenschlich flinke Vogelblicke – und verschwand hierauf.

Erst eine Weile später kroch Golubtschik unter dem Tisch hervor.

»Sie ist fort!« sagte er erleichtert. »Das ist Lutetia.« Und gleich hierauf: »Auf Wiedersehn! Meine Freunde! – Auf morgen abend!« Mit ihm ging auch der Chauffeur. Draußen wartete schon der erste Gast. Er drückte ungeduldig auf die Hupe.

Der Wirt blieb allein mit mir. »Welche Geschichten hört man doch bei Ihnen«, sagte ich.

»Ganz gewöhnliche, ganz gewöhnliche«, erwiderte er. »Was ist schon seltsam im Leben? Ganz gewöhnliche Geschichten hat es zu verteilen. Es wird Sie nichts hindern wiederzukommen, wie?«

»Ganz gewiß nicht!« sagte ich.

Als ich diese Worte aussprach, war ich auch überzeugt, daß ich den Wirt und das Gasthaus und den Mörder Golubtschik und die anderen Stammgäste alle noch oft wiedersehen würde. Ich ging.

Der Wirt hielt es für nötig, mich bis über die Schwelle zu begleiten. Es sah aus, als zweifelte er noch ein wenig an meiner Absicht, sein Lokal auch weiterhin, wie bisher, zu besuchen. »Werden Sie auch wirklich wiederkommen?« fragte er noch einmal. »Aber selbstverständlich!« sagte ich. »Sie wissen ja, ich wohne schräg gegenüber, im Hôtel des Fleurs Vertes!« »Ich weiß, ich weiß«, sagte er, »aber, es ist mir plötzlich, als seien Sie schon weit fortgezogen.«

Diese unvermuteten Worte erschreckten mich zwar nicht, aber ich war durch sie stark betroffen. Ich fühlte: sie enthielten irgendeine größere, mir nur noch verhüllte Wahrheit. Es war ja nichts anderes als eine konventionelle Höflichkeit, daß der Wirt des »Tari-Bari« mich, einen alten Stammgast, nach einer durchzechten Nacht bis auf die Straße begleitete. Dennoch hatte diese Handlung etwas Feierliches, ungewohnt, ich möchte sagen: ungerechtfertigt Feierliches. Schon kamen von den Hallen die ersten Wagen zurück. Sie rollten munter dahin, obwohl die Kutscher auf den Böcken, ermüdet von der nächtlichen Arbeit, schliefen und die Zügel in ihren schlafenden Händen auch zu schlafen schienen. Eine Amsel kam zutraulich knapp vor die großen, schlappen Filzschuhe des Wirtes gehüpft. Sie blieb seelenruhig, wie in Nachdenken versunken, neben uns stehn, und so, als interessierte sie unser Gespräch. Allerhand morgendliche Geräusche erwachten. Tore öffneten sich knirschend, Fenster klirrten sachte, kehrende Besen schlurften mit strengem Kratzen über Pflastersteine, und irgendwo jammerte ein Kind, das man jäh aus dem Schlaf gerissen haben mochte. Das ist ja ein Morgen wie alle Morgen, sagte ich mir in meinem Innern. Ein gewöhnlicher Pariser Sommermorgen! – Und laut sagte ich zum Wirt des »Tari-Bari«: »Aber ich ziehe ja gar nicht weg! Fällt mir ja gar nicht ein!« – Und ich stieß dabei ein kleines, zaghaftes Lachen aus – es hätte eigentlich ein starkes, überzeugendes sein sollen; es kam leider nur so kümmerlich heraus: eine wahre Mißgeburt von einem Lachen...

»Na, dann also auf Wiedersehen!« sagte der Wirt, und ich drückte seine weiche, fleischige, eigentlich käsige Hand.

Ich sah mich nicht mehr nach ihm um. Wohl aber fühlte ich, daß er wieder in sein Gasthaus zurückgegangen war. Es war natürlich meine Absicht, die Straße zu überqueren, um mein Hotel zu erreichen. Ich tat es dennoch nicht. Es schien mir, daß der Morgen noch zu einer kleinen Wanderung locke und daß es unangebracht, wenn nicht häßlich sei, in ein kärgliches Hotelzimmer zu einer Zeit zu gehn, von der man nicht sagen konnte, sie sei zu früh oder zu spät. Es war kein früher Morgen mehr, und es war noch kein später. Ich beschloß, ein paarmal um den Häuserblock herumzugehen.

Ich wußte nicht, wie lange ich so herumgewandert war. Ich behielt, als ich endlich vor meinem Hotel stand, von dem ganzen morgendlichen Spaziergang nichts mehr in der Erinnerung als ein paar nicht gezählte, keineswegs gezählte Glocken verschiedener unbekannter Türme. Die Sonne lag schon kräftig und durchaus heimisch im Vestibül. Mein Hotelwirt, in rosa Hemdsärmeln, machte den Eindruck, als schwitzte er jetzt bereits so, wie er an andern Tagen nur in der Mittagsstunde zu schwitzen pflegte. Jedenfalls hatte er, obwohl er im Augenblick gar

nichts tat, ein sehr beschäftigtes Aussehn. Ich erfuhr auch sofort, warum.
»Endlich ein Gast!« sagte er und zeigte auf drei Koffer, die er neben seinem Schreibtisch aufgestapelt hatte. »Sehn Sie sich nur die Koffer an«, fuhr er fort, »und Sie werden gleich wissen, was für ein Gast es ist!«
Ich sah mir das Gepäck an. Es waren drei gelbe, schweinslederne, großartige Koffer, und ihre messingnen Schlösser leuchteten wie geheime, versperrte goldene Münder. Über jedem der Schlösser standen in blutroter Schrift die Initialen: »J. L.«
»Er hat das Zimmer zwölf«, sagte der Wirt. »Knapp neben Ihnen. Feine Gäste setze ich immer nebeneinander.«
Damit gab er mir den Schlüssel.
Ich behielt den Schlüssel eine Weile in der Hand und gab ihn dann zurück. »Ich möche unten den Kaffee trinken«, sagte ich. »Ich bin zu müde, um noch hinaufzugehen!«
Ich trank den Kaffee im winzigen Schreibzimmer, zwischen einem längst ausgetrockneten Tintenfaß und einer Majolikavase, gefüllt mit Zelluloidveilchen, die an Allerseelen erinnerten.
Die gläserne Tür ging auf, und herein trat, nein tänzelte, ein eleganter Herr. Von ihm ging seltsamerweise ein starker Veilchenduft aus, so daß ich einen Augenblick dachte, die Zelluloidveilchen in der Majolikavase seien plötzlich lebendig geworden. Bei jedem Schritt vollzog der linke Fuß dieses Herrn – ich sah es deutlich – eine zierliche Schleife. Er war ganz hellgrau-sommerlich gekleidet, geradezu in einen silbernen Sommer gehüllt. Blauschwarz leuchteten seine straff in der Mitte gescheitelten Haare, die so aussahen, als ob nicht ein Kamm, sondern eine Zunge sie geglättet hätte.
Er nickte mir zu, freundlich und zugleich reserviert.
»Auch einen Kaffee!« rief er durch die Tür, die er offengelassen hatte, zum Wirt hinaus.
Dieses »auch« ärgerte mich.
Er bekam seinen Kaffee. Er rührte lange, übermäßig lange, mit dem Löffel in der Tasse herum.
Ich wollte mich eben erheben, da begann er, mit einer Stimme, die klang wie Samt und Flöte, wie eine Flöte aus Samt:
»Sie sind auch fremd hier, nicht wahr?«
Es klang in meinen Ohren wie ein Echo. Ich erinnerte mich, daß ich

diese gleiche Frage heute – oder war es gestern? – schon gehört hatte. Ja, ja! Diese Frage, der Mörder Golubtschik hatte sie erwähnt, mochte sie in der Nacht erwähnt haben, oder vielleicht auch hatte sie nicht wörtlich so gelautet! Zugleich entsann ich mich des Namens: »Jenö Lakatos«, und ich sah auch die blutroten Initialen auf den gelben Koffern: »J. L.«

Statt dem Herrn zu antworten, fragte ich ihn also:

»Wie lange wollen Sie hierbleiben?«

»Oh, ich habe Zeit!« sagte er. »Ich verfüge ganz über meine Zeit!«

Der Wirt kam herein, mit einem leeren Meldeformular. Er bat den neuen Gast, seinen Namen einzuschreiben.

»Schreiben Sie«, sagte ich – obwohl er mich gar nicht gefragt hatte und in einer Art Anfall von Ungezogenheit, über die ich mir heute noch keine Rechenschaft geben kann –, »in der Rubrik Familienname: Lakatos; in die Rubrik Vorname: Jenö.« Und ich erhob mich und verbeugte mich und ging.

Am selben Tage noch verließ ich meine Wohnung in der Rue des Quatre Vents. Den Golubtschik habe ich nie mehr wiedergesehn, auch nie mehr einen von den Männern, die seine Geschichte gehört hatten.

Das falsche Gewicht

Die Geschichte eines Eichmeisters

Roman

1937

I

Es war einmal im Bezirk Zlotogrod ein Eichmeister, der hieß Anselm Eibenschütz. Seine Aufgabe bestand darin, die Maße und die Gewichte der Kaufleute im ganzen Bezirk zu prüfen. In bestimmten Zeiträumen geht Eibenschütz also von einem Laden zum andern und untersucht die Ellen und die Waagen und die Gewichte. Es begleitet ihn ein Wachtmeister der Gendarmerie in voller Rüstung. Dadurch gibt der Staat zu erkennen, daß er mit Waffen, wenn es nötig werden sollte, die Fälscher zu strafen bedacht ist, jenem Gebot getreu, das in der Heiligen Schrift verkündet wird und dem zufolge ein Fälscher gleich ist einem Räuber...

Was nun Zlotogrod betrifft, so war dieser Bezirk ziemlich ausgedehnt. Er umfaßte vier größere Dörfer, zwei bedeutende Marktweiler und schließlich das Städtchen Zlotogrod selbst.

Der Eichmeister benützte für seine Dienstwege ein ärarisches, einspänniges, zweiräderiges Wägelchen, samt einem Schimmel, für dessen Erhaltung Eibenschütz selbst aufzukommen hatte.

Der Schimmel besaß noch ein ansehnliches Temperament. Er hatte drei Jahre beim Train gedient und war nur infolge einer plötzlichen Erblindung am linken Auge, deren Ursache auch der Veterinär nicht erklären konnte, dem Zivildienst überstellt worden. Es war immerhin ein stattlicher Schimmel, vorgespannt einem hurtigen goldgelben Wägelchen. Darin saß an manchen Tagen neben dem Eichmeister Eibenschütz der Wachtmeister der Gendarmerie Wenzel Slama. Auf seinem sandgelben Helm glänzten die goldene Pickel und der kaiserliche Doppeladler. Zwischen seinen Knien ragte das Gewehr mit dem aufgepflanzten Bajonett empor. Zügel und Peitsche hielt der Eichmeister in der Hand. Sein blonder und weicher, mit Sorgfalt emporgewichster Schnurrbart schimmerte ebenso golden wie Doppeladler und Pickelhaube. Aus dem gleichen Material schien er gemacht. Von Zeit zu Zeit knallte fröhlich die Peitsche, und es war, als lachte sie geradezu. Der Schimmel galoppierte dahin, mit ehrgeiziger Eleganz und mit dem Elan eines aktiven Kavalleriepferdes. Und an heißen Sommertagen,

wenn die Straßen und Wege des Bezirkes Zlotogrod ganz trocken und beinahe durstig waren, erhob sich ein gewaltiger, graugoldener Staubwirbel und hüllte den Schimmel, das Wägelchen, den Wachtmeister und den Eichmeister ein. Im Winter aber stand dem Anselm Eibenschütz ein kleiner, zweisitziger Schlitten zur Verfügung. Der Schimmel hatte den gleichen eleganten Galopp, Sommer wie Winter. Kein graugoldener mehr, sondern ein silberner, ein Schneewirbel hüllte den Wachtmeister, den Eichmeister, den Schlitten in Unsichtbarkeit, und den Schimmel erst recht, da er fast so weiß war wie der Schnee.
Anselm Eibenschütz, unser Eichmeister, war ein sehr stattlicher Mann. Er war ein alter Soldat. Er hatte seine zwölf Jahre als längerdienender Unteroffizier beim Elften Artillerieregiment verbracht. Er hatte, wie man zu sagen pflegt, von der Pike auf gedient. Er war ein redlicher Soldat gewesen. Und er hätte niemals das Militär verlassen, wenn ihn nicht seine Frau in ihrer strengen, ja unerbittlichen Weise dazu gezwungen hätte.
Er hatte geheiratet, wie es fast alle längerdienenden Unteroffiziere zu tun pflegen. Ach, sie sind einsam, die längerdienenden Unteroffiziere! Nur Männer sehen sie, lauter Männer! Die Frauen, denen sie begegnen, huschen an ihnen vorbei wie Schwalben. Sie heiraten, die Unteroffiziere, sozusagen um wenigstens eine einzige Schwalbe zu behalten. Also hatte auch der längerdienende Feuerwerker Eibenschütz geheiratet, eine gleichgültige Frau, wie jeder hätte sehen können. Es tat ihm so leid, seine Uniform zu verlassen. Er hatte Zivilkleider nicht gern, es war ihm zumute wie etwa einer Schnecke, die man zwingt, ihr Haus zu verlassen, das sie aus ihrem eigenen Speichel, also aus ihrem Fleisch und Blut, ein viertel Schnecken-Leben lang gebaut hat. Aber anderen Kameraden ging es beinahe ebenso. Die meisten hatten Frauen: aus Irrtum, aus Einsamkeit, aus Liebe: Was weiß man! Alle gehorchten den Frauen: aus Furcht und aus Ritterlichkeit und aus Gewohnheit und aus Angst vor der Einsamkeit: Was weiß man! Aber kurz und gut, Eibenschütz verließ die Armee. Er zog die Uniform aus, die geliebte Uniform; verließ die Kaserne, die geliebte Kaserne.
Jeder längerdienende Unteroffizier hat ein Recht auf einen Posten. Eibenschütz, der aus dem mährischen Städtchen Nikolsburg stammte, hatte längere Zeit versucht, in seine Heimat als Sequester oder Konzipist zurückzugelangen, wenn er schon, dank seiner Frau, gezwungen war, die Armee, sein zweites und vielleicht sein eigentliches Nikols-

burg, zu verlassen. Man brauchte aber um jene Zeit in ganz Mähren weder Sequester noch Konzipisten. Alle Gesuche des Eibenschütz wurden abschlägig beschieden.
Da ergriff ihn zum erstenmal ein echter Zorn gegen seine Frau. Und er, ein Feuerwerker, der so vielen Manövern und Vorgesetzten standgehalten hatte, gelobte sich selbst, daß er von Stunde ab stark gegen seine Frau sein würde; Regina hieß sie. In seine Uniform hatte sie sich dereinst verliebt – fünf Jahre war es im ganzen her. Jetzt, nachdem sie ihn in vielen Nächten nackt und ohne Uniform gesehen und besessen hatte, verlangte sie von ihm Zivil und Stellung und Heim und Kinder und Enkel und was weiß man noch alles!
Aber der Zorn nutzte gar nichts dem Anselm Eibenschütz, nachdem er die Nachricht erhalten hatte, daß der Posten eines Eichmeisters in Zlotogrod frei sei.
Er rüstete ab. Er verließ die Kaserne, die Uniform, die Kameraden und die Freunde.
Er fuhr nach Zlotogrod.

II

Der Bezirk Zlotogrod lag im fernen Osten der Monarchie. In jener Gegend hatte es vorher einen faulen Eichmeister gegeben. Wie lange war es her – die Älteren erinnerten sich noch daran –, daß es überhaupt Maße und Gewichte gab! Es gab nur Waagen. Nur Waagen gab es. Stoffe maß man mit dem Arm, und alle Welt weiß, daß ein Männerarm, von der geschlossenen Faust bis hinauf zum Ellenbogen, eine Elle mißt, nicht mehr und nicht weniger. Alle Welt wußte ferner, daß ein silberner Leuchter ein Pfund, zwanzig Gramm wog und ein Leuchter aus Messing ungefähr zwei Pfund. Ja, in jener Gegend gab es viele Leute, die sich überhaupt nicht auf das Wägen und auf das Messen verließen. Sie wogen in der Hand, und sie maßen mit dem Aug'. Es war keine günstige Gegend für einen staatlichen Eichmeister.
Es hatte, wie gesagt, vor der Ankunft des Feuerwerkers Anselm Eibenschütz noch einen anderen Eichmeister im Bezirk Zlotogrod gegeben. Aber, was war das für ein Eichmeister gewesen! Alt und schwach und dem Alkohol ergeben, hatte er niemals die Maße und die Gewichte im Städtchen Zlotogrod selbst geprüft, geschweige denn in den Dörfern

und Marktflecken, die zum Bezirk gehörten. Deshalb hatte er auch, als er begraben wurde, ein außerordentlich schönes Leichenbegängnis. Alle Kaufleute folgten seinem Sarge: die mit den falschen Gewichten wogen, mit dem silbernen und messingnen Leuchter nämlich, jene, die mit dem Arm von der geschlossenen Faust bis zum Ellenbogen maßen, und viele andere, die es ohne Eigennutz und lediglich gewissermaßen aus Prinzip bitter beklagten, daß ein Prüfer der Gewichte dahingegangen war, der selber kaum eines besessen haben konnte. Denn die Leute in dieser Gegend betrachteten alle jene, welche die Forderungen an Recht, Gesetz, Gerechtigkeit und Staat unerbittlich vertraten, als geborene Feinde. Vorgeschriebene Maße und Gewichte in den Geschäften zu halten war bereits eine Sache, die man kaum vor dem eigenen Gewissen verantworten konnte. Was aber bedeutete erst die Ankunft eines neuen, gewissenhaften Eichmeisters! Genauso groß, wie die Trauer gewesen war, mit der man den alten Eichmeister zu Grabe getragen hatte, war das Mißtrauen, mit dem man Anselm Eibenschütz in Zlotogrod empfing.
Man sah nämlich auf den ersten Blick, daß er nicht alt, nicht schwächlich, nicht trunksüchtig war, sondern, im Gegenteil, stattlich, kräftig und redlich; vor allem: allzu redlich.

III

Unter solch ungünstigen Bedingungen trat Anselm Eibenschütz sein neues Amt im Bezirk Zlotogrod an. Er kam im Frühling, an einem der letzten Märztage. In der bosnischen Garnison des Feuerwerkers Eibenschütz hatten schon die Eichkätzchen linde geschimmert, der Goldregen zu leuchten begonnen, die Amseln flöteten bereits auf dem Rasen, die Lerchen trillerten schon in der Luft. Als Eibenschütz nach dem nördlichen Zlotogrod kam, lag noch der weiße, dichte Schnee in den Straßen, und an den Rändern der Dächer hingen die strengen, die unerbittlichen Eiszapfen. Eibenschütz ging die ersten Tage einher wie ein plötzlich Ertaubter. Er verstand die Sprache des Landes zwar, aber es ging ja gar nicht so sehr darum, zu verstehen, was die Menschen sagten, sondern was das Land selber sprach. Und das Land redete fürchterlich: Es redete Schnee, Finsternis, Kälte und Eiszapfen, obwohl der Kalender den Frühling erzählte und in den Wäldern der bos-

nischen Garnison Sipolje schon längst die Veilchen blühten. Hier aber, in Zlotogrod, krächzten die Krähen in den kahlen Weiden und Kastanien. In ganzen Büscheln hingen sie an den nackten Zweigen, und es sah aus, als wären sie gar keine Vögel, sondern eine Art geflügelter Früchte. Der kleine Fluß, Struminka hieß er, schlief noch unter einer schweren Eisdecke, und die Kinder glitschten fröhlich über ihn dahin, und ihre Fröhlichkeit machte den armen Eichmeister noch trauriger.
Plötzlich in der Nacht, vom Kirchturm hatte es noch nicht Mitternacht geschlagen, hörte Eibenschütz das große Krachen der geborstenen Eisdecke. Obwohl es, wie gesagt, mitten in der Nacht war, begannen auf einmal die Eiszapfen an den Dachrändern zu schmelzen, und die Tropfen fielen hart auf den hölzernen Bürgersteig. Ein linder, süßer Wind aus dem Süden hatte sie zum Schmelzen gebracht, er war ein nächtlicher Bruder der Sonne. An allen Häuschen gingen die Läden auf, die Menschen erschienen an den Fenstern, viele verließen auch ihre Häuser. An einem hellblau leuchtenden Himmel standen kalt, ewig, prächtig die Sterne, die goldenen und die silbernen, und es sah aus, als lauschten sie auch von der Höhe dem Krachen und Poltern. Viele Einwohner zogen sich eilig an, wie man sich sonst nur bei Feuersbrünsten anzieht, und zogen zum Fluß. Mit Windlichtern und Laternen stellten sie sich an seinen beiden Ufern auf und sahen zu, wie das Eis barst und wie der Fluß aus seinem Winterschlaf erwachte. Manche hüpften, in kindischer Freude, auf eine der großen dahintreibenden Schollen, schwammen eilig mit ihr davon, die Laterne in der Hand, Grüße noch winkten sie mit ihr den am Ufer Zurückbleibenden, und erst nach einer langen Weile sprangen sie wieder ans Ufer. Alle benahmen sich ausgelassen und töricht. Zum erstenmal seit seiner Ankunft begann da der Eichmeister mit dem und jenem Einwohner des Städtchens zu sprechen. Der und jener fragte den Eibenschütz, woher er komme und was er hier zu machen gedenke. Er gab Auskunft, freundlich und zufrieden.
Die ganze Nacht blieb er wach, mit den Einwohnern des Städtchens. Am Morgen, als er heimkehrte und sich das Krachen des Eises schon besänftigt hatte, fühlte er sich wieder traurig und einsam. Zum erstenmal verspürte er jenen Schauder, den Ahnung allein bereiten kann. Er fühlte, daß sich hier in Zlotogrod sein Schicksal erfüllen sollte. Zum erstenmal auch in seinem ganzen tapferen Leben hatte er Angst. Und zum erstenmal, als er im grauenden Morgen heimkam und sich aufs

Bett legte, fand er keinen Schlaf. Er weckte seine Frau Regina. Seltsame Gedanken kamen ihm, er mußte sie aussprechen. Er hatte eigentlich fragen wollen, warum der Mensch so allein sei. Aber er schämte sich und sagte nur: »Regina, jetzt sind wir ganz allein!«
Die Frau saß aufgerichtet in den Kissen, in einem lila Nachtgewand. Der Morgen sickerte spärlich durch die Ritzen der Fensterläden. Die Frau erinnerte Eibenschütz an eine Tulpe, die während dieser ersten Frühlingsnacht in Zlotogrod zu welken begonnen hatte. »Regina«, sagte Eibenschütz, »ich fürchte, ich hätte niemals die Kaserne verlassen sollen!«
»Für mich sind drei Jahre Kaserne gerade genug«, sagte die Frau, »laß mich jetzt schlafen!«
Sie fiel auch sofort in die Kissen zurück. Eibenschütz stieß einen Fensterladen auf und sah hinaus in die Straße. Aber auch der Morgen war welk. Welk war der Morgen. Sogar der Morgen war welk.

IV

Ringsherum gab es Kinder. Kinder gab es ringsherum. Der Wachtmeister der Gendarmerie Wenzel Slama hatte sogar zweimal hintereinander, innerhalb von zwanzig Monaten, Zwillinge bekommen. Es wimmelte ringsherum von Kindern. Überall, wo Eibenschütz hinblickte, sah er Kinder. Sie spielten im Rinnstein mit dem schmutzigen Wasser. Sie spielten Murmeln im Trockenen. Sie spielten auf den alten Bänken des kümmerlichen Parks in Zlotogrod, ein schwindsüchtiger Park, ein Park, im Sterben begriffen. Sie spielten im Regen und im Sturm. Sie spielten Ball und Reifen und Kegel. Überall, wo der Eichmeister Eibenschütz hinblickte, sah er Kinder, lauter Kinder. Die Gegend war fruchtbar, es war kein Zweifel.
Wenn der Eichmeister Eibenschütz Kinder gehabt hätte! Es wäre alles anders gewesen: Ihm zumindest schien es so.
Sehr einsam war er, und er fühlte sich fremd und heimatlos in der ungewohnten Zivilkleidung, nachdem er zwölf Jahre in seiner dunkelbraunen Artillerie-Uniform gehaust hatte. Seine Frau: was war sie ihm! – Zum erstenmal fragte er sich, warum und wozu er sie geheiratet hatte. Darüber erschrak er gewaltig. Er erschrak darüber gewaltig, weil er sich selbst niemals zugetraut hätte, daß er überhaupt erschrecken

könnte. Es kam ihm vor, daß er, wie man sagt, aus der Bahn geworfen sei – und dabei hatte er doch immer wieder und ständig seinen rechten Weg eingehalten! Aber immerhin, soldatischer Disziplin getreu und aus Furcht vor der Furcht, ergab er sich seinem Dienst und seinen Pflichten. Niemals vorher hatte man einen dem Staat, dem Gesetz, dem Gewicht und dem Maß so ergebenen Eichmeister gesehen in dieser Gegend.

Er entdeckte plötzlich, daß er seine Frau nicht liebte. Denn nun, da er allein und einsam war, in der Stadt, im Bezirk, im Amt, unter den Menschen, verlangte er Liebe und Zutraulichkeit zu Hause, und da sah er, daß nichts davon vorhanden war. Manchmal in der Nacht richtete er sich im Bett auf und betrachtete seine Frau. Im gelblichen Schimmer des Nachtlämpchens, das oben auf dem Kleiderkasten stand und nicht nur die Finsternis nicht vertrieb, sondern sogar an eine Art leuchtenden Kerns der Nacht im Zimmer erinnerte, erschien die schlafende Frau Regina dem Eichmeister Eibenschütz wie eine trockene Frucht. Er richtete sich im Bett auf und betrachtete sie ausführlich. Je länger er sie ansah, desto einsamer fühlte er sich. Es war, als ob ihr Anblick allein ihm Einsamkeit bereitete. Zu ihm, zu Anselm Eibenschütz, gehörte sie gar nicht, so, wie sie dalag, mit schönen Brüsten, mit dem ruhigen Kindergesicht und den kühn geschwungenen Augenbrauen und dem lieben, halboffenen Mund und dem kleinen, leichten Schimmer der Zähne zwischen den dunkelroten Lippen. Keine Begierde mehr trieb ihn zu ihr wie einst in früheren Nächten. Liebte er sie noch? Begehrte er sie noch?

Er war sehr einsam, der Eichmeister Anselm Eibenschütz. Bei Tag und bei Nacht war er einsam.

V

Nachdem er vier Wochen im Bezirk Zlotogrod verbracht hatte, schlug ihm der Wachtmeister Wenzel Slama vor, dem Sparverein der älteren Staatsbeamten beizutreten. Diesem Verein gehörten Sequester, Konzipisten und sogar Gerichtsadjunkte an. Alle spielten Tarock und Bakkarat. Zweimal in der Woche versammelten sie sich im Café Bristol, dem einzigen Kaffeehaus im Städtchen Zlotogrod. Alle Mitglieder des Vereins begegneten dem Eichmeister Eibenschütz mit Mißtrauen, und

zwar nicht nur deshalb, weil er ein Fremder und Neuangekommener war, sondern auch, weil sie in ihm einen durchaus Redlichen und noch nicht Verlorenen vermuteten.
Sie selbst nämlich waren durchwegs Verlorene. Sie ließen sich bestechen und bestachen andere. Sie betrogen Gott und die Welt und die Vorgesetzten. Aber auch die Vorgesetzten betrogen wieder ihre höheren Vorgesetzten, die in den weiten, größeren Städten saßen. Im Verein der älteren Staatsbeamten betrog einer den andern beim Kartenspiel; und nicht etwa aus purer Gewinnsucht, sondern einfach so, aus Lust am Betrügen. Anselm Eibenschütz aber betrog nicht. Und was seine Freunde noch stärker gegen ihn aufregte, war nicht so sehr die Tatsache, daß er selbst nicht betrog, sondern vor allem, daß er einen Betrug, dem er anheimgefallen war, gleichgültig aufnahm. Also war er in der Mitte der anderen noch einsamer.
Die Kaufleute haßten ihn – mit Ausnahme eines einzigen, von dem aber erst später die Rede sein soll. Die Kaufleute haßten ihn, weil sie ihn fürchteten. Wenn sie ihn ankommen sahen, in seinem goldgelben Wägelchen, den Gendarmen an der Seite, wagten sie selbst, ihre Türen zu schließen. Wohl wußten sie, daß sie gezwungen sein würden, die Läden zu öffnen, sobald der Gendarm dreimal angepocht hatte. Aber nein! Sie schlossen die Türen lediglich, um den Eichmeister Eibenschütz zu ärgern. Denn er hatte schon mehrere Kaufleute angezeigt und vor Gericht gebracht.
Wenn er spätabends nach Hause kam, im Sommer verschwitzt, halb erfroren im Winter, erwartete ihn mit finsterer Stirn seine Frau. Wie hatte er nur so lange Zeit mit einer so fremden Frau zusammenleben können! Es war ihm, als hätte er sie erst vor kurzem erkannt, und immer eine Minute, bevor er ins Haus trat, hatte er Angst, sie würde sich seit gestern verändert haben können und wieder eine andere, neue, aber ebenso finstere sein. Gewöhnlich saß sie strickend unter dem Rundbrenner, in emsiger, gehässiger und erbitterter Demut. Doch war sie hübsch anzusehen mit ihrem schwarzen, glatten Scheitel und ihrer trotzigen, kurzen Oberlippe, die einen kindlichen Mutwillen vortäuschte. Sie hob nur den Blick, ihre Hände strickten weiter. »Sollen wir jetzt essen?« fragte sie. »Ja!« sagte er. Sie legte das Strickzeug hin, einen gefährlichen, giftiggrünen Knäuel mit zwei dräuenden Nadeln, und ein angefangenes Stückchen Strumpf, das eigentlich aussah wie ein Überrest, ein noch nicht geborenes und schon zerstückeltes Werk.

Trümmer, Trümmer, Trümmer! Eibenschütz starrte darauf, während er die peinlichen Geräusche vernahm, die seine Frau in der Küche verursachte, und die grelle und gemeine Stimme des Dienstmädchens. Obwohl er hungrig war, wünschte er, die Frau möchte möglichst lange in der Küche bleiben. Warum gab es keine Kinder im Haus?

VI

Ein paarmal in der Woche erhielt er eine umfängliche Post. Gewissenhafter Beamter, der er war, klassifizierte er alle Briefe säuberlich. Die Eichmeisterei war in der Bezirkshauptmannschaft untergebracht, im Hoftrakt, in einem halbdunklen Zimmerchen. Eibenschütz saß dort an einem schmalen grünen Tisch, ihm gegenüber ein junger Schreiber, ein sogenannter »Vertragsbeamter«, der sehr blond war, geradezu aufreizend blond und sehr ehrgeizig. Er hieß Josef Nowak, und Eibenschütz konnte ihn schon des Namens wegen nicht leiden. Denn genau so hatte ein verhaßter Schulkollege geheißen, dessentwegen Eibenschütz das Gymnasium in Nikolsburg hatte verlassen müssen. Dessentwegen hatte er sich so früh zum Militär gemeldet. Dessentwegen – dies aber bildete sich der Eichmeister nur ein – hatte er auch geheiratet und gerade diese Frau Regina. Der Vertragsbeamte war freilich ganz unschuldig am Schicksal des Eibenschütz. Er war nicht nur aufreizend blond und ehrgeizig, sondern auch rachsüchtig. Hinter biegsamen und schmeichlerischen Manieren verbarg er eine, dem Eichmeister Eibenschütz aber wohl erkenntliche Sucht, seinem Vorgesetzten zu schaden. Unter den Briefen, die an das Eichmeisteramt kamen, befanden sich auch die seinen, mit verstellter Hand geschriebenen. Es waren Droh- und Denunziationsbriefe. Sie verwirrten den Eichmeister Eibenschütz. Denn seine peinliche Bedachtsamkeit gebot ihm, jeder Anzeige nachzugehen und jede Drohung dem Gendarmeriekommando anzuzeigen. Im stillen gestand er sich selbst, daß er nicht dazu geschaffen war, Beamter zu sein, und gar in dieser Gegend. In der Kaserne hätte er bleiben müssen, ja, in der Kaserne. Bei den Soldaten war alles geregelt. Man bekam keine Drohbriefe und keine Denunziationen. Die Verantwortung eines jeden Soldaten für alles, was er tat, und für alles, was er unterließ, lag irgendwo hoch über ihm, er wußte selber gar nicht, wo. Wie leicht und frei war das Leben in der Kaserne gewesen!

Eines Tages nahm er ein paar Drohbriefe in seiner Aktentasche nach Hause, obwohl er das Gefühl hatte, daß er eine Unredlichkeit begehe. Aber es drängte ihn, die Briefe seiner Frau zu zeigen, und er konnte diesem Drang nicht widerstehen. Er kam also zum Mittagessen, pünktlich, wie er nur an den Tagen war, an denen er keine Fahrten in die Dörfer des Bezirks unternahm. Je näher er seinem Häuschen kam (es lag neben dem des Gendarmeriewachtmeisters Slama am Rande der Stadt), desto heißer wurde sein Zorn, und nahe vor der Tür war es bereits eine kochende Wut. Als er gar seine Frau erblickte – sie saß, wie gewöhnlich, am Fenster mit einem giftgrünen Strickzeug beschäftigt –, erwachte in ihm auch noch ein Haß, der ihn selbst erschreckte. Was will ich eigentlich von ihr? fragte er sich. Und da er keine Antwort geben konnte, wurde er noch zorniger, und als er eintrat, warf er die Briefe auf den bereits gedeckten Tisch und sagte mit unheimlich leiser Stimme – es war, als schrie er lautlos –: »Da lies, was du mir angerichtet hast!« Die Frau legte das Strickzeug weg. Mit gewissenhaften Gebärden, als wäre sie selbst ein Staatsbeamter, öffnete sie einen Brief nach dem andern. Indessen saß der Eichmeister Eibenschütz, in Hut und Mantel, wie bereit zu einer sofortigen Abreise, wütend auf seinem Stuhl, und je schweigsamer und gewissenhafter seine Frau las, desto heißer wurde seine Wut. Er beobachtete ihr Gesicht. Er glaubte deutlich zu sehen, daß seine Frau ein hartes, ein leidendes, aber dennoch böses Gesicht bekam. In manchen Augenblicken glich sie ihrer Mutter. Er erinnerte sich genau an seine Schwiegermutter. Sie lebte in Sternberg in Mähren. Als er sie zuletzt gesehen hatte, es war bei der Trauung, hatte sie ein grauseidenes Kleid getragen, es war ein Panzer. Ihren dürren und welken Leib umschloß es bis zum Halse, als hätte sie Pfeile und Lanzen zu befürchten. Ein Lorgnon trug sie vor den Augen; wenn sie es ablegte, glich sie einem Ritter, der ein Visier fallen läßt. Auch seine Frau ließ ein unsichtbares Lorgnon, ein unsichtbares Visier fallen. Sie erhob sich, nachdem sie gewissenhaft alle Briefe gelesen hatte und sagte: »Du hast doch keine Angst? Oder hast du etwa Angst?«

So wenig bekümmern sie also die Gefahren, die mich bedrohen, dachte da der Eichmeister. Und er erwiderte: »So wenig bekümmern dich also die Gefahren, die mir drohen? Wozu hast du mich gezwungen, die Kaserne zu verlassen? Wozu? Warum?«

Sie antwortete nicht. Sie ging in die Küche und kehrte mit zwei Schüs-

seln dampfender Suppe zurück. In schweigsamem Groll, aber nicht ohne Appetit, aß der Eichmeister Eibenschütz sein gewohntes Mittagessen. Aus Nudelsuppe bestand es, aus Spitzfleisch und aus Zwetschgenknödeln.
Ohne ein Wort zu sagen, verließ er das Haus und ging ins Amt. Er vergaß allerdings nicht, die Drohbriefe wiedermitzunehmen.

VII

In dem Dorf Szwaby, das zum Bezirk Zlotogrod gehörte, war Leibusch Jadlowker mächtiger als der Wachtmeister der Gendarmerie selbst. Man muß wissen, wer Leibusch Jadlowker war: von unbekannter Herkunft. Man munkelte, daß er vor Jahren aus Odessa gekommen und daß sein Name eigentlich nicht der richtige sei. Er besaß die sogenannte Grenzschenke, und man wußte nicht einmal, auf welche Weise er in ihren Besitz gekommen war. Auf eine geheimnisvolle, niemals erforschte Weise war der frühere Besitzer, ein alter, silberbärtiger Jude, umgekommen. Man hatte ihn eines Tages erfroren aufgefunden, im Grenzwald, halb schon von Wölfen zerfressen. Kein Mensch, auch der Diener Onufrij nicht, hätte sagen können, warum und wozu der alte Jude mitten im Frost durch den Grenzwald gegangen war. Die Tatsache allein bestand, daß er, der keine Kinder hatte, einen einzigen Erben besaß, nämlich seinen Neffen Leibusch Jadlowker.
Von Jadlowker ging das Gerücht, er sei aus Odessa geflüchtet, weil er einen Mann mit einem Zuckerhut erschlagen hatte. Im übrigen war es kaum ein Gerücht, es war beinahe eine Wahrheit. Leibusch Jadlowker erzählte selbst die Geschichte jedem, der es hören wollte. Er war – so erzählte er – Hafenarbeiter gewesen, und er hatte einen Feind unter seinen Kameraden. Und ihn, der ein bärenstarker Kerl gewesen sein sollte, erschlug eines Abends, während sie gemeinsam Zuckerhüte von einem Warenschiff abluden, Jadlowker mit einem jener Zuckerhüte, infolge eines Streits. Deswegen auch wäre er über die Grenze Rußlands geflüchtet.
Man glaubte ihm alles: daß er ein Hafenarbeiter gewesen war und daß er gemordet hatte. Man glaubte ihm nur eines nicht, nämlich seinen Namen: Leibusch Jadlowker – und man nannte ihn deshalb im ganzen Bezirk Zlotogrod einfach »Leibusch, den Wilden«.

Es gab Grund genug, ihn so zu nennen. Denn seine Grenzschenke war der Sammelplatz aller Taugenichtse und Verbrecher. Dreimal in der Woche lud selbst der berüchtigte russische Agent für die American Line die Deserteure der russischen Armee in der Grenzschenke Jadlowkers ab, damit sie von da aus weiter nach Holland, nach Kanada, nach Südamerika kämen.

Wie gesagt: Taugenichtse und Verbrecher verkehrten in der Grenzschenke Jadlowkers; Landstreicher, Bettler, Diebe und Räuber beherbergte er. Und dermaßen schlau war er, daß ihm das Gesetz nicht beikommen konnte. Immer waren seine Papiere und die seiner Gäste in Ordnung. Nichts Nachteiliges, nicht Unsittliches konnten über seinen Lebenswandel die beruflichen Spitzel berichten, die an der Grenze herumwimmelten wie Mücken. Es ging von Leibusch Jadlowker das Gerücht herum, daß er der Urheber aller Verbrechen im ganzen Bezirk Zlotogrod sei – und es waren nicht wenig Verbrechen: Morde kamen vor, Raubmorde und auch Brandlegungen – von Diebstählen nicht zu reden. Österreichische Deserteure, die nach Rußland, russische, die nach Österreich flüchteten, tauschte er gewissermaßen aus. Jene, die ihn nicht bezahlten, ließ er – so hieß es – wahrscheinlich erschießen, von den österreichischen oder von den russischen Grenzposten: je nachdem!

Jadlowker hatte nicht nur auf eine rätselhafte Weise seine Konzession für die Grenzschenke bekommen, sondern auch eine für einen Spezereiwarenladen. Und unter »Spezerei« schien er etwas ganz Besonderes zu verstehen. Denn er verkaufte nicht nur Mehl, Hafer, Zucker, Tabak, Branntwein, Bier, Karamellen, Schokolade, Zwirn, Seife, Knöpfe und Bindfaden, er handelte auch mit Mädchen und mit Männern. Er verfertigte falsche Gewichte und verkaufte sie den Händlern in der Umgebung; und manche wollten wissen, daß er auch falsches Geld herstelle, Silber, Gold und Papier.

Natürlich war er der Feind des Eichmeisters Anselm Eibenschütz. Er begriff überhaupt nicht, wieso und warum ein sonst gesunder und vernünftiger Mann sich um Staat, Recht und Gesetz kümmern konnte. Er haßte den Eichmeister Eibenschütz, nicht weil dieser ein Eichmeister, sondern weil er ein unbegreiflich Ehrlicher war. Jadlowker war untersetzt, vierschrötig, kräftig, unbedenklich. Es wäre ihm keineswegs schwergefallen, den Eichmeister und den Gendarmen, wenn sie zu ihm kamen, um seine Maße und Gewichte zu prüfen, hinauszuwerfen. Dies aber nicht zu tun, gebot ihm sein sündhaftes Gewissen. Vielmehr trat

er dem Eichmeister sehr freundlich entgegen, den Haß unterdrückend und ihn sogar zeitweilig ausschaltend. Man hätte dem Leibusch Jadlowker schwerlich so viel Kunst der Verstellung zugetraut – bärenstark und vierschrötig, wie er einmal war. Die Natur wollte es so, daß er schlau sei und auch stark.
Immer, wenn der Eichmeister Eibenschütz das Wirtshaus in Szwaby betrat, gab es Wurst und Rettich und Met und Schnaps und gesalzene Erbsen. Der neunziggrädige Schnaps war gesetzlich verboten, dennoch trank ihn der Wachtmeister mit emsigem Genuß. Franz Slama, der Wachtmeister der Gendarmerie, wurde leider leicht besoffen. Es war im Grunde gleichgültig, ohnehin verstand er ja nichts von Maßen und Gewichten. Und selbst, wenn er etwas davon verstanden hätte: Man konnte die falschen Maße und Gewichte bei Leibusch Jadlowker niemals zu sehen bekommen. Er ließ sie rechtzeitig verschwinden, auf eine unfaßbare Weise erfuhr er immer von der Ankunft des Eichmeisters einen Tag früher.
In jenen Tagen gerade erfuhr der Eichmeister Eibenschütz eine seltsame Veränderung im Benehmen seiner Frau Regina. Die gab nicht nur ihre Lust zu Zwistigkeiten auf, sie wurde zusehends zärtlicher. Er erschrak einigermaßen darüber. Denn wenn er sie auch immer noch liebte, gewissermaßen, weil sie bereits zu ihm gehörte, und wie seinen neuen Beruf, an den er sich so schnell gewöhnt hatte, so begehrte er sie doch längst nicht mehr. Zu deutlich hatte sie ihm und zu lange Zeit gezeigt, daß er ihr gleichgültig war und zuweilen sogar verhaßt. Seit langem schon war er gewohnt, in der Nacht sofort einzuschlafen, wenn sie in die hart aneinandergerückten Betten stiegen, und längst mehr hatte er keinen Blick für ihren nackten Körper, wenn sie sich vor dem Spiegel auszog, vielleicht in der Hoffnung, er würde sie noch begehren. Manchmal fragte sie ihn, nackt, wie sie dastand, ob er sie liebe. Sie meinte eigentlich, ob er sie schön finde. »Ja, gewiß!« sagte er und ergab sich dem Schlaf, gleichsam, um den Gewissensbissen zu entgehen, die ihm seine Lüge noch hätte bereiten können.
Deshalb überraschte, ja erschreckte ihn die Zärtlichkeit, die plötzlich wiedererwachte, seiner Frau. Er schlief mit ihr, wie in früheren Jahren. Am Morgen dann war seine Unlust stark, und er gab ihr fast mit Widerwillen einen Kuß, bevor er fortging. Sie stellte sich schlafend, und er wußte genau, daß es ein Spiel war. Aber das Spiel gehörte zu ihr, und er liebte sie immer noch. Er sagte es ihr nicht.

Vergeblich grübelte er darüber nach, was sie wohl zu solch erneuter Leidenschaft gebracht haben möchte. Eines Tages sollte er die Wahrheit erfahren.

VIII

Eines Tages nämlich befand sich unter seinen vielen anonymen Denunziationsbriefen ein ungewöhnlicher, der folgendermaßen lautete: »Geehrter Herr Eichmeister, obwohl eines der Opfer Ihrer Strenge und demzufolge in einen Prozeß verwickelt und das wegen eines einzigen Zehn-Kilo-Gewichtes, erlaube ich mir, Ihnen mitzuteilen, daß Ihre Frau Sie auf hinterhältige Weise hintergeht und schändlich. Und zwar mit Ihrem Herrn Schreiber, Herrn Josef Nowak. Verehrungsvoll ergebenst

X. Y.«

Anselm Eibenschütz war ebenso langsam, wie er redlich war. Zu oft hatte er überdies erfahren, daß viele Denunziationen falsche Angaben enthielten. Er steckte den Brief in die Tasche und ging nach Hause. Zärtlich, wie gewohnt seit einigen Tagen, empfing ihn seine Frau. Sie hing sogar noch eine Weile länger an seinem Hals. »Ich habe dich heute besonders sehnsüchtig erwartet«, sagte sie flüsternd. Arm in Arm gingen sie an den Eßtisch. Während des Essens betrachtete er sie genau, und er bemerkte, was ihm offenbar bisher entgangen war, daß sie einen ihm unbekannten Ring am kleinen Finger trug. Er nahm ihre linke Hand und fragte: »Woher hast du den Ring?« – »Von meinem Vater«, sagte sie, »ich habe ihn nie getragen.« Es war ein billiger Ring, ein Männerring, mit einem künstlichen Saphir. Er sagte weiter: »Wozu hast du ihn plötzlich angezogen?« – »So, damit er uns Glück bringe«, sagte sie. »Uns?« – »Uns beiden!« bestätigte sie.
Plötzlich sah er auch, wie sie sich verändert hatte. Ein neuer, großer Schildpattkamm hielt ihren dichten, schwarzblau schimmernden Haarknoten zusammen. Große goldene Ohrringe, die sie lange nicht mehr getragen hatte, Ohrringe, an denen winzige, feine Goldplättchen hingen, zitterten sacht an ihren Ohrläppchen. Ihr dunkelbraunes Angesicht hatte seine ganz jugendliche, geradezu eine jungfräuliche rötliche Tönung wiedergefunden. Eigentlich sah sie wieder aus wie einst,

wie als Mädchen, als er sie kennengelernt hatte, in Sarajewo, wo sie im Sommer bei ihrem Onkel, dem Waffenmeister, eingeladen war.
Mitten in diese seine Betrachtungen, die ihn ohnehin schon erschreckten, fiel ihr Wort unmittelbar, sozusagen ohne Sinn und Verstand. Es lautete: »Ich möchte endlich ein Kind haben.« Von wem? wollte er fragen, denn er dachte natürlich sofort an den Brief. Aber er sagte nur: »Warum jetzt? Du hast dir nie eins gewünscht. Du hast immer gesagt, eine Tochter würde keine Mitgift haben, und ein Sohn würde bestenfalls ein Eichmeister werden müssen wie ich.«
Sie senkte die Augen und sagte: »Ich liebe dich so sehr!«
Er stand auf und küßte sie. Er ging ins Amt.
Es war ein ziemlich weiter Weg, und er erinnerte sich unterwegs, oder er glaubte, sich plötzlich erinnert zu haben, daß er den Ring mit dem künstlichen Saphir einmal, lange war es her, an der Hand des Schreibers Josef Nowak gesehen hatte. Ihm, dem Eichmeister, waren tückische und schlaue Verhandlungen zuwider. Dennoch beschloß er jetzt, tückisch und schlau vorzugehen.
Der Schreiber erhob sich wie gewohnt, als der Eichmeister eintrat. Mit ungewohnter Freundlichkeit sagte der Eichmeister: »Guten Tag, lieber Nowak! Nichts Neues vorgefallen?« – »Nichts Neues!« sagte Nowak und machte dabei einen Bückling. Er blieb stehen, bis sich Eibenschütz gesetzt hatte.
Eibenschütz las eine Weile in Papieren, dann sagte er, mit einem Blick auf die Hände Nowaks: »Wo ist denn Ihr Ring mit dem Saphir geblieben, Herr Nowak? Es war ein sehr schöner Ring!«
Nowak schien nicht im geringsten verlegen. »Ich habe ihn versetzen müssen, leider versetzen müssen!«
»Warum, Geldschwierigkeiten?« fragte der Eichmeister. Da verließ zum erstenmal die Vorsicht den blonden und ehrgeizigen Vertragsbeamten, und er sagte: »Wegen einer Frauengeschichte!«
»Ja, ja«, sagte der Eichmeister, »als ich so alt war wie Sie, gab es auch noch Frauensachen!«
Zum erstenmal sah der Schreiber seinen Vorgesetzten so freundlich. Aber er zweifelte nicht daran, daß man ihn nicht ertappt hatte.
Diesmal täuschte er sich. Denn mit der Gründlichkeit, die ihm eigen war und die ihn zu einem so ausgezeichneten Prüfer der Gewichte und der Maße machte, beschloß Eibenschütz, der Sache genau nachzuspüren. Sein Herz war nicht mehr daran beteiligt. Er hatte nur eine flüch-

tige Vorstellung davon, daß seine Ehre beschädigt war – aber auch diese Vorstellung stammte lediglich aus der Militärzeit her und aus der Erinnerung an die Ehrbegriffe seiner Vorgesetzten, der Herren Offiziere. Es war nur, wie gesagt, eine flüchtige Vorstellung. Ihn, den Redlichen, trieb es vor allem, die ganze Wahrheit zu erforschen, man könnte sagen, Maß und Gewicht der Begebenheiten festzustellen und zu prüfen.

Infolgedessen ging er auch ganz langsam und mit gesenktem Haupt nach Hause. Und wenn ihn die Leute unterwegs grüßten, tat er so, als sähe er sie nicht, aus Angst, sie könnten ihn etwa ansprechen und stören.

Kurz bevor er sein Haus erreichte, hatte er bereits einen ganz bestimmten, sehr methodischen Plan. Und so, wie er nun einmal war, stand es fest, daß er genau nach den Plänen handeln mußte, die er sich zurechtgelegt hatte.

IX

Eine Woche später bemerkte er, daß seine Frau den Ring mit dem falschen Saphir nicht mehr trug. Er sagte seiner Frau gar nichts.

Eine Woche lang schwieg er, gegen seine Frau und gegen den Josef Nowak. Dann aber sagte er unvermittelt zu diesem: »Haben Sie den Ring eingelöst?«

»Ja«, antwortete der Schreiber – er heuchelte frohe Genugtuung.

»Sie bräuchten sich nicht zu schämen«, sagte Eibenschütz. »Ich täte Ihnen gern das Geld vorstrecken!«

»Offen gestanden«, murmelte der Schreiber – und er spielte jetzt Verwirrung wie vorher Freudigkeit.

»Aber mit Vergnügen, mit Wonne!« sagte der Eichmeister. Er gab dem jungen Mann ein hartes Fünf-Kronen-Stück, nachlässig, wie etwa einen Bleistift oder eine Zigarette. Dann hub er leutselig an: »Unter uns Männern, Herr Nowak, sagen Sie, wo treffen Sie denn in solch einem kleinen Städtchen die Dame? Das muß man doch sehen?«

Erheitert und aufgefrischt durch so viel Freundlichkeit seines Vorgesetzten, erhob sich der Vertragsbeamte vom Stuhl. Vor ihm saß Eibenschütz nicht unähnlich einem Schüler. Es war Spätherbst und später Nachmittag. Zwei ärarische Petroleumlampen, gestellt von der Be-

zirkshauptmannschaft, brannten milde unter ihren grünen, gütigen Schirmen.
»Sehen Sie, Herr Eichmeister«, begann der Schreiber, »im Frühling und im Sommer ist es sehr leicht. Man trifft sich da im Grenzwald. Ach, wenn ich Ihnen erzählen wollte, Herr Eichmeister, mit welchen Frauen ich da zusammengekommen bin! Aber Sie wissen, daß nirgends so sehr Schweigen geboten ist wie in diesen Affären. Im Herbst und im Winter ist es schwieriger, aus dienstlichen Gründen. Im ganzen Bezirk ist nur die Grenzschenke des ›wilden Leibusch‹ als Aufenthaltsstätte für Liebende geeignet. Und Sie wissen selbst, Herr Eichmeister, daß er ein sehr gefährlicher Mann ist und daß ich Sie oft dort vertreten muß. Das Amtsgewissen vor allem, das Amtsgewissen geht voran!«
»Das ist sehr brav«, sagte der Eichmeister Eibenschütz. Und er vergrub sich in seinen dienstlichen Papieren. Am Abend um sechs Uhr, als der Dienst zu Ende war, sagte der Eichmeister zu seinem Schreiber: »Sie können gehen! Und viel Glück bei den Damen!«
Der Schreiber machte eine Verbeugung, die beinahe wie der Knicks eines kleinen Schulmädchens aussah, und verschwand.
Der Eichmeister aber blieb noch länger sitzen, allein mit den zwei grünbeschirmten Lampen. Es schien ihm, als könnte er mit ihnen sprechen. Wie Menschen waren sie, eine Art lebendiger, milder, leuchtender Menschen. Er hielt eine stille Zwiesprache mit ihnen. »Halte deinen Plan ein«, sagten sie ihm, grün und gütig, wie sie waren. »Glaubt ihr wirklich?« fragte er wieder. »Ja, wir glauben es!« sagten die Lampen.
Der Eichmeister Eibenschütz pustete sie aus und ging nach Hause. Er ging durch einen spätherbstlichen, kalten Regen, der ihn noch einsamer machte, als er war, in ein Haus, in dem ihn eine Lüge erwartete, die noch düsterer war als dieser Abend, als dieser Regen.
Als er ankam, war zum erstenmal sein Haus finster. Er schloß die Tür auf. Er setzte sich auf das giftgrüne Plüschsofa im sogenannten »Salon« und wartete im Dunkeln. In diese Gegend kamen keine Zeitungen von gestern und vorgestern, sondern Zeitungen, die mindestens eine Woche alt waren. Eibenschütz kaufte sie niemals. Die Vorgänge in der Welt gingen ihn gar nichts an.
Das Dienstmädchen hatte ihn kommen hören. Jadwiga hieß sie. Sie kam herein, breit, selbstgefällig und mütterlich, in das Dunkel des Zimmers. Sie berichtete ihm, während sie die Tischlampe entzündete –

gegen seinen Willen, aber er war zu müde, um es ihr zu verbieten–, daß die Frau einkaufen gegangen war – und bald zurückkommen würde. Und sie hätte auch hinterlassen, er möchte geduldig warten.
Er drehte den Docht der Lampe ab, so klein, daß es beinahe im Zimmer aussah wie Finsternis. Er dachte an seinen Plan.
Als seine Frau zurückkam, erhob er sich, küßte sie und sagte ihr, er wäre sehr unruhig gewesen, weil er sie so lange erwartet hatte. Sie hatte Pakete in beiden Armen. Sie legte sie ab. Sie setzten sich beide an den Tisch.
Sie aßen in einer scheinbar freundlichen und friedlichen Gemeinschaft. Der Frau Regina erschien es wenigstens also. Sie benahm sich gefällig, diensteifrig sogar. Von Zeit zu Zeit lächelte sie ihrem Mann zu. Er bemerkte, daß sie wieder ihren Ring mit dem falschen Saphir am Finger hatte.
»Du hast deinen Ring wieder!« sagte der Eichmeister. »Das freut mich!«
»Ich glaube«, sagte die Frau Regina und beugte sich über den Teller, »ich kriege endlich ein Kind!«
»Endlich?« fragte der Eichmeister Eibenschütz. »Du wolltest es ja nie! Weshalb jetzt?«
»Gerade jetzt!« sagte sie und schälte dabei sehr vorsichtig eine Orange.
»Ich habe heute«, begann er – während sie noch den Kopf über Messer und Frucht gesenkt hielt–, »mit meinem Schreiber, dem Josef Nowak, gesprochen. Er ist ein Schürzenjäger, bekannt im ganzen Bezirk. Er behauptet, er hätte im Frühling und im Sommer viele Frauen hier gehabt, im Grenzwald, natürlich sagt er nicht, welche. Im Herbst und im Winter – sagt er – sei es gefährlich für ihn, das Gasthaus Jadlowkers aufzusuchen, weil er mich amtlich dort oft vertritt.«
Die Frau aß gerade ihr letztes Viertel Orange. Sie erhob ihren Blick nicht. Sie sagte: »Schrecklich, die Frauen in dieser Gegend!«
»Er schenkt allen Ringe!« erwiderte der Eichmeister.
Sie ließ das letzte Stück Orange fallen und sah auf ihren Ring am linken Zeigefinger. Es entstand ein langes Schweigen.
»Dieser Ring stammt von Josef Nowak«, sagte plötzlich der Eichmeister. »Ich kenne ihn, ich habe ihn an seiner Hand gesehen.«
Auf einmal begann die Frau Regina heftig zu weinen. Sie streifte dabei, mitten im Schluchzen, den Ring vom Finger ab und legte ihn vor sich auf den Tisch und sagte: »Du weißt also alles?« – »Ja«, sagte er. »Du bist von ihm schwanger. Ich werde meine Maßregeln treffen.«

Er stand sofort auf, zog den Mantel an und ging hinaus. Er spannte das Wägelchen ein und fuhr los, nach Szwaby, zu Jadlowker.

X

Es war spätnachts, als er dort ankam. Und man verwunderte sich nicht wenig darüber. Denn noch nie hatte der Jadlowker den Eibenschütz später als am Nachmittag gesehen. Auch war niemals noch der Eichmeister so aufgeräumt und deshalb so absonderlich erschienen. »Welche Ehre!« rief Jadlowker aus, und er tänzelte trotz seinem ziemlichen Gewicht hinter der Theke hervor. »Welche Ehre!« Zwei Taugenichtse, die an einem Tisch in der Ecke saßen, jagte Jadlowker davon. Er breitete ein rot-blau geblümtes Tuch über das Tischchen und rief, ohne den Eichmeister nach seinen Wünschen zu fragen, zur Theke hinüber: »Met, ein Viertel, ein Teller Erbsen!«

Es herrschte ein großer Lärm in der Grenzschenke Jadlowkers. Russische Deserteure saßen da, eben erst von dem Grenzschmuggler Kapturak angebracht. Sie steckten noch in ihren Uniformen. Obwohl sie ungeheuerliche Mengen Tee und Schnaps tranken und große Handtücher um die Schultern gehängt bekommen hatten, um sich den Schweiß abzuwischen, machten sie dennoch den Eindruck von Frierenden – so heimatlos fühlten sie sich bereits, kaum eine Stunde entfernt von der Grenze ihrer Heimat. Der kleine Kapturak – man nannte ihn den »Kommissionär« – betreute sie mit Alkohol. Er bekam von Jadlowker fünfundzwanzig Prozent von jedem russischen Deserteur. Die unverhoffte Ankunft des Eichmeisters störte den Wirt Jadlowker gar sehr. Er hatte eigentlich die Absicht gehabt, den Deserteuren, die doch den Wunsch hatten, ihre russische Uniformen zu wechseln, Stoffe und Anzüge anzubieten, für deren Verkauf er keine Lizenz hatte. Einerseits ärgerte ihn also die Anwesenheit des Eichmeisters, andererseits aber freute sie ihn. Endlich hatte er ihn, den Strengen, in der Nacht bei sich – und die Nacht war die große Freundin des Leibusch Jadlowker. Er rief seine kleine Freundin herunter.

Seit langen Jahren lebte er mit ihr. Es hieß, auch sie käme aus Rußland, aus Odessa, und sie hätte teilgehabt an mehreren Missetaten Jadlowkers. Ihrer Sprache, ihrem Wesen und ihrem Aussehen nach stammte sie ebenfalls aus der südlichen Ukraine. Schwarz, wild und sanft zugleich sah sie aus. Jung war sie, das heißt eigentlich: ohne irgendein Alter. In Wirklichkeit – was aber niemand in der Gegend wissen konnte – war sie eine Zigeunerin und stammte aus Jaslova in Bessarabien. Jadlowker hatte sie eines Nachts aufgetrieben und behalten. Eifersüchtig war er zwar von Natur, aber der Liebe der Schwarzen sicher und allzu sicher auch seiner eigenen Gewalt über Frauen und Männer. Viele Menschen gehorchten ihm in dieser Gegend, diesseits und jenseits der Grenze. Kapturak sogar, der allmächtige Kommissionär, der die Männer verkaufte wie Rindvieh, an die Reisegesellschaften für Auswanderer nach Kanada, Java, Jamaika, Porto Rico, Australien gar: auch Kapturak gehorchte dem Jadlowker. Gekauft hatte er die meisten Beamten, die ihm jemals hätten schaden können. Erworben hatte er lediglich noch nicht den Eichmeister Eibenschütz. Deshalb auch führte er seit Eibenschütz' Ankunft einen Kampf gegen ihn. Nach der Meinung Jadlowkers hatte jeder Mensch nicht nur eine schwache, sondern auch eine verbrecherische Stelle. Er konnte überhaupt nicht glauben – und wie hätte er auch anders leben können! –, daß irgendein Mensch in der Welt anders dachte und empfand als er, Jadlowker. Er war überzeugt, daß alle Menschen, die ehrlich lebten, verlogen waren, und er hielt sie für Komödianten. Die hervorragendsten Komödianten waren die Beamten, dann kamen die gewöhnlichen anständigen Menschen, die ohne Amt. Ihnen allen gegenüber mußte man Komödie und Anständigkeit spielen. So hielt es Jadlowker mit aller Welt. So hielt er es besonders, und mit einer ganz besonderen Anstrengung, mit dem Eichmeister Eibenschütz.

XI

Die Frau kam. Die Treppe, über die sie hinunterstieg, lief seitwärts neben der Theke. Sie bahnte sich einen Weg durch das lärmende Gewimmel der Deserteure. Das heißt, der Weg bahnte sich eigentlich vor ihr selbst. Am äußersten Ende des Schankraums neben dem Fenster, der Treppe gegenüber, saß der Eichmeister Eibenschütz. Er erblickte die Frau, als sie auf der ersten Stufe der Treppe stand. Und sofort wußte er, sie würde zu ihm kommen. Er hatte sie nie gesehen. Im ersten Augenblick schon, da er sie auf der obersten Treppenstufe gesehen hatte, verspürte er eine Trockenheit in der Kehle, dermaßen, daß er nach dem Glas Met griff und es in einem Zuge austrank. Es dauerte ein paar Minuten, bevor die Frau an seinen Tisch gelangte. Die betrunkenen Deserteure wichen vor ihrem zarten Schritt auseinander. Dünn, schlank, schmal, einen zarten weißen Schal um die Schultern, den sie mit den Händen festhielt, als ob sie fröre und als ob dieser Schal sie wärmen könnte, ging sie sicher, mit wiegenden Hüften und straffen Schultern. Ihre Schritte waren fest und zierlich. Man hörte das leise Aufschlagen ihrer hohen Stöckel einen Augenblick lang, während die lärmenden Männer verstummten und die Frau anstarrten. Ihr Blick war gleich, von der obersten Stufe an, auf den Eichmeister Eibenschütz gerichtet, als schritte ihr Auge ihren Füßen voraus.

Als sie auf ihn zutrat, war es ihm, als erführe er zum erstenmal, was ein Weib sei. Ihre tiefblauen Augen erinnerten ihn, der niemals das Meer gesehen hatte, an das Meer. Ihr weißes Angesicht erweckte in ihm, der den Schnee sehr gut kannte, die Vorstellung von irgendeinem phantastischen, unirdischen Schnee, und ihr dunkelblaues, schwarzes Haar ließ ihn an südliche Nächte denken, die er niemals gesehen, von denen er vielleicht einmal gelesen oder gehört hatte. Als sie sich ihm gegenüber niedersetzte, war es ihm, als erlebte er ein großes Wunder; als setzten sich das unbekannte Meer, ein merkwürdiger Schnee, eine seltsame Nacht an seinen Tisch. Er erhob sich nicht einmal. Er wußte wohl, daß man vor Frauen aufsteht; aber er erhob sich nicht vor einem Wunder.

Dennoch wußte er, daß dieses Wunder ein Mensch war, eine Frau, und er wußte auch, daß es die Freundin des Leibusch Jadlowker war. Natürlich hatte auch Eibenschütz alle Geschichten von der Freundin Jadlowkers gehört. Er hatte nie in seinem Leben eine bestimmte Vorstellung von dem gehabt, was man »die Sünde« nennt, aber jetzt glaubte er, er wüßte, wie die Sünde aussehe. So sah sie aus, genau so wie die Freundin Jadlowkers, die Zigeunerin Euphemia Nikitsch.

»Euphemia Nikitsch«, sagte sie einfach und setzte sich und spreizte ihren vielfach gefältelten Rock. Er knisterte leise und eindringlich, durch den Lärm der Deserteure.

»Sie trinken nichts?« fragte sie, obwohl sie das frisch geleerte Metglas vor Anselm Eibenschütz stehen sah.

Er hörte gar nicht ihre Frage. Er starrte sie an, mit großen, offenen Augen, und dachte, daß er eigentlich zum erstenmal die Augen wirklich geöffnet hatte.

»Sie trinken nichts?« fragte sie noch einmal, aber es war jetzt, als wüßte sie schon, daß Eibenschütz keine Antwort geben könne. Deshalb schnalzte sie kräftig und knallend mit den Fingern. Onufrij kam, der Hausknecht. Sie befahl eine Flasche.
Er brachte eine Flasche Neunziggrädigen und eine neue Schüssel trokkener Erbsen. Der Eichmeister Eibenschütz trank, aber nicht, weil es ihn danach gelüstete! Keineswegs! Er trank nur, weil er seit den paar Minuten, in denen die Frau dasaß, vergeblich nach einem passenden Wort suchte und weil er hoffte, das Wort würde ihm kommen, wenn er nur tränke. Er trank also, und es brannte gewaltig in seiner Kehle, und er aß daraufhin noch die gesalzenen Erbsen, die das Brennen noch verstärkten. Vor ihm saß indessen die Frau, unbeweglich. Mit den schlanken dunkelbraunen Fingern, von denen jeder einzelne aussah wie eine winzige, schlanke, rosenköpfige, leicht gebrechliche und dennoch kräftige Frau, umklammerte sie das Gläschen. Auch ihre Augen waren nicht auf den Eichmeister Eibenschütz gerichtet, sondern auf den wasserklaren Schnaps. Eibenschütz sah ihre langen, aufwärtsgebogenen seidenschwarzen Wimpern, die schwärzer waren als das Kleid der Frau.
»Ich habe Sie noch nie hier gesehen!« sagte er auf einmal, und er wurde rot dabei, und er zwirbelte mit beiden Händen den Schnurrbart, als könnte er auf diese Weise seine plötzliche, lächerliche Röte verbergen.
»Ich Sie auch nicht«, sagte sie – und es war wie die Stimme einer Nachtigall. In jungen Jahren, in den Wäldern rings um Nikolsburg hatte er sie manchmal gehört. »Kommen Sie denn oft hierher?«
»Manchmal im Dienst!« sagte er und hörte nicht auf, seinen weichen Schnurrbart zu zwirbeln. Er konnte einfach nicht mehr die Hände vom Gesicht wegnehmen.
»Im Dienst?« flötete sie. »Was für Dienst?«
Er ließ die Hände fallen. »Ich bin Eichmeister«, sagte er ernst.
»Ach so!« sagte sie, leerte ihr Glas, stand auf, nickte und ging wieder die Treppe empor.
Der Eichmeister Eibenschütz sah ihr nach, dem gefältelten Rock, der auf jedem Treppenabsatz ein zartes, sachtes Rad zu schlagen schien, und den schmalen Schuhen, die darunter erschienen. Längst schon schnarchten die Deserteure. Einige hatten ihre Köpfe auf die harten Tische gelegt. Andere lagen wie pralle, atmende Säcke unter den Tischen. Alle schnarchten laut und etwas grausam.

Er ging zur Theke. Er wollte bezahlen. Hinter der Theke stand Leibusch Jadlowker, und er sagte so drohend und so freundlich: »Herr Eichmeister, heute sind Sie mein Gast! Sie zahlen gar nichts!«, daß zum erstenmal in seinem Leben den früheren Feuerwerker Eibenschütz der Mut verließ und daß er nur »Gute Nacht« sagte.
Nach Hause ging er sehr langsam. Er vergaß, daß er sein Wägelchen vor dem Wirtshaus stehen gelassen hatte. Dennoch folgte ihm das Pferd gehorsam wie ein Hund und zog das Gefährt hinter sich her.
Es war schon heller Morgen, als er ankam. Das behäbige Dienstmädchen stellte ihm Tee und Brot auf den Tisch. Er schob alles weg.
Er hörte die Schritte seiner Frau. »Guten Morgen!« sagte sie. Sie trat auf ihn zu, sie machte Anstalten, ihn zu umarmen. Er erhob sich sofort.
»Du schläfst von nun ab in der Küche!« sagte er, »oder du wirst das Haus verlassen!«
Er schwieg eine Weile, dann sagte er: »Wenn dein Bett heute nacht nicht in der Küche steht, schläfst du morgen nacht bei Nowak oder draußen.«
Er erinnerte sich plötzlich an seinen Wagen, an sein Pferd. Gehorsam warteten sie vor dem Gitter des kleinen Gartens. Längst war es schon wacher Tag.
Er fuhr zum Amt, in die Bezirkshauptmannschaft. Und er schrieb mit eigener Hand sehr langsam, mit Doppelrand, in der klaren, kindlich-kalligraphischen Schrift eines kaiser-königlichen Feuerwerkers ein Gesuch an die Gemeinde, sie möchte den Schreiber Josef Nowak einer Nachbargemeinde abgeben. Er sei mit ihm nicht zufrieden. Er wünsche einen andern.
Es machte ihm einige Pein, einer Gemeinde ein Schreiben zu schicken. Er war immerhin zwölf Jahre Feuerwerker gewesen, und er hätte ein Anrecht auf einen richtigen, auf einen echten Staatsbeamtenposten gehabt. Dank seiner Frau aber hatte er diesen gewählt (er war eigentlich ein Gemeindebeamter, den allerdings der Staat bezahlte).
In dieser Stunde tat es ihm besonders weh, daß er nicht unmittelbar dem Staat unterstellt war.
Er war etwa eine Stunde vor dem Dienst gekommen. Als der Schreiber Nowak eintrat, sagte ihm der Eichmeister: »Sie werden diesen Posten verlassen. Ich bin mit Ihnen unzufrieden. Ich habe Ihre Entlassung oder Ihre Versetzung soeben beantragt.«

Der junge, ehrgeizige Mann sagte nur das eine Wort: »Aber–«
»Schweigen Sie!« rief Eibenschütz, wie er dereinst auf dem Exerzierplatz geschrien hatte, als er noch Feuerwerker gewesen war.
Er tat so, als vertiefte er sich in Akten. In Wirklichkeit aber dachte er über sein Leben nach. Nowak, gut – so dachte er–, der wird also verschwinden. Mit meiner Frau habe ich nichts mehr zu tun. Sie wird in der Küche schlafen. Hinauswerfen werde ich sie nicht, ich liebe keine Skandale. Und was noch – und was noch? – Ich will nicht mehr zu Jadlowker gehen – außer Dienst, versteht sich. Und wenn ich einmal außer Dienst hingehe, dann nur mit dem Wachtmeister Slama. – Nein, außer Dienst werde ich nicht mehr hingehen. Dabei bleibt es.

XII

Dabei blieb es nicht. Zwar wurde der Schreiber Nowak nach Podgorce versezt; zwar schlief, neben dem Dienstmädchen, in der Küche die Frau Eibenschütz: aber die dienstlichen Besuche in der Grenzschenke, in Begleitung des Wachtmeisters Slama allerdings, mehrten sich auffallend.
Der Winter kam, und es war ein unerbittlicher Winter. Die Spatzen fielen von den Dächern, überreifen Früchten ähnlich, die im Frühherbst von den Bäumen fallen. Sogar die Raben und Krähen schienen zu frieren, so dicht beieinander hielten sie sich auf den dürren Zweigen. Das Thermometer zeigte an manchen Tagen zweiunddreißig Grad. In solch einem Winter fällt es einem Menschen einfach schwer, ohne Heim zu sein. Allein im großen Frost stand der Eichmeister, wie der einsam kahle und frierende Baum im Hof der Bezirkshauptmannschaft vor dem Fenster des Amtszimmers. Es war ein neuer Schreiber gekommen, ein träger, dicker und gutmütiger Jüngling, der sehr langsam arbeitete, aber Behaglichkeit verbreitete. Am behaglichsten war es überhaupt im Amtszimmer. Das Ofentürchen strahlte rötliches Licht aus, die beiden Lampen grünes. Die Papiere sogar raschelten vertraulich. Aber was dann, wenn der Eichmeister Eibenschütz das Amt verläßt? In seinem kurzen Schafspelz, mit hoch aufgeschlagenem Persianerkragen, in den hohen Kniestiefeln steht er da, neben einer der zwei Laternen, die vor der Bezirkshauptmannschaft brennen. Sie brennen sehr ärmlich und gelb, die Nachtlämpchen, dem leuchtenden Schnee

im Park gegenüber. Lange Zeit steht der Eichmeister Eibenschütz so da und überlegt. Er überlegt, wie es jetzt aussehen wird, wenn er nach Hause kommt. Der Ofen ist geheizt, der Tisch gedeckt, der Rundbrenner leuchtet, auf der Ofenbank hockt die gelbe Katze. Verweint und finster geht die Frau sofort bei der Ankunft des Mannes in die Küche. Das Dienstmädchen, auch diese finster und verweint, denn sie teilt Tränen und Klagen mit der Hausfrau, schneuzt sich mit dem Schürzenzipfel, mit der linken Hand stellt sie den Teller vor Herrn Eibenschütz. Nicht einmal die Katze kommt heran wie einstmals, um sich streicheln zu lassen. Auch sie hegt Feindschaft gegen Eibenschütz. Aus ihren gelben Augen leuchtet der Haß. Trotz alledem beschließt der Eichmeister, nach Hause zu gehen. Er stampft entschlossen mit den schweren Stiefeln durch den knirschenden Schnee, durch die tote Nacht, die von unten her, vom Schnee, erhellt wird. Kein lebendiges Wesen wahrzunehmen. Man hat nichts zu befürchten, man braucht sich nicht zu schämen, wenn man gelegentlich eine kleine Weile vor einem der Häuschen stehenbleibt und durch die Ritzen der Fensterläden in die fremden Wohnungen hineinlugt. Es ist noch früh am Abend. Oft sitzen die glücklichen Leute noch zusammen. Manchmal spielen sie Domino. Väter, Mütter, Brüder, Schwestern, Kinder und Kindeskinder gibt es in den Häusern. Sie essen, sie lachen. Manchmal weint ein Kind, aber auch Weinen macht selig, ohne Zweifel! Manchmal bellt ein Hund aus dem Hof, denn er wittert den spähenden Eibenschütz. Auch dieses Kläffen hat noch etwas Heimliches, Liebliches beinahe. – Eibenschütz kennt nun schon alle Familien des Städtchens und wie sie leben. Er bildet sich gelegentlich ein, es sei für einen Eichmeister gut, nützlich, ja sogar erforderlich, etwas Näheres über die Kaufleute zu erfahren, »Personalkenntnisse« nennt er das. Nun geht er weiter. Jetzt ist er vor dem Haus. Sein Schimmel hört ihn kommen und wiehert freundlich. Ein liebes Tier. Der Eichmeister kann sich nicht halten, er geht in den Stall, er will den Schimmel nur streicheln, er denkt an die glückliche Zeit beim Militär, an all die Pferde, rückwärts, im Hintergebäude der Kaserne, er erinnert sich noch an alle Namen und auch an ihre Gesichter. Jakob hat er seinen Schimmel genannt. »Jakob!« ruft er leise, als er in den Stall kommt. Der Schimmel hebt den Kopf. Er stampft zwei-, dreimal mit dem rechten Huf auf das feuchte Stroh. Eibenschütz geht heran, eigentlich nur, um ihm »Gute Nacht« zu sagen, aber plötzlich kehrt er um, sagt, wie zu einem Menschen: »Einen Moment, bitte!« und geht in den Schuppen, und holt den Schlitten und führt das Pferd hinaus und schnallt mit zitternden und dennoch sicheren Fingern das Riemenzeug um, und die warme Wollhaardecke rollt er um den Leib des Tieres und bindet sie fest. Er spannt den Schimmel vor den Schlitten. Er schnallt die Glocke um den Hals des Pferdes. Er setzt sich hin, er nimmt die Zügel in die Hand und sagt: »Jakob!« Noch einen hastigen, gehässigen Blick wirft er auf die erleuchteten Fenster seiner Wohnung. Wie sehr haßt er die drei Frauen, die ihn drinnen erwarten: die Frau zuerst, das Dienstmädchen zunächst und schließlich die Katze. »Jakob!« sagte er, und der Schlitten gleitet auf seinen zuerst knirschenden, dann sanft und sanfter und lautlos werdenden Kufen dahin, zum Tor hinaus. Der Schimmel weiß, wohin.

Der Frost saust um das Gesicht des Eichmeisters, der Frost ist ein stummer Sturm, und die Nacht ist klar, als wäre sie aus Glas, aus Kristall gar. Die Sterne sieht man nicht, denn man achtet wohl auf den Weg, aber man fühlt sie hart und klar, als wären auch sie alle aus Eis, über dem Kopf. Man fühlt sie so sehr, daß man sie beinahe sieht, obwohl man auf den Weg achten muß. Man saust dahin.

Wohin saust man so mit dem Schimmel Jakob? Er weiß den Weg allein. Er galoppiert nach Szwaby.

Und wohin in Szwaby? In die Grenzschenke Jadlowkers. Es ist, als hätte er auch Sehnsucht, wie sein Herr, nach der Zigeunerin Euphemia Nikitsch.

XIII

In der Grenzschenke Jadlowkers war es warm und gut und fröhlich. Man trank, man spielte Karten, man rauchte. Der Rauch stand über den Häuptern der Männer. Es waren keine Frauen vorhanden, und das war gut. Der Eichmeister Eibenschütz hätte schwer die Anwesenheit einer Frau vertragen können, es sei denn die der Euphemia Nikitsch. Aber sie zeigte sich nicht. Eibenschütz wußte gar nicht, daß er hierhergekommen war, sie zu sehen. Erst, als er Platz genommen und einen Schluck getan hatte, glaubte er zu wissen, daß er eigentlich hierhergekommen war, um die Frau wiederzusehen. Gelegentlich kam Leibusch Jadlowker an seinen Tisch und setzte sich für eine Weile hin, flüchtig,

wie sich eine Biene auf Honig setzt, ein Schmetterling auf Blumen. Je ernster der Eichmeister Eibenschütz wurde – und er wurde immer ernster, je mehr er trank –, desto heiterer erschien ihm Jadlowker. Heiterer erschien er ihm und gehässiger. Er wußte wohl, der Eichmeister Eibenschütz, daß die meisten Denunziationsbriefe von der Hand Jadlowkers stammten. Sehr wahrscheinlich war es, daß Jadlowker die Aufmerksamkeit des Eichmeisters von sich ab und auf andere lenken wollte. Er wußte das, er glaubte, es zu wissen, der Eibenschütz. Dennoch ertrug er die süßliche Freundlichkeit des Gastwirtes mit unerschütterlicher Geduld und sogar mit einer andächtigen Sanftmut. Er sah das widerliche, breite, stets grinsende Angesicht Jadlowkers an. Ein spitzes rotblondes Bärtchen zierte es. Man kann sagen: zieren, nichts hätte es entstellen können. Es war blaß, von einer wächsernen Blässe. Zwei winzige grünliche Äuglein glommen darin wie Lichter, die bereits erloschen sind, und dennoch immer noch Lichter; den Sternen ähnlich, von denen die Astronomen wissen, daß sie seit Jahrtausenden bereits erstorben sind, und die wir trotzdem immer noch leuchten sehen. Das einzig Lebendige war noch der rote Spitzbart. Er sah aus wie ein dreieckiges Feuerchen, das etwa überraschenderweise einer längst tot geglaubten, erloschen geglaubten Materie entspringt.
»Gehorsamst! Herr Eichmeister!« sagte Leibusch immer wieder, sooft er an den Tisch herankam. Es war, als wollte er immer wieder, im Laufe eines einzigen Abends, den Eichmeister zum erstenmal gesehen haben. Eibenschütz ahnte in diesem Verfahren eine gewisse Ironie. Eine gewisse Ironie mochte Eibenschütz auch aus der Tatsache ersehen, daß Jadlowker niemals an seinen Tisch kam, ohne eine volle Flasche in der Hand zu haben. Nun, das konnte noch zu den vorschriftsmäßigen Abzeichen eines Wirtes gehören. Aber, wenn Jadlowker, von dem Eibenschütz genau wußte, daß er falsche Gewichte hatte, noch fragte: »Wie geht es Ihrer gnädigen Frau?«, so glaubte der Eibenschütz es nicht mehr ertragen zu können, und um es ertragen zu können, bestellte er mehr Schnaps. Er trank, er trank, bis zum Morgengrauen. Längst schon schnarchten schwer und fürchterlich die Deserteure unter den Tischen und auf den Tischen. Der Morgen graute zwar noch nicht, aber er war schon zu ahnen, als sich der Eibenschütz erhob. Onufrij gab ihm das Geleit. Immer in dem Augenblick, in dem er den Schlitten bestieg, fühlte er sich erleichtert und bedrückt. Wenn er die Stadtgrenze von Zlotogrod erreichte, graute schon der winterliche

Morgen. Eibenschütz kehrte nicht nach Hause zurück. Er kehrte bei dem Barbier Leider ein, und er ließ sich rasieren und den Kopf kalt waschen. Er ging dann in das einzige Kaffeehaus der Stadt Zlotogrod, es nannte sich Bristol. Er trank einen Kaffee und aß zwei Kipfel, die so frisch waren, daß sie noch nach dem Bäcker rochen. Hierauf fuhr er ins Amt, saß stumpf vor dem leeren Tisch, auf dem begreiflicherweise noch keine Post liegen konnte, und erwartete den trägen, fetten Schreiber mit Ungeduld. Er ging hinaus und wusch sich, so, wie er war, in Pelz und Stiefeln, Gesicht und Hände unter der fürchterlich kalten Pumpe, die im Hof der Bezirkshauptmannschaft dastand, den Pferden der berittenen Gendarmerie zu dienen.
An solchen Morgen dachte der Eichmeister gar nichts oder nur sehr wenig. Er dachte daran, daß es acht Uhr vom Kirchtrum schlagen und daß der neue Schreiber so bald wie möglich kommen müßte. Als es endlich acht Uhr vom Kirchturm schlug, ging Eibenschütz noch hinaus, einen Rundgang durch die Stadt machen. Der Rundgang konnte nicht lange dauern, die Stadt war winzig. Er wollte nur nicht vor dem Schreiber dagewesen sein. Auch dachte er daran, daß ihm eine Rundfahrt durch die Stadt und durch den Frost nicht nur das Aussehen, sondern auch das Gefühl eines Menschen geben könnte, der in normalen Verhältnissen die Nacht durchgeschlafen hatte.
Er fuhr also los, mit dem Schlitten durch den morgendlich knirschenden Schnee. Er kehrte zurück. Er führte den Jakob und den Schlitten zuerst nach Hause. Dann ging er, nicht ohne einen gehässigen Blick gegen die noch geschlossenen Fensterläden seines Hauses zu werfen, zu Fuß ins Amt.

XIV

Auch im Amt noch konnte er sich nicht enthalten, an die Freundin Jadlowkers zu denken, an die Zigeunerin Euphemia Nikitsch. Auf eine seltsame Weise vermischte sich in ihm der berufliche und menschliche Ekel vor dem Gastwirt Jadlowker mit der schönen Sehnsucht nach der Frau Euphemia. Er wußte selbst nicht, der arme Eichmeister, was ihm da geschah. Es beunruhigte, ja, es erschütterte sein Gewissen, daß er dermaßen ständig, dermaßen unerbittlich, dermaßen gleichmäßig an die gesetzlichen Verfehlungen Jadlowkers denken mußte wie an die

Schönheit Euphemias. Gleichermaßen dachte er an beides und auch gleichzeitig. Eins ging nicht ohne das andere.
Auch dieser harte Winter ging vorüber, und es kam eine Nacht, da krachte das Eis wieder über dem Fluß Struminka. Und genau wie im ersten Jahr, als er angekommen war, aber nunmehr, wie ihm selber schien, sehr gealtert und vollkommen verwandelt, erlebte er in einer Nacht im März das Krachen des Eises über dem Fluß und die Aufregung der Einwohner. Diesmal aber bedeutete ihm der Einbruch des Frühlings etwas anderes. Er kam sich sehr gealtert vor, während er so das Jahr und die Welt neu werden sah, und keinerlei Hoffnung erwachte in seinem Herzen, wie damals im ersten Jahr seiner Ankunft. Auch heute noch, wie im ersten Jahr seiner Ankunft, standen die Leute da, an beiden Ufern des Flusses, mit Fackeln und mit Laternen, und sie sprangen plötzlich auf die treibenden Eisschollen, und sie hüpften wieder ans Ufer. Es war Frühling. Frühling war es! –
Der Eichmeister Eibenschütz aber ging trostlos nach Hause. Was bedeutete ihm schon der Frühling? Was bedeutete ihm schon der Frühling? – Drei Tage später kam seine Frau nieder. In der Küche. Es war eine leichte Geburt. Kaum war die Hebamme gerufen worden, und schon war er da, der Sohn des Josef Nowak. Der Eichmeister Eibenschütz dachte, daß nur Bastarde so schnell und leicht zur Welt kommen.
Die Nacht, in der ihm der Sohn des Josef Nowak geboren wurde, verbrachte der Eichmeister in der Schenke Jadlowkers. An diesem Abend erschien auch wieder an seinem Tisch die Frau Jadlowkers. Wie beim erstenmal sagte Euphemia: »Sie trinken nichts?« – »Wenn Sie wollen, daß ich trinke, so trinke ich«, antwortete er. Sie schnalzte mit den Fingern, und der Diener Onufrij kam und schüttete das Glas des Eichmeisters voll.
Auch sie verlangte nach einem Glas. Man brachte es ihr. Sie trank den Neunziggrädigen in einem Zug aus.
Sie näherte ihr Angesicht dem Eichmeister, und ihm war es, als seien ihre Ohren mit den großen, leise klirrenden Ohrringen ihm beinahe näher als ihre hellen Augen. Er sah sehr wohl ihr schneeweißes Gesicht, aber wacher noch als sein Auge war sein Ohr. Er vernahm ganz deutlich das ganz leise Klingeln, das von dem sachten Anschlag der goldenen Münze an den Ohrring her kam, sobald die Frau eine Bewegung machte. Er dachte dabei, daß ihre Finger hart und stark und

braun waren, seltsamerweise wußte er nicht mehr, weshalb er an ihre Finger denken mußte, dieweil er ihre Ohren ansah und das Klingeln der kleinen Goldmünzen vernahm.

Für die Dauer eines Augenblicks setzte sich auch Leibusch Jadlowker an den Tisch. Aber es dauerte nicht länger, als eben ein Schmetterling auf einer Blume sitzt. Im nächsten Moment war er weg. Euphemia beugte sich zu Eibenschütz hinüber und flüsterte: »Ich liebe ihn nicht! Ich hasse ihn!« – Hierauf lehnte sie sich zurück und nippte an ihrem Glase. Und an ihren Ohrläppchen klingelte es süß und sachte.

Eibenschütz konnte es nicht mehr aushalten. Er winkte dem Schankdiener Onufrij und zahlte und bestieg seinen Schlitten und fuhr nach Hause.

Er erinnerte sich nicht mehr, ob er der Frau Euphemia gute Nacht gesagt hatte oder nicht. Es erschien ihm plötzlich sehr wichtig.

Der Schnee war noch sehr hart, und der kleine Schlitten flog dahin wie mitten im Winter.

Aber von oben her wehte es schon milde und fast schon österlich herunter, und blickte man zum Himmel empor, so sah man, daß die Sterne nicht mehr so kalt und strenge dastanden. Es war, als hätten sie sich der Erde ein wenig mehr genähert. Auch ein sehr gütiger, kaum spürbarer Wind gab sich zu erkennen.

Es gab schon eine ganz gewisse herbe Süße in der Luft. Der Schimmel raste dahin wie noch nie, und dabei hatte Eibenschütz kaum die Zügel gestrafft. Der Schimmel warf von Zeit zu Zeit den Kopf hoch, wie um zu sehen, ob die Sterne schon der Erde näher gekommen wären. Auch er fühlte, daß der Frühling nahe war.

Besonders aber fühlte es der Eichmeister Anselm Eibenschütz. Während er seinem tristen Heim entgegenglitt, durch den glatten Schnee, unter dem milden Himmel, dachte er daran, daß ihn zu Hause ein Bastard erwartete. Auch darüber war er im Grunde sehr froh. Denn noch stärker dachte er an das Wort, daß ihm Euphemia gesagt hatte: »Ich liebe ihn nicht. Ich hasse ihn!«

Er hörte das Klingeln ihrer Ohrringe!

XV

Zu Hause schrie der Säugling. Was ein Wunder! Säuglinge schreien. Sie wissen nicht, ob sie Bastarde sind oder nicht. Sie haben ein Recht, zu wimmern und zu schreien. Übrigens übertönten in Eibenschütz' Ohren die leise klingenden Ohrringe der Euphemia auch das laute Schreien des Säuglings. Eibenschütz dachte gar nicht mehr an seine Frau und an das Kind des Josef Nowak.
Als er sein Haus betrat, dachte der Eichmeister nur daran, daß er der Hebamme nicht begegnen dürfte. Dies allein war seine Sorge. Aber es gelang ihm keineswegs. Sie hatte gehört und gesehen, wie er ankam. Und sie ging ihm entgegen mit der beruflichen Fröhlichkeit, die ihr eigen war, und berichtete ihm alles, was er nicht zu wissen wünschte: daß der Junge prächtig sei und daß sich die Mutter wohl befinde.
Eibenschütz dankte ihr gehässig. Immer noch klingelten in seiner Erinnerung und in seinem Herzen die goldenen Münzen an den goldenen Ohrringen. Er fühlte sich sehr unsicher, sehr unsicher fühlte er sich. Zuweilen war es ihm, als sei er kein Mensch mehr, sondern ein Haus, und er wäre imstande, seinen nahen Einsturz vorauszuahnen, als wäre er ein Haus oder eine Mauer: Es barst und bröckelte in ihm, und er fühlte kaum noch den Boden unter seinen Füßen. Er selbst schwankte, das ganze Haus schwankte, es schwankte auch der Sessel, auf den er sich setzte, um sein Frühstück einzunehmen. Der Hebamme wegen ging er jetzt hinein, in das Schlafzimmer, in dem seine Frau Regina seit ihrer Niederkunft wieder untergebracht war. Skandale wollte er nicht. Der Hebamme wegen.
Er sagte zu seiner Frau flüchtig und gehässig: »Guten Morgen« und betrachtete den Säugling Josef Nowaks, den ihm die Hebamme mit beruflichem Diensteifer entgegenstreckte. Der Säugling wimmerte. Er roch zudringlich nach Muttermilch und Urin. Eibenschütz dankte Gott, daß es nicht sein eigener Sohn war. Er empfand ein wenig Schadenfreude darüber, daß es der Sohn des verhaßten Josef Nowak war. Aber lauter noch als die Schadenfreude tönten in seinem Herzen die klingelnden Ohrringe.
Am Nachmittag hatte er eine Dienstfahrt mit dem Wachtmeister Slama zu unternehmen, nach Slodky. Sie langweilte ihn, diese Dienstfahrt, warum ging es nicht nach Szwaby? Es klingelten sachte die Ohrringe der Euphemia.

Der Wachtmeister Slama kam, ihn abzuholen. Man spannte den Schimmel vor das Wägelchen. Es war April, kurz nach Ostern. Der Himmel mit seinen zartweißen Wölkchen und seinem hellen Blau war jugendlich. Das Windchen, das dem Eichmeister entgegenwehte, war geradezu neckisch und ausgelassen. Die Felder zu beiden Seiten der Landstraße begannen eben, fröhlich zu grünen, und die Schneereste in den Gräben waren grau wie Asche.
»Heute oder morgen kommen die Schwalben!« sagte der Wachtmeister der Gendarmerie Franz Slama. Es kam dem Eichmeister Eibenschütz seltsam, aber auch anmutig vor, daß der Wachtmeister, trotz der Pickelhaube auf dem Haupt, trotz dem Gewehr mit dem aufgepflanzten Bajonett zwischen den Knien, von den Schwalben sprach.
»So spät kommen sie hierher?«
»Ja«, sagte der Wachtmeister Slama, »es ist ein weiter Weg hierher.«
Und sie schwiegen. Und das Wägelchen rollte, und das Windchen wehte, und über der Welt wölbte sich der jugendliche Himmel mit seinen zartblauen Wölkchen.
Es war Freitag, ein Tag, den der Eichmeister nicht liebte: nicht aus Aberglauben, sondern weil es im ganzen Bezirk, in der Gegend überhaupt, ein Markttag war. Da gab es viel zu tun, nicht in den Läden, sondern auf den offenen Märkten. Die Kunden liefen einfach weg, wenn sie Gendarmen und Beamte kommen sahen.
Es entstand auch diesmal ein großer Schrecken auf dem Marktplatz von Slodky. Als das gelbe Wägelchen am Grenzrand des Marktflekkens erschien, schrie jemand, ein Junge, den man als Posten aufgestellt hatte: »Sie kommen! Sie kommen!« Die Weiber ließen die Fische, die sie eben hatten kaufen wollen, wieder in die Bottiche fallen. Die frischgeschlachteten, noch blutenden Hühner fielen mit hartem Schlag auf die Tische der Verkaufsstände zurück.
Das noch lebende Geflügel selbst schien zu erschrecken. Hühner, Gänse, Enten und Puten rannten zappelnd, krähend, schnatternd, schwerfällig und hastig die Flügel schlagend, durch die breite, kotige Fahrbahn, an deren beiden Seiten die Verkaufsstände aufgestellt waren. Während die Käufer, die doch gar keinen Anlaß hatten, vor der Behörde zu fliehen, es lediglich aus Torheit taten, aus Haß und Mißtrauen und aus unbestimmter Furcht, überlegten die Händler, die ihre Standplätze nicht verlassen durften, weil sie sich ja sonst erst recht verdächtig gemacht hätten, was zu unternehmen sei. Zuerst schmissen

sie ihre Gewichte in die Straßenmitte, in den silbergrauen Schlamm. Es sah fast aus wie eine Schlacht und als bekämpften sie sich zu beiden Seiten der Marktgasse mit ihren schweren Gewichten.
Als der einzige unter den Händlern benahm sich kaltblütig nur der Leibusch Jadlowker. Er hatte zwar keine Konzession, in Slodky Fische zu verkaufen. Dennoch verkaufte er Fische in Slodky. Stark und breit stand er da, neben seinem Bottich, beinahe so breit wie der Bottich. Zwar hatte er keine Konzession, aber auch keine falschen Gewichte. Das Gesetz kannte er: Ein Eichmeister hatte nichts mit Konzessionen zu tun. Mochte er nur kommen. Er beobachtete indessen die Hechte und die Karpfen, die sich im Bottich tummelten. Dumme Fische, die wahrscheinlich glaubten, sie lebten immer noch in Flüssen. Was weiß ein armer Fisch?
Ach, und was weiß ein armer Mensch, Leibusch Jadlowker?
Und kennt er auch alle Gesetze und alle Sitten und Gebräuche und Charakteranlagen der Beamten: Es kann ein Augenblick kommen, da steht plötzlich ein unbekannter Paragraph auf, und wenn es nicht auf den Paragraphen ankommt, so erwacht zum Beispiel eine ungeahnte Leidenschaft in einem Beamten. Beamte sind auch Menschen.

XVI

Der Eichmeister Eibenschütz war auch nur ein Mensch. Das leise Klingeln der Ohrringe Euphemias konnte er nicht loswerden. Manchmal hielt er sich die Ohren zu. Aber es klingelte ja drinnen, nicht draußen. Es war kaum noch auszuhalten. Man mußte ganz schnell und flüchtig sogar den Markt von Slodky kontrollieren, und dann war es vielleicht noch Zeit, nach Szwaby zurückzukutschieren.
Er fuhr durch den wüsten, verwüsteten Markt. Die Räder seines Wägelchens rollten munter über die fortgeworfenen Gewichte hinweg, und die Hufe Jakobs gruben sich noch tiefer in den Schlamm. In der Mitte des Marktes hielt Eibenschütz an. Stumm und steif, wie Wachspuppen in einem Panoptikum, standen die Händler hinter den Ladentischen. Von einem Laden zum andern ging Anselm Eibenschütz, neben ihm der Gendarm. Man zeigte ihm Waagen und Gewichte, echte Waagen, echte Gewichte. Ach, er wußte wohl, daß es die falschen waren, die niemals benutzt wurden. Er prüfte die Punzierungen, er unter-

suchte Kummen, Fächer, Schubladen, Winkel, Verstecke. Bei der Geflügelhändlerin Czaczkes fand er sieben falsche Pfund- und Kilogewichte. Er schrieb sie auf, sie tat ihm leid. Es war eine alte, hagere Jüdin, mit geröteten Augen, einer harten Nase und einem zerknitterten, pergamentenen Angesicht. Man hätte sich eigentlich wundern müssen, wie es möglich war, daß so viele Runzeln auf so spärliche Wangenhäute geraten waren. Sie tat ihm leid, die arme Czaczkes. Dennoch mußte er sie aufschreiben. Offenbar waren ihre Hände zu kraftlos gewesen, um rechtzeitig die Gewichte hinauszuwerfen, wie es die andern getan hatten.

Sie begann sofort zu schreien: »Gewalt! Gewalt! Gewalt geschieht mir«, so schrie sie sinnlos, mit ihrer heiseren Stimme, es war etwas von Zirpen darin, von Krähen, von Schnattern. »Nicht aufschreiben, nicht aufschreiben!« rief sie, sie flatterte mit den Armen, raufte sich die braune Perücke, die über ihren silbergrauen Haaren saß und begann sofort, ihre mageren Hühner, ihre armselige Ware hinauszuschmeißen in die Straßenmitte, in den Schlamm. »Diebe, Räuber, Mörder!« schrie sie. »Nehmt mir alles, nehmt mir alles! Nehmt mir das Leben!« Aus dem Kreischen fiel sie unmittelbar in ein herzzerbrechendes Schluchzen. Es besänftigte sie aber keineswegs, im Gegenteil, es schien sie noch zu größerer Heftigkeit zu reizen. Denn während ihre Tränen aus den entzündeten Augen strömten und ihre hageren Wangen überströmten wie ein Regen, warf sie noch immer alles hin, was ihr in die Hände kam, ein Teeglas, den Löffel, den Samowar. Vergeblich bemühte sich da der Eichmeister Eibenschütz, sie zu besänftigen. Sie griff endlich nach dem Messer, mit dem sie das Geflügel zu verschneiden pflegte. Sie stürzte aus ihrem Verschlag heraus, mit dem gezückten, großen, sägeartig gezähnten Messer. Ihre Perücke verschob sich, man sah unter den falschen braunen Haaren die echten wirren Knäuel ihrer grauen Locken, und der Eichmeister wich einen Schritt zurück, nicht des Messers wegen, sondern wegen der Haare. Der Gendarmeriewachtmeister Slama, mit geschultertem Gewehr, stand noch immer regungslos.

»Man muß sie abführen!« sagte er. Er ergriff ihre hocherhobene Hand, in der das Sägemesser drohte. In diesem Augenblick stürzten alle Händler aus ihren Buden hervor. Ein ungeheures Geschrei erhob sich. Man hätte glauben können, die ganze lebendige Welt schriee und empörte sich gegen die Verhaftung der Frau Soscha Czaczkes. Der Wachtmeister Slama tat ein übriges: er fesselte die Alte. Und so, kei-

fend, schreiend, krächzend unverständliche und sinnlose Flüche, ging sie dem Gefängnis entgegen, zwischen den beiden Männern, dem Gendarm und dem Eichmeister.
Was den Eichmeister anbetrifft, so war er sehr aufgeregt. Er hatte nicht gewollt, daß man eine arme, törichte jüdische Geflügelhändlerin einsperrte. Er selbst stammte von Juden ab. Er erinnerte sich noch an seinen Großvater, der einen großen Bart getragen hatte und der gestorben war, als er, Anselm, acht Jahre alt gewesen war. Auch an das Begräbnis erinnerte er sich. Es war ein jüdisches Begräbnis. Eingehüllt in die weißen Leichengewänder, ohne Sarg, fiel der alte Großvater Eibenschütz in das Grab, und sehr schnell wurde es zugeschaufelt.
Ach, er war in einer gar schlimmen Lage, der Eichmeister Eibenschütz. Weh, sehr weh tat ihm sein eigenes Schicksal. Das Gesetz einzuhalten, war er entschlossen. Redlich war er, redlich, und sein Herz war gütig und streng zugleich. Was sollte er machen mit der Güte und Strenge zugleich? Zu gleicher Zeit läutete in seinen Ohren das goldende Läuten der kleinen Ohrringe der Frau Euphemia.
Er schritt dahin, als wäre er selbst gefesselt. Er mußte sich trotzdem noch an dem und jenem Laden aufhalten. Indessen schrie die Frau Czaczkes fürchterlich, und der Gendarm hielt sie an der Kette fest, während Eibenschütz die Waagen und Gewichte kontrollierte, an verschiedenen Ständen. Er kontrollierte flüchtig und hastig. Es widersprach seinem soldatischen und seinem beamtlichen Gewissen, aber was hätte er tun sollen? Die Frau schrie, das Volk der Händler benahm sich bedrohlich. Er wollte hurtig sein und dennoch gewissenhaft. Er wollte mitleidig, nachsichtig sein, und die Frau schrie dennoch, und außerdem läutete es fortwährend in den Ohren: die Ohrringe der Euphemia. Schließlich bat er den Wachtmeister Slama, die Frau Czaczkes freizulassen. »Wenn Sie nicht mehr schreien«, sagte Slama zur alten Händlerin, »lasse ich Sie frei, wollen Sie?« Ja, freilich wollte sie. Sie wurde freigelassen. Und sie rannte davon, den Weg zurück, mit flatternden Armen. Sie glich einem Kranich.
Schließlich gelangte Eibenschütz vor den Bottich Jadlowkers. »Was machen Sie hier?« fragte er. »Haben Sie auch eine Konzession, Fische zu verkaufen?« »Nein«, sagte Jadlowker, und sein ganzes breites Angesicht lächelte, es war, als lächelte irgendeine kleine, sehr häßliche Sonne, eine Sonne der Häßlichen. »Nein«, sagte Jadlowker, »ich vertrete nur einen Freund, meinen Freund, den Fischhändler Schächer.«

»Papiere?« fragte der Eichmeister. – Er wußte nicht, weshalb ihn plötzlich ein so heftiger Zorn gegen den armen Leibusch Jadlowker ergriffen hatte.
»Sie haben nur Gewichte zu prüfen!« sagte Jadlowker, der sich in den Gesetzen auskannte. »Sie haben nicht das Recht, nach Papieren zu fragen!«
»Sie leisten Widerstand!« sagte der Eichmeister Eibenschütz. Er wußte nicht, weshalb er den Leibusch Jadlowker so haßte. Er wußte nicht, warum er immerfort im Herzen, im Gehirn, überall, das gefährliche Klingeln der Ohrringe hörte.
Bei dem Wort »Widerstand« trat der Wachtmeister näher. »Wo kommen Sie her?« fragte er den Jadlowker.
»Ich habe die Grenzschenke in Szwaby«, antwortete Jadlowker. »Das weiß ich«, sagte der Wachtmeister Slama. »Ich war schon in Ihrer Schenke. Jetzt reden wir dienstlich. Keine Vertraulichkeiten: verstanden?«
Er stand da, der Wachtmeister Slama, im Abendschein. Die Sonne schickte noch den lezten Rest ihrer Kraft über den Marktplatz. Sie vergoldete auch eine Wolke, die über dem Platz dahinschwebte, und erweckte zugleich ein gefährliches Funkeln in der Pickelhaube des Gendarmen. Auch sein Bajonett blitzte.
Man weiß nicht, was damals in Leibusch Jadlowker vorging. Er stürzte sich plötzlich auf den Gendarmeriewachtmeister, das Fischmesser in der Hand. Er stieß wüste Verwünschungen gegen den Kaiser, gegen den Staat, gegen das Gesetz und sogar gegen Gott aus.
Der Eichmeister Eibenschütz und der Wachtmeister Slama überwältigten ihn endlich. Der Wachtmeister holte diesmal die wirklichen Ketten aus der Diensttasche: brave, biedere Ketten.
So führten sie den Mann nach Zloczow ins Bezirksgefängnis.
Von Szwaby war keine Rede mehr. Immer noch klang in den Ohren des Eichmeisters das sachte Klingeln der Ohrringe der Frau Euphemia.

XVII

In Zloczow hatten der Eichmeister Eibenschütz und der Wachtmeister Slama sehr viel und sehr Unangenehmes zu besorgen. Ganz ermattet von der Reise, kamen sie an. Es war sehr schwer gewesen, den wilden und ziemlich gewichtigen Leibusch Jadlowker, obwohl er gefesselt war, in den Wagen zu bringen. Der Gendarm mußte ihm auch die Füße fesseln. Unterwegs spie Jadlowker bald dem Gendarmen, bald dem Eichmeister ins Gesicht. Er saß eingeklemmt zwar zwischen den beiden, aber er war kräftiger als beide Männer, und er stieß gegen sie mit dem Ellenbogen dermaßen heftig, daß sie beide fürchten mußten, von dem kleinen Wägelchen hinunterzufallen. Nach drei Stunden solch mühseliger Fahrt kamen sie endlich in Zloczow an. Der Gendarm Slama pfiff, und zwei Gemeindepolizisten und noch ein Gendarm kamen, um die Einlieferung des Leibusch Jadlowker zu bewerkstelligen. Es war bereits sechs Uhr abends, als sie alle keuchend, verschwitzt das Bezirksgericht erreichten. Der Untersuchungsrichter war schlechter Laune und hatte gerade Schluß gemacht und wollte nach Hause gehen. Er nahm trotzdem ein flüchtiges Protokoll auf. Er bestellte den Wachtmeister Slama und den Eichmeister Eibenschütz für den nächsten Morgen. Sie verbrachten die Nacht schlaflos in einem Schuppen in der Herberge »Zur goldenen Krone«, wo alle Zimmer besetzt waren und wo man Beamte ohnehin nicht gerne sah und beherbergte.

Am nächsten und auch am übernächsten Tage gab es nichts anderes als Protokolle, Vernehmungen und wieder Protokolle. Es ging dem Eichmeister Eibenschütz nicht gut, gar nicht gut. Er hatte das Gefühl, daß er eine große und schwere Sache erlebt habe, und was hätte es ihn eigentlich bekümmern müssen? Was ging ihn eigentlich der Jadlowker an? Gewiß, man war ein Mensch, man brachte nicht gern jemanden ins Unglück! Das sagte sich auch der Eichmeister Eibenschütz, und das sagte er auch dem Wachtmeister Slama. War es nicht möglich, die ganze Angelegenheit noch ungeschehen zu machen? »Nein, es ist nicht möglich«, sagte Slama. Die Protokolle, der Untersuchungsrichter, all die Verhöre und schließlich das Geständnis Jadlowkers selbst, daß er Gott gelästert hatte und, was noch schlimmer war, den Staat und seine Beamten.

Unterwegs, als sie so brüderlich zurückfuhren nach Zlotogrod, der Eichmeister und der Wachtmeister, stieg in Eibenschütz ein leiser Neid gegen den Gendarmeriewachtmeister Slama auf, der so selbstverständlich alles nahm, was ihm in den Weg gekommen war. Er kannte die Gesetze genausogut wie der Eichmeister. Auch er, der Slama, mußte wissen, daß auf Gotteslästerung und Beamtenbeleidigung min-

destens zwei Jahre Zuchthaus standen. Aber was machte sich der Slama daraus? Und das Merkwürdige bestand eben darin, daß sich der Slama nichts daraus machte.
Der Abend dämmerte schon, als sie auf die breite Landstraße nach Zlotogrod einbogen. Ein sachtes Windchen wehte dem Wägelchen entgegen und kämmte die Mähne des Schimmels. Knapp drei Kilometer vor Zlotogrod gab es einen abzweigenden Landweg, der führte nach dem Grenzwäldchen. Nach dem Grenzwäldchen, das hieß auch nach Szwaby, zur Grenzschenke. Der Eichmeister, der die Zügel hielt, verlangsamte den Lauf. Er wartete, bis es ganz dunkel wurde, dann sagte er: »Wie wäre es, wenn wir nach Szwaby führen? Dann könnten wir der Euphemia berichten, was mit Jadlowker passiert ist. Es wäre eigentlich nur eine menschliche Tat.«
Dem Wort »menschliche Tat« konnte der Wachtmeister der Gendarmerie nicht widerstehen. Und obwohl der seine Frau wiedersehen wollte und obwohl er morgen schon seinen neuen Dienstweg hatte, sagte er: »Gut, nach Szwaby also!«
Eibenschütz und Slama hatten sich gerade an den Tisch gesetzt, als Euphemia herankam. Sie blieb stehen, sie stützte sich mit beiden Fäusten auf den Tisch, sie sah abwechselnd den Eichmeister und den Wachtmeister an und sagte: »So habt ihr ihn also hingerichtet. Und ihr kommt noch hierher!« – Sehr leise sagte sie das. Sie wandte sich um und ging weg, kehrte aber sofort um, setzte sich an den Tisch und schnalzte mit den Fingern und bestellte zu trinken. Von ungefähr begegnete ihr Knie unter dem Tisch dem Knie des Eichmeisters. Im Nu zog er es zurück, aber er wußte auch sofort, daß er damit nichts aus der Welt schaffte. Geschehen war geschehen! Jetzt hörte er deutlich das goldene Klirren der Ohrringe, es klingelte draußen, es klingelte auch drinnen in seinem Herzen. Er sagte laut: »Nun, jetzt sind Sie uns nicht mehr böse! Der Jadlowker wird Zuchthaus bekommen! Aber er ist selber schuld!« Es war ihm, während er so oben über dem Tisch daherredete, als wäre er zwei, ein oberer und ein unterer Eibenschütz. Oben trank und sprach er. Unten aber, im guten Dunkel unter dem Tisch und unter dem Tischtuch, suchte sein sehnsüchtiges Knie die neuerliche Berührung mit Euphemia. Er streckte zage einen Fuß vor, aber er traf nur den Stiefel des Wachtmeisters, sagte »Pardon!« und sah aus den Augenwinkeln, wie Euphemia lächelte. Das verwirrte ihn zwar, gab ihm aber auch etwas Mut ein. Also sagte er: »Es tut uns beiden

sehr leid, Frau Euphemia. Wir konnten aber nicht anders. Es tut uns besonders leid, weil Sie jetzt so allein bleiben!«

»Ich glaube nicht, daß ich lange allein bleibe«, antwortete sie, »zumindest Sie beide werden sich meiner annehmen.« Dabei sah sie nur den Eichmeister an.

Sie erhob sich und ging der Treppe zu, die Treppe hinauf. Durch allen Lärm der Schenke hörte man noch das leise, süße Rascheln ihres vielgefältelten, breiten dunkelroten Rocks.

Es war späte Nacht, als sie nach Hause fuhren, nach Zlotogrod, der Eichmeister und der Gendarm.

Unterwegs sagte Slama: »Die hätte ich auch gerne!«

»Ich auch!« sagte Eibenschütz und bereute es sofort.

»Haben Sie sie denn noch nicht?« fragte der Gendarm.

»Was fällt Ihnen ein?« sagte der Eichmeister.

»Ach, und warum nicht?« sagte der Gendarm.

»Ich weiß nicht«, sagte Eibenschütz.

»Auf jeden Fall«, schloß der Gendarm, »ist es gut, daß wir ihn los sind, den Jadlowker. Ich schätze: zwei Jahre!«

Eibenschütz knallte aus Verlegenheit mit der Peitsche. Der Schimmel setzte sich in Galopp. Das Wägelchen glitt weich und hurtig durch den feuchten, sandigen Boden des Landweges. Die Sterne glänzten mächtig und still. Das Windchen wehte. Der Schimmel schimmerte im Dunkelblau der Nacht vor den Augen des Eichmeisters Eibenschütz.

Zwei Jahre – dachte er – zwei Jahre Glück sind ein Leben wert, zwei Leben, drei Leben. Er hörte das sanfte Klingeln.

XVIII

In Zloczow machte man dem Jadlowker keineswegs einen kurzen Prozeß, wie man sagt, sondern, im Gegenteil, einen sehr langen. Angeklagt war er wegen Ehrenbeleidigung, wegen Amtsbeleidigung, wegen gewalttätigen Widerstandes gegen die Staatsgewalt und, was das schlimmste war, wegen Gotteslästerung. Der Prozeß dauerte so lange, weil die Richter des Landesgerichts lange schon keinen so interessanten Prozeß gehabt hatten. Die Bezirksgerichte jener Gegend hatten viel zu tun. Lappalien und Prozesse. Der hatte jenem kein Geld gezahlt. Jener hatte den geohrfeigt. Die Bezirksgerichte in jener Gegend hatten viel zu tun. Denn es gab zum Beispiel Menschen, eine gewisse Sorte von Menschen, die sich ohrfeigen ließen, freiwillig und mit Wonne. Sie besaßen die große Kunst, ein paar Männer, die ihnen aus dem oder jenem Grunde böse gesinnt waren, so lange zu reizen, bis sie Ohrfeigen bekamen. Hierauf gingen sie zum Bezirksarzt. Der stellte fest, daß man ihnen weh getan hatte, und manchmal auch, daß ihnen ein Zahn ausgefallen war. Das nannte man: »Visum rapport«. Hierauf klagten sie. Sie bekamen Recht und Entschädigung. Und davon lebten sie jahrelang.

Dies nur nebenbei. Das war auch nur die Sache der Bezirksgerichte. Die Landesgerichte aber hatten beinahe gar nichts zu tun in jener Gegend. Wenn ein Mord oder gar ein Raubmord vorkam, so wurde er von der Polizei nicht aufgedeckt. Aber es gab überhaupt wenig Mörder oder gar Raubmörder in jener Gegend. Es gab nur Betrüger. Und da sie fast alle Betrüger waren, zeigte keiner den andern an. Das Landesgericht hatte also so wenig zu tun, daß es das Bezirksgericht nahezu beneidete. Also war es froh, als es den Fall Jadlowker zu behandeln hatte.

Vor allem galt es, viele Zeugen zu vernehmen. Denn alle Inhaber der Standplätze auf dem Markt meldeten sich als Zeugen. Sie bekamen nämlich die Hin- und Rückreise bezahlt und außerdem die Zeugengebühr, eine Krone, sechsunddreißig Heller.

Da sie der Meinung waren, daß sie die volle Zeugengebühr nicht erhalten könnten, wenn sie etwas Günstiges für den Angeklagten Jadlowker aussagen würden, sagten sie nur Ungünstiges. Sogar die Frau Czaczkes, die doch eigentlich den ganzen Prozeß verursacht hatte, sagte aus, sie sei vom Eichmeister Eibenschütz sowohl als auch vom Gendarmeriewachtmeister Slama äußerst gütig und menschlich behandelt worden.

Der Staatsanwalt erhob die Anklage wegen Widerstandes gegen die Staatsgewalt und wegen Gotteslästerung.

Der Eichmeister Eibenschütz und der Wachtmeister der Gendarmerie hatten es unter Diensteid bestätigt.

Der Verteidiger Jadlowkers dagegen gab den Geschworenen zu bedenken, daß ein Eichmeister, eigentlich ein Angestellter der Gemeinde, kein Recht hatte, den Jadlowker nach der Konzession zu fragen. Ferner hatte sich der Eichmeister an der Person des Jadlowker vergriffen, indem er sich anmaßte, ihn zu verhaften und ihn sogar zu fesseln. Drit-

tens ferner hätte Jadlowker mit seiner Gotteslästerung gar nicht Gott im allgemeinen, den allmächtigen Gott gemeint, sondern den Gott im besonderen: nämlich den Gott der Beamten: »Euer Gott!« hätte er gesagt.
Es erwies sich aber leider außerdem, daß Jadlowker aus Odessa geflüchtet war und daß er einst, vor vielen Jahren, einen Mann mit einem Zuckerhut erschlagen hatte.
Für den Gang der Gerichtsverhandlung unbedeutend, wenn auch nicht ohne Eindruck, war die Zeugenaussage der Freundin Jadlowkers, des Fräulein Euphemia Nikitsch. Die Feierlichkeit des Gerichts verhinderte sie nicht, mit einer geradezu maliziösen Freundlichkeit auszusagen, daß sie ihren Freund, den Leibusch Jadlowker, immer schon für einen jähzornigen und vor allem ungläubigen Menschen gehalten hätte.
Ohnmächtig, zwischen zwei Wächtern, saß der arme Jadlowker auf der Anklagebank. Nicht nur, daß er sich nicht verteidigte, es fiel ihm auch gar nicht ein, daß er sich überhaupt verteidigen könnte. Man hatte sein ganzes Leben durchstöbert. Man hatte herausgebracht, daß er aus Rußland eingewandert war. Man hatte ferner herausgebracht, daß er einst, vor vielen Jahren, einen Mann in Odessa umgebracht hatte, mit einem Zuckerhut.
Er aber hatte mehrere und nicht einen umgebracht, und deshalb schwieg er. Er hieß auch gar nicht Jadlowker, sondern Kramrisch. Er hatte nur die Papiere und selbstverständlich auch den Namen eines seiner Opfer angenommen.
Man verurteilte ihn schließlich zu zwei Jahren Zuchthaus, verschärft durch einen Fasttag in der Woche, am Freitag, an dem er seine Missetat begangen hatte.
Still und entschlossen ließ er sich abführen.

XIX

Dem Eichmeister Eibenschütz aber war es, als hätte man ihn und nicht den Leibusch Jadlowker verurteilt. Weshalb – das wußte er nicht, das wußte er keineswegs. Er nahm sich vor, niemals mehr nach der Grenzschenke zu gehen. Er sah sich trotzdem um, nach der Frau Euphemia. Aber sie war verschwunden, auf eine merkwürdige Weise verschwunden.

Er fuhr sehr schweigsam mit dem Wachtmeister Slama nach Hause. Der Weg war weit, etwa dreizehn Kilometer. Unterwegs schwieg der Eichmeister, obwohl der Gendarm oft und oft Anstalten machte zu reden. Den Wachtmeister Slama nämlich hatte der Prozeß äußerst munter gemacht, den Eichmeister Eibenschütz indessen äußerst niedergeschlagen.
Er befand sich in einer seltsamen Verfassung, der Anselm Eibenschütz: Er gedachte mitleidig, ja mit wahrer Trauer des armen Jadlowker; zugleich aber auch konnte er sich nicht verhehlen, daß ihm die zwei Jahre Zuchthaus, die Jadlowker bekommen hatte, eigentlich sehr froh machten. Er wußte nicht genau, warum, oder er wußte eigentlich genau, warum, und er wollte es sich nur nicht zugestehen.
Er kämpfte mit sich selbst darüber, ob er es sich, nämlich sein genaues Wissen, zugestehen sollte oder nicht. Allerhand törichtes Zeug schien unterwegs der Gendarmeriewachtmeister Slama zu reden. Niemals vorher – so schien es Eibenschütz – hatte Slama soviel Torheiten gesagt.
Der Abend war schon eingebrochen. Sie rollten dahin auf der breiten, sandigen Landstraße zwischen zwei Wäldern. Sie rollten dahin in westlicher Richtung. Die untergehende Sonne, rötlich und gütig, schimmerte ihnen geradewegs in die Augen und blendete sie. An beiden Seiten des Weges leuchteten die Tannen der Waldränder, gleichsam von innen heraus, als hätten sie das rötliche Gold der Sonne getrunken und strahlten es jetzt aus. Man hörte das unermüdliche Pfeifen, das Trillern, das Zwitschern, das Flöten der Vögel, und man roch den scharfen Harzgeruch, den unerbittlichen süßen und herben, der den beiden unendlichen Wäldern entströmte. Dieser Duft war scharf und süß und bitter zugleich. Den Eichmeister Eibenschütz erregte er, und er streichelte sanft mit der Peitsche die rechte Flanke des Schimmels, um ihn anzutreiben. Wozu antreiben? Wo jagte er dahin? Nach Hause? Hatte er ein Haus? Hatte er noch ein Haus? Kreischte nicht ein fremder Säugling durch sein Haus? Der Säugling Nowak? – Ach, was weiß ein armer Eichmeister! Nackt, ganz nackt kam sich Eibenschütz vor, es war ihm, als hätte ihn das Schicksal ausgezogen. Er schämte sich, und das schlimmste war, daß er eigentlich nicht wußte, weshalb er sich schämte. Hatte er früher den Schimmel angetrieben, so bemühte er sich jetzt, seinen Galopp zu zügeln. Schon glänzten die Sterne am Himmel, sehr fern und ganz unverständlich. Von Zeit zu

Zeit warf Eibenschütz einen Blick empor. Er versuchte, sich einen Trost zu holen, er biederte sich ihnen an gewissermaßen. In früheren Jahren hatte er sie niemals beachtet, geschweige denn geliebt. Jetzt war es ihm auf einmal, als hätten sie immer teilgenommen an seinem Leben, von ferne zwar, aber immerhin teilgenommen, wie manchmal sehr entfernte Verwandte.
Nun erreichten sie das Städtchen Zlotogrod.
»Soll ich Sie absetzen?« fragte Eibenschütz den Gendarmen.
»Ja gewiß«, sagte der Wachtmeister, »ich bin müde.«
Der Gendarmeriewachtmeister Slama wohnte am Rande von Zlotogrod, dort, wo der Weg nach Szwaby abzweigte. Eine verwitterte Holztafel zeigte mit einem weißen Pfeil den Weg nach Szwaby an, der weiße Pfeil leuchtete, grell beinahe, durch die hellblaue Nacht.
Der Eichmeister Eibenschütz verabschiedete sich von dem Gendarmen.
Er wollte eigentlich nach Hause fahren, der Eichmeister. Aber der Pfeil, der Pfeil, der leuchtete zu sehr. Und also lenkte Eibenschütz sein Wägelchen nach Szwaby in die Grenzschenke.

XX

Auf die Grenzschenke hatte Jadlowker mehrere Hypotheken aufgenommen. Das stellte sich jetzt heraus. Sofort, nachdem er verurteilt worden war, erhob sich im Städtchen Zlotogrod und überhaupt im ganzen Bezirk die Frage, wer die Grenzschenke in Szwaby übernehmen sollte – vorübergehend, versteht sich, offiziell vorübergehend – in Wirklichkeit aber für immer. Denn die Grenzschenke war ein gutes Geschäft, und seit langem schon beneidete man den Leibusch Jadlowker um ihren Besitz. Heute abend versammelten sich die fünf Hypothekengläubiger, ohne daß sie sich verabredet hätten, in der Grenzschenke in Szwaby. Alle fünf kamen sie beinahe zu gleicher Zeit, alle fünf waren sie erschrocken, einander hier zu treffen. Der Reichste unter ihnen war Kapturak.
Er war es, der die Deserteure heranführte, er handelte ja mit ihnen. Er allein wußte, was die Geschäfte der Schenke genau eintrugen, er war es auch, der jenseits der Grenze, auf dem russischen Gebiet, eine ebensolche Schenke besaß. Die anderen Hypothekengläubiger aber waren

Laien: ein Korallenhändler namens Piczenik; ein Fischhändler namens Balaban; ein Droschkenkutscher namens Manes; und ein Milchhändler namens Ostersetzer.
Alle vier waren weit weniger klug als der kleine Kapturak. Fräulein Euphemia Nikitsch saß am Tisch, sie gehörte zum Gasthof, auch auf sie bezogen sich die Hypotheken. Alle fünf Gläubiger sahen sie zwar nicht an, während sie unterhandelten, aber alle fünf wußten, daß sie da sei, vorhanden sei und daß sie zuhöre. Alle fünf gefielen ihr nicht, nicht der allzu dürre Piczenik, nicht der allzu dicke Balaban; nicht der Grobian, der Kutscher Manes; und nicht der Ostersetzer, weil er pokkennarbig war und sein Bart spärlich und kärglich wie der Bart eines Ziegenbocks. Am besten gefiel ihr noch, der Euphemia, der winzige Kapturak. War er auch klein und häßlich, so war er doch schlauer und reicher als die anderen. Neben ihn setzte sie sich. Man trank auf das Wohl des verurteilten Jadlowkers. Alle stießen mit den Gläsern an.
In diesem Augenblick vernahm man das Klingeln eines Wagens, und Euphemia wußte sofort, daß es der Wagen des Eichmeisters war. Sie erhob sich. In Wahrheit liebte sie ihn. Sie liebte auch das Geld, die Sicherheit, die Schenke, den Laden, der an sie angeschlossen war, und auch den armen Jadlowker, der jetzt im Zuchthaus saß, aber diesen nur in Erinnerung an die guten Stunden, die sie mit ihm genossen hatte. Denn ein dankbares Gemüt hatte sie, wie so viele leichtfertige Menschen. Erinnerungen machten sie überhaupt wehmütig und zärtlich. Sie sprang auf, als sie den Wagen des Eichmeisters hörte.
Schon trat er ein, groß und stattlich wie er war, fast war es, als würden alle anderen ausgelöscht. Sein buschiger, blonder, geradezu wuchtiger Schnurrbart glänzte stärker als die drei Petroleumlampen in der Mitte des Zimmers. Auch alle fünf Gläubiger sprangen auf. Er begrüßte sie kaum. Er setzte sich einfach hin, bewußt seiner Macht und so, als stünde hinter ihm, unsichtbar, aber immer gegenwärtig, der Wachtmeister der Gendarmerie Slama, mit aufgepflanztem Bajonett und mit der schimmernden Pickelhaube.
Das Gespräch erlosch. Bald erhoben sich die Hypothekengläubiger und gingen. Sie sahen verprügelt aus, und sie erinnerten an Hunde.

XXI

Man muß wissen, daß die Grenzschenke in Szwaby keine gewöhnliche Schenke war. Um diese Grenzschenke kümmerte sich sogar der Staat. Es war offenbar für den Staat wichtig zu wissen, wie viele und welche Deserteure aus Rußland jeden Tag ankamen.
Eines Tages kümmert sich der Staat um dieses und morgen um jenes. Er kümmert sich sogar um die Geflügelware der Frau Czaczkes; um die Gewichte des Balaban; um die schulpflichtigen Kinder Nissen Piczeniks; um die Impfungen kümmert sich der Staat, um die Steuern, um die Trauungen und um die Scheidungen, um die Testamente und Hinterlassenschaften, um die Schmuggelei und um die Goldfälscher. Weshalb sollte er sich nicht um die Grenzschenke Jadlowkers kümmern, in der alle Deserteure zusammenlaufen? Die Bezirkshauptmannschaft hatte ein politisches Interesse daran, die Grenzschenke wohl überwacht zu wissen. Sie wandte sich dessentwegen an die Gemeinde Zlotogrod. Und die Gemeinde Zlotogrod bestimmte als vorläufigen Verwalter der Grenzschenke den Eichmeister Eibenschütz.
Die Folge davon war, daß der Eichmeister Eibenschütz eine große Freude empfand und zugleich eine große Verlegenheit. Er freute sich, und er wußte nicht, warum. Er hatte Angst, und er wußte nicht, wovor. Als er das Papier erhielt mit der Aufschrift »Streng vertraulich«, in dem er von der Gemeinde auf Veranlassung der politischen Behörde gebeten wurde, »während der Abwesenheit des Gastwirtes und Gemischtwarenhändlers Leibusch Jadlowker die Aufsicht über dessen Wirtschafts- wie sonstigen Betrieb zu übernehmen«, glaubte er, ein Glück und ein Unglück hätten ihn zu gleicher Zeit betroffen, und ihm war zumute wie etwa einem Manne, der träumt, er stände auf weitem, freiem Felde, ausgeliefert zwei Winden zugleich, einem Nordwind und einem Südwind. Das bittere Leid und die süße Freude atmeten ihn gleichzeitig und heftig an. Er konnte das Ansinnen der Gemeinde beziehungsweise der Bezirkshauptmannschaft freilich ablehnen. In dem Schreiben hieß es: »Es bleibt Ihnen anheimgestellt, auf den Vorschlag zustimmend oder ablehnend Bericht zu erstatten.« Dadurch war die Lage des Eichmeisters noch schwieriger geworden. Er war nicht gewohnt zu entscheiden. Zwölf Jahre hatte er gedient. Er war gewohnt zu gehorchen. Wäre er doch in der Kaserne, bei der Armee geblieben!
Er ging ganz langsam, den Hut in der Hand und mit gesenktem Kopf,

nach Hause. Er hatte lange Zeit, er bildete sich ein, der Weg sei länger als gewöhnlich. Merkwürdigerweise empfand er keinen Widerwillen gegen sein Haus und das, was es barg: seine Frau und den Bankert. Er hatte das Kind, seit jenem Abend, an dem es ihm die Hebamme entgegengebracht hatte, nie mehr gesehen. Auch seine Frau zeigte sich nicht in den Stunden, in denen er zu Hause war. Er hörte nur manchmal durch die geschlossene Tür das Kreischen des Kindes. Es bereitete ihm eine besondere Freude, es störte ihn keineswegs, seltsamerweise. Er schmunzelte sogar vor sich hin, wenn er das Kleine so schreien hörte. Wenn er schrie, der Kleine, so war es ein Zeichen, daß er sich ärgerte. Auch seine Mutter ärgerte sich, auch das Dienstmädchen Jadwiga ärgerte sich. Sie sollten sich nur alle ärgern!

Heute abend drang kein Laut durch die geschlossene Tür. Das Dienstmädchen Jadwiga kam wortlos herein, sie brachte die Suppe und das Fleisch gleichzeitig – denn Eibenschütz hatte ihr verboten, zweimal im Laufe eines Abends ins Zimmer zu kommen. Er aß hastig und ließ die Hälfte stehen. Er vermißte das Heulen des Kindes und den beruhigenden Gesang seiner Frau.

Er zog während des Essens das streng vertrauliche Schreiben aus der Tasche und überlas es noch einmal. Eine Zeitlang glaubte er, aus den Worten, aus den Buchstaben sogar würden neue Möglichkeiten, neue Deutungen kommen. Nachdem er aber das Schreiben ein paarmal gelesen hatte, mußte er sich sagen, daß es nichts Geheimnisvolles enthielt und keinen verborgenen Nebensinn.

Er mußte sich entscheiden, es war kein Zweifel. Noch standen die Teller vor ihm, halbgefüllt, zurückgeschoben und verschmäht. Schon erhob er sich. In den Schuppen ging er und rollte das Wägelchen in den Hof, hierauf in den Stall, um den Schimmel Jakob loszubinden.

Er spannte ein, er fuhr los. Er saß ruhig, die Hände im Schoß auf dem Bock. Die Zügel lagen locker über dem Rücken des Gauls; ihr Ende war umgeschlungen um die Kurbel der Bremse. Die Peitsche lehnte links im ledernen Behälter.

Der Schimmel brachte ihn, ohne Zügel, ohne Peitsche, ohne Zuruf in angemessener Zeit nach Szwaby, unmittelbar vor die Tür der Grenzschenke.

Eibenschütz fragte sofort nach der Frau Euphemia. Er setzte sich nicht, es erschien ihm notwendig, eine Art dienstlicher Haltung einzunehmen, als wäre er mit dem festen Entschluß hierhergekommen, die

Leitung der Wirtschaft zu übernehmen. Dienstliche Haltung – sagte er sich –, und er blieb am Ende der Treppe stehen, den Hut auf dem Kopfe. Es dauerte, bevor sie herunterkam. Nach einer langen Weile hörte er auf der Treppe ihren Absatz. Er blickte nicht empor, aber er glaubte, deutlich ihren Fuß zu sehen, den schmalen, langen Fuß in den schmalen, langen Schuhen. Schon rauschte ihr vielgefälteltes weinrotes Kleid. Auf den harten, hölzernen, unbedeckten Stufen scholl ihr harter, fester, gleichmäßiger Schritt. Eibenschütz wollte nicht hinaufsehen. Viel lieber war es ihm, wenn er sich vorstellte, wie sie ging und wie sich die vielen, vielen zarten Falten ihres Kleides bewegten. Noch viel mehr Stufen hätte die Treppe haben müssen. Jetzt war sie unten, jetzt stand sie schon vor ihm. Er nahm den Hut ab.
Er sagte, ohne sie genau anzusehen, über ihren Kopf hinweg, aber so, daß er den blauschwarzen Schimmer ihrer Haare allzu deutlich wahrnahm: »Ich habe Ihnen etwas Besonderes zu sagen!«
»Sagen Sie es doch!«
»Nein, etwas ganz Besonderes! Nicht hier!«
»Gehn wir also hinaus«, sagte sie und schritt voran zur Tür.
Der Mond stand groß und milde über dem Hof.
Der Hund bellte unermüdlich. Der Schimmel stand da, an die Hoftür angebunden, und hielt den Kopf gesenkt, als dächte er nach. Es roch betäubend süß nach Akazien, und es war Eibenschütz, als kämen alle Gerüche dieser Frühlingsnacht von der Frau allein, als hätte sie allein dieser ganzen Nacht Düfte und Glanz und Mond zu vergeben und alle Akazien der Welt.
»Ich bin hier dienstlich heute«, sagte er. »Ich vertraue Ihnen, deshalb sage ich es Ihnen, Euphemia«, setzte er nach einer Weile hinzu. »Es darf keiner der Gläubiger in dieses Haus. Ich bin beauftragt, es zu verwalten und zu beaufsichtigen. Wenn Sie wollen, werden wir uns gut vertragen.«
»Natürlich«, antwortete sie, »warum sollten wir uns nicht großartig vertragen?«
Es schien dem Eichmeister, daß ihre Stimme im silbernen Blau der Nacht anders klinge als in der Wirtsstube. Die Stimme war laut, klar und sanft, sie hatte gleichsam Wölbungen, Bögen, Eibenschütz glaubte, die Stimme sehen und beinahe greifen zu können. Bald hatte er die Empfindung, sie wölbte sich über seinem Kopfe und er stünde hart unter ihr.
Erst eine gute Weile, nachdem sie verklungen war, begriff er, was die

Stimme gesagt hatte. Sie würden sich vertragen. Sie würden sich vertragen. Warum denn nicht?
»Es ist streng vertraulich«, sagte er. »Verstehen Sie? Werden Sie keinem ein Wort sagen?«
»Niemandem ein Wort«, sagte sie und streckte ihm die Hand entgegen, eine weiße, schimmernde Hand. Es war, als schwämme sie durch die silberblaue Nacht.
Er wartete eine Weile, er sah die schimmernde Hand sehr lange an, bevor er sie nahm. Sie war kalt und warm zugleich, es schien ihm, sie sei innen heiß und ihr Rücken kalt. Er behielt das weiße, schimmernde Ding eine längere Weile. Als er es losließ, lächelte Euphemia. Man sah deutlich im Blau der Nacht ihre blanken Zähne.
Sie wandte sich schnell um, und ihr vielgefältelter Rock rauschte, ganz sachte. Das Kleid hatte ein eigenes Leben, eine Art lebendiges Zauberzelt war es. Es säuselte, es rauschte.
Als der Eichmeister in die Schenke zurückkehrte, saßen der Wachtmeister Slama und der Gauner Kapturak an einem Tisch und spielten Tarock. Eibenschütz setzte sich zu ihnen.
»Armer Mann, der Jadlowker«, sagte Kapturak, »was, Herr Eichmeister?«
Eibenschütz antwortete nichts, aber der Gendarm Slama sagte ungeduldig: »Sie werden wir auch noch erwischen, Herr Kapturak! Noch eine Partie gefällig?«

XXII

Die meisten sterben dahin, ohne von sich auch nur ein Körnchen Wahrheit erfahren zu haben. Vielleicht erfahren sie es in der anderen Welt. Manchen aber ist es vergönnt, noch in diesem Leben zu erkennen, was sie eigentlich sind. Sie erkennen es gewöhnlich sehr plötzlich, und sie erschrecken gewaltig. Zu dieser Art Menschen gehörte der Eichmeister Eibenschütz.
Der Sommer kam plötzlich, ohne Übergang. Er war heiß und trocken, und wenn er hie und da ein Gewitter gebar, so verging es schnell und hinterließ eine noch heftigere Hitze. Das Wasser wurde spärlich, die Brunnen versiegten. Das Gras auf den Wiesen wurde früh gelb und welk, und selbst die Vögel schienen zu verdursten. Sie waren zahlreich in dieser Gegend. Jeder Sommer noch, den Eibenschütz hier verbracht

hatte, war erfüllt gewesen von ihrem heftigen, schmetternden Gesang. In diesem Sommer aber vernahm man sie nur selten, und der Eichmeister bemerkte zu seinem Erstaunen, daß er ihren Gesang vermißte. Wann hatte er jemals etwas auf den Gesang der Vögel gegeben? Warum empfand er auf einmal alle Veränderungen in der Natur? Was war ihm denn die Natur sein Leben lang gewesen, dem Feuerwerker Eibenschütz? Klare Sicht oder schwache Sicht. Ein Exerzierplatz. Mäntel anziehn oder umschnallen. Ausrücken oder nicht ausrücken. Die Läufe der Karabiner zweimal am Tag putzen lassen oder nur einmal. Warum nur fühlte der Eichmeister Eibenschütz plötzlich alle Veränderungen in der Natur? Warum genoß er jetzt das tiefe, sommerliche Grün der großen, breiten, reichen Kastanienblätter, und weshalb betäubte ihn jetzt der Duft der Kastanien so heftig?

Sein Kind, das heißt das Kind des Schreibers Nowak, wurde jetzt im Kinderwagen spazierengeführt. Er begegnete manchmal seiner Frau im kleinen Stadtpark, wenn er ihn durchquerte, um vom Amt in die Wohnung zu gehen. Es war zu heiß, um auf den Steinen zu marschieren. Wenn er seine Frau traf, ging Eibenschütz eine Weile neben ihr dahin, hinter dem Kinderwagen, und sie sprachen kein Wort. Längst empfand er keinen Haß, weder gegen die Frau noch gegen das Kind, beide waren sie ihm gleichgültig, zuweilen fühlte er sogar Mitleid mit beiden. Er ging dahin, hinter dem Wagen, neben der Frau, einfach, weil er darauf bedacht war, die Leute im Städtchen glauben zu lassen, es sei alles in Ordnung. Plötzlich kehrte er um, ohne Wort, ohne Gruß, und ging nach Hause. Das Dienstmädchen reichte ihm das Essen. Er aß hastig und unachtsam. Er dachte schon an den Schimmel, an das Wägelchen, an die Fahrt nach Szwaby, an die Grenzschenke.

Er ging hinaus in Schuppen und Stall, er spannte ein, und er fuhr los. In goldenen Wolken aus Staub und Sand fuhr er dahin, seine Kehle war trocken, die unbarmherzige Sonne stach mit tausend Lanzen auf seinen Kopf durch den breitrandigen Strohhut, aber sein Herz war fröhlich. Oft und oft hätte er vor einem Wirtshaus halten können, viele Wirtshäuser standen auf seinem Weg. Er hielt nirgends. Durstig und hungrig, wie seine Seele war: so wollte er in Szwaby, in der Grenzschenke ankommen.

Er kam an, es dauerte gute zwei Stunden. Der Schimmel Jakob war schon ungeduldig, er ließ die Zunge hängen, er lechzte nach Wasser, und seine Flanken zitterten in heißer Erregung. Der Knecht kam, ihn auszuspannen. Seitdem Jadlowker eingesperrt war, betrachtete der

Knecht den Eichmeister Eibenschütz als den legitimen Besitzer der Grenzschenke. Es war ein alter Knecht, ein ruthenischer Bauer. Onufrij hieß er, und taub war er auch. Man hätte glauben können, er verstünde nichts, aber er begriff alles, vielleicht, weil er so taub und so alt war. Manche, die wenig hören, sind imstande, gar viel zu bemerken.
Der Eichmeister setzte sich an den Tisch am Fenster. Er trank Met, und gesalzene Erbsen aß er dazu. In untertäniger Freundlichkeit näherte sich ihm Kapturak, zu gar keinem anderen Zweck, als um ihm guten Tag zu sagen. Der Eichmeister haßte diese untertänige Vertraulichkeit. Merkwürdigerweise mußte er selbst feststellen, daß ihn seine wachsende Empfindlichkeit gegenüber den Vorgängen der Natur auch empfindlicher machte gegen die Schlechtigkeit der Menschen. Es erschien dem Eichmeister ungerecht, daß Jadlowker verurteilt war, während Kapturak frei herumlief. Schade, daß Kapturak keinen Anhalt bot, einer Gesetzesübertretung überführt zu werden. Er hatte keinen offenen Laden, keine Waagen, keine Gewichte. Eines Tages aber würde man ihn trotzdem noch fassen.
Eibenschütz trank noch eine Weile, dann erhob er sich und befahl der Schankmagd, Euphemia zu rufen. Er stellte sich am Ende der Treppe auf, um die Frau zu erwarten.
Immer noch brachte Kapturak jeden Tag, das heißt eigentlich jede Nacht, russische Deserteure in die Grenzschenke. Man verdiente viel an ihnen, denn sie waren Trostlose und Verzweifelte, und Verzweifelte und Trostlose gaben Geld aus. Aber es gab auch Spitzel unter ihnen, die ihre Schicksalsgenossen anzeigten und auch sonst manches von den Zuständen an der Grenze anzeigten. Eine polizeiliche Überwachung zu üben lag nun zwar keineswegs in der Aufgabe eines Eichmeisters noch in der Natur des Anselm Eibenschütz. Er aber gab acht und bemühte sich, Reden zu hören und Gesichter zu behalten. Widerlich war es ihm, und dennoch tat er es.
Euphemia befand sich nicht oben in ihrem Zimmer, sondern nebenan im offenen Laden, wo sie den Bauern Terpentin, Grütze, Tabak, Heringe, Sprotten, Lack- und Silberpapier und blaue Farbe zum Tünchen verkaufte. Nur an zwei Tagen in der Woche war der Laden geöffnet, am Montag und am Donnerstag. Heute war Donnerstag. Vergeblich wartete Eibenschütz am Fuß der Treppe. Euphemia kam zu seiner Überraschung.
Sie gab ihm die Hand, und er erinnerte sich, wie diese Hand vor ein

paar Wochen im Frühling durch die silberblaue Nacht dahergekommen war, dahergeschwommen war. Er faßte die Hand und hielt sie lange, länger, als ihm schicklich erschien, aber was sollte er tun?
»Was wollen Sie von mir?« fragte Euphemia.
Er wollte sagen, er sei pflicht- und dienstgemäß hierhergekommen, aber er sagte: »Ich wollte Sie wiedersehen!«
»Kommen Sie in den Laden«, erwiderte sie, »ich habe keine Zeit, die Kunden warten.«
Er ging in den Laden.
Der goldene Sommerabend war schon angebrochen. Die Deserteure in der Schenke sangen. Sie tranken Tee und Schnaps und wischten sich den Schweiß von den Gesichtern, nach jedem Schluck. Jeder von ihnen hatte ein Handtuch um den Hals hängen. Einen Augenblick hielten sie im Singen ein, als Euphemia und der Eichmeister hinausgingen.
Viele Bauern und Juden warteten in dem kleinen Laden. Sie wollten Terpentin, Wachs, Apollokerzen, Schmiergelpapier, Tabak, Heringe, Sprotten und blaue Tünche. Der Eichmeister Eibenschütz, der so oft hierhergekommen war, dienst- und pflichtgemäß, als Vollstrecker unerbittlicher Gesetze, um Waagen und Maße und Gewichte zu prüfen, befand sich unversehens hinter dem Ladentisch neben Euphemia. Und als wäre er ihr Lehrling, befahl sie ihm, dies und jenes zu holen, dies und jenes zu wägen, dies und jenes zu füllen, diesen und jenen zu bedienen.
Der Eichmeister gehorchte. Was sollte er tun? Er wußte nicht einmal, daß er gehorchte.
Die Kunden gingen. Euphemia und der Eichmeister verließen den Laden. Sie hatten kaum drei Schritte bis zum Wirtshaus zurückzulegen. Aber es schien dem Eibenschütz, als brauchten sie eine sehr, sehr lange Zeit dazu. Die gute, kühle Sommernacht war schon hereingebrochen.

XXIII

Er blieb in dieser Nacht sehr lange in der Grenzschenke, bis zum frühen Morgengrauen, bis zur Stunde, in der der Gemeindepolizist Arbisch kam, um die Deserteure abzuholen. Zum erstenmal seit vielen Wochen war der Himmel an diesem Morgen bewölkt. Die Sonne ging, als Eibenschütz aus dem Tor der Schenke hinausfuhr, rot und klein, einer Orange ähnlich, am Himmel auf. In der Luft roch es schon süß und heiter und naß nach dem längsterwarteten Regen. Ein lindes Windchen wehte Eibenschütz entgegen. Obwohl er die ganze Nacht getrunken hatte, war er frisch und gleichsam gewichtslos. Sehr jung fühlte er sich, und es war ihm, als ob er bis zu dieser Stunde noch gar nichts erlebt hätte, überhaupt gar nichts. Sein Leben sollte erst beginnen.

Er war schon etwa eine Stunde gefahren und mitten auf dem Wege nach Hause, als der Regen, sachte zuerst, allmählich immer stärker, zu fallen begann. Ringsum atmete alles nasse, linde Güte. Alles unterwegs schien sich dem Regen willig zu ergeben. Die Linden am Wege neigten ihre Häupter. Die Weidensträucher zu beiden Seiten der gangbaren Pfade im Sumpf von Zubrowka gar schienen sich emporgerichtet zu haben und wollüstig im warmen Gerinn zu erschauern. Fast auf einmal setzte auch der Gesang der Vögel ein, den der Eichmeister so lange schon vermißt hatte. Am lautesten flöteten die Amseln. Seltsam – sagte sich der Eichmeister – und ungewöhnlich war es auch, daß die Vögel mitten durch den Regen pfiffen, zwitscherten und trillerten, wahrscheinlich begrüßten sie ihn – dachte er weiter – ebenso wie ich. Aber wie kommt es überhaupt, daß ich einen Regen begrüße? Was geht mich der Regen an? Ich muß mich stark verändert haben in dieser Gegend! Was geht mich der Regen an? Was kümmern mich die Vögel?

Plötzlich, er wußte selbst nicht, warum, zog er die Zügel an, und der Schimmel hielt still. Da sitzt er nun auf dem Bock, der Eichmeister Eibenschütz, der Regen strömt auf ihn herab, der weiche Strohhut schlappt auf seinem Kopf wie ein nasser Lappen. Er hält still im Regen, statt weiterzufahren, wie es sich gehört.

Er kehrt plötzlich um. Er knallt mit der Peitsche. Der Schimmel setzt sich in Galopp. Kaum eine halbe Stunde später ist er wieder in Szwaby. Es regnet immer noch in Strömen.

Eibenschütz läßt sich ein Zimmer im Gasthof geben. Er erzählt Onufrij, daß unterwegs der Boden zu aufgeweicht sei und daß kein Mensch weiterfahren könne. So möchte er lieber hier den Regen überschlafen.

Man gibt ihm ein Zimmer. Er schläft leicht und traumlos und erwacht erst am Abend.

Längst hat der Regen aufgehört. Das Laub an den Bäumen vor den Fenstern ist trocken. Die Steine im Hof der Schenke sind trocken, die Sonne ist just im Begriff, im vollen Glanz unterzugehen. Der Himmel ist wolkenlos.

Der Eichmeister geht in die Wirtsstube.

XXIV

Er wartet auf Euphemia, sie kommt nicht. Er sitzt da, den Kopf in die Hände gestützt. Er weiß auch gar nicht recht, was er hier soll. Durch den Lärm, den die anderen Gäste verursachen, hört er das unerbittliche, harte Ticken der Wanduhr. Allmählich beginnt er zu glauben, daß er nicht freiwillig hierhergekommen ist, sondern daß ihn irgend jemand hierhergebracht hat. Er erinnert sich nur nicht, wer es gewesen ist, er weiß auch nicht, wer es gewesen sein kann.
Die Tür geht auf, man merkt es am Windzug, Kapturak tritt ein. Er geht geradewegs an den Tisch des Eichmeisters. »Eine Partie?« fragt er. –
»Gut, spielen wir.«
Man spielt eine Partie Tarock, eine zweite und eine dritte. Man wartet vergeblich auf Euphemia. Man verliert alle drei Partien.
Verloren ist auch der Tag, verloren ist auch die Nacht. Man weiß nicht, was man machen soll. Man spricht kein Wort, auch nicht zu Kapturak. Man wartet auf Euphemia. Sie kommt nicht.
Gegen drei Uhr nachts begann ein Deserteur, Ziehharmonika zu spielen. Er spielte das Lied: »Ja lubyl tibia« – und alle begannen zu weinen. Sie weinten nach der Heimat, die sie eben selbst aufgegeben hatten. Sie hatten mehr Sehnsucht nach der Heimat in diesem Augenblick als Sehnsucht nach der Freiheit.
Allen standen Tränen in den Augen. Trocken blieben nur die Augen Kapturaks. Auch eine Ziehharmonika konnte ihn nicht rühren. Er selbst brachte die Deserteure über die Grenze. Er lebte davon. Er lebte von dem Heimweh der Deserteure, von ihrer Sehnsucht nach der Freiheit.
Selbst der Eichmeister Eibenschütz wurde wehmütig. Er lauschte der Melodie: »Ja lubyl tibia« – und er fühlte seine Augen feucht werden.
Kapturak fragte, fast in dem Augenblick, in dem die Ziehharmonika zu spielen anfing, ob Eibenschütz nicht eine neue Partie spielen wollte. – »Ja«, sagte Eibenschütz, »warum nicht?« Und sie spielten die vierte Partie Tarock. Eibenschütz verlor wieder.
Der Morgen graute schon, als Eibenschütz aufstand. Er ging die

Treppe hinauf und mußte sich mit beiden Händen am Geländer festhalten.
Er torkelte in sein Zimmer. In den Kleidern legte er sich aufs Bett, so wie einst während der Manöver. Er schlief traumlos und ganz ruhig. Das erste Vogelgezwitscher weckte ihn. Er erhob sich sofort, zugleich auch wußte er, wo er sich befand: in der Grenzschenke, und er verwunderte sich darüber keineswegs.
Er hatte keinerlei Zeug sich zu waschen. Er konnte sich nicht rasieren. Es bekümmerte ihn. Er kam sich beschmutzt und auch verletzt vor. Dennoch ging er hinunter.
Der kräftige Sommermorgen strömte heftig durch die geöffneten Fenster. Auf dem Fußboden schliefen noch die Deserteure. Auch die Morgensonne vermochte nicht, sie zu wecken, und nicht der schmetternde Gesang der morgendlichen Amseln.
Mitten zwischen schlafenden Deserteuren, die zu seinen Füßen lagen, saß der Eichmeister Eibenschütz und trank Tee.
Onufrij bediente ihn. »Wo ist Euphemia?« fragte der Eichmeister. »Ich weiß nicht«, sagte Onufrij. »Ich möchte sie sehen«, sagte Eibenschütz. »Ich habe ihr etwas Wichtiges zu sagen.«
»Gut«, sagte Onufrij – und Eibenschütz blieb sitzen. Sie kam auch bald, Euphemia. Er schämte sich vor ihr, ungewaschen, wie er war, und mit dem Bart von gestern.
»Ich habe die ganze Nacht auf Sie gewartet«, sagte er.
»Nun werden Sie mich ja sehen können!« antwortete sie. »Sie bleiben ja hier?«
Er hatte gar nicht gewußt, daß er hierhergekommen war, um hierzubleiben. Wie einfach war das. Natürlich! Was hatte er denn zu Hause zu suchen? »Ja, ja«, sagte er zur offenen Tür hinaus in den jungen Morgen. Die Männer auf dem Boden erwachten langsam. Sie hockten noch eine Weile stumpf da, dann rieben sie sich die Augen, dann erst schienen sie zu merken, daß es Morgen war. Sie erhoben sich und gingen, einer nach dem anderen, hinaus in den Hof zum Brunnen, um sich zu waschen.
Eibenschütz blieb allein mit Euphemia in der großen Schankstube, die sich plötzlich geweitet hatte. Es war, als dehnte sie der Morgen immer weiter aus. Es roch nach dem Morgen und auch nach dem Gestern, nach den Kleidern und dem Schlaf der Männer und nach Branntwein und Met und auch nach Sommer und auch nach Euphemia. Alle Gerü-

che stürmten jetzt auf den armen Eibenschütz ein. Sie verwirrten ihn, und er unterschied sie doch genau.
Gar vieles, sehr vieles ging in seinem Kopf durcheinander. Er begriff, daß er nichts mehr Vernünftiges sagen könnte, und er mußte doch etwas tun, und Euphemia saß neben ihm. Er umfing sie plötzlich und küßte sie herzhaft und heftig. Dann, als die Männer vom Brunnen sich wieder der Tür näherten, sagte er, schlicht und redlich: »Ich liebe dich!«, und schnell stand er auf. Er ließ einspannen. Er fuhr heim, seine Sachen holen.

XXV

Solang der Sommer dauerte, war Eibenschütz glücklich. Er erfuhr die Liebe und alle seligen Veränderungen, die sie einem Manne bereitet. Bieder und einfach, wie er war, mit etwas schwerfälligem Gemüt, erlebte er die erste Leidenschaft seines Lebens gründlich, ehrlich, mit allen Schauern, Schaudern, Seligkeiten. Nicht nur nachsichtig, auch nachlässig übte er in dieser Zeit seinen Dienst aus. Die langen Sommertage waren nur kleine Zugaben zu den kurzen, ausgefüllten, starken Nächten. Was man bei Tage, ohne Euphemia tat, war ohne Belang.
Nach Hause, zu seiner Frau, kam Eibenschütz kaum einmal in der Woche. Er kam aus einer Art von sporadischem Pflichtgefühl und der Leute wegen. Sie wußten alle, daß er mit der Frau Jadlowkers lebte, aber da er so milde und nachlässig geworden war, sahen sie ihn auch mit milden oder mindestens mit gleichgültigen Augen an. Er kümmerte sich übrigens nicht um die Aufgabe, die man ihm aufgetragen hatte. Das Gasthaus und den Laden versorgte Euphemia allein, und auch um die Papiere der Leute, die über die Grenze kamen, kümmerte sie sich, und die Namen trug sie selbst mit ihrer hilflosen Schrift in das große Buch, in das die Gendarmen nur selten und flüchtig zu blicken pflegten.
Nun, es kam der Herbst. Und wie in jedem Herbst kam der Maronibrater Sameschkin nach Szwaby, Sameschkin aus Uchna in Bessarabien. Er war ein entfernter Verwandter Euphemias; sie sagte es jedenfalls. Es war ihr Geliebter, es war kein Geheimnis, alle Welt wußte es. Jadlowker hatte sich mit ihm gut vertragen. Sameschkin kam immer im Oktober. Er blieb über den Winter. Er kam mit vielen Säcken Kastanien und mit seinem kleinen Bratofen auf vier mageren schwarzen

Füßen. Er sah sehr fremd aus und so, als hätte man auch ihn gebraten. Die Sonne von Bessarabien und vom Kaukasus und von der Krim hatte ihn so gebraten. Seine kleinen, schnellen Augen erinnerten an die Holzkohlen, auf denen er seine Kastanien briet, und sein schmaler, langer Schnurrbart, der an eine schöngeschwungene Gerte aus Haaren gemahnte, war schwärzer noch als der eiserne Ofen. Hände und Angesicht waren braun wie Kastanien. Auf dem Kopf trug er eine hohe Pelzmütze aus Astrachan und um den Leib einen weißen, stark berußten und fettigen Schafspelz. Er hatte große, geradezu gewaltige Kniestiefel mit sehr weiten Schäften. In seinem Gürtel steckte ein schwerer Stock aus Weichselholz, unten mit einer vierkantigen Eisenspitze versehen. Also war er vollkommen ausgerüstet für einen harten Winter und für einen harten Beruf.

Er war ein gutmütiger, sogar weichherziger Mann. Er redete ein Gemisch von vielen Sprachen, das keiner in dieser Gegend verstand. Man nannte ihn hier einfach den »Zigeuner«; und nur wenige wußten, daß er Sameschkin hieß. Konstantin Sameschkin hieß er. Für einen Dreier verkaufte er zwanzig Kastanien, pro Stück verkaufte er seine Ware. Er lächelte oft, unter seinem schwarzen Schnurrbart erschienen groß und weiß seine Zähne. Sie erinnerten an weiße Klaviertasten.

Es gab im ganzen Bezirk noch zwei andere Maronibrater, einen sogar in Zlotogrod. Aber sie waren nicht so geschätzt wie Sameschkin, der Zigeuner. Aus der ganzen Gegend kamen viele Leute, Kastanien bei ihm zu kaufen, rohe und gebratene. Die rohen verkaufte er das Pfund für einen Zehner.

Freilich wußte auch Eibenschütz, daß Sameschkin der Geliebte Euphemias war. Früher war Sameschkin mit seinen Kastanien durch andere Länder, andere Gegenden gezogen. Jeden Winter hatte er woanders erlebt. Aus biederer Treue zu Euphemia kam er nunmehr seit Jahren nach Szwaby. Im Sommer lebte er als Gelegenheitsarbeiter in Uchna in Bessarabien. Einmal half er bei den Holzfällern aus, ein anderes Mal bei den Köhlern, manchmal grub er Brunnen, manchmal leerte er Mistgruben. Niemals noch hatte er eine größere Stadt gesehen als Kischinew. Harmlos, wie er war, glaubte er, daß ihm Euphemia treu sei. Während des Sommers erzählte er dem und jenem, jeden Herbst ginge er zu seiner Frau. Angestellt sei sie in der Grenzschenke in Szwaby und könne nicht überall mit ihm hin. Er freute sich herzlich auf den Herbst, wie andere auf den Frühling.

Es half dem armen Eibenschütz gar nichts, daß er Sameschkins Gutmütigkeit erkannte. Im Gegenteil: er hätte viel eher gewünscht, Sameschkin wäre ein Bösewicht gewesen. Ohnmächtig und mit herzlichem Kummer sah er zu, wie Sameschkin und Euphemia sich begrüßten. Sie fielen einander in die Arme. Herzhaft und kräftig lagen die rostbraunen, großen, schlanken Hände des Zigeuners auf dem Rücken Euphemias und preßten sie, und mit wahrhaftigem Entsetzen dachte Anselm Eibenschütz an die guten Brüste Euphemias – sein waren sie ja!

Sameschkin hatte seine Geräte auf einem Karren mitgebracht wie jedes Jahr. Den Karren zog ein Pudel. Den Pudel und den Karren stellte Sameschkin im Schuppen des Gasthofs ab. Vor dem Gasthof stellte er sich selbst auf, mit seinem Ofen, mit seinen Kastanien. Es roch sofort im ganzen Ort nach Herbst. Es roch nach dem Schafspelz Sameschkins, nach verbrannten Kohlen, am stärksten nach den gebratenen Maroni. Ein Dunst, zusammengesetzt aus all den Gerüchen, zog durch den Flecken wie ein Bote, Sameschkins Ankunft anzukündigen.

Eine Stunde später auch kamen die Leute aus Szwaby, gebratene Kastanien einzukaufen. Es sammelte sich ein Haufen um Sameschkin, und er verkaufte Kastanien, gebratene und rohe. In der Mitte des Haufens glühten die roten Kohlen, auf denen die Kastanien lagen. Es war kein Zweifel mehr, der Winter begann. Der Winter begann in Szwaby.

Der Winter begann. Und damit begann auch das Leid des Eichmeisters Eibenschütz.

XXVI

Ja, damals begann das große Leiden des Eichmeisters Anselm Eibenschütz.

»Du kannst nicht mehr hier wohnen bleiben«, sagte ihm eines Nachts Euphemia, »Sameschkin ist gekommen, du weißt!«

»Was geht mich Sameschkin an, was geht dich Sameschkin an?« fragte er.

»Sameschkin«, sagte sie, »kommt jeden Winter. Ihm gehöre ich eigentlich.«

»Deinetwegen«, antwortete der Eichmeister Eibenschütz, »habe ich mein Haus, mein Weib und das Kind aufgegeben.« (Er wagte nicht zu sagen: mein Kind.) »Und jetzt«, fuhr er fort, »willst du mich fortschikken?«

»Es muß so sein!« sagte sie.

Sie saß aufrecht im Bett. Der Mond leuchtete scharf durch die runden Luken der Fensterläden. Er betrachtete sie. Niemals hatte er sie so gierig betrachtet. Im Mondlicht erschien sie ihm begehrenswert, als hätte er sie noch niemals vorher nackt gesehen. Er kannte sie genau, jeden Zug an ihrem Körper, noch besser als die Züge ihres Angesichts. Warum jetzt? sagte er sich. Warum überhaupt? Ein großer Zorn gegen die Frau erhob sich in ihm. Aber je zorniger er wurde, desto kostbarer erschien sie ihm auch. Es war, als machte sie sein Zorn mit jeder Sekunde reizvoller. Er richtete sich ganz auf, faßte sie an den Schultern, ihr Körper leuchtete, er drückte sie mit übermäßiger Gewalt nieder. So hielt er sie eine Zeitlang fest in den Kissen. Er wußte, daß er ihr weh tat, sie stöhnte nicht einmal, und das erbitterte ihn heftiger. Er stürzte sich über sie, er hatte das wonnige Gefühl, daß er sie zerstörte, während er sie liebte. Einen Laut des Schmerzes wollte er hören, er wartete darauf. Sie blieb still und kalt, es war, als schliefe er nicht mit Euphemia, sondern mit einem fernen Abbild von ihr. Wo war sie eigentlich? Sie lag schon unten, in den Armen Sameschkins. »Sag etwas«, bat er sie. Sie schwieg, wie um seine Vorstellung, daß sie nur ein Bild sei, vollkommen zu machen. – »Warum sagst du nichts?« – »Ich weiß nicht, ich habe schon alles gesagt!« – »Willst du wirklich mit Sameschkin leben?« – »Ich muß!« – »Warum mußt du?« – »Ich weiß nicht.« – »Soll ich fortgehen?« – »Ja!« – »Liebst du mich nicht?« – »Ich weiß nicht.« – »Liebst du Sameschkin?« – »Ich gehöre ihm.« – »Warum?« – »Ich weiß nicht.«

Sie wandte sich von ihm ab. Sie schlief sofort ein. Es war, als sei sie weit weggefahren, ohne Abschied.

Er lag lange wach und sah den Mond durch die Luke und kam sich sinnlos und töricht vor. Sein ganzes Leben war sinnlos. Welch ein böser Gott hatte ihn zu Euphemia gebracht? Bald glaubte der Eichmeister Eibenschütz, daß er irre geworden sei, nur weil ihm der Satz eingefallen war: »Wer regiert denn überhaupt die Welt?« – Seine Furcht war so groß, daß er, wie um ihr zuvorzukommen und sein Schicksal selbst zu erfüllen, sich im Bett aufrichtete und laut den Satz aussprach: »Wer regiert eigentlich die Welt?« – Er war ähnlich einem Menschen,

der aus Angst vor dem Tode einen Versuch unternimmt, sich zu töten. Aber er lebt weiter und fragt sich: Bin ich eigentlich schon tot? – Bin ich eigentlich schon wahnsinnig?
Er erhob sich sehr früh. Euphemia schlief noch. Er betrachtete sie noch einmal lange, das schlafende Abbild der fernen Euphemia. Sie schlief, die Hände über dem Nacken verschränkt, in einer ungewöhnlichen Lage, und es sah beinahe so aus, als wüßte sie, daß er sie betrachtet.
Er wusch und rasierte sich, gewissenhaft wie jeden Morgen. Er war gewohnt, von seiner Dienstzeit her, des Morgens eine halbe Stunde an nichts anderes zu denken als an die Zubereitung seines Gesichts. Er putzte Rock, Weste und Hose. Er benahm sich dabei sehr behutsam, um Euphemia nicht zu wecken. Er ging daran, seinen Koffer zu pakken. Aber mitten in dieser Arbeit fiel ihm ein, daß er hier doch noch zu tun haben werde. Er ließ den Koffer. Aus dienstlichem Pflichtgefühl, wie er glaubte. Auf den Zehen ging er hinaus.
Unten in der Schankstube stieß Eibenschütz auf Sameschkin, den Maronibrater. Er lächelte ihm entgegen, mit all seinen blendenden Zähnen. Er trank Tee und aß Brot mit Schmalz und salzte es immerfort. Es war dem armen Eibenschütz, als streute er dieses Salz auf ihn, auf Eibenschütz, nicht auf das Brot.
Er bezwang sich und sagte: »Guten Morgen, Sameschkin!« – In diesem Augenblick erfüllte ihn ein heißer Haß gegen Sameschkin. Wie er ihn so ansah, länger, den Plappernden und Lachenden, begann er, Euphemia zu hassen.
Er hoffte, daß er Klarheit bekäme, wenn er einmal nur fort wäre.
Es war gut, daß der Schimmel so klug war, ein kluger Schimmel. Allein, ohne ihn, hätte Eibenschütz den Weg nicht nach Hause gefunden. Er fuhr zuerst ins Amt. Seit vielen Tagen stapelten sich dort Papiere auf, die ihn erwarteten.
Er fürchtete sich vor den Papieren, die ihn erwarteten.

XXVII

Eine Woche im ganzen wohnte der Eichmeister Anselm Eibenschütz zu Hause. Die Frau Regina bekam er nicht zu sehen, das Kind des Schreibers hörte er manchmal kreischen.

Eines Tages unterwegs, während er mit dem Wachtmeister Slama auf dem Wägelchen saß – sie fuhren nach Bloty –, begann er zu erzählen. Es drückte ihm das Herz ab. Er mußte sprechen – und es gab weit und breit keinen Menschen, nur den Wachtmeister Slama. Zu wem sollte man reden? Ein Mensch muß zu einem Menschen reden.
Also erzählte der Eichmeister dem Wachtmeister seine Geschichte. Er erzählte, daß er bis zur Stunde, in der er Euphemia gekannt hatte, gar nicht gewußt hatte, was das Leben bedeute. Und er erzählte auch dem Wachtmeister von dem Betrug seiner Frau mit dem Schreiber Josef Nowak.
Der Gendarmeriewachtmeister war ein sehr einfacher Mensch. Aber er verstand alles, was ihm Eibenschütz erzählte, und zum Zeichen dafür, daß er es verstehe, nahm er die Pickelhaube ab, als könnte er barhäuptig zuversichtlicher mit dem Kopf nicken.
Es war dem Eibenschütz sehr leicht ums Herz, nachdem er seine ganze Geschichte erzählt hatte. Er wurde geradezu fröhlich; und er war so traurig.
Dem Wachtmeister Slama fiel nichts ein, aber er wußte wohl, daß man etwas Fröhliches sagen müsse, und er sagte also schlicht und ehrlich: »Das würde ich nicht aushalten!«
Er wollte Eibenschütz trösten, aber er machte ihn nur trauriger.
»Auch ich«, begann Slama, »bin betrogen worden. Meine Frau hat sich da – Vertrauen gegen Vertrauen – mit dem Sohn des Bezirkshauptmanns eingelassen. Sie ist an der Geburt gestorben.«
Eibenschütz, den die ganze Geschichte nicht berührte, sagte nur: »Sehr traurig!« Ihn kümmerte sein eigenes Schicksal. Was ging ihn die verstorbene Frau Slama an?
Der Wachtmeister aber, einmal im Erzählen und mit aufgerissener Herzenswunde, hörte nicht auf, von seiner Frau zu berichten. »Dabei waren wir«, sagte er, »zwölf Jahre verheiratet. Und, denken Sie, es war gar kein Mann, mit dem sie mich betrogen hat. Es war ein Jüngling, der Sohn des Bezirkshauptmanns, er war ein Kadettenschüler.« Und als hätte es eine besondere Bedeutung, fügte er nach einer Weile hinzu: »ein Kavallerie-Kadettenschüler aus Mährisch-Weißkirchen.«
Längst hörte Eibenschütz nicht mehr zu. Es tat ihm aber wohl, daß ein Mensch neben ihm redete, ähnlich, wie es manchmal einem wohltut, wenn es so daherregnet und man versteht auch die Sprache nicht, die der Regen redet.

Sie hatten in Bloty nur einen Laden zu besuchen, den Milchhändler und Gastwirt Broczyner, aber sie blieben den ganzen Tag dort. Man fand bei Broczyner im ganzen fünf falsche Pfundgewichte. Man zeigte den Broczyner an. Man ging dann in das Wirtshaus, zum gleichen Broczyner.

Der angezeigte Broczyner kam an den Tisch und versuchte, ein Gespräch mit dem Eichmeister und dem Wachtmeister anzuknüpfen. Aber sie waren beide dienstlich und strenge, das heißt, sie bildeten sich ein, daß sie dienstlich und strenge seien.

Einen ganzen Tag, bis zum späten Abend, blieben sie dort. Dann sagte Eibenschütz: »Fahren wir nach Szwaby.« Dorthin fuhren sie auch.

Sie spielten Tarock mit Kapturak. Kapturak gewann immer wieder. Der Eichmeister Eibenschütz hätte auch gewinnen können, wenn er nur achtgegeben hätte. Er aber dachte an Euphemia und Konstantin Sameschkin.

Endlich, es war schon spät in der Nacht, kamen sie beide an den Tisch, Euphemia und Sameschkin. Sie kamen, Arm in Arm, die Treppe hinunter. Arm in Arm traten sie an den Tisch. Sie erinnerten an Bruder und Schwester. Eibenschütz bemerkte plötzlich, daß sie beide die gleichen schwarzblauen Haare hatten.

Es war ihm auf einmal, als begehrte er die Frau nicht mehr aus Liebe wie bisher, sondern aus Haß. Sameschkin lächelte, gutherzig und mit allen seinen weißen Zähnen, wie immer. Indessen reichte er freigiebig seine rostbraune, große, starke Hand. Es sah aus, als verteile er Spenden.

Er setzte sich. In seiner nicht leicht begreiflichen Sprache erzählte er, daß er heute gute Geschäfte gemacht hatte. Sogar aus Zlotogrod wäre man zu ihm gekommen, rohe Kastanien zu kaufen.

Euphemia saß zwischen den Männern. Sie schwieg, sie war stumm, einer Blume ähnlich, die man an einen Tisch gesetzt hat, statt sie auf ihn zu stellen.

Eibenschütz betrachtete sie fortwährend. Er versuchte, ihrem Blick, einmal wenigstens, zu begegnen, aber es gelang ihm nicht. Ihre Augen gingen irgendwo in der Weite spazieren. Weiß Gott, woran sie denken mochte!

Sie begannen aufs neue zu spielen, und Eibenschütz gewann immer wieder. Er schämte sich ein bißchen, während er das Geld einsteckte. Immer noch saß Euphemia am Tisch, eine stumme Blume. Sie leuchtete und schwieg.

Ringsum herrschte der gewöhnliche Lärm, den die Deserteure verursachten. Sie hockten auf dem Boden und spielten Karten und würfelten. Sobald sie alles verspielt hatten, begannen sie zu singen. Sie sangen, wie gewöhnlich, das Lied: »Ja lubyl tibia«, falsch und mit krächzenden Stimmen.
Schließlich erhoben sich Euphemia und Sameschkin. Arm in Arm gingen sie hinauf, und der arme Eichmeister Eibenschütz sah ihnen ohnmächtig nach. Es kam ihm schließlich in den Sinn, daß er hierbleiben müßte. Ja, hierbleiben! Er hatte schon ein wenig getrunken, der Eichmeister Eibenschütz. Es schien ihm plötzlich, daß er Sameschkin verdrängen könnte, wenn er nur hierbliebe, einfach im Hotel bliebe. Auch graute es ihm entsetzlich vor der Rückkehr, obwohl er gewiß war, daß er seine Frau nicht sehen würde noch ihr Kind, das Kind des Schreibers Nowak. Plötzlich erschien ihm auch der Wachtmeister Slama sehr vertraut. Zu ihm sagte Eibenschütz: »Sagen Sie, soll ich hierbleiben?«
Der Gendarm dachte nach und griff an den Kopf, und es war, als nähme er den Helm noch einmal ab, den er natürlich längst abgelegt hatte.
»Ich glaube, Sie sollten hierbleiben«, sagte er schließlich nach einigem Nachdenken. Und der Eichmeister Eibenschütz blieb in der Grenzschenke.
Später, ein paar Wochen später, wußte er selbst nicht mehr, weshalb er den Gendarmen Slama um Rat gefragt hatte und weshalb er in der Grenzschenke geblieben war.
Es ging dem Eichmeister Eibenschütz überhaupt sehr schlecht in dieser Zeit. Der Winter kam.
Vor diesem Winter hatte Eibenschütz Angst.

XXVIII

Ach, was war das für ein Winter! Seit Jahren hatte man dergleichen nicht gesehen! Er kam plötzlich daher, wie ein ganz großer, scharfer Herr daherkommt, mit Peitschen. Der Fluß Struminka gefror sofort, an einem Tage. Eine dicke Eisschicht überzog ihn plötzlich, als hätte sie sich nicht aus dem Wasser selbst gebildet, sondern als wäre sie von irgendwoher gekommen, Gott weiß woher.
Nicht nur, daß die Spatzen tot von den Dächern fielen, sie erfroren

auch mitten im Flug. Sogar die Raben und die Krähen hielten sich dicht in der Nähe der menschlichen Behausungen auf, um nur ein bißchen Wärme zu ergattern. Vom ersten Tage an hingen die Eiszapfen groß und stark von den Dächern. Und die Fenster sahen aus wie dicke Kristalle.

Ach, wie einsam war da der Eichmeister Eibenschütz! Den und jenen kannte er, zum Beispiel den Wachtmeister Slama und den Kaufmann Balaban und den kleinen Kapturak. Aber was bedeuteten sie alle! In seiner riesengroßen Einsamkeit erschienen ihm die paar Menschen, die er kannte, wie verlorene Fliegen in einer eisigen Wüste. Er war sehr unglücklich, der Eichmeister Eibenschütz. Auch suchte er gar nicht mehr nach den Menschen. Und er fühlte sich beinahe wohl in seiner Wüste.

Jetzt wohnte er wieder in der Schenke. Er wohnte wieder in der Nähe Euphemias. Ja, er stand sehr früh auf, um sie kommen zu sehen. Sie kam früher als Sameschkin. Er stand erst eine Stunde später auf. Gutmütig war er und auch faul, sehr faul. Er liebte das frühe Aufstehn nicht, ja, er haßte den Morgen. Übrigens kamen die Leute, die Maroni kaufen wollten, erst am Nachmittag. Was sollte Sameschkin am frühen Morgen? Er liebte nun einmal keinen frühen Morgen.

Dennoch erwartete Eibenschütz auch ihn geduldig. Es tat dem Eibenschütz wohl, in der Nähe Sameschkins zu sein. Er begann sogar, Sameschkin zu lieben. Immerhin hatte Sameschkin noch etwas von der süßen, süßen Wärme Euphemias. Und es war so kalt in diesem Winter! – Und er war so einsam, der Eichmeister Eibenschütz!

Er war so einsam, der Eichmeister Eibenschütz, daß er manchmal vor das große, rostbraune Tor der Schenke trat und sich neben Sameschkin, den Maronibrater, stellte, ungeachtet seiner Stellung und seines Amtes. Es kamen verschiedene Leute Kastanien kaufen, rohe und gebratene, und manchmal ließ sich der Eichmeister Eibenschütz sogar herbei, den Leuten die Maroni zu verkaufen, während der Zeit, in der Sameschkin ausgetreten war. Sehr lieb wurde ihm Sameschkin mit der Zeit. Er verstand nicht recht, warum, aber Sameschkin wurde ihm eben lieb.

Mit der Zeit begann er ihn zu lieben, wie man einen Bruder liebt.

XXIX

Es ging alles gut, oder halbwegs gut, bis zu jenem Tage, an dem das Unwahrscheinliche geschah. Es war nämlich so, als ob der Winter plötzlich aufgehört hätte, ein Winter zu sein. Er hatte einfach beschlossen, kein Winter mehr zu sein. Mit Entsetzen hörten die Einwohner des Bezirks das Eis über der Struminka krachen, kaum eine Woche nach Weihnachten. Laut einer alten Sage, die in der Gegend umging, bedeutete dieses Krachen des Eises ein großes Unglück für den kommenden Sommer. Alle Menschen waren sehr erschrocken, und mit verstörten Gesichtern gingen sie einher.

Nun, sie hatten recht. Die alte Sage hatte recht. Es begann nämlich, ein paar Tage nach dem Krachen des Eises, eine fürchterliche Krankheit in der Stadt zu wüten, eine Krankheit, die sonst nur in heißen Sommern aufzutreten pflegte: Es war die Cholera.

Es taute an allen Enden und Ecken, man hätte sagen können, der Frühling sei schon gekommen. In den Nächten regnete es. Es regnete sachte und gleichmäßig, es sah aus wie ein Trost des Himmels, aber es war ein falscher Trost des Himmels. Schnell starben die Menschen dahin, kaum waren sie drei Tage krank gewesen. Die Ärzte sagten, es sei die Cholera, aber die Leute in der Gegend behaupteten, es wäre die Pest. Es ist aber auch gleichgültig, was für eine Krankheit es war. Jedenfalls starben die Leute.

Als das Sterben gar kein Ende mehr nehmen wollte, begann die Statthalterei, viele Ärzte und Medikamente nach dem Bezirk Zlotogrod zu schicken.

Es gab aber viele, die sagten, Ärzte und Medikamente würden höchstens schaden und die Verordnungen der Statthalterei seien noch schlimmer als die Pest. Das beste Mittel, sich das Leben zu bewahren – so sagten sie –, sei der Alkohol. Es begann also ein gewaltiges Trinken. Gar viele Leute, die man sonst dort nicht gesehen hatte, kamen jetzt nach Szwaby in die Grenzschenke.

Auch der Eichmeister Eibenschütz begann, in unmäßiger Weise zu trinken. Und zwar nicht so sehr deshalb, weil er die Krankheit und den Tod fürchtete, sondern weil ihm die allgemein gewordene Sucht zu trinken sehr gelegen war. Es lag ihm keineswegs daran, der großen Seuche zu entgehen, sondern vielmehr seinem eigenen Leid. Ja, man könnte sagen, daß er geradezu die Seuche begrüßte. Denn sie bot ihm

Gelegenheit, seinen eigenen Schmerz zu mildern, und ihm schien es, er sei so riesengroß, wie es keine Seuche sein könne. Er sehnte sich eigentlich nach dem Tode. Die Vorstellung, daß er eines der vielen Opfer der Cholera werden könnte, war ihm sehr angenehm, ja sogar vertraut. Aber wie den Tod erwarten, wenn man nicht wußte, ob er wirklich kommen würde, ohne sich zu betäuben?

Also trank der Eichmeister Eibenschütz.

Alle, die noch am Leben blieben, ergaben sich dem Schnaps, von den Deserteuren nicht zu reden. Drei Gläubiger Jadlowkers hatte die Cholera schon dahingerafft, und übrig blieb nur der kleine Kapturak, der unverwüstliche Kapturak. Auch er trank, sein gelbes, zerknittertes Gesicht rötete sich nicht, nichts konnte ihm etwas anhaben, weder die Bazillen noch der Spiritus.

Freilich starben nicht alle, aber viele lagen krank darnieder.

In der Grenzschenke spielten nur noch der Eichmeister, der Gendarm Slama, der Gauner Kapturak und der Maronihändler Sameschkin. Man konnte ihn überhaupt kaum noch einen Maronihändler nennen. Er verkaufte nämlich fast gar keine Kastanien mehr. Wie sollte man auch Kastanien in einer Gegend verkaufen, in der die Cholera herrschte? Und welch eine Cholera!

Die Leute starben wie die Fliegen. Das sagt man so, in Wirklichkeit sterben die meisten Fliegen langsamer als die Menschen. Es dauerte drei oder acht Tage, je nachdem, dann wurden die Menschen blau. Die Zungen hingen aus den offenen Mündern. Sie taten noch ein paar Atemzüge, und schon waren sie hinüber. Was nützten die Ärzte und die Medikamente, die man von der Statthalterei geschickt hatte? Eines Tages kam von der Militärbehörde der Befehl, das Regiment der Fünfunddreißiger möge unverzüglich den Bezirk Zlotogrod räumen, und jetzt entstand ein noch größerer Schrecken. Bis jetzt hatten die armen Leute geglaubt, der Tod sei gleichsam nur zufällig durch ihre Häuser und Hütten gegangen. Nun aber, da man die Garnison verlegte, war es auch von Staats wegen beschlossen und besiegelt, daß die »Pest«, wie sie es nannten, eine dauernde Angelegenheit war. Der Winter wollte gar nicht wieder anfangen. Man sehnte sich nach dem Frost, den man sonst so gefürchtet hatte. Es kam kein Frost, es kam kein Schnee, es hagelte höchstens bisweilen, und meist regnete es. Und der Tod ging um und mähte und würgte.

Eines Tages ereignete sich etwas ganz Seltsames. Es fiel nämlich ein paar Stunden lang ein roter Regen, ein Blutregen, sagten die Leute. Es war eine Art rötlichen, ganz feinen Sandes. Er lag zentimeterhoch in den Gassen und fiel von den Dächern. Es war, als bluteten die Dächer. Da erschraken die Leute noch mehr als damals bei der Verlegung der Garnison. Und obwohl noch eine Kommission von der Statthalterei nach dem Bezirk Zlotogrod geschickt wurde und obwohl diese gelehrten Herren den Leuten in der Gemeindestube erklärten, der Blutregen sei ein roter Sand, der von weit her, aus der Wüste, durch ein besonderes, aber der Wissenschaft bekanntes Phänomen hierhergekommen sei, wich die fürchterliche Angst nicht aus den Herzen der Leute. Und sie starben noch schneller und jäher als vorher. Sie glaubten, das Ende der Welt sei angebrochen; und wer hätte da noch Lust zum Leben haben können?

Die Cholera verbreitete sich mit der Schnelligkeit eines Feuers. Von Hütte zu Hütte, von Dorf zu Marktflecken, von da ins nächste Dorf. Unversehrt blieben nur die einzelstehenden Gehöfte und das Schloß des Grafen Chojnicki.

Unversehrt blieb auch die Grenzschenke in Szwaby, obwohl so viele Menschen dort ein- und ausgingen. Es schien, als erstürben die Bazillen sofort im Dunst des Alkohols, der die Schenke umwölkte.

Was aber den Eichmeister Eibenschütz betraf, so trank er keineswegs etwa aus Angst vor der Epidemie. Im Gegenteil: Er trank nicht, weil er sich vor dem Sterben fürchtete, sondern weil er am Leben bleiben mußte, am Leben bleiben, ohne Euphemia. Seit einiger Zeit sah er sie überhaupt nicht. Kapturak und Sameschkin versorgten gemeinsam den Laden. Es kamen überdies nur wenige Kunden. Weiß Gott, was Euphemia ganze Tage lang allein in ihrem Zimmer machte. Was machte sie nur?

Eines Nachts, nachdem er sehr viel getrunken hatte, Met und Neunziggrädigen durcheinander, faßte der Eichmeister Eibenschütz den wirren Entschluß, in ihr Zimmer zu gehen. Sein Zimmer war es doch eigentlich. Er konnte es anders nicht mehr aushalten. Je verworrener seine Gedanken wurden, desto klarer stand vor seinen Augen das Bild der Euphemia. Er hätte sie beinahe mit den Händen greifen können, die nackte Euphemia, so, wie sie vor ihm dalag. Wenigstens anrühren will ich sie, dachte er sich, nur anrühren! Gar keine von den Wonnen, die ihr Körper enthält. Aber anrühren, anrühren!

»Anrühren! Anrühren!« sagte er auch laut vor sich hin, während er die Treppe hinauftorkelte. Die Tür war offen, er trat ein, Euphemia drehte ihm den Rücken zu. Sie saß da im halbdunklen Zimmer und sah zum Fenster hinaus. Was mochte sie draußen zu betrachten haben? Es regnete wie alle Tage. In der finsteren Nacht, im Regen, was suchte sie eigentlich hinter den Fenstern? Ein winziges Naphthalämpchen brannte. Es stand hoch oben auf dem Kleiderschrank. Es erinnerte Eibenschütz an einen trüben und törichten Stern.

Warum wandte sie sich nicht um? War er so leise eingetreten? Er war unfähig, sich darüber Rechenschaft zu geben, wie er eingetreten war. Er wußte jetzt nicht einmal mehr, wann es gewesen sein konnte. Er schwankte zwar, aber es schien ihm, daß er stehe. Seit Ewigkeiten stand er so da.

»Euphemia!« rief er.

Sie wandte sich um, sie stand sofort auf, sie kam zu ihm. Sie legte die Arme um seinen Hals, rieb ihre Wange an der seinen und sagte: »Nicht küssen! Nicht küssen!« Sie ließ ihn wieder los. »Es ist traurig, du!« sagte sie. Ihre Arme hingen schlaff am Körper, zwei verwundete Flügel. Sie erschien Eibenschütz jetzt überhaupt wie ein großer, schöner, verwundeter Vogel. Er wollte ihr sagen, sie sei ihm das Teuerste auf der Welt und er wolle für sie sterben. Aber er sagte nur, gegen seinen Willen: »Ich fürchte nicht die Cholera! Ich fürchte nicht die Cholera!« Und dabei hatte er so viel schöne, zärtliche Worte im Herzen für Euphemia. Aber die Zunge gehorchte nicht. Die Zunge gehorchte nicht.

Er fühlte plötzlich, daß ihm schwindelte, und er lehnte sich gegen die Tür. In diesem Augenblick wurde sie aufgestoßen, und Eibenschütz fiel nieder. Er wußte alles, was vorging. Er sah genau, wie Sameschkin eintrat, zuerst eine Sekunde erstaunt stehenblieb, dann hörte er, wie Sameschkin mit seiner fröhlich grölenden Stimme fragte: »Was macht er hier?« und wie Euphemia antwortete: »Du siehst ja! Er hat sich geirrt, er ist besoffen.«

Ich bin also besoffen, dachte der Eichmeister Eibenschütz. Er fühlte sich unter den Armen angefaßt, Sameschkin war es sicher nicht, es waren starke Arme, und zur Tür, die noch halb offenstand, hinausgeschleppt. Er fühlte, wie man ihn wieder losließ, und er hörte noch deutlich, daß ihm Sameschkin eine gute Nacht wünschte.

Das ist wahrhaftig eine gute Nacht, dachte er. Und er schlief ein, wie ein Hund, quer vor der Tür der geliebten Euphemia, neben den Stiefeln Sameschkins.

XXX

Am Morgen, sehr früh, weckte ihn der Diener Onufrij. Er hatte einen Brief für den Eichmeister, einen Brief mit einem Amtsstempel. Der Eichmeister Eibenschütz erhob sich, zerschlagen und müde, wie er war, von der harten, kalten Diele. Er schämte sich ein wenig vor dem Diener Onufrij, weil er hier, vor der Schwelle Euphemias, geschlafen hatte. Er erhob sich und las den Brief mit dem Amtsstempel. Dieser Brief war vom Bezirksarzt Doktor Kiniower abgesandt und enthielt folgenden Text:

»Sehr geehrter Herr Eichmeister, pflichtgemäß teile ich Ihnen mit, daß Ihr Kind gestern abend gestorben ist. Ihre Frau ist in Lebensgefahr. Sie wird, meiner Meinung nach, die folgende Nacht nicht mehr überstehen.

Hochachtungsvoll Doktor Kiniower«

Der Brief war kaum leserlich, auf einem Rezeptblatt geschrieben, in hastiger, medizinischer Schrift. Dennoch erschütterte sie den Eichmeister Eibenschütz.
Er ließ einspannen, er fuhr nach Hause.
Er fand seine Frau im Bett, in dem gleichen Bett, in dem er mit ihr immer geschlafen hatte. Jetzt war es von Medizinen aller Art umstellt, und es roch nach Kampfer, betäubend und erschütternd. Sie erkannte ihn sofort. Sie war vollkommen verändert. Sie sah bläulich aus, ihre Lippen waren beinahe violett. Er erinnerte sich genau an diese Lippen, als sie noch rot gewesen waren wie Kirschen, und daß sie ihn geküßt hatten. Er fürchtete sich nicht vor der Krankheit. Was brauchte er den Tod zu fürchten? Seine Frau selbst hatte Angst, ihm die Hand zu geben, eine kraftlose, gelbe Hand, ein paarmal streckte sie sich ihm entgegen, als hätte sie keinen eigenen Willen. Einmal sagte die Frau, offenbar mit großer und letzter Kraft: »Mann, ich habe dich immer geliebt. Muß ich sterben?« Es erschütterte den Eichmeister Eibenschütz, daß sie ihn nicht beim Vornamen, sondern nur »Mann« nannte. Er wußte auch nicht, weshalb es ihn so ergriff.
Das tote Kind war längst hinausgebracht worden, die Frau wußte nicht einmal, daß es gestorben war. Die Nonne saß reglos am Fußende des Bettes, den Rosenkranz mit dem Kreuz in der Hand. Sie war still wie

ein Heiligenbild, nur ihre Lippen bewegten sich, und von Zeit zu Zeit hob sie die Hand und schlug das Kreuz. Am Kopfende saß Eibenschütz. Er beneidete die Nonne um ihre Unbeweglichkeit. Er mußte immer wieder aufstehen und ein paar Schritte machen und zum Fenster gehen und in die Trübsal des Regens hinausblicken. Er hätte gern seiner Frau etwas Gutes tun wollen. Musik machen zum Beispiel. Als Knabe hatte er einmal Geige gespielt. Manchmal ging ein Schüttern durch den Körper der Sterbenden. Das ganze breite Bett schütterte und quietschte. Manchmal erhob sie sich steil, wie eine tote Kerze sah sie aus in der glatten weißen Jacke. Bald fiel sie wieder zurück, wie eine umgestürzte Sache umfällt, nicht wie ein Mensch.
Der Doktor kam. Er konnte nicht mehr helfen. Er konnte nur erzählen, daß das einzige Krankenhaus des ganzen Bezirks längst überfüllt sei. Die Kranken lagen auf dem Boden. Man mußte die Neuerkrankten in den Häusern lassen. Er roch eindringlich nach Kampfer und Jodoform. In einer Wolke aus Gestank ging er einher.
Er ging. Und es wurde sehr einsam im Zimmer. Die Nonne stand plötzlich auf, um die Kissen zu richten, und das war wie ein großes Ereignis. Sie setzte sich sofort wieder hin und erstarrte. Der Regen sang leise auf den Fensterbrettern. Manchmal hörte man auch draußen schweres Räderrollen. Es fuhren die zwei Lastfuhrwerke der Gemeinde vorbei, hoch beladen mit Särgen und schwarz überdeckt. Die Kutscher trugen schwarze Kapuzen, und das regennasse Schwarz schimmerte, und obwohl es noch Tag war, waren die Laternen hinten an dem Wagen angezündet. Sie blinkten trübe und baumelten und schaukelten, und man glaubte auch zu hören, daß sie klirrten, obwohl es der schweren Räder wegen unmöglich war. Die schweren Pferde trugen überdies ein Gehänge von viel zu zarten Glöckchen, die sachte wimmerten. Manchmal fuhr der halboffene Wagen der Pfarrei vorüber. Der Priester saß darin mit dem Allerheiligsten. Der lahme Gaul trottete langsam dahin, die Räder knirschten deutlich hörbar im zähen Schlamm. Sehr selten huschte ein Fußgänger vorbei, überdacht von einem Regenschirm. Auch der sah aus wie eine festgespannte Leichenplache. Im Zimmer tickte die Uhr, die Frau atmete, die Nonne flüsterte.
Als der Abend zu dämmern begann, entzündete die Schwester eine Kerze. Einsam stand sie, unwahrscheinlich groß und einsam in der Mitte des Zimmers, in der Mitte auf dem runden Tisch. Ihr Licht war

spät und gütig. Es schien dem Eichmeister, sie sei das einzig Gütige in der Welt. Plötzlich erhob sich die Frau. Sie streckte beide Arme nach dem Mann aus und fiel sofort mit einem sehr schrillen Schrei zurück.
Die Schwester beugte sich über sie. Sie schlug das Kreuz und drückte der Toten die Augen zu.
Eibenschütz wollte näher treten, aber die Nonne wies ihn zurück. Sie kniete nieder. Ihr schwarzes Kleid und ihre weiße Haube sahen auf einmal sehr mächtig aus. Sie erinnerte an ein schwarzes Haus mit einem verschneiten Dach, und dieses Haus trennte Eibenschütz von seinem toten Weibe. Er drückte seine heiße Stirn gegen die kühle Scheibe und begann, heftig zu schluchzen.
Er wollte sich schneuzen, suchte nach dem Taschentuch, fand es nicht, griff aber nach der Flasche, die er seit Wochen stets bei sich trug, zog sie hervor und tat einen tiefen Schluck.
Sein Schluchzen erlosch sofort. Er ging leise hinaus, ohne Hut und Mantel, und stand da, im faulen, fauligen Geriesel des Regens. Es war, als regnete ein Sumpf hernieder.

XXXI

Es wurde immer schlimmer. Nun war man schon im Anfang des Februars. Und immer noch hörte die Seuche nicht auf. Drei Leichenbestatter starben. Die Gemeindediener weigerten sich, in die Totenhäuser zu gehen. Es kam Anweisung von der Statthalterei, die Sträflinge als Leichenbestatter zu verwenden.
Es wurden aus dem großen Kerker in Zloczow die Sträflinge in den Bezirk Zlotogrod gebracht. Man band sie, je sechs, mit Ketten zusammen, mit langen Ketten, und klirrend und rasselnd stiegen sie in den Zug, von Gendarmen mit aufgepflanzten Bajonetten begleitet.
Man verteilte sie überall im Bezirk Zlotogrod, je sechs in jedem Flekken und im Städtchen zwölf. Man zog ihnen eine besondere Art von Mänteln mit Kapuzen an, alles mit Chloroform behandelt. In diesen sandgelben und sehr schrecklichen Kitteln, mit Geklirr und Gerassel, von den Gendarmen bewacht, traten sie in die Häuser und Hütten, und mit Geklirr und Gerassel trugen sie die Särge hinaus und luden sie auf die großen Leiterwagen der Gemeinde. Sie schliefen auf dem Boden in den Gendarmeriewachstuben.

Manchen von ihnen gelang es, an der Cholera zu erkranken. Sie kamen ins Krankenhaus, und es war dann so, als ob sie krank wären. Denn in Wirklichkeit waren sie gar nicht krank. Manchen gelang es sogar, scheinbar zu sterben. Das heißt, Kapturak veranlaßte die Gemeindeschreiber, falsche Tote einzutragen. Von allen Sträflingen starb in Wirklichkeit nur ein einziger, und der war alt und immer schon krank gewesen. Die Klügsten entkamen. Alle anderen blieben am Leben. Es war, als beschützten sie die Ketten und die Sehnsucht nach der Freiheit vor der Epidemie sicherer als die Vorsichtsmaßregeln des Bezirksarztes Doktor Kiniower. Auch die Deserteure, die aus Rußland kamen, steckten sich nicht an. Was können schon so winzige Bazillen gegen eine so große Sehnsucht des Menschen nach der Freiheit?
Unter den Sträflingen, die damals aus dem Zloczower Kerker nach Zlotogrod gekommen waren, befand sich auch Leibusch Jadlowker. Auch er sank eines Tages nieder, just, während er den Leichenwagen begleitete. Er wurde von der Kette losgebunden. Er schleppte sich ganz langsam, vom Gendarmen begleitet, zum Zlotogroder Krankenhaus. Der kleine Kapturak kam, wie zufällig, des Weges daher. Jadlowker machte sich den Spaß, noch einmal niederzufallen. Kapturak legte den Regenschirm weg, und er und der Gendarm stellten Jadlowker wieder auf. Kapturak nahm den Regenschirm in eine Hand, und den andern Arm steckte er unter den Arm Jadlowkers. Der Gendarm ging hinterdrein. Kapturak brauchte nichts zu sagen. Er verständigte sich mit dem Kranken durch schnelle Blicke und durch sehr deutlich nuancierte Druckarten des Armes. Wohin mit dir? fragte ein Druck. – Sehr gefährlich, antwortete der Armmuskel Jadlowkers. – Wir werden sehen, es kann sich alles glätten, sagte wieder der Arm Kapturaks, ein tröstlicher Arm.
So schleppten sie sich langsam zum Spital. Vor dem Eingang bekam Jadlowker noch eine Flasche Neunziggrädigen. Er verbarg sie hurtig und sicher.

XXXII

Es war eine sehr schwere Sache mit Jadlowker, und Kapturak zerbrach sich den Kopf, auf welche Weise man ihn sterben lassen könnte. Zu sehr bekannt war er in der Gegend als der Besitzer der Grenzschenke und auch sonst, einfach als Jadlowker. Der Wachtmeister Slama kannte

ihn und der Eichmeister Eibenschütz. Aber ein glücklicher Zufall fügte es, daß der Wachtmeister Slama auf Grund seines Gesuches, das er beim Ausbruch der Cholera eingereicht hatte, nach Podgorce versetzt wurde. Er war Stabswachtmeister geworden und Kommandant eines Gendarmeriepostens.
Auf diese Weise war man wenigstens einen Feind los, aber es blieb noch der andere, der Eibenschütz. Jadlowker und Kapturak beschlossen, den Eichmeister Eibenschütz zu vernichten. Auf welche Weise vernichtet man den Eichmeister Eibenschütz?
Vor allem ging es darum, den Jadlowker zu verbergen. Von den Cholerakranken im Spital starb nach drei Tagen einer, es war der Bauer Michael Chomnik, um den kein Mensch sich kümmerte. Kein Hahn krähte nach ihm, und ihn begrub man unter dem Namen Leibusch Jadlowker, zweiundvierzig Jahre alt, Beruf Gastwirt, geboren in Kolomea. Nebenbei gesagt, waren auch diese Angaben falsch. Jadlowker hieß nicht Jadlowker, er war nicht zweiundvierzig Jahre alt und auch nicht in Kolomea geboren.
Unter dem Namen Michael Chomnik wurde Jadlowker aus dem Spital entlassen, als geheilt. Aber wo ihn unterbringen?
Kapturak holte ihn zuerst am Spitaltor ab und führte ihn vorderhand nach Hause. Er hatte eine geschwätzige Frau, der er nicht traute, die er haßte. Deshalb sagte er ihr: »Ein neuer Gast ist gekommen! Mein lieber Vetter Hudes. Er muß ein paar Tage hier wohnen.«
Gut! Was tut man nicht für einen Vetter? – Selbst in diesen Zeiten? Man stellte sechs Stühle zusammen, je drei auf einer Seite, und darauf bettete man den falschen Hudes.
Er rührte sich nicht aus dem Haus. Er schlief lange und aß viel. Kapturak hatte nur ein Zimmer und eine Küche. Man aß in der Küche. Obwohl er nur auf sechs Sesseln schlief, schien der falsche Vetter Hudes das ganze Zimmer einzunehmen. Die Stühle wurden niemals weggerückt. Sofort, nachdem er gegessen hatte, ging der Vetter Hudes ins Zimmer, um sich hinzulegen. Er schlief sofort ein, satt und unbedenklich und stark, wie er war. Er schnarchte, und man glaubte, daß die Wände bebten.
Was sollte man mit ihm machen? Kapturak wartete auf die Versetzung des Gendarmeriewachtmeisters Slama.
In den ersten Tagen des Februar war es soweit, und Slama hatte nur noch ein paar Tage bis zu seiner Abfahrt. Gewissenhaft, wie er war,

ging er überall hin, um Abschied zu nehmen, trotz der Cholera, und sogar von jenen Leuten, die er gerne verhaftet hätte. Zuerst begab er sich in die Grenzschenke, um dem Eichmeister Eibenschütz adieu zu sagen. Und er erschrak, als er den Eichmeister wiedersah. Eibenschütz war verwandelt. Eibenschütz war einfach betrunken. Trotzdem tranken sie noch zwei, drei Gläschen und nahmen einen herzlichen Abschied voneinander. Der Eichmeister weinte ein wenig. Der Wachtmeister fühlte eine heftige Rührung.

Der kleine Kapturak saß daneben und zog sein Taschentuch und wischte sich die Augen. Es waren trockene Augen. Er dachte nur daran, wie er Jadlowker verbergen könnte. Bevor der Wachtmeister fortging, trat er näher und flüsterte: »Wißt ihr, der Jadlowker ist an der Cholera gestorben. Sagt nichts der Euphemia! Wir Hypothekare haben jetzt das Hotel!«

»Ich habe hier immer noch die Aufsicht, trotz der Cholera«, sagte der Eichmeister Eibenschütz. Und der Wachtmeister Slama knöpfte seinen Mantel zu, schnallte den Säbel um und stülpte den Helm auf und drückte dem Eichmeister noch einmal die Hand. »So, Jadlowker ist also tot!« sagte er mit einiger Feierlichkeit. Es war, als nähme er auch von dem vermeintlich Toten Abschied. Vor Kapturak salutierte er nur, mit zwei Fingern. Weg war er. Dem Eichmeister Eibenschütz schien es, als wäre er von Gott und der Welt verlassen. Er sehnte sich nach Sameschkin in diesem Augenblick. Aber der schlief oben mit der geliebten, sehr geliebten Euphemia.

XXXIII

Am einundzwanzigsten Februar, genau auf den Tag, brach plötzlich ein starker Frost aus, und alle Welt begrüßte ihn freudig.

Der liebe, grausame Gott schickte Cholera und Frost, je nachdem. Nach der Cholera begrüßten die Leute den Frost.

Über Nacht gefror die Struminka. Der Regen hörte plötzlich auf. Der Schlamm in der Mitte der Straße wurde hart und trocken, wie Glas, graues, trübes Glas, und von einem sehr klaren, gläsernen Himmel schien die Sonne, sehr hell, aber auch sehr ferne. Auf den hölzernen Bürgersteigen gefror das Geriesel, der Überrest des Regens; und die Menschen gingen daher mit eisenbeschlagenen Stöcken, um nicht auszugleiten. Ein eisiger Wind wehte: nicht von Nord oder Süd, Osten oder Westen, sondern ein Wind, der aus gar keiner Richtung zu kommen schien. Vom Himmel kam er vielmehr. Von oben herab wehte er, wie sonst nur Regen oder Schnee von oben herabfällt.

Über Nacht erstarb auch die Cholera. Die Kranken wurden gesund, und kein Gesunder mehr wurde krank. Man vergaß die Toten – wie man immer Tote vergißt. Man begräbt sie. Man beweint sie. Am Ende vergißt man sie.

Das Leben hielt wieder seinen Einzug in den Bezirk Zlotogrod.

Das Leben hielt wieder seinen Einzug in den Bezirk Zlotogrod, aber dem Eichmeister Eibenschütz war es gleich, ob die Cholera herrschte oder nicht. Seit dem Tod seiner Frau trank er, nicht etwa aus Angst vor dem Tod, sondern aus Sehnsucht nach dem Tod.

Er übertraf alle Trinker. Er wohnte wieder in der Grenzschenke in Szwaby, sein Haus in Zlotogrod verwaltete nur die Magd, und er kümmerte sich nicht darum, wie sie es verwaltete. Er konnte sich überhaupt um nichts mehr kümmern.

Er trank. Er geriet in den Alkohol wie in einen Abgrund, in einen weichen, verführerischen, sanftgebetteten Abgrund. Er, der zeit seines Lebens so fleißig darauf bedacht gewesen war, sein Aussehen zu pflegen, aus dienstlichen Gründen, die eigentlich bereits Gebote seiner Natur geworden waren, begann jetzt, nachlässig zu werden, in der Haltung, im Gang, im Angesicht. Es begann damit, daß er, nachdem er eine ganze Nacht durchgetrunken hatte, sich in das Bett legte, ohne mehr auszuziehen als Rock und Weste und Schuhe. Er schnallte die Hosenträger ab, zu faul war er, noch Hose und Strümpfe abzulegen. Von der Kaserne her war er gewohnt gewesen, sich abends vor dem Schlafengehen zu waschen und zu rasieren – denn der Dienst begann schon um sechs Uhr früh. Jetzt begann er, zuerst das Rasieren auf den Morgen zu verschieben. Als er sich aber erhob, war es schon spät, um den Mittag etwa, und er erinnerte sich daran, daß es manche Leute gab, die sich nur jeden zweiten Tag rasierten oder rasieren ließen. Noch hatte er die Kraft, sich zu waschen. Noch betrachtete er sich im Spiegel, und nicht etwa, um zu sehen, wie gut er aussehe, sondern vielmehr, um zu erfahren, ob er noch nicht schlecht genug aussehe. Sehr oft überfiel ihn die häßliche Lust, nachdem er aufgestanden war, seine Zunge genau zu betrachten, obwohl er gar kein Interesse an ihr hatte. Und sobald er sich selbst einmal die Zunge sozusagen aus trotziger

Neugier herausgestreckt hatte, konnte er nicht mehr umhin, sich allerhand Grimassen vor dem Spiegel zu schneiden; und manchmal rief er sogar seinem Spiegelbild ein paar wütende Worte zu. Manchmal konnte er von der Selbstbetrachtung im Spiegel gar nicht mehr loskommen, es sei denn, er griff nach der Flasche, die immer am Fußende seines Bettes stand. Er schüttete einen Schluck ins Wasserglas, und noch einen, und noch einen. Nachdem er drei solcher Schlucke getan hatte, schien es ihm, er sei wieder der alte Eichmeister Anselm Eibenschütz. In Wirklichkeit war er es nicht. Es war ein ganz neuer, ein ganz veränderter Anselm Eibenschütz.

Jeden Tag in der Früh war er gewohnt gewesen, einen heißen Tee mit Milch zu trinken. Auf einmal aber, eines Nachts, kam es ihm in den Sinn, daß er Tee mit Milch nicht trinken dürfe, solange Sameschkin da sei und er mit Euphemia nicht zusammensein könnte. Erst im Frühling – – – erst im Frühling! rief er sich zu. Und er begann, jeden Morgen, den Tee, den man ihm ins Zimmer brachte, in die Waschschüssel zu gießen. Denn er schämte sich, und er wollte niemanden merken lassen, daß er des Morgens nicht mehr Warmes trinke. Statt des Warmen nahm er einen Schluck Neunziggrädigen.

Es wurde ihm sofort heiß und wohl, und er sah trotz allem heiter ins Leben. Sehr kräftig kam er sich vor, und er glaubte, er könne alles in der Welt bezwingen. Sehr stark war er da, der Eichmeister Eibenschütz, und der Maronibrater Sameschkin würde auch bald verschwinden.

Immer, in Uniform wie im Zivil, hatte Eibenschütz sehr viel auf seine Bügelfalten achtgegeben. Nun aber, seitdem er in den Hosen schlief, schien es ihm, daß Bügelfalten nicht nur überflüssig seien: häßlich waren sie auch. Überflüssig und häßlich war es auch, die Stiefel vor die Tür zu stellen, damit man sie putze.

Bei allem sah der Eichmeister Eibenschütz immer noch stattlich aus, und nur wenige konnten an ihm irgendeine Veränderung wahrnehmen. Es sei denn Sameschkin, der ihm eines Morgens mit all seiner ahnungslosen Gutmütigkeit sagte: »Sie haben einen großen, einen Riesenkummer, Herr Eibenschütz.«

Er stand auf und ging, ohne ein Wort.

XXXIV

Der arme Eibenschütz mußte bald selbst feststellen, daß sich merkwürdige Dinge in seinem Gehirn abspielten. Er bemerkte zum Beispiel, daß er die Erinnerung für die jüngst vergangenen Begebenheiten verlor. Er wußte nicht mehr, was er gestern getan, gesagt und gegessen hatte. Es ging schnell abwärts mit ihm, dem stattlichen Eichmeister. Er mußte so tun, als erinnerte er sich, wenn er ins Amt kam und der Schreiber mit ihm von einer Anordnung sprach, die er gestern gegeben hatte, an alles.

Und er nahm alles zusammen, was er an Klugheit besaß, um nur vom Schreiber herauszukriegen, was er gestern gesagt haben konnte.

Äußerlich sah er immer noch stattlich aus, der Eichmeister Eibenschütz. Noch war er ein junger Mann, im ganzen sechsunddreißig Jahre alt.

Er hielt sich noch stark und aufrecht, zu Fuß und im Wägelchen. Aber in seinem Innern brannte der Schnaps, wenn er ihn getrunken hatte, und die Sehnsucht nach dem Schnaps, solange er ihn nicht getrunken hatte. In Wirklichkeit glühte in seinem Innern die Sehnsucht nach einem Menschen, irgendeinem Menschen und das Heimweh nach Euphemia. Ihr Bild saß fest in seinem Herzen, zuweilen hatte er das Gefühl, er brauchte sich nur die Brust zu öffnen, hineinzugreifen, um das Bild hervorzuholen. Und er dachte in der Tat daran, daß er sich eines Tages die Brust öffnen würde.

Auch sonst gingen in jener Zeit seltsame Veränderungen in ihm vor, er bemerkte sie auch, er bedauerte sie sogar, aber er konnte nicht mehr wieder der alte Mensch werden. Er wollte es gerne, und man kann sagen: er sehnte sich nach sich selbst noch mehr zurück, als er sich nach andern Menschen sehnte.

Er wurde immer unerbittlicher und unnachsichtiger im Dienst. Dazu trug auch ein wenig der neue Wachtmeister bei, der an die Stelle Slamas getreten war, nämlich der Wachtmeister Piotrak. Er war rothaarig, und es bewahrheitete sich an ihm der alte Aberglaube des Volkes, daß die Rothaarigen böse Menschen seien. Auch der Glanz seiner Augen, obwohl sie knallblau waren, hatte etwas Rötliches, gleichsam Entzündetes und Brennendes. Er sprach nicht, sondern es war, als ob er knurrte, wenn er etwas sagte. Nur mit Widerwillen setzte er, wie das Gesetz es befahl, das Gewehr ab, wenn er in einen Laden trat. Er lachte selten, aber er erzählte dem Eichmeister unaufhörlich lästige Geschichten, mit tiefem Ernst. Er brauchte nichts zu sagen, wenn sie zusammen in einen Laden eintraten, um Gewichte und Maße zu prüfen. Der Eichmeister Eibenschütz fühlte seinen Blick, und dieser scharfe blaue und zugleich rötliche Blick fiel todsicher auf den verdächtigsten der Gegenstände. Eines Tages gar fand der Gendarmeriewachtmeister Piotrak heraus, daß man auch die Qualität der Waren prüfen könnte, und der Eichmeister gehorchte ihm. Er fragte nach den Waren. Er fand verfaulte Heringe und verwässerten Schnaps und von Mäusen angenagtes Linoleum und feuchte Streichhölzer, die nicht brennen konnten, und von Motten zerfressene Stoffe und aus Rußland herübergebrachten Samogonka, den selbstgebrannten Schnaps, den die armen Bauern herstellten. Er hatte nie daran gedacht, daß es zu den Aufgaben eines Eichmeisters gehörte, auch die Waren zu prüfen, und der Gendarm Piotrak, der ihn darauf aufmerksam gemacht hatte, bekam eine besondere Bedeutung. Ganz langsam, ganz sachte glitt der Eichmeister Eibenschütz in eine gewisse Abhängigkeit von dem Gendarmen hinein, er gab sich keine Rechenschaft darüber, aber er fühlte es doch, und manchmal empfand er sogar Furcht vor dem rothaarigen Mann. Und besonders erschrekkend war der Umstand, daß der Gendarm ganz enthaltsam war. Immer war er nüchtern, und immer war er böse. Auf seinen kurzen, festen Fäusten standen rötliche Härchen, den Stacheln eines Igels ähnlich. Dieser Mann war nicht nur vorschriftsmäßig bewaffnet. Er selbst war Waffe.

Manchmal holte er aus seiner großen schwarzen Diensttasche ein Butterbrot mit geräuchertem Schinken, brach es in der Mitte entzwei und bot eine Hälfte dem Eichmeister Eibenschütz an. Eibenschütz nahm es, obwohl er Hunger hatte, mit einigem Widerwillen. Manchmal hatte er die Vorstellung, daß ein paar der rötlichen Borsten, von denen so viele auf den Händerücken Piotraks wuchsen, auch auf die Butter oder auf den Schinken gefallen waren.

Zugleich fühlte er auch, daß er ja selbst ein böser Mensch geworden war und daß Piotrak gar nicht so viel übler war als er selber. Er zog die flache Flasche aus seiner rückwärtigen Hosentasche und trank einen großen, starken Schluck. Hierauf erschien es ihm, daß er gar nicht böse sei, daß er streng sein müsse, daß er nur seine Pflicht tue – und damit basta. Kühn und ausgefüllt von einer gewissen erhitzten Munterkeit drang er in die Läden ein, in die großen, in die mittleren, in die kleinen, in die kleinsten. Manchmal flohen die spärlichen Kunden, denn sie fürchteten sich vor der Gendarmerie, vor der Behörde, vor dem Gesetz überhaupt. Aus seiner Diensttasche zog der Gendarm das längliche, schwarze, in Seidenrips gebundene Dienstbuch. Sein gezückter Bleistift sah beinahe aus wie sein Bajonett.

Hinter der Theke stand der Eichmeister Eibenschütz, und der Kaufmann neben ihm schien verkümmert und zusammengeschrumpft (man stelle sich eine zusammengeschrumpfte Null neben einer entsetzlichen Ziffer vor), Eibenschütz diktierte dem Gendarmen: »Gramme!« oder: »drei Pfunde« oder: »sechs Kilo« oder auch: »zwei Meter«. Er stellte die falschen Gewichte vor sich hin, wie man Schachfiguren hinstellt. Groß und breit stand er da, und er kam sich sehr mächtig vor, der Vollstrecker des Gesetzes. Der Gendarm notierte, der Händler zitterte. Manchmal kam aus dem Hinterzimmer des Ladens seine Frau heraus, sie rang die Hände.

Alle Menschen fragten sich, warum die Cholera nicht den Eichmeister Eibenschütz getroffen hatte. Denn er wütete schlimmer als die Cholera. Durch ihn kam der Korallenhändler Nissen Piczenik ins Kriminal, der Tuchhändler Tortschiner, der Milchhändler Kipura, der Fischer Gorokin, die Geflügelverschleißerin Czaczkes und viele andere. Wie die Cholera wütete er im Land, der Eichmeister Anselm Eibenschütz. Dann kehrte er heim, das heißt in die Grenzschenke nach Szwaby, und trank.

Es kam vor, während seiner fürchterlichen Dienstvisiten, daß die Frau und die Kinder eines Händlers sich vor ihm auf die Knie warfen und ihn anflehten, keine Anzeige zu machen. Sie hängten sich an seinen Pelz. Sie ließen ihn nicht gehen. Aber der rothaarige Piotrak stand reglos daneben. An ihn wagte sich kein Weib, kein Kind heran, weil er in Uniform war. Eibenschütz sagte: Warum nicht streichen lassen? Wem hat er etwas getan? Alle berauben sie einander in dieser Gegend. Laß ihn streichen, Eibenschütz! Es war nur der alte, der frühere Eibenschütz, der so sprach. Der neue Eibenschütz aber sagte: Gesetz ist Gesetz, und hier steht der Wachtmeister Piotrak, und ich war selbst zwölf Jahre Soldat, und außerdem bin ich selbst sehr unglücklich. Und Herz habe ich nicht im Dienst. Und es war, als nickte Piotrak fortwährend mit dem roten Kopf zu all dem, was da der neue Eibenschütz sagte.

XXXV

Ende Februar erhielt Eibenschütz die Benachrichtigung vom Ableben des Sträflings Leibusch Jadlowker, zu dessen Beaufsichtigung die politische Behörde aus bestimmten Gründen den Eichmeister beauftragt hatte.

Am Abend des gleichen Tages, als hätte er es gewußt, erschien Kapturak nach langer Zeit wieder in der Schenke. Er machte den gewohnten Bückling und setzte sich an den Tisch, an dem Eibenschütz, Sameschkin, Euphemia und der neue Wachtmeister Piotrak saßen.

Alle Welt spielte Tarock, Kapturak verlor. Dennoch war er ausgelassen heiter.

Man verstand nicht, warum. Er sagte außer den üblichen dummen Wendungen und sinnlosen Sprüchen, welche die Tarockspieler gebrauchen, noch neue, frisch erfundene, noch sinnlosere, wie zum Beispiel: »Das Schwein hat Wind!« – oder: »Ich verliere meine Hosenträger« – oder gar: »Misthaufen ist Gold« – und ähnliches mehr. Mitten zwischen diese Wendungen und während er so saß, als überlegte er angestrengt, welche Karte er jetzt herauszugeben hätte, sagte er, wie zerstreut und in dem Tonfall, in dem er soeben einen seiner unsinnigen Sprüche hergesagt hatte: »Herr Eichmeister, es ist Ihnen gelungen? Ihr Feind ist tot?« – »Welcher Feind?« fragte Eibenschütz. »Der Jadlowker!« Und in diesem Augenblick legte Kapturak eine Karte auf den Tisch. »Er war unter den Cholerasträflingen«, erzählte er weiter, »und da hat er sich angesteckt. Er verfault seitdem Monate unter der Erde. Seine Würmer sind schon satt.« Euphemia sagte: »Es ist nicht wahr«, sie wurde blaß. »Ja, es ist wahr!« sagte Eibenschütz, »ich habe die amtliche Nachricht.« Euphemia erhob sich ohne ein Wort. Sie ging die Treppe hinauf, sich auszuweinen. Sameschkin, als erster, legte die Karten hin, und er allein war es, der sagte: »Ich spiele nicht weiter!« Sogar der rothaarige Gendarm Piotrak legte die Karten weg, Kapturak allein tat noch so, als spielte er gegen sich selbst. Auf einmal legte auch er die Karten hin wie in einem plötzlichen Entschluß und sagte: »Also werden wir Gläubiger jetzt diesen Gasthof erben, wir sind unser sechs.« Dabei sah er den Eichmeister an.

Es war sehr still am Tisch geworden, der brave Sameschkin konnte es kaum ertragen. Er erhob sich und ging zum Spielkasten ans Büfett, um einen Dreier hineinzuwerfen. Der Spielkasten begann sofort, den

Rákóczimarsch mit großartigem Blechgetöse auszuspeien. Mitten in dem brausenden Lärm sagte Kapturak zum Gendarmen: »Wissen Sie, seitdem Sie hier sind, ist unser Eichmeister sehr streng geworden. Alle Händler verfluchen ihn, und drei haben schon durch ihn die Konzession verloren.« – »Ich tue meine Pflicht«, sagte Eibenschütz. Er dachte dabei an Euphemia und an den alten Eibenschütz, der er einmal gewesen war, und an seine tote Frau; und besonders an Euphemia, ja, besonders an Euphemia dachte er und daran, daß er eigentlich schon ein verlorener Mann war, in dieser verlorenen Gegend.
»Sie tun nicht immer Ihre Pflicht«, sagte Kapturak sehr leise. Aber in diesem Augenblick hatte der Kasten aufgehört zu brausen, und auch die leisen Worte klangen also sehr laut. »Wie steht es damit, daß Sie einen bestimmten Laden niemals inspizieren? Sie wissen, welchen ich meine!« – Eibenschütz wußte wohl, welchen Laden Kapturak im Sinne hatte, aber er fragte: »Welchen denn?« – »Den Singer«, sagte Kapturak. »Wo ist dieser Singer?« fragte der Gendarm Piotrak. »In Zlotogrod, mitten in Zlotogrod«, erwiderte Kapturak, »gleich neben der Fischerin Chajes, der Sie vor zwei Wochen die Konzession genommen haben!« Der Gendarm warf einen fragenden, mißtrauischen Blick auf Eibenschütz. »Morgen gehen wir nachsehen!« sagte der Eichmeister. Plötzlich empfand er große Angst vor Kapturak sowohl als auch vor dem Gendarmen. Er mußte noch ein Gläschen trinken.
»Morgen gehen wir nachsehen!« wiederholte er.
Kapturak lächelte lautlos und breit. Seine dünnen Lippen entblößten im ganzen vier gelbe Zähne, zwei oben, zwei unten, es war, als zerkaute er mit ihnen sein eigenes Lächeln.
Es war in der Tat so, daß der Eichmeister Eibenschütz noch niemals im Laden Singer nachgesehen hatte. Es war der einzige im Bezirk, ganz gewiß. Und trotz seiner großen Redlichkeit und amtlichen Gewissenhaftigkeit hatte er es doch absichtlich unterlassen, die Singers zu behelligen.
Es war übrigens ein so armseliger Laden, daß er sich sogar von den sehr armseligen dieser Gegend unterschied. Er hatte nicht einmal ein Schild, sondern eine gewöhnliche Schiefertafel, auf der die Frau Blume Singer alle paar Tage und besonders, wenn es geregnet hatte und die Schrift unleserlich geworden war, ihren Namen mit Kreide erneuerte. Es war ein winziges Häuschen: Es bestand aus einem Zimmer und einer Küche, und die Küche war zugleich der Laden. Auf einem winzi-

gen Viereck freien Bodens vor dem Eingang lag ein mittlerer Misthaufen und daneben eine hölzerne Bude. Es war die Toilette der Familie Singer. In ihrer Nähe, gewöhnlich auf dem Müllhaufen, über dem jetzt eine dicke Kruste Schnee und Eis lag, spielten die beiden Knaben Singer in den spärlichen Stunden, in denen sie nicht lernen mußten. Denn sie mußten lernen. Zumindest einer von ihnen sollte einmal das Erbe seines Vaters Mendel antreten.

Ach! Es war gar kein materielles Erbe, Gott bewahre! Es war lediglich der Ruf eines Gelehrten und eines Gerechten. Im Zimmer hinter der Küche und dem Laden lernte Mendel Singer Tag und Nacht, zwischen den zwei Betten, von denen jedes an je einer Wand lehnte. In der Mitte lagen auf dem Fußboden die Strohsäcke der Kinder.

Niemals hatte sich Mendel Singer mit etwas anderem befaßt als mit heiligen und frommen Worten, und es kamen auch zu ihm viele Schüler. Er lebte kümmerlich, aber er brauchte gar nichts. Zweimal in der Woche, Montag und Donnerstag, fastete er. An gewöhnlichen Tagen nährte er sich nur von Suppe. Er schlürfte sie aus einem hölzernen Teller, mit einem hölzernen Löffel. Am Freitagabend nur aß er Forellen in Sauce mit Meerrettich. Im Städtchen kannte ihn jedermann. Man sah ihn jeden Tag zweimal ins Bethaus rennen, hin und zurück. Auf dünnen Beinen huschte er dahin, in weißen Strümpfen und in Sandalen, über die er im Winter schwere Galoschen stülpte. Sein Mantel flatterte. Tief über den Augen ruhte die schwere Pelzmütze, ein ausgefranstes Fell. Sein schütterer Bart wehte. Seine harte Nasenschiene stieß gegen die Luft, es sah aus, als wollte sie dem Angesicht einen Weg bahnen. Nichts und niemanden sah er. Versunken und verloren war er in seiner Demut und in seiner Frömmigkeit und in Gedanken an die heiligen Worte, die er schon gelesen hatte, und an die Freude auf jene, die noch zu lesen waren. Jedermann achtete ihn, auch die Bauern aus der Umgebung kamen, wenn sie in Not waren, ihn um Rat und Fürsprach zu bitten. Obwohl es schien, daß er die Welt und die Menschen noch niemals gesehen hatte, erwies es sich doch, daß er die Welt und die Menschen verstand. Seine Ratschläge waren trefflich, und seine Fürbitten halfen.

Um die irdischen Dinge des alltäglichen Lebens kümmerte sich seine Frau. Bei den wenigen reichen und wohlhabenden Leuten Zlotogrods hatte sie sich das Geld für die Konzession und für den Einkauf der Ware erbettelt. Ach! Welche Waren! Man bekam Zwiebeln, Milch,

Käse, Eier, Knoblauch, getrocknete Feigen, Rosinen, Mandeln, Muskatnüsse und Safran. Aber wie winzig waren die Mengen, und wie furchtbar war die Beschaffenheit dieser Lebensmittel! In der kleinen, dunkelblau getünchten Küche mischte sich alles. Es sah aus, als wenn Kinder Verkäufer spielten. Das Säckchen mit den Zwiebeln und dem Knoblauch ruhte auf dem großen Eimer, in dem sich die saure Milch befand. Rosinen und Mandeln standen in Häufchen über dem Weißkäse, durch ein Fettpapier von ihrem Untergrund geschieden. Neben den zwei Rahmtöpfchen hockten, eine Art von Wachlöwen, die zwei gelben Katzen. In der Mitte, vom Plafond herab, hing an einem schwarzen, hölzernen Haken eine große, verrostete Waage. Und die Gewichte standen auf dem Fensterbrett.

So arme Leute gab es in der Gegend nicht, die bei Blume Singer eingekauft hätten. Und dennoch konnten sie immerhin noch leben – so hilft Gott den Armen. Ein klein wenig Herz schenkt Er den Reichen, deshalb kommt von Zeit zu Zeit einer von ihnen und kauft irgend etwas, was er nicht braucht und was er auf der Straße fortschütten wird.

XXXVI

Dies also war der Laden, in den am nächsten Morgen der Eichmeister Eibenschütz mit dem Gendarmen Piotrak eindrang. Obwohl ein starker Frost herrschte, sammelte sich doch ein gutes Dutzend Leute vor dem Laden an, und aus der Judenschule gegenüber liefen die Kinder hinaus. Es war etwa acht Uhr morgens, und Mendel Singer kam aus dem Bethaus. Als er die Ansammlung vor dem Häuschen sah, erschrak er, denn er fürchtete, es brenne bei ihm. Einige der Neugierigen liefen ihm entgegen und riefen: »Der Gendarm ist gekommen! Der Eichmeister ist gekommen!« Er stürzte hinein. Und er erschrak noch mehr, als er vor einem Brand erschrocken wäre. Ein leibhaftiger Gendarm mit einem Gewehr stand da, indes Eibenschütz die Waren, die Waage und die Gewichte prüfte. Die zwei Katzen waren verschwunden.

Der Rahm war sauer, die Milch geronnen, der Käse wurmig, die Zwiebeln faul, die Rosinen verschimmelt, die Feigen verdorrt, die Waage haltlos und die Gewichte falsch. Man schritt zur Amtshandlung. Man mußte aufschreiben. Als der Gendarm sein großes schwarzes Kaliko-Dienstbuch herauszog, war es Mendel Singer und seiner Frau, als

zückte er gegen sie beide die gefährlichste von allen seinen gefährlichen Waffen. Der Eichmeister diktierte, und der rote Gendarm schrieb. Ein Feuer wäre eine Kleinigkeit gewesen.
Die Konventionalstrafe betrug genau zwei Gulden fünfundsiebenzig Kreuzer. Bevor sie nicht erledigt waren, konnte man den Handel nicht weiterführen. Der Ankauf einer neuen Waage und neuer Gewichte kostete weitere drei Gulden. Woher nimmt ein Mendel Singer zwei Gulden fünfundsiebenzig und weitere drei? Gott ist sehr gütig, aber Er kümmert sich nicht um so winzige Beträge.
All dies überlegte Mendel Singer. Deshalb ging er an den Eichmeister heran und nahm die Pelzmütze ab und sagte: »Euer Hochgeboren, Herr General, ich bitte Sie, streichen Sie alles aus. Sie sehen, ich habe Frau und Kinder!«
Eibenschütz sah die hageren, erhobenen Hände, die mageren, knochigen Wangen, den schütteren, armen Bart und die schwarzen, feuchten, flehenden Augen. Er wollte etwas sagen. Er will zum Beispiel sagen: Es geht nicht, lieber Mann, es ist Gesetz. Er will sogar sagen: Ich hasse dieses Gesetz und mich auch dazu. Aber er sagt nichts. Warum sagt er nichts? Gott hat ihm den Mund verschlossen, und der Gendarm stößt Mendel Singer fort. Ein Blick von ihm genügt. Ein Blick von ihm ist wie eine Faust. Und sie gehen, mit Gewichten, Waage und dem schwarzen Buch. Wenn die Frau Mendel Singer heute noch etwas verkauft, und sei es auch nur eine einzige Mandel, wird sie auf vier Monate eingesperrt.
Die paar Neugierigen und die Kinder, die draußen gelauert haben, laufen davon.
»Das hätten wir nicht tun dürfen!« sagt Eibenschütz zu Piotrak. »Es ist trotzdem ein redlicher Mann!«
»Redlich ist niemand!« sagt der Gendarm Piotrak, »und Gesetz ist Gesetz.« Aber selbst dem Gendarmen ist nicht ganz wohl.
Sie fuhren ins Amt und hinterlegten die Sachen beim Schreiber und hatten beide das Gefühl, daß sie etwas trinken müßten. Gut! Sie fuhren also zur Schenke Litwaks. Es war heute Mittwoch, also Markttag in Zlotogrod, und die Schenke war voll von Bauern, Juden, Viehhändlern und Roßtäuschern. Als sich der Eichmeister und der Gendarm setzten, an den großen Tisch, an dem auf glattgescheuerten Bänken schon gute zwei Dutzend Leute nebeneinanderhockten, ging zuerst ein verdächtiges Murmeln und Raunen los, dann begann man lauter zu sprechen, und irgendeiner nannte den Namen Mendel Singer.

Im gleichen Augenblick erhob sich ein untersetzter, breitschultriger, langbärtiger Mann von der Bank gegenüber. In einem großen Bogen spie er über den Tisch, über alle Gläser hinweg, mit meisterlicher Zielsicherheit genau in das Glas des Eichmeisters. »Alles andere kommt noch!« schrie er, und ein großer Tumult entstand. Alle erhoben sich von den Bänken, und Eibenschütz und der Gendarm versuchten, über den Tisch hinüberzusteigen. Sie erreichten die Tür aber erst in dem Augenblick, in dem der breitschultrige Bärtige sie aufgestoßen hatte. Eine Weile sahen sie ihn noch auf der weißen, beschneiten Landstraße dahinlaufen. Er lief sehr schnell, ein dunkler, geduckter Strich auf dem weißen Schnee, dem Tannenwald zu, der zu beiden Seiten die Straße säumte. Er verschwand links, als hätte ihn der Wald verschluckt.

Es war Nachmittag, es begann schon zu dunkeln. Der Schnee nahm eine leicht bläuliche Färbung an.

»Wir werden ihn schon kriegen«, sagte der Gendarm.

Sie kehrten zurück.

Es ließ dem Gendarmen Piotrak wirklich keine Ruhe. Hätte er nicht die volle Rüstung gehabt und die schweren Winterstiefel, die ihm aber das Reglement vorschrieb, so hätte er wohl den Leichtfüßigen verfolgen können. Er war aber sicher, daß er ihn noch finden und eruieren könnte, und das tröstete ihn. Wahrscheinlich war er ein schwerer Verbrecher. Hoffentlich war er ein schwerer Verbrecher.

Der Gendarm Piotrak verhörte alle Leute in der Schenke, aber kein einziger wollte den Missetäter kennen. »Er ist nicht aus dieser Gegend!« sagten die Leute.

Eibenschütz aber hatte das Gefühl, daß er den Mann schon irgendwo gesehen hatte. Er wußte nicht, wo und wann. Nacht herrschte in seinem armen Kopf, und es wollte nicht dämmern. Er trank, damit es lichter werde, aber es wurde nur noch dunkler. Ringsum spürte er eine große Gehässigkeit der vielen Menschen, wie noch nie vorher.

Sie erhoben sich endlich, stiegen in den Schlitten und fuhren nach Szwaby. »Kapturak wird wissen, wer es war!« sagte unterwegs der Gendarm.

Dem Eichmeister fiel nichts ein. Nach einer Weile sagte er: »Mir ist es gleichgültig!«

»Mir nicht!« sagte der hartnäckige Piotrak.

XXXVII

Seit mehreren Wochen war nun schon der Jadlowker im Hause Kapturaks gesessen. Er konnte es nicht aushalten, er machte also einen Ausflug. Er hatte gedacht, an einem Markttag in Zlotogrod, in der Schenke Litwaks gar, würde er gar keinen Bekannten treffen. Siehe da: es kamen der neue Gendarm und der alte Feind, der Eibenschütz. Das war unbedacht, ja leichtsinnig, durch das Ausspucken Aufmerksamkeit zu erregen.

Er nahm einen sehr umständlichen Weg, um aus dem Wald, in den er geflüchtet war, nach dem Hause Kapturaks zurückzugelangen. Der Frost war stark, zum Glück konnte man sich trauen, über die Sümpfe zu gehen. Er wartete im Walde, bis die Nacht vollends hereingebrochen war. Dann marschierte er südwärts, den ganzen Bogen lang, den die Sümpfe um das Städtchen bildeten. Der Frost war zwar ein Glück, aber man fror entsetzlich. Es stach und es peitschte den ganzen Körper. Im kurzen Pelz, den Jadlowker trug, fror er genauso, als wenn er nur im Hemd gewesen wäre.

Es war schon tiefe Nacht, als er das Haus Kapturaks erreichte. Jetzt begann seine Furcht, die er unterwegs mit aller Gewalt unterdrückt hatte, ihn mit verdoppelter Stärke zu erfüllen: nämlich die Furcht, daß der Gendarm schon auf ihn warten könnte. Er entschloß sich, ganz leise an den Fensterladen zu pochen. Er atmete auf, als er Kapturak heraustreten sah. Kapturak winkte ihn heran. Eine neue Furcht ergriff ihn: konnte man selbst Kapturak trauen? – Wem denn sonst? sagte er sich im nächsten Augenblick, und er ging heran.

Sie traten ein, Kapturak schickte seine Frau hinaus in die Küche. »Setz dich, Jadlowker«, sagte Kapturak. »Was machst du? Willst du dich selbst und mich umbringen? Bist du ein erwachsener Mensch? Bist du ein Junge? Machst du Streiche? Schulbubenstreiche?« »Ich konnte nicht anders«, sagte Jadlowker.

»Man hat dich wahrscheinlich erkannt«, sagte Kapturak. »Ich habe den Vorfall ja gleich nachher von Litwak erzählt bekommen. Ich wußte sofort, daß du es bist. Ich habe mir natürlich nichts anmerken lassen. Was willst du nun tun?«

Der halberfrorene und ratlose Jadlowker – seine Ohren brannten ganz rot, zu beiden Seiten, rote Lampen – sagte: »Ich weiß nichts!«

»Ich habe beschlossen«, erklärte Kapturak, »dich einzusperren. Besser als im Kerker in Zloczow wirst du es bei mir haben.«

Wo verbirgt man einen gefährdeten Gast? Unerfahrene Leute verbergen ihn im Keller. Und das ist falsch. Wenn eine Hausdurchsuchung kommt, gehen die Gendarmen zuerst in den Keller. Aus einem Keller kann man nicht fliehen. Erfahrene Leute aber sperren einen gefährdeten Gast auf dem Dachboden ein. Dahin kommen die Gendarmen zuletzt. Außerdem hört man alles von oben her besser. Drittens gibt es eine Dachluke. Man hat frische Luft, und man kann rechtzeitig entkommen.

So stieg auch Jadlowker die steile Leiter empor, die zum Dachboden führte. Einen Stuhl und einen Strohsack, eine Flasche Schnaps und einen Krug Wasser bekam er noch.

Kapturak wünschte ihm gute Nacht, versprach, ihm regelmäßig Essen zu bringen, und ging. Aus Vorsicht schob er den Riegel vor, der an der Falltür des Dachbodens angebracht war. Als er die Leiter hinuntergestiegen war, blieb er eine Weile stehen und überlegte. Er überlegte, ob er die Leiter wegnehmen sollte oder nicht. Und er entschloß sich endlich, sie wegzunehmen. Er trug sie in den Hof und lehnte sie an das Dach. Er hatte beschlossen, dem Jadlowker Nahrung nur durch die Dachluke zu reichen.

Auf dem Dachboden war es kalt, kälter noch als in der Zelle, und Jadlowker riß den Strohsack am Kopfende auf und steckte sich ganz in den Sack hinein, und über den Kopf stülpte er den Pelz. Durch die offene Dachluke, die nicht zu schließen war, schimmerte weißblau die frostklare Nacht. Bevor er einschlief, sah er noch die reglosen Fledermäuse, die über ihm ringsum an den Wäscheschnüren ihren Winterschlaf hielten. Zum erstenmal in seinem Leben hatte der wilde Jadlowker Angst. Und aus Angst allein verfiel er in einen tiefen, dennoch unruhigen Schlaf.

Früh am Morgen erwachte er, der bittere Hauch des eisigen Morgens weckte ihn. Er kroch mühsam aus seinem Sack, tat einen Schluck aus der Flasche, zog sich den Pelz an und ging zur Dachluke. Scharen frisch erwachter Krähen zogen ihre Kreise um die Dächer, es sah aus, als flögen sie nur, um sich zu erwärmen. Er sah die rote Sonne aufgehn, sie sah aus wie eine Orange, und bei ihrem Anblick bekam er Hunger. Er wußte, er mußte noch gute zwei Stunden warten, bevor Kapturak mit dem Essen kommen würde. Er horchte nach der Falltür hin, gute zwei Stunden lang beschäftigte ihn nichts anderes als sein Hunger. Es war, als wäre der Hunger eine Angelegenheit des Kopfes und nicht des

Magens. Kapturak erschien endlich mit Tee und Brot, aber nicht an der Tür, sondern an der Luke. Alles reichte er sehr langsam hinein, auf dem kurzen Weg, die Leiter hinauf, war der Tee schon kalt geworden, so groß war die Kälte. Jadlowker trank und aß hastig. »Nichts Neues?« fragte er nur. »Noch nicht«, antwortete Kapturak, stieg wieder die Leiter herunter und stellte sie ein bißchen seitwärts.
Nachdem Jadlowker gesättigt war, begannen ihn andere Gedanken und Empfindungen zu beschäftigen. Er dachte plötzlich und ohne zu wissen, warum, an die schönen Karpfen und Hechte, die er auf dem Fischmarkt am Donnerstag immer verkauft hatte. Es beschäftigte ihn der Gedanke, daß er, um sie zu töten, sie am Schwanz gepackt und gegen einen Prellstein gestoßen hatte, und dabei erinnerte er sich daran, daß man Menschen auf die umgekehrte Weise umbringt. Man nimmt einen Stein – es kann auch ein Zuckerhut sein – und stößt ihn gegen den Kopf des Menschen. Seltsame Gedanken kommen einem, wenn man auf einem Dachboden eingesperrt ist. Man denkt daran zum Beispiel, daß man Feinde im Leben hat, und der größte aller Feinde ist der Eichmeister Eibenschütz, der Urheber allen Unglücks, der Liebhaber der Euphemia obendrein. Sameschkin ist auch ihr Liebhaber, aber das gehört in ein anderes Kapitel. Sameschkin hat alte Stammrechte, und außerdem ist er kein Beamter. Und außerdem hat er Jadlowker nicht ins Kriminal gebracht. Wenn der Eibenschütz nicht vorhanden wäre, so könnte man ruhig leben. Im Frühling geht Sameschkin weg. Der Wachtmeister Slama ist versetzt. Wer erkennt den Jadlowker in einem blonden Vollbart? So viele fremde Menschen kommen in diese Gegend! Man heißt ja gar nicht Jadlowker. Man hat schon einmal seinen Namen geändert! Man hat schon Fische beim Schwanz gepackt und mit dem Kopf gegen den Prellstein gehauen. Umgekehrt macht man es mit den Menschen. Man nimmt einen Zuckerhut und schlägt hinterrücks damit auf den Kopf? Aber wo? Aber wann? Eibenschütz ist nicht in der Nacht da, im Hafen von Odessa.
Wenn Eibenschütz nicht wäre, so könnte man ruhig leben. Er ist aber da. Er darf nicht mehr dasein, er darf nicht mehr dasein, denkt Jadlowker. Er darf nicht mehr dasein. Daran denkt er fortwährend. Die Krähen setzen sich manchmal an die Dachluke. Jadlowker wirft ihnen einige Speisereste zu. Er sitzt und friert und wartet auf den Frühling, auf die Freiheit und auf die Rache.

XXXVIII

Eines Tages geschah etwas Sonderbares: der staatliche Oberförster Stepaniuk fand im Grenzwald einen erhängten Mann. Er war kalt, starr und blau, als man ihn abschnitt. Der Bezirksarzt Kiniower sagte, er sei schon viele Tage tot, vor einer Woche etwa hätte er sich erhängt. Es war ein unbekannter Mann, und der Gendarm Piotrak verständigte den Untersuchungsrichter. Der kam aus Zlotogrod. Er überführte die Leiche ins dortige Schauhaus. Aus dem ganzen Bezirk wurden die Einwohner, je ein Dutzend, zu bestimmten Tagen vorgeladen, damit sie den Toten agnoszierten. Man hätte sie gar nicht vorzuladen brauchen. Aus Neugier allein strömten sie zusammen. Auch Sameschkin, obwohl er nicht vorgeladen war, weil er nicht zum Bezirk gehörte, ging hin, aus Neugier. Er allein aber erkannte den Toten: es war der Pferdehirt Michael Klajka. Vor zwei Jahren hatte man ihn eingesperrt. Er hatte zu jenen Sträflingen gehört, die man zur Bestattung der Cholerakranken bestimmt hatte. Und es war geschrieben und versiegelt, daß er im Spital an der Cholera verstorben war und an dem und dem Tag bestattet. Wie? Hatte er sich von den Toten erhoben, um sich dann im Grenzwald zu erhängen? Eine Untersuchung wurde eingeleitet. Auch einige Sträflinge, die man aus dem Gefängnis holte, erkannten den Mitgefangenen, den Michael Klajka. Es dauerte nur eine Woche, und man verhaftete zwei Bezirksschreiber, und sie gaben zu, daß sie bestochen worden waren und falsche Abgangszeugnisse ausgestellt hatten. Sie gestanden auch, daß Kapturak sie bestochen hatte.

Man wartete noch eine Woche. Man verständigte vom Ergebnis der Untersuchung den Gendarmeriewachtmeister Piotrak und den Eichmeister Eibenschütz, und man gab ihnen den Auftrag, weiterhin, wie bisher, mit Kapturak in der Grenzschenke zu verkehren. Sie verkehrten auch weiterhin mit ihm und spielten Tarock. Er fühlte sich ganz sicher. Er wußte nichts von der Verhaftung der beiden Bezirksschreiber, und das Geld, das ihm die Verwandten der totgemachten Sträflinge bezahlt hatten, war längst in Sicherheit, jenseits der Grenze, beim Geldwechsler Piczemk.

Ein paar Tage später, ziemlich früh am Morgen, kurz, nachdem er Jadlowker das Frühstück auf der Leiter hinaufgetragen hatte, hörte er ein wohlbekanntes Klingeln, das Klingeln eines Schlittens. Der Schlitten hielt, das Klingeln zitterte noch eine Weile nach, kein Zweifel, daß der Schlitten vor seinem Tor hielt. Ihm ahnte nichts Gutes, was macht so früh am Morgen ein Schlitten vor seinem Hause? Er öffnete die Fensterladen. Im Schlitten saßen der Gendarm Piotrak und der Eichmeister Eibenschütz. Er hatte gar keine Zeit mehr, die Leiter umzulegen. Er überlegte sehr schnell, daß es besser wäre, sofort hinauszulaufen und die grauenhaften Gäste zu begrüßen. Er lief also hinaus und rief, schon von der Tür her: »Welch eine Überraschung! Welch eine Überraschung!«

Beide stiegen ab und Eibenschütz sagte: »Wir wollten Ihnen einen kurzen Besuch machen. Es ist noch zu früh, Litwak hat noch geschlossen. Wir bleiben nur ein Viertelstündchen bei Ihnen, wenn Sie erlauben, Zeit genug, um einen Schnaps und einen Tee zu trinken. Das haben Sie doch, wie?« – Es war für Kapturak kein Zweifel mehr, daß sie gekommen waren, weil sie ihn verdächtigten, er beherberge jemanden, oder er verberge zumindest etwas Verdächtiges. Er sagte: »Ich gehe den Schnaps holen«, und er verließ das Zimmer und kletterte sehr geschwind die Leiter hinauf. »Sie sind da«, rief er durch die Luke. Hinunter ging er nicht mehr die einzelnen Stufen, er glitt hinunter, mit Händen und Schenkeln an beiden Leisten der Leiter. Er rannte in die Küche, um den Schnaps zu holen. Freudig trat er wieder ins Zimmer mit der Flasche und drei Gläschen.

»Haben Sie einen Keller?« fragte der Gendarm Piotrak.

»Ja«, sagte Kapturak, »aber den Schnaps habe ich nicht aus dem Keller geholt. Es ist zu kalt im Keller.«

»Woher haben Sie ihn sonst geholt?« fragte Piotrak.

»Vom Dachboden«, sagte Kapturak und lächelte. Es war, als hätte er einen Witz gemacht und als entschuldigte er sich zugleich dafür, daß er einen gemacht hatte.

Der rothaarige Gendarm hielt es wirklich für einen Witz und lachte. Kapturak klopfte sich auf die Schenkel und beugte sich vor. Aus Ergebenheit, nicht aus Eitelkeit, lachte er mit. Der Gendarm und der Eichmeister leerten ihre Gläser und standen auf. »Danke für die Bewirtung«, sagten sie wie aus einem Munde. Sie stiegen wieder in den Schlitten, Kapturak begleitete sie. Er sah, daß sie in die Richtung Pozloty dahinglitten.

Als sie seinen Augen entschwunden waren, nahm er die Leiter aus dem Hof und stellte sie wieder in den Hausflur. Er war entschlossen, Jadlowker wegzuschicken, ihm ahnte nichts Gutes. Flink stieg er hin-

auf und öffnete die Falltür und trat ein. Er sah Jadlowker unruhig hin und her wandeln, zwischen den Stricken, an denen die Fledermäuse hingen. »Setz dich!« sagte Kapturak, »wir müssen reden!« – Jadlowker wußte sofort, worum es sich handelte. »Ich muß also fort«, sagte er, »aber wohin?« – »Wohin, das müssen wir eben überlegen!« erwiderte Kapturak. »Es scheint, daß man dich nicht mehr zu den Toten rechnen will, daher dieser unerwartete Besuch bei mir. Es tut mir leid, ich muß dich wegschicken. Du mußt selbst zugeben, daß ich dich wie ein eigenes Kind behandelt habe, obwohl ich dein Gläubiger bin. Und keinen Pfennig habe ich von dir genommen!« – »Wohin soll ich gehen?« fragte Jadlowker. Er saß jetzt frierend im Pelz auf dem Sessel. Durch die kleine, runde Dachluke, die wie ein Schiffsfenster aussah, stürzte der Frost herein, ein grauer Wolf, ein wütender, ein hungriger grauer Wolf. Es war dunkel, obwohl die Sonne draußen schien. Aber durch die runde Dachluke schickte der eisblaue, unerbittliche Himmel nur spärliches Licht auf den Dachboden. Es herrschte da oben eine Art frostigen blauen Halbdunkels. Beide Männer sahen fahl aus.
Wohin? Wohin? – das war die Frage. »Die anderen alle«, sagte Kapturak, »habe ich befreit und habe sie laufen lassen, wohin sie wollten. Es war vielleicht ein Fehler. Ich hätte sie vielleicht zusammenhalten müssen. Aber mit dir – ich weiß nicht, was da geschehen soll. Ich glaube, es ist am besten, du gehst nach Szwaby zurück, nach Hause. Wer sollte dich dort erkennen? Euphemia wird dich nicht verraten, und Sameschkin ist ein dummer Kopf, er wird dich nicht erkennen. Bleibt noch der Eibenschütz übrig! Allerdings, der Eibenschütz!« – »Was macht man also mit ihm?« fragte Jadlowker. Er erhob sich. Er konnte unmöglich sitzen bleiben, wenn es sich um Eibenschütz handelte.
Kapturak, der die ganze Zeit still gestanden war, begann, auf und ab zu wandeln. Es sah so aus, als wollte er es sich warm machen, aber in Wirklichkeit fror er gar nicht, es war ihm geradezu heiß vor lauter Nachdenken. Lange schon hatte in ihm der Gedanke gelebt, daß es in dieser Welt besser wäre, wenn der Eichmeister Eibenschütz nicht da wäre.
»Der Eibenschütz muß weg«, sagte er – und blieb stehen.
»Wieso?« fragte Jadlowker.
»Zuckerhut!« sagte Kapturak, –– nichts anderes. Er blieb eine Weile stehen. Dann sagte er: »Wir fahren hinunter, heute abend. Zuckerhut!« wiederholte er. »Ich hole dich, Jadlowker!«

Bevor er den Dachboden verließ, machte Kapturak noch ein Zeichen mit beiden Händen. Es sah aus, als hielte er einen Zuckerhut in den Händen und als schlüge er ihn auf irgend jemanden nieder.
Leibusch Jadlowker nickte.

XXXIX

Am Abend fuhren sie im Schlitten hinaus, nach Szwaby, Kapturak und Jadlowker. Jadlowker hüllte sich in einen Schafspelz mit hohem Kragen, damit man ihn nicht erkenne.
Es war bereits finstere Nacht, als sie ankamen und durch das breite, offene Tor der Grenzschenke hineinfuhren. Jadlowker pochte an die Hintertür, das hochgewölbte, rot angestrichene Tor, das zur Landstraße führte. Kapturak ging geradewegs in die Schenke.
Es gab wenig Gäste heute, es war Dienstag. Es dauerte lange, ehe Onufrij das Pochen hörte und hinausging, um das rückwärtige Tor zu öffnen.
»Ich bin es«, sagte Jadlowker, »laß mich schnell hinein. Ist der Gendarm da?«
»Komm, Herr«, sagte Onufrij, der gar nicht wußte, daß Leibusch Jadlowker zu den Toten gehörte. »Bist du aus dem Kriminal entkommen?«
»Ja, mach schnell!« sagte Jadlowker, und dann, als sie an die Laterne kamen: »Erkennt man mich?«
»Nur an der Stimme, Herr!« sagte Onufrij.
»Wo ist Euphemia?« fragte Jadlowker.
»Noch im Laden!« flüsterte Onufrij. »Und vor dem Laden steht Sameschkin mit den Kastanien.«
»Es ist gut«, sagte Jadlowker. »Geh hinein!«
Der Hund, Pavel hieß er, sah Jadlowker entgegen, mit freudig schnuppernder, erhobener Schnauze und wedelndem Schwanz. »Bell nicht! Schrei nicht!« flüsterte ihm Jadlowker zu. Der Hund sprang still und schweigsam an ihm hoch und leckte ihm die Hände.
Jadlowker sah zuerst durch die Fenster, die in den Hof gingen. Die Schenke war beinahe leer. Er hatte nicht vergessen, unterwegs aus dem Schlitten zu steigen, als sie, Kapturak und er, an der gefrorenen Struminka vorbeifuhren, und einen der kantigen, großen Steine auszugra-

ben, aus dem Schnee, deren es dort eine Unzahl gab. Diesen Stein band er ins Taschentuch.
Er ging vom Fenster zurück, lauerte vor dem Tor. Eine ungeheuerliche, unwiderstehliche Lust erfüllte ihn, zu töten. Er dachte gar nicht mehr an den eigentlichen Zweck seines Mordens, sondern nur an das Morden selbst. Er dachte gar nicht an seine eigene Sicherheit, sondern nur an das Töten. Eine große Welle von Wollust, von Haß und Tötenwollen ging durch sein Herz. Erbarmungslos war alles in dieser Nacht und in dieser Welt. Fremd, kalt und silbern, in einem frostigen, nahezu gehässigen Silber standen heute die Sterne am Himmel. Von Zeit zu Zeit sah Jadlowker empor. Heute haßte er den Himmel und die Sterne. Und im Kerker hatte er sich so nach ihnen gesehnt!
Warum haßte er heute den Himmel, der Jadlowker? Glaubt er, daß Gott oben sitzt, hinter den Sternen? Vielleicht glaubt er es, aber er will es sich nicht zugeben. Immer wieder, immer wieder sagt eine Stimme in ihm: Gott ist da. Gott sieht dich. Gott weiß, was du vorhast. Aber eine andere Stimme in ihm antwortet: Gott ist nicht da, der Himmel ist leer, und die Sterne sind kalt und fern und grausam, und du darfst machen, was du willst.
Also wartet Jadlowker auf das bekannte Schlittengeklingel des verhaßten Eibenschütz. Das Taschentuch, in dem der Stein eingewickelt liegt, hat er mit den Zipfeln um sein Handgelenk gebunden; um das rechte Handgelenk. Er wartet. Eibenschütz wird kommen.

XL

Eine halbe Stunde später kam Eibenschütz wirklich, leider in Begleitung des Gendarmen Piotrak. Jadlowker, der gedacht hatte, der Eichmeister würde allein kommen, sah bereits, daß er nichts auszurichten hatte. Vorerst verbarg er sich im Schatten der Scheune, die am Rande des Hofes gegenüber dem Tor stand, und wartete. Als er sah, daß der Eichmeister den Gendarmen vorausgehen ließ und daß er selbst den Schimmel ausspannte, erbebte sein Herz in wonniger, mörderischer Hoffnung. Bald danach näherte sich auch der Eichmeister dem Stall, um den Schimmel anzubinden an den großen, eisernen Ring, der an der Stalltür angebracht war.
Während Eibenschütz den Schimmel anband, stürzte Jadlowker aus

dem Stall hervor. Eibenschütz wollte noch einen Schrei ausstoßen, aber er sank sofort nieder, der Schrei erstarb in der Kehle. Jadlowker schlug mit dem Taschentuch, in dem der kantige Stein eingebettet war, gegen die Stirn seines Feindes, des Eichmeisters. Eibenschütz fiel mit gewaltigem, erschreckendem Krach zu Boden. Er war ein schwerer Mann, für so schwer hätte ihn Jadlowker niemals gehalten. Der Schimmel war noch nicht genügend festgekoppelt gewesen, die Schlinge löste sich, und der Gaul begann durch den Hof zu wandern, mit schleifenden Zügeln. Jadlowker beugte sich zuerst über den Eichmeister Eibenschütz. Kalt und tot war er, keinen Atemzug gab er von sich. Dann faßte Jadlowker den Schimmel und koppelte ihn fest an den eisernen Ring der Scheunentür. Hierauf kroch er in die Scheune.

Zwei Stunden später erst kam der Wachtmeister Piotrak hinaus, um nach Eibenschütz zu sehen. Vor der Scheune fand er den Eichmeister anscheinend leblos, und der Gendarm rief den Knecht Onufrij, und sie beide schleppten den schweren Kadaver bis zum Schlitten. Onufrij holte Stricke, man schnallte den unbeweglichen Mann fest. Quer lag er über dem winzigen Schlitten. Man spannte den Schimmel an, der Gendarm nahm die Zügel. Man fuhr nach Zlotogrod, geradewegs ins Krankenhaus.

Der Wachtmeister Piotrak glaubte zwar, er führe einen Toten; den Eichmeister, den er so neben dem Stall und der Scheune getroffen hatte, hätte der Schlag plötzlich getroffen. Aber dem war nicht so. Der Eichmeister begann zwar zu sterben, aber er lebte noch. Was weiß er davon, der arme Eibenschütz, daß man ihn auf den Kopf mit einem Stein geschlagen hat? Was weiß er davon, daß er mit Stricken auf einen Schlitten gebunden ist? Er erlebt, während man ihn für einen Toten hält, etwas ganz anderes:

Er ist kein Eichmeister mehr, er ist selbst ein Händler. Lauter falsche Gewichte hat er, tausend, zehntausend falsche Gewichte. Er steht da, hinter einem Ladentisch, die falschen zehntausend Gewichte vor sich. Der Ladentisch kann sie gar nicht alle fassen. Und jeden Moment kann der Eichmeister kommen.

Auf einmal klingelt es auch – die Tür hat eine Glocke –, und herein kommt der große Eichmeister, der größte aller Eichmeister – so scheint es Eibenschütz. Der große Eichmeister sieht ein bißchen aus wie der Jude Mendel Singer und ein wenig auch wie Sameschkin. Eibenschütz sagt: »Ich kenne Sie ja!« Aber der große Eichmeister ant-

wortet: »Es ist mir ganz gleich. Dienst ist Dienst! Wir prüfen jetzt Ihre Gewichte!«
Gut, mögen sie jetzt die Gewichte prüfen, sagt sich der Eichmeister Eibenschütz. Falsch sind sie, aber was kann ich dagegen machen? Ich bin ein Händler wie alle Händler in Zlotogrod. Ich verkaufe nach falschen Gewichten.
Hinter dem großen Eichmeister steht ein Gendarm mit Helmbusch und Bajonett, und den kennt Eibenschütz gar nicht. Er fürchtet sich aber vor ihm, das Bajonett funkelt zu sehr. Der große Eichmeister beginnt, die Gewichte zu prüfen. Schließlich sagt er – und Eibenschütz ist höchst erstaunt: »Alle deine Gewichte sind falsch, und alle sind dennoch richtig. Wir werden dich also nicht anzeigen! Wir glauben, daß alle deine Gewichte richtig sind. Ich bin der Große Eichmeister.«
In diesem Augenblick erreichte der Gendarm das Spital von Zlotogrod. Man lud den Eichmeister ab, und als der wachhabende Arzt ankam, sagte er nach einem Augenblick zum Gendarmen Piotrak: »Der Mann ist tot! Was bringen Sie ihn noch her?«

XLI

So also starb der Eichmeister Anselm Eibenschütz, und, wie man zu sagen pflegt: Kein Hahn krähte nach ihm.
Dem Wachtmeister Piotrak gelang es zu erforschen, daß Jadlowker den Eichmeister getötet hatte. Kapturak sprach, nachdem man ihn verhaftet hatte und nach einem strengen Verhör, von einer Ranküne Jadlowkers gegen Eibenschütz.
Durch Zufall fing man noch zwei andere sogenannte Choleratote, nämlich den Taschendieb Kaniuk und den Pferdedieb Kiewen.
Kapturak und Jadlowker saßen schon seit acht Tagen im Zloczower Untersuchungsgefängnis, als plötzlich das große alljährliche Ereignis des Bezirkes Zlotogrod ausbrach. Es krachte nämlich das Eis über der Struminka, und der Frühling begann.
Der Maronibrater Sameschkin packte seine Sachen, die Säcke zuerst, dann den Ofen, hierauf die Reste seiner Ware, die Kastanien, in einen besonderen, ledernen Sack.
Vor seiner Abfahrt sagte er noch zu Euphemia: »Es ist eine wüste Sache, diese Grenze. Willst du mit mir fort für immer?«

Euphemia aber dachte an allerhand Möglichkeiten, in der Schenke und sonst. »Auf nächstes Jahr«, sagte sie. Aber Sameschkin glaubte es ihr nicht mehr. So töricht, wie er den Leuten erscheinen mochte, war er nicht. Er ahnte alles, und er beschloß bei sich, nie mehr in diese giftige Gegend zu kommen.

Es war ein großartiger Frühlingstag, an dem er wegzog. Auf seinem Karren stand der Ofen. Um seine Schultern waren die schlaffen Säcke geschnallt. Die Lerchen trillerten hoch im Himmel, und die Frösche quakten ebenso fröhlich unten in den Sümpfen. Und er ging, der gute Sameschkin, so für sich hin, so des Weges dahin. Was ging ihn eigentlich all dies an?

Nie mehr komme ich hierher, sagte er sich. Und es schien ihm, daß ihm die Lerchen und die Frösche recht gaben.